今事往事

散文卷

王溱 著

青岛出版集团
青岛出版社

图书在版编目（CIP）数据

今事往事 / 王溱著. —青岛: 青岛出版社, 2023.2
ISBN 978-7-5552-2771-7

Ⅰ. ①今… Ⅱ. ①王… Ⅲ. ①散文集–中国–当代 Ⅳ. ①I267

中国版本图书馆CIP数据核字（2021）第198671号

JINSHI WANGSHI

书　　名	今事往事
著　　者	王　溱
出版发行	青岛出版社（青岛市崂山区海尔路182号，266061）
本社网址	http://www.qdpub.com
邮购电话	0532-68068091
责任编辑	刘克东
特约编辑	陈　东　薛　娟
封面设计	咸青华　常　江
内文设计	青岛戊戌同文传媒有限公司
印　　刷	青岛新华印刷有限公司
出版日期	2023年2月第1版　2024年5月第2次印刷
开　　本	16开（880 mm×1230 mm）
印　　张	21.5
字　　数	400千
书　　号	ISBN 978-7-5552-2771-7
定　　价	40.00元

编校印装质量、盗版监督服务电话: 4006532017　　0532-68068050

目 录

青岛的色彩

每一个城市都有自己的色彩。青岛的色彩是什么？

"青山绿树，碧海蓝天"，一百多年前康有为在一封信中无意间为青岛秀丽的城市风貌做了定位。至今，青岛仍引以为豪。

的确，依山傍海，山、海、城、景浑然一体，红瓦、绿树、碧海、蓝天交相辉映，好一幅美丽壮观的城市图画。

青岛的色彩姹紫嫣红，斑斓迷人。

这里原本是一个小渔村，至于后来名叫"青岛"的原因众说纷纭，其中有一个说法最为普遍：很久很久以前，浩瀚的大海近岸有一处海湾，那里有一个小岛，岛上绿树成荫，终年郁郁葱葱，远远望去令人心旷神怡，于是人们叫它"青岛"。

地名虽然只是个符号，却蕴含着只可意会不可言传的寓意和文化精髓。

青岛一直被视为一座年轻的城市，建置历史很短，只有一百二十多年，但这块大地却古老而深沉，散发着弥久留香的历史文化气息。

两千多年前的春秋战国时期，今属青岛辖域的琅琊是齐国的重要城邑，齐桓公、齐景公都曾来此。公元前472年，也就是越灭吴后的第二年，越王勾践北上称霸，由会稽徙都琅琊，将其作为北上经营霸业的立足地。秦始皇统一天下后，三次出巡琅琊，迁民 3 万户修筑琅琊台，以观海望日，并两度派遣徐福等方士携童男童女从琅琊台入海求仙，从此琅琊的名声大振。周边的崂山、天柱山等群峰秀峙，怪石突兀，云岩凌空，气势非凡。名山大川，自是帝王将相膜拜之地，也是文人乐游之所。李白、白居易、李商隐、熊曜、苏轼、颜悦道、王无竟、丁耀亢、刘翼明、高凤翰等都曾前来，留下一篇篇脍炙人口的诗文。这些文学作品不仅记载了这一区域的历史、文化和自然景观，也折射出风云动荡的时局，以及千百万民众的多舛命运，给古老的青岛无形中增添了厚重的文气和墨香，也给史学研究者提供了宏大的探索空间。

二十世纪三十年代，不知是巧合还是历史重演，一大批现代文化名人驻足青岛，数量之多，令人瞩目：杨振声、闻一多、梁实秋、王统照、沈从文、汪静之、洪深、老舍、吴伯箫、王度庐、郁达夫、朱自清、郑振铎、石评梅、苏雪林、丁玲……成为青岛文化史上一道亮丽而独特的风景，也勾画出青岛浓墨重彩的多元文化景象，正如沈从文所言："海既那么宽泛，无涯无际，我对人生远景凝眸的机会便较多了些。海放大了我的感情与希望，且放大了我的人格。"

矗立在五四广场的那个巨大的火炬雕塑，许多人未必知道它的背景，也未必会明白为何在一个城市的政治中心放置这样一个色彩鲜艳的火炬：第一次世界大战结束后的 1919 年 1 月 18 日，在巴黎凡尔赛宫召开的和平会议上，美、英、法三国主张把德国在山东的权益转让给日本，北洋政府的代表准备在和约上签字，这引起广大中国人民的愤怒。5 月 4 日，成千上万的北京学生在天安门广场举行示威游行，高举的旗子上写着"拒绝在和约上签字""还我青岛""宁为玉碎，勿为瓦全"等标语。那情景很容易让人想起田横岛五百义士。田横岛位于青岛东部海域的横门湾中。秦末汉初，刘邦手下大将韩信带兵攻打齐国，齐王田广被杀，齐相田横率五百将士退居此岛。刘邦称帝后，遣使诏见田横，田横不降，于赴洛阳途中自咧。岛上五百将士闻此噩耗，集体挥刀殉节。

五四运动形成全国规模的爱国运动，并最终迫使北洋政府拒签了和约。五百义士的壮举虽未重演，但青岛主权问题作为五四运动的导火索，使青岛被历史永记。1997年青岛五四广场建成开放，那个巨大的螺旋形上升的红色雕塑仰天挺立，成为青岛标志性景点之一。这个名为"五月的风"的雕塑像是在默默诉说着历史的沧桑巨变，每天吸引八方游客驻足留念。

青岛是个多元化的城市，既有齐鲁文化的传统观念，又有开放包容的现代意识，更有敢为人先的开拓创新胆略。

青岛有个新区叫黄岛，与青岛老市区隔海相望。以前岛上土层极薄，"潮汐薄岸，地极泻卤"，不宜树木生长，远望土石赭黄，故名黄岛。当时谁也没想到这块不毛之地日后会变成"金凤凰"，展翅高飞，光芒四射。2011年一条全长7800米的海底隧道，把青岛和黄岛连接在一起；同年，一座全长36.48千米的跨海大桥横跨胶州湾，又把青岛东、西两个主要城区连接起来。像疏通了大动脉，黄岛从此充满了朝气和力量。如今这个被冠以"西海岸新区"名号的第九个国家级新区，成为青岛面积最大的行政区，人口有190多万，还成了国家陆海统筹发展试验区、国际高端海洋产业集聚区、海洋经济国际合作示范区、国际航运枢纽、山东半岛蓝色经济先导区、海洋科技自主创新领航区、深远海开发战略保障基地、军民融合创新示范区、海洋经济国际合作先导区。仅这些新潮的名号就足以让人刮目相看。

这里还成了"学府"中心。中国石油大学（华东）、中国海洋大学西海岸校区、海军军官大学、哈尔滨工程大学青岛校区、中央美术学院青岛校区、复旦大学青岛研究院、山东科技大学、青岛理工大学、青岛滨海学院、青岛黄海学院、青岛职业技术学院、青岛港湾职业技术学院等纷纷在此立足，我国首个电影之都也在这里落户。

黄岛变成了"金岛"。

青岛还有一个"岛",叫红岛。这是胶州湾内的第一大岛,其近海物产丰富,有各种鱼类、贝类、蟹类等。红岛蛤蜊声名远扬。许多市民会趁海水落潮,拿着铲子、水桶到海边挖蛤蜊,那情景迄今令人难以忘怀。然而,单纯靠近海小产品带动不了经济的大发展。红岛及其周围一直陷在"进不来,走不出"的瓶颈之中。2012年红岛经济区正式挂牌。这是青岛市为实施"三城联动"发展战略的又一大手笔,它直接把红岛经济区及周边区域的功能定位为交通便利,设施完善,人才汇聚的智慧型、生态型、现代化国际城区。截至2017年,"新区"就累计引进重点产业项目935个,总投资2176亿元;新开工亿元以上重点项目31个,竣工20个。一些网信科技产业园、云计算数据中心、科学技术发展中心、软件和服务外包交易中心等龙头项目也先后签约落户。昔日的盐滩泥洼之地,矗立起一座座现代化的高楼大厦。

红岛真正"红"起来了。

青岛、黄岛、红岛,冥冥中似乎早有安排。三种主打色彩连接在一起,象征着蓬勃、和谐、向上、红火。大青岛在书写着前所未有的新篇章。

青岛的主色调还是离不开"蓝"。大海是蓝色的,这就注定青岛与蓝有缘。

2008年青岛凭借地理优越、环境优美的大海,成为第二十九届夏季奥运会和第十三届残奥会帆船比赛举办城市。国际赛事让青岛的知名度和城市形象发生了前所未有的变化。现在,青岛奥帆基地依旧经常是帆影点点,千帆竞发。"潮平两岸阔,风正一帆悬",克里伯环球帆船赛两个赛季分赛站在这里。蓝色的大海上一艘艘挂着不同国家旗帜的帆船乘风破浪,勇往直前。奥运精神在延续、光大。

国家深海基地管理中心坐落于风景秀丽的青岛即墨区鳌山卫。它面前是宽阔无垠的黄海。一道雄伟的大坝轻轻将大海划开，拥揽着两侧的草岛和柴岛，怀中是那片静谧的海湾，给人一种神秘庄严又有些温馨的感觉。这里是继俄罗斯、美国、法国和日本之后，世界上第五个深海技术支撑基地，是实现中华民族"可上九天揽月，可下五洋捉鳖"的宏伟夙愿，维护国家海洋安全和海洋权益的桥头堡，具有深远的战略意义。

"蛟龙号"这条巨龙，从这里出发过，在蓝色的大海里畅游、潜浮。自海上试验以来，"蛟龙号"共成功下潜158次，总计历时557天，总航程超过8.6万海里，实现了100%安全下潜，取得了丰硕的深海科考成果，成为国家推进地球资源探索的重要保障，成为我国参与未来国际海洋竞争的重要力量。

还有那个叫"蓝谷"的地方，听名字就与大海有关。蓝谷位于崂山北麓，黄海之滨，鳌山湾畔，依山面海。域内山、谷、湾、海、岛自然分布，环境十分优美，生态优势也非常明显，有面积达7.2平方千米的海水溴盐温泉，还有覆盖面达56%的森林。以前，这里是农民开垦、渔民出海之地，而今，已成为"海洋事业的聚集中心"。蓝色大海让青岛拥有强势的海洋科技研发实力和人才资源。海洋科研与教学机构占全国的1/3以上，涉海领域两院院士占全国的70%，高级海洋专业技术人才占全国同类人才的40%。蓝谷正是仰仗这种得天独厚的优势，大刀阔斧，砥砺前行。海洋科技研发、海洋成果孵化和交易、海洋新兴产业培育、蓝色教育文化人才聚集，一个个与海洋有关的项目纷纷破浪而来。

大海是宝藏，也是经济的命脉之一。蓝色大海是壮大一个城市经济的绝佳舞台。

青岛港位于山东半岛南岸的胶州湾内，历史悠久，比青岛建置只晚一年，是货真价实的"老港"。港内水域宽深，四季通航，港湾口小腹大，被视为绝佳优良港口。当年德国地理学家李希霍芬到青岛考察，一眼就看中了青岛天然的港口优势，建议德皇予以重视。青岛港现在拥有码头15座，泊位72个，包括可停靠24000TEU船舶的世界最大的集装箱码头、40万吨级矿石码头、30万吨级原油码头。青岛港与世界上180多个国家和地区的700多个港口有贸易往来，被国务院明确定位为现代化的综合性大港和东北亚国际航运枢纽港。青岛港是我国第二个外贸亿吨吞吐大港，也是太平洋西海岸重要的国际贸易口岸和海上运输枢纽。其进口原油吞吐量居中国港口第一位，集装箱装卸效率、铁矿石卸船效率始终保持世界第一。

"老港"不仅老当益壮，还返老还童，迸发出勃勃生机。

蓝色为青岛带来荣耀，带来机遇，也带来发展和更加辉煌的前景。做好海洋这篇大文章早已成为青岛人的责任和使命。不久的将来，蓝色大海一定会给青岛带来更多意想不到的惊喜。

白色是洁净的象征，是色彩中的基础色调，可以画出最美最新的画卷。它同样与青岛的发展密切相关。

二十世纪八十年代中期，一个叫张瑞敏的企业家带领工人把几十台不合格的冰箱用铁锤砸烂，一时成为轰动全国的新闻。时光荏苒，三十多年过去了，那个叫张瑞敏的企业家还在，青岛电冰箱厂早就消失了，成长为海尔集团。如今的海尔是全球大型家电品牌，据世界权威市场调查机构欧睿国际发布的2016年全球大型家用电器品牌零售量数据显示：海尔大型家用电器2016年品牌零售量占全球市场的10.3%，居全球第一，这是自2009年以来海尔第八次蝉联全球第一。在美国、德国、日本、意大利等发达国家，人们对海尔的产品一点儿也不陌生。沃尔玛、百思买这些知名的国际大商场里，随处可见海尔的家电。据统计，美国有超过30%的家庭使用海尔家电，60%的欧洲人认知海尔品牌。这让中国人为之骄傲，也让青岛人脸上有光。

具有中国民族企业基因的白色家电，像一条洁白美丽的长缎，曼舞在流光溢彩的市场竞争画卷中，散发着独特的幽香。

在青岛，有着同样芳香的产品还有许多。和谐号动车、青岛啤酒、海信电视机、澳柯玛冰柜……五光十色，光彩照人。如果它是一幅画，那将是各种色调完美的结合。

青岛是一座美丽的城市，又是一座充满朝气的城市。她赢得了数不清的桂冠与荣誉：国家沿海重要中心城市、滨海度假旅游城市、国际性港口城市、国家重要的现代海洋产业发展先行区、东北亚国际航运枢纽、"一带一路"新亚欧大陆桥经济走廊主要节点城市和海上合作战略支点城市、全国文明城市、中国最具幸福感城市。

在青岛，可以看到栈桥的"回澜阁"、小青岛公园里的"琴女"、小鱼山的"览潮阁"、榉林山上的电视塔、奥帆基地的"情人坝"、浙江路上的天主教堂、黄县路的"骆驼祥子博物馆"、福山路上的"康有为故居"、海洋大学里的"一多楼"，还可以到有"万国建筑博览"之美誉的八大关转一转，那里的有遮云蔽日的参天大树，有让人心情愉悦的遍地绿茵，有精致而典雅的别墅群，有宁静而悠长的步行道，还有一对对浪漫而美好的情侣倩影。

当然，最美的还是人。青岛人受孔孟思想影响极深，以友善为上，豁达、好客；同时又接受了西方文明思潮，平和、博爱。青岛的"微尘"享誉全国。这个迄今不知名姓的爱心人，已经成为青岛人乐善好施的象征和代名词。每年有成千上万的"微尘"涌现，有数不清的"爱心驿站""文明使者""笑姐团队""志愿服务"活跃在城市的每一个角落，他们用火热的激情、勤劳的双手、无声的行动，为这个城市绘就了一幅幅灿烂多彩的图画，让这个城市更加美好、辉煌。

十多年前，作为2008年北京奥运会帆船比赛城市，青岛改变了自己，变得魅力倍增，美丽迷人。上合组织峰会在青岛的召开，对青岛来说更是一次千载难逢的机遇，无疑是喜从天降、锦上添花。一个名副其实的国际型海洋城市，离我们还会很远吗？

青岛的色彩，会更加亮丽鲜艳。

亮丽多彩的青岛奥帆中心

因"会"而名扬四海的地方应该为数不多，但青岛就有这样一个地方。

2008 年 8 月，第二十九届夏季奥运会帆船比赛在这里举行，这里因此而被世界知道；2018 年 6 月，上海合作组织青岛峰会在这里召开，这里再次为世界瞩目。

这里就是青岛奥帆中心。

美丽岛屿，崭新地标

奥帆中心位于青岛的燕儿岛。顾名思义，这里原本是一个"岛"，日月潮汐与岬角海湾涡流的常年洗磨、侵蚀，使这里形成了礁滩，隔水与地相望。后来经过人工填埋，这里与陆地合为一体，"岛"名存实亡。因地理位置特殊，每到秋季大潮袭来时，这里惊涛骇浪拍打堤岸，"如雄武的骑兵阵营，勇敢地撞击到礁石群上，澎湃有声，洁白的大小浪花飞上半空，在阳光下迷蒙落下"，其景象非常壮观，被誉为"燕岛秋潮"。民国时期这里就是青岛著名的十大景点之一。

因为离市区较远，这里空旷萧条，鲜有人烟；又因为景色宜人，这里备受青睐。二十世纪二十年代末，国立山东大学在此建了植物实验场，大学学子来此实习时便会在岛上支起帐篷，白天扑向大海游泳，晚间举行篝火晚会，很是热闹。1935年，在为电影《浪淘沙》选取外景时，导演孙瑜便相中了燕儿岛。著名女作家苏雪林二十世纪三十年代中期曾在青岛暂居，她去过好几个海水浴场，但唯独感觉燕儿岛浴场海湾宁静，海天一色，环境最为幽美。抗战胜利后，燕儿岛成了军事禁地，美国海军把西海滩辟为专用海水浴场，禁止村民在此赶海、捕鱼，这里越发静谧。新中国成立后，因为这里建有军用仓库，市民很少踏足。

1968年，一家规模庞大的造船厂入驻燕儿岛，巨大的船坞、敞开式的厂房以及许多重型机械把这块空旷的土地挤占得满满当当，四周的高大围墙更是把本来一览无余的海面遮挡得严严实实。燕儿岛成了"神秘"的存在。许多青岛人，特别是年轻人居然不知道甚至都没听说过燕儿岛这个名字，更不要说有机会踏上那块地域了。

燕儿岛，何时才能展露你美丽而充满风情的芳容呢？

天赐良机。2001年7月，北京获得了2008年奥运会的举办权，青岛正式成为北京的奥运合作伙伴城市，获得了奥运会帆船比赛的举办权，赛事基地就选在燕儿岛。两年后，船厂西迁，一个崭新的地标从此诞生，她的名字叫作青岛奥帆中心。2008年，第29届夏季奥运会帆船比赛在此圆满落下帷幕，青岛为奥运精神的传播增添了浓重的一笔。

世界瞩目，再添辉煌

2018年年初，也就是举办奥运帆船赛十年后，又一个令人振奋和激动的消息传来——上合组织峰会将在青岛举行，会议地点确定在浮山湾畔的奥帆中心。

此时的奥帆中心虽然依旧气势磅礴，但毕竟已经走过了3600多个日日夜夜，有大量的提升工作需要进行。

上合峰会是引人瞩目的国际性会议，举行这样一个重要会议，应该有一个与之相匹配的会议中心才算圆满。当时奥帆中心没有大型的会议场所。接到任务后，各路人马紧急动员齐上阵，要在最短的时间里建造一座经得住历史检验的国际性会议会展建筑。197 天，总面积 54000 平方米的雄伟建筑在奥帆中心拔地而起。该建筑面向大海，背靠燕儿岛山，视野开阔，大气磅礴，是真正意义上的"依山傍海"。建筑融合了中国传统建筑形制，又进行了现代演绎——水平三段式，两侧翼角起翘，中间十字交汇。从空中鸟瞰，该建筑犹如一只舒展两翼的海鸥，山、城、海、港、堤融为一体，寓意"腾飞逐梦，扬帆领航"，同时又展示了"天接云涛连晓雾，星河欲转千帆舞"的青岛风采。

2018 年 6 月 9 日，习近平主席和 12 个国家的国家元首或政府首脑、10 个国际组织或机构的负责人在这里达成了一系列重要共识。这次峰会成为上合组织成立以来规模最大、级别最高、成果最多的一次峰会，体现了"世界标准、中国气派、山东风格、青岛特色"，获得了习近平主席的充分肯定，也获得了中外参会嘉宾和国际社会的高度赞誉。

如今，这座国际会议中心已成为奥帆中心最大的亮点，也是游客参观游览的主要场所。游客们走进迎宾大厅，会看到一些标示的点位。峰会期间，习近平主席就是在这里接见各国元首或政府首脑并合影，那个标有五星红旗的点位就是习近平主席站立的地方。2019 年 4 月 23 日，国家主席、中央军委主席习近平还在这里会见了前来参加中国人民解放军海军成立 70 周年多国海军活动的外方代表团团长并合影留念。再往里走就是大范围会谈厅和小范围会谈厅。峰会时，八个正式成员国以及四个观察员国的十二位国家元首或政府首脑都曾坐在这里进行正式会谈。会议的成功举办，给青岛不仅带来了荣耀，更带来了前所未有的机遇。2019 年 7 月，中央全面深化改革领导小组审议通过《中国—上海合作组织地方经贸合作示范建设总体方案》，青岛被确定为"中国—上海合作组织地方经贸合作示范区"。"办好一次会，搞活一座城"，习总书记的重要指示正在变为现实，而这一切正源自在奥帆中心举行的上合峰会。

海鸥展翅，在大海上翱翔；青岛腾飞，在"一带一路"中扬帆领航。

帆船世界，海洋文化

奥帆中心在奥运会结束后成为帆船运动员和帆船爱好者大展身手的舞台。这里承办的赛事不断，沃尔沃环球帆船赛、青岛国际帆船赛、市长杯帆船拉力赛、国际名校帆船赛、国际青少年帆船训练营暨邀请赛、国际极限帆船系列赛青岛站比赛、国际帆联世界杯帆船赛、远东杯帆船赛，以及省市帆船帆板锦标赛、帆船帆板公开赛都曾在这里举行。

一艘艘挂着白帆的船儿，迎着和煦的春风驶出港口奔向宽阔的大海，远远看去犹如一只只白色的海鸥在碧波粼粼的海面上逍遥自在地飞翔，那景色太迷人了！如果能赶上一年一度的青岛国际帆船周和国际海洋节，人们还会在奥帆中心看到来自国外的各式大帆船，甚至可以登上去亲自体验一番。

说到帆船，不能不提"青岛"号大帆船，不能不怀念船长郭川。

出生于青岛的郭川是一名职业竞技帆船赛手，被誉为"中国职业帆船第一人"，他曾驾驶着"青岛"号大帆船，从黄海之滨到英吉利海峡，横渡大西洋、印度洋，穿越茫茫的北冰洋，成功绕过了非洲好望角，绕过了南美洲最南端有着"航船墓场"和"魔鬼角"之称的合恩角。郭川曾在国际知名帆船赛事中获得过许多个"第一"：第一位完成沃尔沃环球帆船赛的亚洲人、第一位参加克利伯（Clipper）环球帆船赛的中国人、第一位单人帆船跨越英吉利海峡的中国人、第一位参加 6.5 米极限帆船赛事的中国人、第一位参加跨大西洋 MINI-TRANSAT 极限帆船赛事的中国人、第一位单人不间断环球航行过合恩角的中国人。他还曾率多名国外顶级帆船选手，驾驶着"中国·青岛"号超级三体大帆船，"启航蓝色梦，扬帆新丝路"，历时两个多月完成了青岛 21 世纪海上丝绸之路帆船航行，在停靠地开展文化交流，推介宣传青岛、宣传中国，让帆船成为友谊的使者。2016年 10 月，郭川独自驾驶单人帆船"中国·青岛"号挑战"金色太平洋"，在美国夏威夷附近海域失联。

郭川虽然已经离去，但奥帆中心每年的帆船赛事还在不间断进行。当人们欢呼迎接一艘艘凯旋的帆船时，谁能说那不是郭川勇往直前精神的重现？郭川已成为时代英雄的化身，奥帆中心为此感到自豪和骄傲。

习总书记 2019 年 4 月 23 日曾在这里检阅海军仪仗队，并随后登上检阅舰西宁舰奔赴海上阅兵。长长的石板路见证了那激动人心的时刻。总书记登舰的地方如今已被醒目地标注，成为游客必到之处。许多人站在标注处远望大海，浮想联翩，心潮澎湃，为祖国的日益强大而欢欣鼓舞。

浪漫多姿，情迷坝上

奥帆中心名声最响亮也最有神秘感的地方莫过于"情人坝"。

许多人对这个名字感到好奇，一个赛事场地怎么会有如此浪漫的名字呢？

"情人坝"位于奥帆中心港区南侧，长 534 米，宽 47 米，从一端望去，宛如一条巨龙涌入浩瀚大海。坝的尾端建有一座白色灯塔，高 20.08米，象征着 2008 年在青岛举办的奥帆赛，意味无穷，蔚为壮观。这里原本是为奥帆赛所建的主防浪坝，坝下有许多敦实而巨大的水泥石。依石而上是一级级台阶，供观众观看赛事，所以这里也叫"观众坝"。站在坝上，面朝大海，满眼碧波粼粼，顿觉心旷神怡，海风拂面更是令人如痴如醉；回眸望去，青岛最亮丽的景色尽入眼帘，现代化的建筑鳞次栉比，一派生机；夜晚的灯火流光溢彩，五彩斑斓，美轮美奂，光影倒映在微波闪闪的海面上，散发着迷人的幻彩。

"观众坝"变为"情人坝"冥冥之中像是天意。当年奥帆赛上取得中国历史上第一枚帆板项目金牌的选手叫殷剑，获奖后她的未婚夫就是在坝上向她求婚的。青岛是一座开放城市，也是一座时尚城市，充满了激情和浪漫。奥帆中心建成后，每年到这里拍婚纱照的情侣络绎不绝。春暖花开之时，更是有数不清的情侣面朝大海情意绵绵。因而，"观众坝"改名"情人坝"自在情理之中，也当之无愧。

如今的"情人坝"是青岛城市形象的新名片，很多人都觉得来青岛别的地方可以忽略，唯有"情人坝"不可割舍。每到夜晚，伴随着五彩缤纷的灯光秀，坝上人头攒动，熙熙攘攘。人们在音乐酒吧、在咖啡屋、在书吧、在啤酒馆，惬意而洒脱。小号响起，吉他弹起，歌声悠悠，舞步恰恰。月光灯影下的"情人坝"上激情四射，一派浪漫景象。

浪漫爱情的见证地、餐饮观海的体验地、咖啡美酒的汇集地、青春梦想的放飞地，未来的"情人坝"不仅要成为人气火爆的观光景点，更要承载历史和时代赋予的文化使命，而这一切都离不开"上合"，离不开"奥运"。

八大关的万国建筑

八大关是青岛的一个地标。它以独特的地理位置、优美的环境、艺术的建筑、繁茂的植被、别致的街道和传奇的故事而成为青岛的骄傲。

八大关最吸引人眼球的当属建筑。梁思成称其为"青岛最美的地区"，指的就是这里独具特色的建筑。

"文革"前夕，国内一些著名大学的建筑系学生都会到青岛八大关来观摩、实习，到八大关来欣赏建筑的人们也总是络绎不绝。

八大关是"万国建筑博览会"，曾被《中国国家地理》杂志评选为中国最美的五大城区之一，还被评为首届"中国十大历史文化名街"。

许多人以为旧中国的八大关像上海、天津的租界，归列强管理，理由是八大关的建筑都是洋房和别墅。这是个极大的误会，实际上八大关自始至终一直是中国人的地方。

二十世纪二十年代末期，青岛成为当时全国五大直辖市之一。城市规格的提升，吸引了一大批外国资本和民族资本涌入。有钱阶层需要环境、式样、条件皆为上乘的高端住宅，于是国民政府便在沿海一侧划出了一片区域，作为"青岛特别规定建筑地"，这就是后来的八大关。

"特别规定建筑地"出现后，名流雅士纷至沓来。能在八大关求得一席之地，不仅是生活的享受，更是身份的象征。当时的规划部门很是尽职尽责，既然是"特别"，就不能"一般"。民国时期出台的《青岛市暂行建筑规则》，对建筑面积、高度层数、房屋式样、绿化、围墙、屋檐、浴室、厕所、外部装饰色彩、外观设计等都做了明确详细的要求，比如同一条路上不得建造同一式样房屋；围墙须用花式铁栏、木栅或砖石砌成空花；建筑物外部所用油漆颜色必须协调统一，包括瓦片和砖石的粉刷。这种近乎苛刻的限制规定，大概现在也很难找到。如果没有当时这样的硬性规定，肯定也就没有现在这样的八大关，这是毫无疑问的。

八大关里尽是洋房和别墅，这跟居住在这里的人群有关。二十世纪三四十年代，在八大关购地置业的主要是美国人、俄国人和日本人。这些"洋人"自然喜欢自己国家的民族风格和传统建筑样式。古希腊式、古罗马式、拜占庭式、巴拉克式、洛可可式、新艺术、折中主义、田园风式，一座座经典建筑错落有致地分布在以关隘命名的八条街道上，放眼望去，充满浓郁的异国风情。

八大关的建筑，从开始兴建到形成规模，历经十几年。现在的八大关矗立着的各式建筑近四百栋，总建筑面积有十四万多平方米，已成为不可多得的建筑珍品，令人倾慕向往。

不少人看了八大关的建筑后，感叹国外设计师的建筑思想和实践确实值得称道，这又是一种误判。参与八大关建设的建筑师确实来自诸多国家，但中国人占了相当大的比例。一批受欧美建筑学教育影响的中国建筑师在八大关建设中起了不可估量的作用。他们既吸纳西方建筑风格和形式，又结合中国田园式的建筑理念，设计和建造了一大批中西合璧、具有鲜明"混搭"特点的别致建筑。这其中最典型的就是花石楼。这幢融合了西方多种建筑艺术风格的古堡式建筑，细节之处却不乏中国元素，是八大关最具特色的著名建筑之一，其设计者是青岛著名的设计师刘耀宸。

实际上，八大关许多著名别墅的设计都是出自国人之手：王复生别墅和格蓝德耶夫别墅，建于 1934 年，由建筑师郭鸿文、王屏藩设计；克立比克别墅，建于 1937 年，由建筑师唐霭茹设计；周墀香别墅，建于 1935 年，由建筑师苏复轩设计；嘉峪关路 8 号欧式别墅，建于 1947 年，由建筑师郭鸿文、赵诗麟设计；韶关路 26 号苏联公民协会，建于 1942 年，由建筑师王屏藩设计；马哈力大安大斯别墅，建于 1939 年，由建筑师黄佳模、栾延玠设计；陆廷撰别墅，建于 1936 年，由建筑师苏复轩、孙荣樵、翟克振设计；金城银行青岛分行别墅，建于 1935 年，由建筑师徐垚设计。至于建筑的建设者以及所需的各种材料，更是毫无例外地出自中国。所以，八大关虽是彰显着"洋"气，但根子里还是散发着"本土"的芬芳。

八大关之前的"主人"大都是达官贵人，蒋介石、宋子文、孔祥熙这些大佬都曾下榻于此。新中国成立后，八大关的建筑基本都收归国有，成为接待党和国家领导人及外国元首的重要场所。毛主席曾到过八大关，并于 1957 年夏天在第二海水浴场的红亭内主持召开了中央政治局会议。刘少奇、周恩来、邓小平等领导人及柬埔寨西哈努克亲王等都曾在这里留下足迹。其中山海关路 17 号，因为彭德怀、刘伯承、贺龙、罗荣桓、徐向前、叶剑英 6 位元帅曾先后住过，被称为"元帅楼"。

现在八大关的许多别墅成为"博物馆""文化会所""纪念馆"，供人们参观游览。走近这些建筑，人们仿佛置身于融合了多元文化建筑艺术的走廊，感受着不同时代、不同风范的艺术熏陶，对这片神奇的土地的骄傲和自豪便更加强烈。

报摊：现代都市生活的标签

几年前，我的一篇小说发表在一本期刊上。我想要早点儿看到刊物，等不及编辑部寄样本来，赶忙四处打听购买。那些年纯文学刊物的销售量大幅下降，虽然那本刊物有些名气，但印象中未曾在书店见过。后来也真的得到确认，此刊物自办发行，书店无货。沮丧之时，有人提醒我，可以到报摊上碰碰运气。我匆匆赶去，连看几个报摊均未如意，但最后在一处摆满了各种报刊、图书的报摊上如愿以偿。

报摊是城市里的一道充满书香气的风景，虽然后来经统一规划基本都变成了报亭，数量上也越来越少了，但给人留下的记忆和印象却非常深刻。

我记得，大约在二十年前，许多人家是不订报刊的，有需要的话，都是去报摊上买。那时的报摊，既有报纸也有杂志，有的甚至有图书。报摊大部分设在商店门口的空隙处，天桥底下，火车站、汽车站旁边，或在码头、街头、集市的某一个角落。总之，凡人群集中的地方，就会有报摊。报摊大都很简陋，有的用简易的架子支一块木板，有的铺一块塑料布或油布，再有的干脆用几张旧报纸席地而设。条件好点儿的报摊无非就是有个小亭子，但也很简陋，毕竟本来就不是专门做报亭用的，只不过是经过改造重新利用而已。报摊规模的大小，不在于设施如何，更多的要看经营的报刊种类。比如报纸，不光要有本地的，还要有其他省份的，特别是中央的，这样才显得丰富多彩；杂志也是如此，北京的要有，上海的要有，东北、西北的也都要有；从内容方面来说，介绍无线电、激光的不可少，服装、美容、菜谱也要有一席之地。以前，报刊不像现在这么多，但有几类特别受欢迎：比如电视报，尤其本地的特别抢手，因为电视报的实用性很强，每周四或周五甫一出版，立时变成了"抢手货"，去晚了就买不到了；法制类、文摘类、娱乐类的报刊也很受青睐，通常是一上市就脱销。有些人跟摊主熟悉，会让他提前预留这类报刊，根本不对外卖。那时报摊的作用发挥得很好，许多读者要买报刊，不去邮局也不去书店，就到报摊。人们所需要的大多数的读物，都能从报摊上寻到。

后来报摊逐渐减少了，原因很多。一是报刊的种类越来越多，人们的兴趣很难再集中到某一类或一种报刊上，报贩们进货难以把握住规律，搞不好就会赔钱；二是许多人开始订报订杂志，特别是本地的都市类报纸，订阅不光投递非常方便，还有各种优惠，坐在家里等着送报刊上门远比跑到街上去购买舒服；三是当时报摊很多是无证经营，且有些卖的是盗版书刊，有关部门加大整治力度后，许多人不愿再冒风险，于是就"金盆洗手"了。但是，报摊仍旧存在，只是各城市间、各区域间发展程度不同而已。

我发现，北京的报亭很多，这可能是地域位置特殊导致的。北京作为全国政治文化中心，出版机构多，媒体多，文化人也多。一个占地大约也就四五平方米的亭子，里面摆满飘着墨香的印刷品：有各种畅销的杂志，也有多种影响力较大的报纸，像是一个精神商店——让人们从中得到熏陶升华，又像是一个浓缩版的书店——销售着几十种甚至几百种书刊。当年，我国每年出版的刊物多达3000多种，这其中有十分之一能成为报亭的"座上客"，可以基本满足人们的需求，让人们有更多的选择。亭子里面一般都当仓库用，储存着各种报刊，但每种数量不一定太多。多了卖不出去就会积压，光运送也不划算。这也是报亭的独特经营方式，书店很难做到。

每天光顾报亭的人不能说络绎不绝，用"长流水，不断线"形容更是恰当。许多老人是报亭的常客。有一幅照片很能说明问题：一位老人捧着一份《人民日报》，坐在报亭旁边的一个石凳上专心致志地阅读，他的脚边放着一兜菜，那一定是他刚从早市买来的。可以想象，他买菜辛苦，路过报摊时买份报纸，一边小憩一边就地阅读。能读《人民日报》的人绝非寻常。当然，北京是个大城市，各类人员多，文化层次参差不齐，各种需求不尽相同，这也决定了报亭里的内容各具特色，并非每个报亭都卖主流媒体的出版物，有的报亭通俗类的报刊居多，高雅类反而难以寻觅。有一次我去北京出差，想去买《国家人文历史》杂志，宾馆的服务员问了好几遍，等弄明白了杂志的大概层次才告诉我要到某处去购买，到另一处肯定买不到。因为那里的报摊主要是给周围打工人员服务的，"小报"特别多。实际想想这倒是件好事，因人而异，各取所需。如果都变成千人一面、千篇一律，反而让人无所适从了。

报摊的作用在于方便，许多人可以顺路、顺手、顺意买到自己喜欢的报刊，带进地铁、公交车厢里，随时随地阅读，充实自己的头脑，掌握各类信息，这是传统书店不具备的优势。更有趣的是，有的报摊还沉淀旧货，让人能淘到"宝贝"，惊喜一番。二十世纪九十年代初，我到香港学习，写结业论文时需要一份资料。当时一份小杂志上曾发表过一篇文章，其内容跟我要写的论文吻合。我得知消息后赶忙去书店购买，不料跑了几家，均已告罄。因为这份杂志影响力不大，每期出版量有限，且许多人看完并不保存。我有些沮丧，以为没戏了。后来一位指导老师建议我到报摊上去看看。于是，我利用星期天跑到中环，竟然真在一处地铁站旁的简陋报摊上发现了这本杂志。

小小报摊，虽只有一席之地，却是现代都市生活的一个标签，体现出城市的文化韵味和亲和力。在这个狭小的空间里蕴藏着丰富的精神世界。这点，在发达国家的一些城市似乎更具有特色，更令人刮目相看。我曾去过英国，在伦敦的大街小巷，走着走着，就会见到一个装修精良的报刊零售店。每一个地铁站入口，基本上都会设有流动的售报亭。人们随时可以买一份自己喜欢的读物，边走边翻，或者坐在街头的长椅上静静地阅读。不久前一条消息很让伦敦人兴奋，有建筑设计师开始将设计的精力倾注到报亭身上，或许不久的将来，街头那些报亭就会变身为时尚亮丽的景观。加拿大也是如此。我曾住过的大楼的地下层连着地铁站，乘电梯到达底层，一出来就会看到一个报摊，走不了几米又是一处，进到地铁站里面还有。如此密集的报摊都能存在下去，说明人们的确需要，也说明人们对时事的关注度和对信息的知晓欲之高。日本是世界上有名的"读报大国"，早晨买报已经成为日本"读报文化"的组成部分。在日本一都一道二府四十三县的土地上，分布着大约2.3万个报纸专卖店，大都在靠近车站的地方。读报和坐地铁，是日本人生活中不可或缺的两种要素，而报摊承担了将这两者完美结合在一起的桥梁作用，足见其重要性了。

尽管如此，这些年因为各种各样的原因，报摊有点儿渐行渐远，逐渐淡出人们的视野，这似乎是大势所趋。一个不可忽视的原因就是互联网时代，微博、微信正在改变着人们的阅读习惯。许多人悲叹，纸质媒体退出人们生活的日子越来越近了。没有了纸质媒体，最先受冲击的或许就是那一个个"麻雀虽小，五脏俱全"的报摊。然而，这种悲叹真的会成为事实吗？这恐怕要走着看。如今人们获得信息的渠道确实多种多样，但纸媒仍是重要且可靠的信息源。许多人离不开它，特别是那些对新兴媒体不感兴趣的"老人"。这是一支相当庞大的队伍，只要他们存在，纸质媒体就难退出历史舞台，报摊就会屹立不倒。

茶文化

随着生活水平的提高，越来越多的人喜欢喝茶并开始研究茶。不少人家里都有专门的泡茶器具，精美、雅致，光看上去就令人赏心悦目，更不用说品尝了。

茶是一种文化。我先前不理解也不明白，以为就像吃饭一样，许多人只是胃口的需要，要解决饥饿。岂不知里面的学问大着呢！

茶文化包括茶道、茶精神、茶联、茶书、茶具、茶画、茶学、茶故事、茶艺等等，光看名头就犯晕。好在对茶文化痴迷者凤毛麟角，绝大多数人只管尽情享用，味觉和嗅觉满足了，其他也就忽略不计。

喝茶确实有技巧。有人会喝，能喝出味道，喝出好坏，有的人只是喝而已，充其量品品滋味，表达一下喜嫌，很难说出个子丑寅卯。至于什么潮州的单丛茶、太湖的熏豆茶、苏州的香味茶、湖南的姜盐茶、成都的盖碗茶、台湾的冻顶茶、杭州的龙井茶、福建的乌龙茶、云南的普洱茶等等，这些听上去就如谜题般的茶配制，对多数人来说除了好奇，剩下的便是一头雾水，难以厘清。

倒是当年茶叶店的等级茶，给人特别是上点儿年纪的老人留下的印象颇深。清香型的特级、一级，浓香型的二级、三级、四级，"叶""碎"分得清清楚楚。不过很多时候也只是听觉上过过瘾，真正见过的很少。因为高级茶一是稀少，二是价钱太贵。对普通老百姓而言，只能是指雁为羹、望梅止渴罢了。

以前许多喜欢喝茶的人，早晨一上班就冲一大茶缸，中间只续水，茶叶不换，一天喝到底。这些茶基本上都是"低级茶"，一斤三四块钱，有点儿茶叶味就不错了。但就这样，有的人也能喝出门道。老邻居在一家街办工厂工作，天天随一帮老工人喝茶。架不住天天喝，一年下来，这位老兄居然随便喝几口茶就能分辨出是何品种和大概的价格了，惊得邻居们瞠目结舌。其实现在回想那算不上什么本事，当年能喝到的或者说能喝得起的不就是凭票供应的那几种茶吗？哪像如今，各种茶叶琳琅满目，让人眼花缭乱，什么绿茶、红茶、白茶、黑茶、乌龙茶、黄茶、药茶、花茶，光记名称就要费一番劲儿，更不要说辨别了。

不过，茶确实有不少奥秘。

前些日子朋友相约一起到云南勐海去看茶树。旧友老丁在那儿包了一百多亩的茶山。去之前临时补课方知，勐海是云南普洱茶最大的种植地。

到了勐海，接我们的车顺着公路跑了一段便进入了山路。我头回体验到什么是真正的山路：悬崖峭壁，遍地乱石，坑洼不断。车跑在上面像是在跳舞，一会儿人就被跳"晕"了。看来种茶也不是个轻松事儿。

颠簸了一个多小时，谢天谢地终于到了目的地。原以为茶园都像电视上的那样，一群采茶女戴着头巾，挎着箩筐，唱着歌儿，在绿油油的大田里欢快地采摘。这情景一点没见且不说，老丁领着我们去看的茶树，竟疏疏落落分布在高坡山头上，那种绿树连片、茶花飘香的浪漫景象全滞留在想象中。大概看出了我们的疑惑和失望，老丁笑笑说，集中连片又高产的是"台地茶"，那茶园漂亮，适合上镜头，但平日里需要喷药施肥、中耕修剪，换句话说就是"人工养殖"。地道的普洱茶产自古茶树，这些古茶树短则几十年上百年，长则上千年。树与树间隔稀疏，产量上可能会受到影响，但恰恰有利于茶树成长，有利于茶树吸收养分。这样环境下生长出来的茶，矿物质丰富，香、醇、浓、厚、甜、滑等特质一点也不缺，还有气韵。

茶有气韵？听起来有些神秘，这又回到了茶文化。

会种茶、能喝茶不等于就是茶文化。茶文化一定要有文人参与。据说对中国茶文化影响力最大的，一个是《茶经》的作者陆羽，他被尊为"茶圣"，另一个是仅次于陆羽的"亚圣"卢仝，他写的著名茶诗——《七碗茶歌》，是至今无人能超越的绝唱。

古人真懂假懂无从考证，但现在熟谙茶文化的却大有人在。种茶、卖茶的人久经磨炼，自学成才，进而成为专家，他们对茶文化传播的贡献绝对要高于文人墨客。但凡去哪个茶厂、茶庄、茶室，从老板到经销人员，甚至倒茶的服务员，说起茶来都是眉飞色舞滔滔不绝，让人感觉茶已不再是饮品，简直是"神品"。

那次看完茶树带回了一点新茶，也装模作样地捣鼓了一番。但喝了几回，太太终于憋不住了问："气韵何在？"

只能怪太太不懂，其实我自己也不懂。

充满情感的忙年

春节是我们最隆重、最幸福、最美好、最热闹的传统节日，也是最值得眷恋的盛大节日。她给人们留下的回忆很多，而之前的忙年更令人回味，也更有情感。

忙年是习俗，涉及方方面面，用事无巨细、包罗万象来形容一点儿也不为过。从清扫卫生到置办各种年货，再到着手烹饪，考虑穿戴打扮，然后是孝敬长辈、满足孩子……好像一年要干的家务琐事都集中在了这短短的几十天，甚至更短的日子里。

年离得越近，激动的情绪越强烈，忙碌的节奏越发快。尤其对孩子们来说，忙年是他们一年中最渴望、最开心的事了。

记得小时候，母亲总会在春节前的那一两个星期日，带着我们兄弟去市场。市场上有好多小商铺以及地摊，这让我们兴奋不已。逛了东家逛西家，看了南家看北家，一家也不落下。实际上，我们并没有什么目标，唯一盼望的是母亲能给多买些鞭炮，那是当年孩子们的挚爱，做梦都想有几挂红红的响鞭揣在手里。

母亲是有备而来的。她先领我们去服装柜台，让售货员把挂在货架上的成衣拿下来放在我们身上一一比量。比量后，母亲会仔细端详，摸摸布料，看看扣子，抻抻衣袖，然后再放在我们身上比量。如此几个轮回，最后还是把衣服还给了售货员。我们心里清楚，母亲嫌贵。想想也是，弟兄三个，如果一人一件，起码要花去母亲的一大半工资，后面的日子还怎么过啊？最后，母亲一般会给我们每人买一块布料，然后找裁缝量身定做，这样比买成衣要省不少钱，几乎每年过年都是这样。等我们长大后，才对当时母亲的心理有了深深的理解：她多么希望自己的孩子能穿得更好些啊，但囊中羞涩，不得不面对现实。说实话，即便是只买布料，当时在大院里也算是比较奢侈的了，好多一般大小的孩子都是穿着哥哥姐姐穿小的衣服，或者旧衣服翻翻新，烫烫熨熨就当了过年新衣。那时候日子几乎都过得艰苦，所以即使是旧衣服也高兴，总归比没有好吧？其实多年后当我们都为人父母时再回味，过年衣服不管是新是旧，那都是父母长辈的一片爱心，是浓浓的血缘亲情，无法用金钱物质来衡量。

新衣有了着落，母亲还会带我们继续逛下去。过年年货不嫌多，吃的、用的、玩的，哪样都需要，关键看腰包里的钱多少。我们最喜欢到食品店，那里有我们喜欢吃的鸡蛋糕，厚厚的发酵过的面粉里掺着鸡蛋和糖，做成爱心的形状，看上去就很有诱惑力。因为平时很难吃得到，过年的时候母亲便会买上两斤，一方面让我们解解馋，一方面也丰富一下节日的生活。蛋糕用包装纸包好，上面还放着一张红色的方纸，那是食品店的商标，然后用纸绳一扎，拎在手里立时别样神气。每次母亲交完钱，我们兄弟都抢着拎蛋糕，仿佛谁抢到手就归谁似的。其实，到了家之后，母亲都是平均分配，手心手背都是肉，母亲也不会让哪个吃亏。我至今还记得母亲从盒子里拿出蛋糕分给我们时那温情的目光，那是母爱的自然流露，刻骨铭心。

菜市场更是忙年必去的地方。凭票供应的鱼、肉、鸡蛋、粉条、豆腐之类的都要从这里购买，所以里面总是熙熙攘攘，热闹无比。母亲带我们去，大都是临近年三十，她要买些蔬菜好准备年夜饭。去之前，母亲会扳着手指念叨：香菜炒肉一个菜，大葱炒鸡蛋一个菜，白菜丝海蜇皮粉条拌菜……然后到菜市场直奔主题。买回来的菜会放在温度较低的北面窗台上舍不得吃，只等除夕年夜饭时才派上用场。一张桌子上摆好八个盘子、两个碗，取"十全十美"的吉言，菜品质量如何是另一回事，吃多吃少也无所谓，重要的是一家人坐在一起热热闹闹，幸福感油然而生。那该是一年里最有意义的一天了。

春节不光是一家人的幸福时光，还关联着亲朋好友。每家忙年都要考虑到亲戚里道，像七大姑八大姨、叔叔舅舅、婶子舅母，还有其他长辈。年初一开始相互拜年，你来我往甚是热闹。这是过年的主要内容之一，这一点，孩子们最喜欢。跟着大人走东家串西家很是新鲜，喊了爷爷叫姥姥，认了舅舅见了大爷，说不定还能接个压岁钱、磕头钱，或者得些鞭炮之类的意外收获。但大人们有时会犯愁，因为多了开支。不过愁归愁，面上还是要过得去。平时不联系也就罢了，过年可不能装"憨"，错过了时机，很可能关系就断了。买上两斤点心、两瓶酒，或者几斤水果，用网兜一拎，直奔门下。亲戚见了顿时眉开眼笑。几句问候，几句家乡话，打断骨头连着筋的情感立时涌上心头，下来这一年，关系一定会更加密切。忙年很多是忙的感情沟通，不经意的举动，下意识地随俗，不在乎年货送了多少，更不在意礼品贵贱，换来的更多的是亲情。这年忙得值！

邻里之间的互帮互助也是忙年不可缺失的回忆。远亲不如近邻，过去住大杂院，谁家忙些什么邻居们一清二楚，谁家需要什么大家也会看在眼里。有太阳的日子，大院里挂满了晾晒的被褥，洗过的床单、衣服。等太阳落山潮气涌来时，有些上班族来不及收拾，早有邻居帮着抖掉被褥上的尘土，把已经晾干的衣服叠得整整齐齐收进了屋。一桩桩小事让人觉得心里暖暖的。

炸麻花、炒花生、包豆包，这些过年时才能见到的食物并非家家都轻车熟路，拿得出手。当时我家最典型，当教师的母亲对这些是外行，我们弟兄们更是两眼一抹黑。不过，每年我们都没缺着"口福"。有邻居帮着来炸麻花，还有邻居帮着包豆包，甚至包饺子时邻家的大姐都会挽起袖子上阵帮忙。没有任何功利，但彼此之间都愿搭把手，好像不帮着做点儿什么反而就是亏欠了什么似的。那时候的人啊，真的是好单纯、好无私、好善良。其实，现在想想，那就是一种感情。大家住在一起，平时可能看不出远近，但到了忙年，立马就不分彼此。犹如一个大家庭，有苦同当，有福同享，这就是中华民族传统美德的具体体现。

现在过年，人们似乎不用再像过去那样忙忙碌碌了，也缺少那种红红火火的热烈气氛了。这跟物质丰富、条件方便有很大的关系。然而许多人并不喜欢这样的清闲，还期望着那种激动、兴奋，甚至有些情不自禁的感觉。那里面包含着一种令人向往的情怀，朴实而真诚，简单而美好。这是真实的人心所向。

充满韵味的路

每个城市都有几条有故事的路。

路本身或许没有什么特别之处，无论是黄沙、沥青，还是石板、水泥，抑或是青砖、碎石，看上去都是很平常、很自然的，但路两侧的住宅、庭院、风景，特别是里面曾经居住过的人，却有着不可名状的韵味。那是历史、沧桑、情感，更是文化、特质和资源。

青岛过去最有名的路是中山路。"中山"，顾名思义，一定跟孙中山先生有关，也说明此路是民国时期命名的。

中山路是青岛的名片，也是青岛最显著的地标。无论是新中国成立前还是改革开放前，这条长约1500米的马路两侧的银行、商店、饭店、书店以及影剧院鳞次栉比。逛中山路是当时青岛人的向往和骄傲。

二十世纪九十年代，青岛市委市政府东迁，与之相邻的中山路逐渐失去了往日的喧闹和辉煌。现在到青岛再提中山路，更多的是对老城区往昔繁华的寻觅和追溯。

其实青岛有名气有韵味的路不仅仅是中山路，在老城区南部还安卧蜿蜒着好几条这样的路。

鱼山路，以山脉命名，源自山东东阿县的鱼山。这座属于泰山余脉的小山，相传因其形似甲鱼而得其名。当年当政者为什么借一个山名做青岛的路名不得而知，但曹植曾攀登过此山，却是已流传数百年的故事。

曹植何许人也？他是三国时期才高八斗的著名文学家，是建安文学的代表人物与集大成者。他的《洛神赋》《白马篇》《七哀诗》脍炙人口，名传后世。

不知是先知先觉，还是无意巧合，二十世纪三四十年代鱼山路周边聚集了一批声名显赫的文人学者，一时间引起国内文化知识界的好奇和关注。

鱼山路33号，有一座在今天看来有些破旧但依然残留着当年气势的小院落。院门处茂盛的树木遮天蔽日，这是梁实秋当年亲手栽下的。在这座小院里，梁实秋生活了四年，创作并出版了《文艺批评集》，还开始了对《莎士比亚全集》的翻译。快乐幸福的时光让梁实秋感到非常惬意，他说从北疆到南粤，以青岛为最好。与梁实秋斜对门，也就是鱼山路36号，曾住过丁西林。这位文理皆优的双料才子，写过喜剧《一只马蜂》《等太太归来》等，而他本身还是位造诣很深的物理学家。

鱼山路不长，不到九百米，但围绕其周边的每一条路都曾住过非同凡响的人物，都有满满的故事。因为当年私立青岛大学，后更名为国立青岛大学、国立山东大学的那所颇有名气的综合性院校，就坐落在鱼山路上。一次次的校名更换，不但没让知名学者减少，相反吸引了更多的翘楚接踵而来。

与鱼山路交叉的大学路，是一条南北向道路，也是青岛第一条现代化马路。二十世纪三十年代世界红十字青岛分会在此办公，之前这里还曾作过军营。那融合了中国民族传统、西欧和伊斯兰建筑风格的红色墙面、黄色琉璃瓦，与现代化的黑色柏油马路相互交融，呈现出一道耐人寻味的风景。

二十世纪三十年代，中国现代伟大的爱国主义者、坚定的民主战士、中国民主同盟早期领导人、中国共产党的挚友、新月派代表诗人和学者闻一多就在这条路上住过。当时他受聘于国立青岛大学，任文学院院长兼国文系主任。思想活跃却又很注意生活细节的闻一多发现青岛的山路特别多，走一段便要上坡下坡很是不方便。于是，他便买了一根很精致的手杖，出门就带上。有段时间，大学的师生常会看到，三十多岁的闻一多教授总是拄着手杖从驻地踽踽而来，那样子很潇洒也很有意思，活脱脱的桀骜不驯、卓尔不群的大师风范。闻一多的雕像现在被安放在大学路一侧的红岛路中国海洋大学老校区里。他身后是爬满青藤的一座小楼，远远望去翠绿映眼，衬托得雕像更加庄重。走到跟前的人们都会默默抬头凝视，像是在倾诉着深深的怀念。

大学路这个路名起得很有意思也很"超前"。之前这里根本没有大学，但冥冥中似乎早有布局。路名有了之后不多年，私立青岛大学就诞生了。新中国成立后，大学路上的青岛第39中学更是因为"文艺范"而广为人知。从这里走出了许多当代知名演员，倪萍、唐国强、陈好、王静、傅淼等，许多人开玩笑说他们是沾了先人们的才气和灵光。玩笑归玩笑，但39中成为中国海洋大学的附属中学似乎也是情理之中，众望所归。名师出高徒，名校出才子，道理都一样。

大学路再往里延伸一点儿便是黄县路。黄县是山东的一个县，历史悠久。商末建莱国，秦设齐郡，始置黄县，是中国最早的县治单位之一。黄县人嘴巴能说会道，生意场上曾被戏称为"黄县嘴子"。但在青岛，这条半里多长的马路却静谧、幽深，显得特别安静。整条路上，是典型的青岛风景：红瓦绿树。遍布庭院的树木、爬在外墙上的蔷薇、越出院墙的冬青以及叫不上名字的花花草草随处可见。

老舍故居，也被称为"骆驼祥子博物馆"，位于黄县路12号。这是幢二层楼房，坐北朝南。二十世纪三十年代中期，老舍在国立山东大学中文系任教期间曾在一楼居住，并创作了著名的长篇小说《骆驼祥子》和中篇小说《文博士》等一批优秀作品。二楼曾住过黄宗江、黄宗洛、黄宗英三兄妹，遗憾的是留下的资料不多，后人无法还原当初的情景。当年老舍经常到黄县路南头的菜市场去找"洋车夫"拉呱，了解他们的生活和工作情况，以充实自己的创作。老舍的居住为青岛为黄县路留下了巨大的文化和旅游财富。现在，"骆驼祥子博物馆"已成为许多中外游人必去的景点。人们走进故居，看着正在拉车行进的"骆驼祥子"雕塑和老舍半身塑像，仿佛看到了当年老舍在院子里舞刀弄棒或者逗女儿玩耍的情景，感觉格外亲切，也格外怀念这位人民艺术家。

黄县路上还住过台静农、赵太侔、杨振声。杨振声当年任国立青岛大学的校长，赵太侔任教务长，后来接替杨振声担任了校长。台静农在黄县路居住期间经常约着老舍先生到一家酒馆喝酒，那是青岛周边县里出的一种老酒，台静农晚年还常忆起。提到老酒自然不会忘记黄县路，那是老人的一种难以割舍的刻骨铭心的情怀。

从鱼山路朝东下坡，很快就会走到福山路。福山也是山东的县名，地处胶东半岛。青岛用"福山"命名路名，一波三折。德国占领青岛时期，这里被称为"基督路"，日本侵占青岛时期，改称为"敷岛町"，后来才又改回"福山路"。福山路地势高，大海就在不远处，位置绝佳，因而成了达官贵人的青睐之地，所建的欧式建筑特别多。

洪深曾住过福山路1号。1934年，他来青岛任国立山东大学外文系主任，当时就住在这所欧式小楼里。洪深爱好戏剧和电影，在教学之余，经常辅导学生话剧团。这还不过瘾，他又参加了青岛京剧票友社，并登台演出过。洪深在福山路居住时，家里非常热闹，来找他的大都是话剧团的学生和本地的戏剧爱好者。

著名女作家苏雪林来青岛时，也住在福山路上。这位大才女描写了许多青岛的景色。在青岛期间，她跑遍所有的景点，崂山、燕儿岛、中山公园，几乎无处不去，为青岛留下了一篇篇弥足珍贵的美文。

沈从文曾在国立青岛大学中文系做过讲师，当时就住在福山路上的大学教师宿舍里。这段时间是他创作最丰盛的时期，后来回忆这段时光，他自称"正是我一生中工作能力最旺盛，文字也比较成熟的时期""大约因为先天性的供血不足，一到海边就觉得身心舒适，每天只睡三小时，精神特别旺盛"。在青岛短短的两年间，沈从文完成了传记、散文、小说数十篇，《胡也频传》《从文自传》《八骏图》等都是在这里创作完成的。在这里，他还接待了从上海赶来的巴金，并把宿舍让给巴金。多年后，巴金回忆："沈从文把他那间房子让给我，我可以安静地写文章、写信，也可以无拘无束地在樱花林中散步，我们有话便谈，无话便沉默。"巴金在这里创作了小说《爱》，为《砂丁》写了序言。新中国成立后，巴金重游青岛，还专门去寻找过沈从文的旧居，可见情感之深。

提到福山路绕不开康有为。康有为1923年在位于汇泉湾畔、小鱼山东南麓的福山支路5号买下了一栋德式建筑，并在此住了三年。这栋三层德式建筑有1000多平方米，原是德国总督副官的宅邸，后被康有为看上，花了几千块大洋买到手。知情的人都说是很划算的买卖，不知跟康有为流亡国外精于炒卖房产是否有关。如今这栋极为气派的豪宅保存完好，已成为"康有为故居纪念馆"。青岛人最感激康有为的是他那段赞美青岛的文字："青山绿水、碧海蓝天、不寒不暑、可舟可车、中国第一。"青岛人为之骄傲的"红瓦绿树，碧海蓝天"宣传语即脱胎于此。

青岛知名的路还有一些，如金口一路、二路、三路，观象一路、二路等，萧军、萧红、王云介、崔巍、吴伯箫等都曾踏足于此，或者在此居住，留下一些令人感动、感叹、感慨的往事。现在这些人早已作古，但给后人，包括青岛这座城市却积淀下了厚重的文化财富，光彩夺目，影响深远。

改革开放后，青岛又新增添了一些路名，如香港路，这一听就与香港回归有关。这是青岛市区最繁华、最现代化的一条东西向主干道，西接市南老城区中部，东至著名的崂山区。这里是青岛政治、经济、文化中心，青岛市政府就坐落在这条路上。著名的五四广场、奥帆基地、青岛大剧院，以及 2018 年上合组织峰会会场，都错落在这条道路的两侧，呈现出一派国际化大城市的景象。它是改革开放的印证，也是走中国特色社会主义道路才能繁荣昌盛这一根本真理的实践。相信不久的将来，这里也会像老城区的道路一样，书写和演绎出青岛发展进步的诗篇，给后人留下充满韵味又令人激动不已的故事和传说。

大海令人幸福

与大海相依是许多人的梦想。

我生在青岛这座靠海的城市，可能是因为从一出生就呼吸着那带着淡淡腥味的海风，所以对大海的感觉并不那么强烈。这些年家搬得离大海越来越近，放眼就可以看到浮山湾畔那美丽壮阔的景色，对大海的感觉越发变得淡定而平静了。

尽管如此，我还是喜欢大海，为拥有大海而骄傲。我常想，如果我们这个城市没有大海又会是怎样一番景象呢？

二十世纪九十年代初，我去加拿大学习，翻译的丈夫是个地质学教授。那天，我们坐在一起聊天，翻译介绍了在座的每个学员，有来自中国中西部的，有东北的，还有中原大地的，教授听了只是机械而有礼貌地点头。当听说我来自中国青岛时，教授的眼睛似乎亮了起来，他有些激动地站起来说："青岛我去过，有大海，有美丽的沙滩和礁石，太漂亮了！"那一刻我立时觉得"身价"提高了许多。

后来我发现，不仅在国外，就是在国内说起自己是来自青岛，周围的人也都会投来一种羡慕的目光。我知道这目光的背后就因为两个字：大海。

大海是生命之源，也是美好生活之本。凡是靠海的地方往往弥漫着只可意会不可言传的灵气，又满载着与生俱来的妙不可言的福气。这些被神话了的优势，常常被大海边的人当成一种炫耀的资本而沾沾自喜，甚至情不自禁地产生一种自恋感，时不时地自我欣赏一番。

空闲之余，我很喜欢去青岛小鱼山公园。这是一座极具古典风格的城市园林，建在市中心，而且是在一座山上。进门后要拾阶而上，走到顶端居高临下可以俯瞰四周。这应该是老城区观景的最佳位置了，青岛那标志性的美景"红瓦绿树，碧海蓝天"可以尽收眼底。山下不远处是人头攒动的汇泉湾，夏日里的第一海水浴场是人的海洋，成千上万的泳者穿着五颜六色的泳装在大海里、沙滩上，开怀欢笑，激情四射。人与海的亲密无间，在这里显现得淋漓尽致。顺着无际的海面向远处眺望，那里有许多海湾。湾多、岛多，是青岛一道独特的风景线。那一个个形状各异、大小不同的湾、岛，星罗棋布，景色宜人，犹如散落在海面上的棋子，又像飘曳在水中的绸缎，从空中鸟瞰，别有一番风味。

在这里，我不时会碰到一个穿戴整洁的老人，他常独自坐在亭子里喝茶望景。攀谈方知，老人就住在山下一所保留建筑里，那是他家的祖屋。三年前老伴患病去世，留下他孤身一人，小鱼山公园便成了每天必来之处，甚至雨雪天也照来不误。为什么？因为喜欢，喜欢大海。看到大海，心里的烦事就渐渐忘记了，看到海边欢快的游人，就会感觉生活如此美好，还有，那温暖带有潮气的海风吹在脸上，就会想起小时候在海边玩耍的日子，想到亲人——不管是离去的还是在身边的。那海风充满了亲切感，有种特殊的气味，在别的地方感觉不到，也享受不到。老人说的"别处"是他孩子居住的城市，孩子一直想接他去，但他不愿意，理由就一条，那里没有大海。

老人的话勾起我的沉思，一个人喜欢一个地方绝不仅是熟悉的缘故，更多的是因为那里有自己想拥有的一切。

我想起每年初秋之际，开海的渔船伴着渔民欢快的呼喊声从码头起航，驶出海湾，奔向大海。活蹦乱跳的螃蟹、大虾、虾姑、八带一网网被拖进鱼舱，新鲜诱人；闪着光的刀鱼、鳖鱼、鳗鳞鱼、鲳鱼、舌头鱼、鼓眼鱼、黄花鱼、石甲鱼在渔网里欢腾跳跃着，仿佛在为自己的肥美歌唱、喝彩。浩瀚无际的大海不仅"茫茫东海波连天，天边大月光团圆"，还"年年春夏潮盈浦，潮退刮泥成岛屿。风干日曝咸味加，始灌潮波塯成卤"。那一座座岛屿，一道道海湾，养育着千千万万渔民和他们的后代，也给人们的生活增添了无尽的美好和乐趣。每到收获季节，微信朋友圈里总会有人发来感慨："你们靠着大海多么幸福啊！"是的，大海是人类最可依赖的伙伴，人与海相互交融，地球才会永远鲜活、蓬勃。

从小鱼山回眸，一群精致的欧式建筑群映入眼帘，在那些红色瓦顶的建筑里，有全国唯一的海洋专业高等学府——中国海洋大学的老校区。不远处，是中国科学院海洋研究所和中国水产科学院黄海水产研究院的院落。这里是许多人仰慕和向往的殿堂，因为这里是专门研究海洋的机构，可以跟神秘诱人的大海打交道。能走进这些殿堂是许多人的梦想。当年我长兄大学毕业，曾一度被确定分配到这里，无奈阴差阳错，最终失之交臂，成为他一生的遗憾。不过我有个亲戚曾是那里的一员，三十多年里，近在咫尺的小鱼山公园没逛过一次，却多次跟随科考船远赴西北太平洋，获取了大量宝贵的科研数据和标本，有些一直保留在实验室里，为海洋研究立下了汗马功劳，迄今说起来还颇为自豪。

大海后浪推前浪，一浪更比一浪高。如今青岛大地上值得骄傲的已不光是海洋方面的院校和机构，海洋高端科技研究最大的基地——海洋试点国家实验室和国家深海基地也在这里诞生。这些带着国字号标签的"大咖"吸引了无数人的眼球，成为全国甚至世界关注的亮点。如果有机会走进这些神秘的地方看看，你会发现深海探测、载人潜器、深海空间站、海洋创新药物、天然气水合物开采等一系列让人眼花缭乱却又惊叹不已的前沿交叉技术和共性关键技术研究都已在这里展开。你会觉得大海在毫无保留地敞开她那深邃、宽阔、充满魅力的胸襟，让人类尽情探索、利用、发展，去创造一个个奇迹，书写前所未有而又极其伟大的辉煌。

　　小鱼山的风是强劲的。凭栏临风，海风仿佛把历史的图卷翻开，让人们看到远古，看到今朝。春秋战国时期，青岛附近的海域就一片繁荣。那座名气虽不大历史却久远的琅琊山，位于小鱼山的西南方。两千多年前被称作"海王之国"的齐国就在琅琊，这是史载最早的海港。当年秦始皇、汉武帝巡海多次途经此处，留下了许多神秘的传说；李白、白居易、李商隐、苏轼、颜悦道、高凤翰、李澄中等文人学士，也都曾经登临，创作了一篇篇脍炙人口的诗作；徐福、殷人东渡、箕子去国在此处扬帆起锚。当年繁荣的海上丝绸之路的起航地之一也是这里。

　　那是一幅怎样的情景啊！无数艘大小不一的船只，挂着或灰或白的大帆，载着各种精美的物品乘风破浪向朝鲜半岛、日本列岛驶去，增加了大唐王朝与世界各国的交流，让更多的人了解和认识了聪明勤劳的炎黄子孙。改革开放后，一幅更加震撼、雄壮的画卷展现在世界面前。曾被德国地质专家誉为"天然良港"的青岛码头——大港和前湾港，成为世界第七大港。每次登上小鱼山，几乎都可以看到一艘艘挂着各国国旗的各种船舶，川流不息地驶向青岛港码头，那上面承载着来自世界各国的财富和技术。开放的"桥头堡"，这个称谓对青岛来说名副其实，而这些荣耀有一半该功归大海。

　　小鱼山的风是柔和的。春暖花开时节，手捧一杯清茶闲坐在"览潮阁"向大海深处凝望，常常会发现天水合为一体，分不清哪是海水哪是天空。那景象恢宏而典雅，磅礴而深沉，宁静而震撼，浩瀚而壮阔，美不胜收。若仔细观望，或许还会发现白帆点点，桅杆林立，彩旗飘飘。那是奥帆基地里驶出的一艘艘帆船，正迎着耀眼的阳光，如白天鹅般在粼粼碧波中悠然漂泊。第29届夏季奥运会给青岛带来千载难逢的发展机遇，让浮山湾这片珍珠般的水域，终于露出了靓丽的色彩。"奥帆中心"成为现代青岛的新地标，那里夜晚灯火通明，璀璨闪耀，流光溢彩，惊艳夺目，一派现代化国际城市的风范，白天又像古典内敛的东方美女，舒展着婀娜多姿的质朴风貌，令人叹为观止，流连忘返。2018 年，上合组织青岛峰会在这里举行，12 个国家的元首或政府首脑、10 个国际组织或机构负责人在奥帆中心观看了浮山湾海面上美轮美奂的《有朋自远方来》灯光焰火艺术表演。那一夜，青岛和这片大海精彩纷呈，魅力四射，散发出更加耀眼的光芒。

在小鱼山观海望景充满了豪情，许多人把目光投向那些乘风破浪、激流勇进的人民海军舰艇上。每次我都会全神贯注地在海面上寻找，那个老人甚至随身带着望远镜，发现后便激动地大喊："快来看，快来看，我们的大军舰。"

辽阔的大海是祖国的神圣疆域。青岛被称作"海军之城"，这里有北海舰队，有海军潜艇学院，上下班时间在军营周围会看到许多身着海军衫的军官和战士。这也是一道亮丽的风景，更是青岛人的眼福，因为不是每个城市都驻有海军。2019 年 4 月海军节时，青岛举行了大规模海上阅舰式，许多国家派了舰艇来参加。一时间，青岛的海面和码头变成了"舰艇万国博览会"，市民们有幸登上舰艇参观，近距离接触那些神秘的"利器"，感到特别振奋。阅舰那天大海滔滔，铁流滚滚，青岛再次为世界瞩目，再次赢得了骄傲和自豪。那一刻，作为这片海的一分子，是多么荣耀，多么幸福啊！

"我爱神奇迷人的大海，日夜唱着深情的歌"，美妙动听的歌声让人产生无限的遐想，但真正能感受到其无穷魅力的，应该还是那些生活在大海边的人们。

李爷和大槐树

中秋节去探访老邻居。

十五年前，我们大院在棚户区改造中被夷为平地，之后那里便建起一栋栋方盒式的大楼。因为大多人家选择就地安置，所以回到原住地会看到许多熟悉的面孔。

"这还是李爷当初栽下的那棵槐树吗？"密集的楼群中央迎风屹立着一棵大槐树，虽是入秋，却依然枝繁叶茂。尽管在钢筋水泥的包围中，它显得有些孤单，但仍如同一尊鹤立鸡群的雕塑，在灰暗的色调中，散发着一股绿色的清新。

"是啊，就这一棵。四十多年了，依然茂盛。每年五月槐花盛开时，邻居们还都来摘槐花。"

摸着这棵足有一米粗的大槐树，我的眼前突然出现了一个熟悉的身影：他略弓着身子，戴一副老花镜，眯着一双小眼，咂着薄薄的嘴皮，一双粗糙的手背在身后，笑眯眯走来。哦，那不是李爷嘛！

"久违了，李爷！您还好吗？"

李爷没回答，但笑意不减，踏着碎步从树下慢慢地绕过。

哦，李爷已经离开我们三十多年了，可他的身影还是那么清晰。

李爷是大院的老住户，新中国成立前就住在这里。他原在四方机厂工作，进厂时不到十三岁，算是童工，后来又到了一家机械厂，从那里退了休。

李爷是供销员，跑外，负责购买器件。我打记事起就知道，大院里见过世面最多的人就是李爷。每年他在家的时候很少，大都在外地，跑的最多的地方是南方。

每次出差，李爷都要背一张小凉席。凉席一米见宽，不到两米长，卷起来也就拳头粗细。开始谁也不知道李爷背这么个凉席做什么，后来才知道，这是李爷的"卧具"。李爷出差基本都是坐火车，按规定可以乘坐硬卧，但李爷从来不坐，一来乘硬卧就不能报销夜间补贴了，二来卧铺票很难买，要送好处、托关系。李爷当时五十岁刚冒头，身子骨还硬着呢，所以他觉着受点儿苦也无所谓。但长途乘车还是很遭罪，特别是夜间。李爷出差回来，经常是脸色蜡黄蜡黄的，李奶奶很心疼。后来，李爷终于找到个好办法。他个头矮小，身子骨又不大，在火车两个硬座底下的空间里躺下，把身子一缩，谁也不影响，别人不注意也很难看得到。于是，他买来一张小凉席，白天坐在硬座上，晚上就把凉席铺到座位底下，然后钻进去，枕着手提包闭目养神，一觉睡到站。

李爷从来不当着邻居的面吹嘘自己见过什么大世面，尽管他几乎跑遍了全国各个大小城市。邻居们从他嘴里知道更多的是江西的竹凉席便宜，上海的大白兔奶糖有时碰巧能买到，南京的板鸭很诱人，广州有种叫荔枝的水果甜得能"齁死人"。于是，买凉席、捎大白兔奶糖成了李爷的主要任务。有时他一次要背回来三四张大凉席。坚硬的竹条再怎么卷也足有一只小水桶那么粗，几张卷在一起就如同一只大水桶，又粗又沉。要把这样的"大水桶"背在身上，别说一个五旬男人，就是身强力壮的小青年也吃不消，但李爷每次都这样背着回来——从市场到公交车站，再到火车站，再乘公交车，然后下了车再步行。等到了家，李爷每次都是气喘吁吁的，那矮瘦的身子在粗硬的凉席面前越发显得纤弱，但从未听他喊过累。

李爷从不拿邻居们的好处，发票上的价格标得清清楚楚，他一分一厘也不多收。那年月，一毛钱也好使，李爷完全可以跟邻居们多收个块儿八毛的，辛苦费嘛，谁也说不出什么。再说了，远隔千里谁知道那凉席到底多少钱？就算多喊点儿价也比本地便宜，神不知鬼不觉。然而李爷似乎从没想过这种事，更别说做了。

李爷在大院里算是长辈，一来住的时间久，二来年纪也算是大的。许多三十来岁的人都喊他"叔"，小一辈的自然就称其"爷"了。

李爷在单位就是个普通供销员，但厂里的领导似乎都很尊重他，过年必来拜年。每次书记、厂长都是坐着北京吉普车来拜年，还拎着水果、点心，这让大院的人羡慕得不得了。李爷跟领导们似乎很随便，说说笑笑，一点儿不拘谨。倒是领导们对李爷很客气，离开时一再不让李爷送出大院门。

长大后才知道，李爷原来也不是一般人物。当年他在四方机车厂做工时，正是中共地下党在青岛开展工作的活跃期。四方机车厂是产业工人相对集中的大厂，也是中共地下组织的重点工作区域。李爷的师傅就是地下党员，他常带着李爷去参加一些革命活动。李爷当时太小，弄不太懂革命大道理，但帮着师傅做了不少事。地下组织被破坏后，李爷的师傅牺牲了，李爷被反动政府抓去，威逼他说出地下党的秘密。李爷佯装无辜，始终没说出一字实情。反动政府见李爷还是个孩子，训斥了一顿，便把他放了。这段光荣历史，李爷从没对外人说过。新中国成立后的内查外调中，有当年的地下党员提供了这段情况说明，组织上才有所了解。

李爷为什么后来没入党，一直是个谜。有次他跟邻居喝酒，喝高兴了，说领导要提拔他当科长，他坚决不干。"怎么不干？干多好！别人想干都捞不着干呢！"邻居为他惋惜。他摇摇头说："我不是那块料。出了差错，会给领导丢脸，我自己脸上也无光。那种逼鸭子上架的事我不干。我现在跑跑供销，把力所能及的事情干好，就对得起良心了。"

李爷没有儿女，跟李奶奶住在一间光线很差的房子里，前后窗都被院墙和楼梯遮得严严实实，没有多少光亮。当年，街道造反派抄了大院一户"资本家"的家，勒令其腾出两间朝向好的房子，让李爷搬进去，来个调换。李爷知道后，背着手找到造反派头头，说："这不是革命，是害人。当年地下党可不这么干，总想着怎样帮着别人解决困难。你们倒好！"原来那个"资本家"的家里有个瘫痪的老母亲，老老少少有八口人，若真的调换了住房，根本住不下。再说了，"资本家"早就去世了，他的儿女全是工人，"资本家"徒有其名。造反派头头可能听说过李爷的"革命经历"，不敢跟李爷要态度，只好说："不搬就不搬吧，可别说没给你解决困难。"

事后，"资本家"的大儿子给李爷跪下了，李爷说："起来，谁的心不是肉长的？"

当年，大院里的居住条件确实都挺困难，但大院外面却是另一番景象。不算太宽的人行道上，栽种了很多槐树，一棵接一棵，老远望去，成排成行，很是壮观。槐树每年开花，白色的花瓣既好看又好吃。大院里的人家几乎都会做槐花包子、槐花饼。到了开花时节，大院门口热闹非凡，挎着篮子、拿着兜子、端着盆子的邻居们吵吵嚷嚷地摘槐花，然后各显身手，将做好的美食送来送去，共同分享，其乐融融。后来，槐树被伐掉了，说要栽种更好看的树木，但从此没了下文。

邻居们的失望和沮丧可想而知，但谁也没有回天之力。

那年春天，李爷突然坐着一辆解放牌汽车回家，车上拉着一棵很高的槐树。

"就这儿吧！"李爷指着大院一块空地说。

四五个穿着工装的小伙子喊着号子把树抬了下来，然后挖坑，把树栽了进去。

"明年，最晚后年，大家又会看到槐花了。"李爷拍拍手上的泥土说。

这棵大槐树是他跟厂长要的。

从此，每天看槐树成了李爷和邻居们的必修课。

树有灵气。第二年，槐花如期开放。大院里又响起了欢笑声。

李爷背着手，眯着眼，笑眯眯地围着槐树走了一圈儿又一圈儿，那样子像是在看心爱的宝贝。

李爷六十岁那年退休了。

本来他要待在家里休息休息，享享福了，但大院旁边一家研究所请他去做门卫。所长以前曾经跟着李爷跑过供销，一听李爷退休了，马上过来邀请。

其实所长也是碰上了"难题"。那个研究所虽不大，但有自己的澡堂。那年月，洗澡是个大问题。尤其是冬天，家里普遍没有暖气，要想洗个澡很麻烦。澡堂倒是有，但要花钱，还要排队，所以好多人都会去周围的企业"蹭澡"。研究所职工的家属找个空子就往澡堂里钻，所里说了多少回了，但不奏效。门卫不好意思管，也管不了。管急了，家属们吹胡子瞪眼。门卫都是些退休工人，哪敢得罪？

所长把苦恼如实相告，说李爷是"老革命"，别人绝对得让三分。李爷知道所长让他扮黑脸，便没推辞。李爷干了一些日子后找所长说："我看所里的人平时都很努力工作，挺不容易的。关心家属更能提高职工的积极性啊！洗个澡担心什么？"所长说："一是工作时间来，影响不好；二是用热水多了，必然增加开支。"李爷说："前者好办，规定个时间啊！周末晚上和周日全天，我来值班，不要加班费。后者，无非就是个煤钱，少收点就够了。这样既不沾公家的光，又不增加所里的开支。行不？"所长听罢也觉得有理，便应了。

研究所这样的政策一出，皆大欢喜。后来李爷把"福利"带到了大院来，赶上过年澡堂排不上队，他请示所长同意，大院的人交点儿钱也可以沾沾光。那阵子，大院的邻居们过年没少去研究所洗澡。

李爷没赶上大院拆迁，七十三岁那年便离开了人世。去医院的前一天，他围着大槐树转了好几圈，对旁边的邻居说："好好呵护，大树底下好乘凉啊！"

大院改造时，开发商本来要砍掉大槐树，但听邻居们讲述了树的来历后也有些于心不忍，又查看了规划，发现槐树这块地方恰好是一个小广场，于是就保留了下来。邻居们都说，这是李爷九泉之下显灵的结果。

告别邻居，回头再看大槐树，心里有种别样滋味。傲然挺立的树干、顽强伸展的枝叶，这棵大槐树总是充满活力和激情，像是永远蕴含着蓬勃的生命气息。

那不就是李爷吗？他一直在这里，在邻居们的心里。

大舅的秘密

这事要从大舅那天早上接到的一个电话说起。

电话是大舅的同学李舅舅打来的。李舅舅不会发微信也不会发短信，耳朵又不好使，说话声音特别大，像是在吼，所以舅母在一旁差不多什么都听见了。

"是……是刘月琴的老头子去世了，就在昨夜里。真快，才发现了不到半年。"大舅扣上电话对舅母说。

舅母转身去了厨房，像是什么也没听见。

大舅跟进了厨房。

"人啊，也真是的，说没就没了。还当过领导呢，领导有什么用？照旧也是个完蛋。可怜的是还活着的人，怎么过呀？"大舅摇着头，叹着气。舅母依旧不说话。

讨了个没趣，大舅闷闷地回到了客厅。

饭端上了桌，舅母没像往常那样招呼大舅，而是兀自坐下来舀了一碗饭吃了起来。

"今儿这……这是怎么了？"

"还能吃得下吗？"

"瞧你说的，我……我怎么吃……吃不下？"

舅母后来跟我说，她给大舅盛了饭，大舅闷头吃起来，没敢抬头看舅母一眼。

舅母说："白长了一百五十多斤肉，也白活了七十年。"

刘月琴阿姨跟大舅是邻居又是同班同学，听母亲说，两个人青梅竹马，本以为肯定会结为夫妻。不料中学毕业，大舅去了军马场，刘阿姨接替父亲就了业。没过两年，刘阿姨便被厂里的团委副书记给追去了。

母亲说，大舅得知消息后像发疯似的从军马场赶了回来。刘阿姨倒是很冷静，晚上主动到我们家，说是来看大舅。大舅当然很愤怒，但当着家人的面又不好发泄。本来母亲劝两个人出去谈谈，但人家刘阿姨说，没什么特别事要说，就是来看看大舅。好久没见了，问候一下。

刘阿姨几句话就把她跟大舅的关系挑明了。大舅那个气啊，但又无可奈何。家里人也都劝他，说强扭的瓜不甜。

大舅回军马场头天晚上，刘阿姨又来家里玩了一会儿，还送给大舅一副棉手套，那是她们厂生产的。刘阿姨说，手套有些瑕疵，减价处理给职工。她给自己的大哥也买了一副。她还说大舅在军马场天寒地冻的会用得上。

那天大舅肯定想说不要，但母亲没等他开口，就替他收下了，还夸刘阿姨心细、善良。后来母亲告诉我："如果不收下，刘阿姨该多么没面子啊！毕竟是一片心意嘛！再说了，从送手套这件事上看，刘阿姨还是喜欢你大舅的，只不过可能跟那个团委副书记比，你大舅还欠点什么罢了。"我觉得母亲分析得在理，人都是感情动物，在一起那么长时间，怎么会一点儿感情没有？至于能不能做夫妻，那就是缘分的事了。

大舅从军马场回城后，在一家集体性质的小厂就了业。大舅很聪明，也很能干，后来当了副厂长，大小也是个领导了。遗憾的是，后来厂子被承包，没几年就垮了，大舅五十多岁就成了"退休"人员。

那个时候，我们原来住的大杂院改造成了高楼大厦，刘阿姨家的回迁房由她母亲住着，恰巧跟姥姥和大舅家在一个单元。刘阿姨经常来看望母亲，所以经常会跟大舅一家碰面。

他们见了很客气，总是点点头，说说问候话，然后分头进各家的门。

刘阿姨的老公在"文革"结束后调到了市机械局，听说当了处长，平时很少来。我印象中只见过一次，说实话他长得挺帅气的，彬彬有礼，难怪刘阿姨当初看不上大舅。

刘阿姨的母亲经常来姥姥家串门，两个老人一聊就是半天。刘阿姨来时若发现家里没人，就来敲姥姥的门，一准会找到自己的母亲。

有时碰巧大舅和舅母也在家，便邀请她进来坐坐，但每次刘阿姨都笑着推辞了。

舅母说："刘月琴太客气了，不像是老邻居。"

有一天，舅母收拾旧物时翻出来一副旧手套，便丢在了垃圾袋里。偏偏让姥姥看到了，姥姥说："那手套别扔掉，还能用。"舅母说："布料都发黄了，不能用了。你要想要，赶明儿我给你买副好的。"

大舅回来时，姥姥又嘟囔了一遍，大舅一听赶快去垃圾袋里把手套找了回来。舅母莫名其妙，问大舅："这么副旧手套怎么舍不得？"

大舅说："老人不让扔就别扔。"母亲说，那副手套就是刘阿姨当年送的。

有一年，刘阿姨突然生病了，还做了手术。姥姥把这个消息告诉了大舅。大舅听后，看了舅母一眼说："是不是要去看看呢？"舅母说："看也不能你去看。女人有病，你一个大老爷们去看不合适。要去，我去。不过我去又算怎么回事呢？""邻居嘛，看看理所应当。"大舅似乎轻描淡写。舅母同意去看，大舅负责把她送到医院楼下。看到大舅买的礼品，舅母不由自主地叫了起来："这么贵重啊！跟她什么关系啊？""人家不是常来看咱妈么？小来小去拿不出手。不重，不重。"

从那时起，刘阿姨再来找自己的母亲时，只要一邀请，她就会进来坐坐。舅母在家时她坐的时间短一些，若是大舅在家，她便会待的时间长一些。

"净说小时候的事，像个孩子。"姥姥有时嘟囔给母亲听。母亲说给我时，轻轻叹一口气："人啊，还是恋旧。"其实我知道母亲的话里隐藏着什么，只是不愿说出来而已。

姥姥去世了。邻居们给她送行。刘阿姨也来了，她说代表她母亲。向家属表示慰问时，我看见她那双眼里，很明显闪着别人眼里没有的伤感和同情。她握了一下大舅的手，尽管只是一瞬，但那动作绝对不同于其他人，我从中似乎读出了些许的微妙。

刘阿姨再也没到过姥姥家，尽管大舅还住在那儿。

她比以往来的次数更多了，她年迈的母亲生病卧床不起了，尽管家里雇了陪护照顾，但她来得很勤。

老邻居们也来探望，其中就有李舅舅。他是大舅和刘阿姨的同学，当年家里穷，大舅和刘阿姨都帮过他，他对大舅和刘阿姨有特别的感情。

大舅去看过刘阿姨的母亲，是跟舅母一起去的。舅母很顺从，大舅一说要去看看，她立马表示同意，而且主动说等刘阿姨来时再去。

我随母亲去大舅家，吃饭的时候母亲问："刘月琴她妈怎样了？我想去看看。"大舅歪头对舅母说："你陪着去好了。我刷碗。"舅母说："就是我陪也用不着你刷碗。我嫁给你，就没见你刷过碗。"

那天还是大舅陪母亲去的，回来时母亲感叹了一句："刘月琴也老了。"

李舅舅经常去看望刘阿姨的母亲。来时如果赶上舅母不在家，就招呼大舅一起去，如果舅母在，他就一个人去。有一次，我正好在大舅家，李舅舅又来了。见舅母在家，他坐在沙发上跟大舅东扯西聊了一番之后，说要到刘阿姨家看老人。舅母对大舅说："你不一起去？有些日子没去看老人了。"大舅愣了一下，不知说什么好。舅母又说："那么多年的老邻居了，又是这么个岁数了，看一次少一次。去看看吧。"

大舅离开时回头看了一眼，那眼神我仍记忆犹新，那是充满感激的眼神。

刘阿姨母亲火化那天，舅母没去。她说她去不着，不像大舅，既是邻居，又跟刘阿姨是发小，还是同学。

我是随母亲去的。告别仪式结束后，亲属要留下等着取骨灰。刘阿姨家里只来了她一个人。她哥哥嫂子去国外定居了，之前回来看望了一次，临走时说好不再回来了，后事全托付给了刘阿姨。刘阿姨老公此前把腰扭伤了，躺在床上无法下地。刘阿姨是"丁克族"，现在要用人手了，一个都没有。大舅跟母亲说："我留下帮帮忙吧。"母亲想了一会说："也只能这样了。"

留下来的还有李舅舅。等一切结束时，已经到中午了。

后来，母亲问大舅："那天你回去晚了，他舅母说什么来着？"大舅说，什么也没说，只是让他把衣服全换洗了。

母亲说："聪明，又通情达理。"

刘阿姨之后专门请了一次客，答谢为她母亲后事忙活的人。舅母也在被邀请之列。开始舅母答应了，但要去的那天，突然说肚子不太舒服，让大舅一个人去。开始大舅说也不去了，要在家陪舅母。舅母说她没事，热水袋敷敷就会好。

大舅没待多长时间就回家了，舅母那天很高兴。从来不主动给母亲打电话的她，那天居然打过来了，说家里有别人送的荸荠，问母亲喜不喜欢吃，弄得母亲一头雾水。

以后关于刘阿姨的事我就听说得不多了，因为不太去大舅家，就很少说起刘阿姨。最近听母亲说起刘阿姨，是因为她老公查出了癌症，而且是晚期。

"真挺不幸的，刚七十岁，正是好时候，怎么就得这种病呢！"母亲说这话时，直叹气。

后来舅母也跟我说起这件事，说刘阿姨挺倒霉的，没孩子，老公又摊上这么个病，后面难了。

我见过大舅，问他刘阿姨老公的事。他说不太清楚，他问过刘阿姨，刘阿姨也不多说，但估计够呛。

那天李舅舅打完那通电话之后，我听舅母说，她拿出了一些钱塞进大舅的口袋，然后挥挥手："别待在家里，该干什么就去干什么。不用问我，也不用看我脸色。咱俩已经过了四十多年了，我连这点数都没有，还算有心有脑吗？"

大舅感动得语无伦次，直拉着舅母的手说："你……你让我说什么好？"

舅母很不客气地说："我教你说，世上哪儿去找我这样的老婆？"

这就是我大舅的秘密。有些俗，也很平淡，但那代人就这样。

电影那些事

　　这些日子，许多人沉浸在观赏老电影的乐趣之中。中央电视台电影频道几乎每天放映一部外国电影，一共四十部，都是改革开放以后引进的经典影片，令人大饱眼福，更令人回味无穷。

　　电影是人们的娱乐形式之一。在我们国家，电影又是思想教育的手段之一，成语"寓教于乐"，是对这种特色宣传的最佳诠释。所以，电影在我们的心目中，从来就不是单纯的娱乐。它不光是影像、故事、人物、景色，更多的是净化、传输、教育。人们在黑暗中聚焦光明，从中悟出一些道理，用于生活，用于工作。

　　许多人喜欢电影，在我身边还没听说哪个人不愿意看电影。尤其在娱乐生活匮乏的年代，看电影更是人们的向往。倒是现在，有些人不太看电影了。电视、手机、电脑，让电影很容易走进千家万户，让人们足不出户就可以看到想看的电影。从这个意义上说，不是人们不愿看电影，而是走进电影院的人减少了。尽管如此，电影还是有强大魅力的。动辄几个亿、十几个亿，甚至几十个亿的票房收入就是最好的例证。

　　电影从诞生到今天不过一百二十多年，有声电影时间更短，才九十年出头，但它带给人们的影响却远远超出了年轮的增长，更超出了发明者的预期。它成为人们生活中不可缺失的精神食粮，让人们生活得更愉快，更健康，更美好。

说起电影，我不由得想起了许多已逝的人与事。

一、我和电影

我很小就愿意看电影，也经常去看电影，这得益于当教师的父母。当时学校常组织学生看电影，每每有这样的机会，父母大都会带着我去"沾光"，久而久之，在我幼小的心灵里，看电影成了不可缺失的生活内容。印象最深的是去看《孙悟空三打白骨精》那一次，那是二十世纪六十年代初，我才五岁。父亲领我和哥哥去看早场，五点半开演。我家离电影院很远，没有直通的公交车，步行最少要半个小时，所以看早场必须起大早。五点钟我们就被叫醒，由母亲帮着穿衣服。大冬天，家里既没有暖气，也没来得及生炉子，从暖被窝里一出来，浑身冻得发抖，但就这样我们还是要去。简单洗一把脸，喝几口热水，我们就跟着父亲出发了。父亲用自行车载着我跟哥哥，因为我俩年龄小，块头儿小，一前一后倒是坐得下，不过也担心被警察抓着。自行车载人属于违章，被警察抓着轻则教育，重则扣车。本来父亲不想冒这个险，毕竟要为人师表。但那天时间紧张，不得已只好豁出去了。当然，父亲也抱有侥幸心理：天那么早，警察也要睡觉。没承想，倒霉事偏偏被碰上了。走了两条街，正要往电影院那条马路上拐时，突然一句低沉的吼声传来："下来！"一个穿着警服，长得有些老相的警察从旁边路口走来："还挺有本事，载了两个孩子，也不怕出事？"父亲忙跳下车子，赔着笑脸说："带孩子看电影，时间来不及了，违章了。我的错，我的错。""哪个单位的？"警察从口袋里掏出一个小本，手上攥着一支笔低头问。"嗯……"父亲显然在犹豫。警察警觉地抬起了头，父亲小声地说出了学校的名字。"还是位老师？真有你的。"父亲又是一遍承认错误。警察问："真是看电影吗？"父亲把电影票拿给他看。警察扫了一眼，又看了看周围说："别骑了，推着走也晚不了。这个电影肯定好看。"
说完摆摆手让父亲离开。父亲说了声谢谢，便推着我们离去，一路再也没
敢骑。进了电影院坐下时，我突然看到离我们不远的座位上正坐着那个警
察。我指给父亲看，父亲笑着小声对我说："是孙悟空救了我们。"

　　上学时，学校时不时地会包场看电影，但新片很少，大都是老片。那
时电影院也讲经济效益，新片可以卖成人票，一般比学生票贵出三分之
一，而老片因为许多人看过了，没太大的吸引力，一场电影也卖不了多少
票，包给学生尽管票价便宜，但上座率高。薄利多销，肯定吃不了亏。小
学时看电影都是以班级为单位，排着队集体入场。一群群小学生戴着红领
巾在老师的带领下唱着歌，手拉手朝电影院走去，也是一道亮丽的风景。
遗憾的是，这种景象现在几乎看不到了。小学生看电影最大的特点是"热
闹"：当银幕上出现胜利场面时，下面的掌声不断；当出现了坏人要做坏
事时，观众席里一片紧张的唏嘘声，甚至有人在叫喊：小心，有坏人，快
跑！当然演到悲摧处，下面会传来抽泣声，声音由小到大，最后满场一片
哭声。考虑到这种"热闹"，包场看电影时学校都会提前安排一名老师带
着哨子，当场面乱到银幕上的声音听不到时，老师就会吹响哨子。学生们
听到尖利的哨音就像听到警报，立时变得鸦雀无声。但是，这种寂静只能
保持很短时间，随着剧情发展，新的喧嚷又会出现，于是哨声再次响起。
一场电影下来，最累的是吹哨老师。

　　学生们从电影中学到了很多有益的东西。特别是男同学，电影里的正
面英雄人物对他们来说刻骨铭心，一直是他们的偶像和楷模。电影《红孩
子》《董存瑞》《鸡毛信》《小兵张嘎》《闪闪的红星》里的苏宝、细妹、冬
伢子、董存瑞、海娃、嘎子、潘冬子，无一不是学生们崇拜的对象。当时
出现的一些孩子与坏人坏事做斗争的事迹，背后都有电影正面人物形象
鼓舞的影子。当电影《雷锋》上映后，一大批做好事不留姓名的"活雷
锋"涌现。"我在马路边捡到一分钱，把它交给警察叔叔手里边"，这歌

声伴随着雷锋的形象深入人心，一直延续到今天，电影无疑起到了巨大的推动作用。不过小学生看电影是有代价的，每次看电影前，老师都会布置作业——写观后感。所以那时既盼着看电影，但又头痛写观后感，始终矛盾。

许多人还是喜欢走进电影院。当年在我们这个城市，电影院不是很多，我居住的这个区只有两家，却要承担着二十多万人的观影娱乐任务。市政府所在区的影院相对多一些，但大小也没超过五家。改革开放前，影院基本都上映国产片，但新片数量很少，一年有两三部就不错了。所以，每当新片面世，电影院的春天就到了。排片很满，恨不得通宵达旦。早上五点半开始，一直到晚上十点半末场，就这样还一票难求。当时有个说法："五张紧俏的电影票能换一罐煤气。"要知道煤气当时也很紧张，凭票供应不说，没有关系连票也弄不到，足以看出电影票的紧俏了。

一些新片会先在市政府所在区上映，这让喜欢电影的人既沮丧又无可奈何。每逢这种情况我会提早"谋划"，把零花钱攒起来，等新电影一上映就去观看。从我们家到市政府所在区的电影院有六站路，步行至少一个小时，坐车八分钱。为了节省车钱，我会走一站，然后再坐车，这样五分钱就够了。电影票最便宜的是一角六分钱的乙级票，甲级要二角钱。对我而言，节约四分钱就意味着可以坐一趟车了。有时遇上不走运，乙级票没了，只好买甲级票，那就意味着我可能就要走回家了。即便那样，我也高兴，因为先睹为快，看过的新片可以成为炫耀的资本，讲给同学和大院里的邻居听。看着他们脸上流露出的羡慕表情，我心里要多得意有多得意。

可以这么说，打我记事一直到二十世纪九十年代末期，但凡上映的电影，我基本一部没漏过。所以有人曾问我最大的爱好是什么，我毫不犹豫地回答：看电影。最近去美国，一位老友还没忘我当年的嗜好，竟提出要请我看一场电影。我谢绝了，原因有二，一是没那么大兴趣了，二是外国话对白听不懂，浪费。

二、邻居与电影

我是个电影迷，但在邻居面前只能算是业余水平，有两个老兄，那才是真正的"迷"，甚至可以说是"痴迷"。

刘彪是我们大院的老住户，二十世纪六十年代初，他家仗着出身好不怕被人扣帽子，每到晚上便在马路边支上一个帆布棚子卖馄饨、火烧，生意特别火，挣了不少钱。那年，电影《冰山上的来客》上映，刘彪看了一遍，回来在大院里逢人就说："太好了，太好了。尤其那歌曲太棒了！"邻居们说："唱给我们听听。"刘彪哼了几声唱不下去，只一个劲儿说好。邻居们逗他："光说好听不行，会唱才是真好。"就为这句话，刘彪居然去看了八遍《冰山上的来客》，不但学会了插曲，连对白都背了下来。客人来大棚里吃馄饨，总是能听到刘彪边包馄饨边唱歌，然后又变成杨排长、阿米尔、古兰丹姆的对白，那惟妙惟肖的表演常惹得客人哈哈大笑。一年多后，因为涉嫌走资本主义道路，馄饨大棚被取缔了。之后，刘彪报名参军，结果政审时因为馄饨大棚这段经历被拿了下来。再后来建设兵团招人，刘彪积极报了名，并点名要求去新疆。邻居们开玩笑说："你这是要去找古兰丹姆啊？"结果当时青岛知青没有去新疆建设兵团的任务，大都去了青海，为此刘彪沮丧了好些日子。

大院里还有个跟我年纪相仿的邻居，我们都叫他潘哥。潘哥在一家国有工厂工作，大家都很羡慕。因为当时就业很难，到国有工厂更难。潘哥喜欢看电影，没事就到电影院转悠。喜欢是一回事，但看电影需要钱。潘哥家庭条件很一般，有工作不假，但开了工资全部都要交给老娘，自己没有掌控权。据潘哥后来说，有一天他正在电影院瞎转，传片员骑着摩托车来了，熄火下车时，不小心崴脚了。潘哥眼尖手快，忙上去搀扶，还帮忙拎着很沉的电影拷贝。进了电影院，传片员对经理说："多亏了这位兄弟帮忙，要好好谢谢人家。"经理对潘哥说："你进去看电影吧，不要钱。"潘哥说："这片子我看过了，有需要帮忙的我可以干。"还没等经理回答，潘哥就拿过旁边的拖把，把地上的积水擦净了。经理一看，高兴地说："以后看电影就来找我。"

敲开了大门，潘哥真的把业余时间都贡献给了电影院。下了班，他不回家直奔电影院，开始是帮着干些杂活，比如清扫卫生、开门透气、擦大厅玻璃、换宣传栏海报之类的，再以后经理让他帮着检票。这可是绝对信任的活，因为检票员的权限很大，一点头就可以放行。这一放行不仅可以看电影，还可以省去起码一毛多钱。那年月一毛多钱也不是个小钱，有的人家一顿菜还花不了一毛钱呢！

潘哥过足了电影瘾，新片一上映他就可以欣赏到，这让大院里的邻居很是羡慕。当然潘哥也为邻居们办了不少好事，比如买紧俏的电影票，选比较理想的位置等。不过，若想让他免费放进去，那是痴心妄想。邻居们试过，他检票时，邻居装模作样拿着自制的假票想混进去，都被他挡住了。为此，他也得罪了一些人。

潘哥有点儿文采，电影院都有自己的宣传栏，用来刊登一些观众写的观后感。有时稿源不足，电影院也犯愁。潘哥此时便有了用武之地。他写的观后感很受欢迎，市里的电影公司还采用了好几篇，这让电影院的经理非常高兴。

潘哥对电影情有独钟，希望调到电影院工作。这让经理犯了难。因为电影院是事业单位，从工人变成"干部"，是一个大台阶。可能是潘哥太爱电影了，也可能是经理实在喜欢潘哥，最后潘哥终于如愿以偿。进电影院当了传片员的潘哥，整天骑着摩托车穿街走巷，远比他在厂里当电工辛苦，但潘哥不在乎，反而很快乐。我只能说，电影太有魅力了。

三、参与拍电影

我做梦也没想到这辈子还能参与拍电影。那是1977年夏天，在一所小学工作的我突然被校长叫到办公室。校长很神秘地说："交给你一个任务。"我以为校长又要让我替他去开会，因为平时有些出席范围很大又不太重要的会议，校长总是让我替代他去参加。不料这次不是开会，而是参加电影拍摄。我一听蒙了。"这是上级布置的任务，要求挑选政治上可靠、积极要求进步的年轻人参加。学校就推荐了你一个人，你要珍惜，一定要完成好任务。"我想说从来没拍过电影，但看到校长一脸信任的表情，话到嘴边又咽了下去。根据通知，第二天一早我就去区团委报到了。走进会议室，我发现，一屋子人都很兴奋，叽叽喳喳说个不停。一会儿，区团委书记来了，他郑重其事地宣布，在座的很荣幸，即将成为演员，并预测不久的将来全国观众都能看到在座各位的形象。团委书记的一席话，让所有人脸上都露出了笑容。接着，团委书记提出了一系列要求，印象最深的是一定要穿戴整洁，不能色彩太重，不能穿奇装异服。有人问要不要化妆。这句话把团委书记问住了，他看看通知说听导演的安排。又有人问："我们在剧中担任什么角色？""群众演员。不过，是很重要的群众演员。"团委书记的回答让人有些泄气，但也鼓舞人心，因为"重要"两个字意味无穷。第二天，所有参加拍摄的人员全部给了公假。这些从各单位挑选出来的年轻骨干，放下本职工作去充当自己也搞不清楚分量有多重的角色，在今天看来不可思议，但当时却是作为政治任务层层下文件的。电影在当时有多牛气可想而知。

我们统一集合来到一所电影院前，到达时发现广场上已经聚集了很多人，清一色的白色衬衣，脸上都带着抑制不住的兴奋。一问，都是来拍电影的。团委书记的脸上显然有些困惑，嘴里嘟囔着："这么多人哪敢说谁上镜头啊？"从早上七点集合，一直到中午十一点，众多的"演员"在静候摄影师和导演的到来，这期间无人敢离开，也不想离开，生怕影响了上镜头的机会。快十二点时，制片厂的人来了。一辆卡车上拉着摄影机，几个人在比比划划，然后有人用扩音喇叭大声说："马上开始拍摄，大家一定要听口令！"实际很简单，喇叭一喊，所有的人就往电影院里走，反复了十几遍。后来，卡车开走了。大家以为去拉什么设备了，不料有人在喊："完成任务了！"接着，有人开始离去。我们一起看团委书记，他也是一脸莫名其妙，抓住一个像是领导模样的人问："结束了？""可不结束了么！你还想再拍一回？"那人笑着拍拍团委书记的肩头。

那天，我累得腰酸腿痛，回到单位找个空闲办公室睡了一下午。后来我才知道那部电影叫《暗礁》。上映时，我特地找潘哥买了几张票跟家人去看，当出现电影院镜头时，我睁大眼睛找自己的形象，结果大失所望，所有群众演员都是背影，而且一闪而过，就几秒钟。

那次经历简直是笑料。不过，我们大院的一个小邻居却真正出演了一部电影，据说镜头很多，还有特写。这个邻居是个不到三岁的孩子，父母长得实在不敢恭维，但孩子却很漂亮，尤其那双眼睛，水灵灵透着光亮。据说，剧组在全市各大幼儿园转了一遍也没找到合适人选，无奈之下转向了企业幼儿园，然后就发现了这个幸运的孩子。孩子母亲陪着孩子进剧组待了二十多天，吃住全免费，还收到了不少营养品。虽然没片酬但大家也高兴得不得了。想想吧，二十世纪七十年代能拍电影，那是多么幸运和幸福的事啊！遗憾的是，这部名为《噩梦醒来是早晨》的电影不知何故，当时没上映。邻居和孩子像是做了一场梦。好在不是黄粱美梦，后来电影还是上映了。不过，从那时起，我明白了一个道理：拍电影不易，而且有风险。那些能公开发行上映的电影，每一部都是过五关斩六将的，没有个三头六臂难以出头！

房　子

　　房子是人们居住的场所，可以避暑抗寒，遮风挡雨。有套像样的房子是许多人梦寐以求的事，特别是当今，房子可以作为养老的依托，这就更让人竞相追逐，无论怎样也要弄上一套差不多的房子，来为晚年生活做担保。就像当年有些人存黄金、买地皮一样，有了"硬通货"，心里才踏实。

　　二十多年前，房子对中国人来说就是一个栖身的概念。那时百分之九十以上的人都住公房，按月缴纳房租。各个地方都有规模不一的房屋修缮队，负责修缮区域内的公房。房子好与坏，个人说了不算，全靠组织安排。如果是社会地位高一些、职务到了一定级别的人，住的房子肯定要好于别人的，不但地角好，朝向端正，而且面积也大，质量也有保证，绝不用担心会透风漏雨。再好点儿的房子还会配备暖气，这在普遍生炉子取暖的年代，已经算是顶级享受了。不过没有相当的地位，只能想想罢了。

　　二十世纪六七十年代之前，公家很少盖高楼大厦，即便是盖，五六层就算是高楼了，哪像现在动辄二三十层，甚至四五十层。老百姓大都住在老房子里，之所以被冠之"老"，是因为新中国成立前盖的居多。基础好的还可以，旧归旧，设施完备，有的还配有厨房和卫生间。不过，像这种条件的房子一般都在"高层次"人群集中区，有的外国人曾居住过，比较讲究。绝大多数条件很一般，外表看上去就破破烂烂，地板走起来吱吱作响，上下水三天两头堵塞，外面下大雨，屋里淋小雨。要放到现在，这种房子早就该找人修了，但当时不行，修房子需要去房管修缮部门申请。申请单递上去，何时来修全是人家说了算。一般不会只安排修一户两户，要修，整个大院或整片一起修。这就要等机会了，有的一年半年，有的三年两年都不见动静。所以许多房子小打小闹的毛病，住户自己能动手的就不去求修缮队了。星期天若是天气好，常会看到有人爬墙上屋修房子的情景。

大多数人家居住的房子面积有限，有两间以上的房子就可以称得上不错了。说是两间，实际大都是一间大房中间隔开，要么是为了一边做厨房一边居住方便，要么为了解决一大家口住在一起诸多不便的问题。住户大都是从旧社会走过来的，一家没三个孩子以上几乎不叫有孩子。孩子小时无所谓，怎么挤都行，大了，麻烦事就来了，尤其是有男有女。好多人家为了解决这个问题，就因地制宜，在屋内打吊铺。好在那时房子都高，吊铺之下怎样活动都不受影响。我住的那个大院里，有户人家七口人仅一间房，屋里摆了一张床，盘了一个炕，炕边上做饭，然后又打了一个吊铺，三个女的睡吊铺，七个人的睡觉问题就这样解决了。

公房再破再烂，总归有人负责修，麻烦的是私房。私房是新中国成立后社会主义改造留下的产物。一些资本家、小业主之类的，经过改造后，政府容许保留一部分房屋自住，产权归个人。碰上房子质量好的还好说，有个自然灾害挺得过去，怕就怕那些太破旧的房子，一遇上刮大风、下暴雨或者降大雪，房子必漏。找公家修缮队修，一是钱花不起，二是时间等不起。没办法就自己找人修。那年月不像现在，到马路上民工集中的地方喊一嗓子就会有人响应，那时候帮忙也要偷偷摸摸，否则碰上"革命"的，来日到单位奏上一本，帮忙的人就得吃不了兜着走。我家当时就是私房，虽说是楼房，也铺着地板，但总归是二十世纪三十年代的老房，本来盖时为了省钱就有些凑付，经过了几十年更是风雨飘摇了。找人修了几回，也就是打打补丁，解决不了根本问题。有一年下大暴雨，我和兄长正在家里看电视。记得很清楚，电视上播放的是一部名叫《战洪图》的电影。片中洪水爆发时，电闪雷鸣，波涛汹涌，这情景跟当时屋外的瓢泼大雨和轰鸣的雷电极为相似。我和长兄紧张地对视，那眼神分明在说：可别漏雨啊！正想着，只听"轰"的一声响，天花板上的一大块灰皮掉了下来，雨水不停地滴在床上。那一夜我们几乎没睡，用大盆一盆盆往外倒水，一直到雨停。后来一些邻居羡慕我们家是私房，棚户区改造时能多补助一部分钱，但他们不知道我们当初吃的苦头，不是那点儿钱能补偿得了的。

到我自己真正成了房子的主人是二十世纪九十年代初，全国上下开始实行购买政策。一个人可以根据自己的级别享受规定的住房面积，然后用不多的钱买下产权，成为私有财产。四五十岁以上的人是这次政策的受益者。那时，只要单位有条件都会自建或购买房子，分配给职工居住。而这些分配的房子，都成了日后"化公为私"的福利房。紧接着是棚户区改造，一大批破烂不堪的房屋被夷平，拔地而起的是一片片崭新的楼房。根据拆迁政策，人们不但得到了新房，还购买下了产权，成为"私房主"。再后来，高档公寓、多层住宅、洋房别墅，统统取消了分配，一律改为商购。于是，过去几乎全民"租赁"，现在变为几乎全民皆"业主"。

住房状况发生了翻天覆地的变化，不但面积，设施也是。供暖、供气、空调这是必备，还有的连中央吸尘、新风设备也一并配上，真可谓达到了顶端。

然而，不是每个人都能买得起房子。家庭生活好点儿的还好办，父母是最大的靠山。如今父母们最大的任务就是攒钱给儿女准备房子。男孩子如果没有自己的住房，结婚恐怕都成问题。有的女孩子没有别的要求，男方必须有套自己的住房。最麻烦的是家庭力量不足，自己又挣不到大钱，买房只能是空想了。有人勒紧腰带攒买房钱，但房价上涨的速度远胜过攒钱的速度，到头来拥有自己房子的梦想还是可望而不可即，这时候特别怀念福利分房。想想当年许多年轻人也多亏了福利分房，后来年长了才混到"有产阶层"。否则只靠自己微不足道的工资，攒一辈子钱也难买上房子。记得我工作过的单位里有个孤儿，平时沉默寡言，好大年纪了也没找上对象。后来单位分房，他因为工龄长，居然分了处小套二，后来变成了福利房归了自己名下。就因为这套房，他的身价立时变了，四十多岁时结了婚，女方不到三十岁，据说人家图的就是日后有保障。

房子让一些人喜乐交集，也让个别人走火入魔，铤而走险。二十世纪八十年代后期，在我们这里曾发生过一件不可思议的事。有一个年轻的大学生毕业后进了一家不大的工厂，因为有文化也能干，不到两年被提拔为副厂长。有一次厂长出国了，这个副厂长在家主持工作。等厂长回来时突然发现账面上少了十多万元，一查是被转到某家房地产开发公司了，再一深究，原来是副厂长给自己买了一套住房。后来检察院审问时，这个副厂长还振振有词地说，他不过是为了结婚有套新房住而已。说得如此轻巧，殊不知这是挪用公款的大罪！

房子是最大的"硬通货"，一些有钱人拼命买房子，在中国买够了到国外去买。美国、加拿大、澳大利亚，甚至英国、法国这些非移民国家，有钱的中国人都能去置办上房产。房价一个劲上扬，打破了多年规律，外国人根本看不懂是怎么回事。知道的就是中国人买房都是一次性付款，而且多用现金。哪儿贵买哪儿，哪儿宽敞要哪儿。其实许多人买了房子并不去住，偶尔去一两次，也就三天两日，屁股没坐热就拜拜了。不光中国人眼红，外国人看了也纳闷，心里有气：这么好的宅子不住，岂不是糟蹋资源吗？中国人也太牛了，牛得莫名其妙，牛得让人耻笑。

的确，房子在有些人眼里不再是遮风挡雨的工具，也不再是家庭欢聚的场所，而是一种商品，是可以炫耀的物质财富。有钱可以大量囤积，不是为了居住，而是为了投资，或是为了证明一种实力。这对有钱阶层算不了什么。但对没钱的人来说，却是一种灾难。因为在游戏中他们总被挤来挤去，碰来碰去，最后的结果就是房价在挤兑中越来越高，没有能力买房的人，永远被抛在后面，痛苦不堪。

风情燕儿岛

这是一块神秘的土地，又是一片令人向往的海域。

燕儿岛，你可听说过这个美丽、令人遐思的名字？

或许一些人从未耳闻，或许一些人只闻其声未见其影——如同当年的我，虽然生在青岛，退回十年前对它也知之甚少。

如今来青岛如果不到燕儿岛，便是白来了；如果不在这里留下足迹，也枉有一次海边之行。

燕儿岛，何以有如此魅力？

著名女作家苏雪林在二十世纪三十年代曾来一游，并为其独特的环境所折服。她在游记中写道："我们游过太平角，又驱车去游燕儿岛。""自游燕儿岛……我要（在这里）有一个理想的居处。"

燕儿岛位于青岛东部南端，是一个突出海中的岬角，静卧于浮山湾畔，从空中眺望，恰似一只燕子飞入海中。由于日月潮汐与岬角海湾涡流的常年冲洗、磨砺、侵蚀，一块块奇形怪状的礁石遍布海滩。每到秋季大潮袭来之时，惊涛骇浪拍打着堤岸，飞溅出形态各异的浪花，冲天澎湃，蔚为壮观，令人震撼，此景被称为"燕岛秋潮"。

一百多年前，这里只是一处静寂的荒芜之地，偶尔有渔民从这里扬帆出海。但因其特殊的地理环境，这片荒芜之地很快被人喜欢上了，并一直受到各方面的青睐。民国初期，这里曾经建过国际夏令营青年营，做过国立山东大学的植物试验场，一些著名导演还来拍摄过电影，美国海军还曾将此处辟为专用海水浴场。抗战结束后，国民党军队曾在此安营扎寨，青岛解放后，这里成为军事重地。1968年，一个大型造船厂圈定了这块风水宝地，从此，燕儿岛与世隔绝，非厂内人员难以踏足领略和欣赏这里优美的风光。

燕儿岛，燕儿岛，听长辈们念叨过，听朋友们赞叹过，但就是没有亲眼相见的机会。甚至十几年后我在船厂门口购置了新房，成了燕儿岛的邻居，却还是未有机会走进去一饱眼福。

每天都能隐约听到远处传来的涛声。清晨起来，呼吸到的第一口新鲜空气就是带着淡淡咸味的海风。站在凉台上，翘首遥望一墙之隔的厂区，想象着那神奇的岛上美景，心里荡漾着憧憬和向往，却又饱含着无奈和惆怅。

燕儿岛，何时能一睹你的"庐山真面目"啊？

燕儿岛"重见天日"，回归民众，归功于申奥成功。青岛作为北京2008年奥运会的伙伴城市，担负着承办帆船比赛的任务。北京奥组委的官员慧眼识珠，经过反复考察平衡，赛场最后选定了燕儿岛。

一片欢腾。当然包括我这个翘首以待的燕儿岛邻居。

一切为奥运会让路。造船厂于2003年西迁，三年后奥林匹克帆船中心拔地而起。

这是一项浩大的工程，它改变了城市建设布局，给青岛留下了珍贵的历史遗产，更让这个曾是"灯火阑珊处"的小岛焕发出诱人的光芒，增添了新的魅力。

奥帆赛之后，燕儿岛开放，成了市民的"公园"。它有了另一个新的名字——奥帆中心。一提到这个名字会让很多人，特别是外地游客恍然大悟：原来是这里啊？怎么没去过？！

　　如今来到燕儿岛，映入眼帘的是一片开阔的海的世界。傍着涌动的海水，一条蜿蜒逶迤的防浪坝直插大海，像一座海上"万里长城"，巍然屹立。大坝一侧，各参赛国的国旗迎风飘扬，似乎在向人们诉说着当年比赛时的盛况。大坝的尽头耸立着一座白色的灯塔，这是海上航船的守望者，也是奥帆中心的标志。

　　大坝也叫"情人坝"。这里海湾宁静、环境幽美、海天一色，港湾里停泊着各色船只，桅杆林立，彩旗飘扬，处处呈现着"千帆竞发"的景象。站在坝上举目相望，一座座现代化高楼大厦映入眼帘，夜晚灯火璀璨，五光十色，缤纷斑斓，堪比维多利亚港湾和杰克逊海港。从春暖花开时节开始，这里便吸引一对对来自四面八方的情侣，迎着温暖的海风，伴随着低吟的涛声，漫步在大海中间，倾诉着美丽的心愿。

　　燕儿岛藏身百年，现在已成为这座城市最热闹、最受人青睐的地方之一。每天都有成千上万的市民游客光顾于此。漫步而行，一边呼吸着大海清新的空气，一边欣赏着浪漫而充满现代化的景色。那些穿着婚纱，挽着手臂，脸上荡漾着幸福喜悦之情的情侣更是络绎不绝。礁石旁，灯塔边，情人坝的连桥上，都留下了他们多姿的倩影。

　　我作为它的邻居，几乎每天都要倾听它铿锵有力的呼吸，感受它温柔四射的激情，抚摸它宽广豁达的胸膛。我会看到，一艘艘兜满劲风的帆船，悬挂着各国的旗帜，破浪驰出港湾，汇进浩瀚大海，宛如一支支利剑，劈波斩浪，尽显风流；我会想起，当年一次次载誉归来的郭川——那位不知去踪的航海勇士怀抱鲜花、泪流满面，面对欢呼人群的激动场面，他虽然音信全无，但在人们心中，他永远是勇敢的探索者、时代的英雄；我会遐想，燕儿岛，你虽然是一个神奇独特的小岛，但如果没有奥帆赛这个契机，没有这几年的强劲发展，你会怎样呢？也许继续"犹抱琵琶半遮面"，也许依旧默默沉寂被人忘却。然而，是金子总归会发光，你终于撩开了面纱，焕发出耀眼的光彩。现在，你已经成为这个城市的地标，无数人对你情有独钟。这是多么奇妙的变化，而在我们960万平方公里的土地上，又有多少这样的奇迹出现啊！

　　我喜欢燕儿岛，不仅因为它奇特而具有魅力，更因为它可以让我们从中感受到时代进步的脉搏。

高　看

　　小时候住在大杂院，有位老太个子不高，小脚，皮肤白皙，抹了头油的黑发总是向后梳得整整齐齐，结一个发髻，露出锃亮的额头，显得极为精神。

　　那年月，六十多岁就算是大年纪了，我们叫她刘姥姥。

　　刘姥爷我们没见过，听说是做生意的。三十来岁时，一场疾病夺去了他的生命，撇下刘姥姥和五个未成年的孩子。令人钦佩的是，刘姥姥不但把孩子一个个给拉扯大了，而且个个优秀：上大学的上大学，工作的工作。

　　孩子有出息了，但刘姥姥在家始终说一不二，而且儿女们始终围在其膝下，一直到她撒手人寰。这让邻居们极为叹服，私下大家都说，刘姥姥年轻时顶天立地，年老了还是大树一棵，挺拔参天不倒架。

　　其实，孩子们对刘姥姥也"颇有微词"。因为刘姥姥的意见、决定并非都正确，有的甚至明显是错误的。但孩子们从不"背味"，总是"心悦诚服"地接受下来。这让刘姥姥极为欢欣，脸上总是挂着得意的笑容。她能活到八十六岁，邻居们都说，这跟她的心情有很大关系。

　　人总归要老，不管当年如何风光、如何强势。年轮是魔鬼，总要把人从强壮一点点折磨到衰弱，直至消亡。

　　老，其实并不可怕，这是不以人的意志为转移的，是无法抗拒的自然规律，谁也阻挡不了。秦始皇炼丹求仙，最后也逃脱不了一命呜呼的悲剧；历朝历代的帝王，"吾皇万岁，万万岁"喊得再响亮，也不过只能活个百八十年。

人老了，最担心也最关心的是如何完美地度过余生。换句话说，就是能不能有尊严、舒心地活着。

有一种普遍现象不可否认，那就是人越老被重视的程度似乎变得越低。那些曾经"一言九鼎""叱咤风云""呼风唤雨""笑傲江湖"的各类"英雄好汉"，当夕阳渐落，再也不能"旭日东升"时，伴随而来的是光环逐步失去了鲜亮，被遗忘和忽略的概率越来越高。常听一些老人感叹："老了，不中用了，没人待见了。"话语中透着凄凉、不满和无奈。

说起来，人老了应该退出历史舞台，享受自己的生活。人的年龄决定了每个阶段的生活理念和方式。但这只是理论上的，在实践中难以实现。人老了，器官也逐渐衰老，但曾经活跃的心依旧不平静，恋旧的思维依然不安分。前些日子因病住院，同房间的是位退休的领导干部，单位打电话要来看望，被他婉拒了。放下电话他对我说："看什么看呀，都怪忙的，又不是什么大毛病。"等过了两天，真的无人来探望时，他又对我说："现在的人怎么这样啊？说不让来，真的不来了。我在职的时候可不是这样，不让来也要来。心里要有嘛！"

口是心非，这是不少老人的通病。若是不了解这一点，那真是会误伤了老人的心。老人嘴上说老了希望清静，实际并非如此。真的无人登门，老人便会很失落、伤心，甚至生病。但凡有人上门，他们那高兴、激动的神态，让人难以想象。尽管在别人看来这不过是一次例行公事，但在老人眼里却释放着重大的信号：他还被记得！他们仿佛看到了自己存在的价值。这种自我肯定，有点"阿Q精神"，但又何尝不是老人们真实心态的反映啊！

老人怕孤独，怕被遗忘，但更怕的是被人低看和被社会淘汰。

　　这让我又想起了刘姥姥。她精明、勤劳、勇敢，支撑着一个残缺不全的家，令儿女们敬佩。但是，随着年龄增长，她的头脑肯定不会再像以前那么清楚了，说的做的不可能没有闪失。可贵的是，她的儿女们依然对她恭恭敬敬、百依百顺，惹得她十分欢欣。

　　实际上，每个老人都希望有这样的儿女，能在家庭中有这样的"权威"。儿女们能做到这一点，就是最大的孝顺。

　　刘姥姥走得很安详，邻居们去火化场送行时，都说看着她的遗容就跟睡熟了一样。我想，这跟她活着时儿女们爱她、敬她有很大关系吧。

　　人活着需要被高看，老了，更需要。

古城新姿

古城必定要重见天日，她背负的历史太沉重，承载的文化太深厚，积淀的故事太丰富。

一个午后，我与朋友相伴沿即墨城宽阔的大道前行，一边听他介绍古城重建的艰难曲折，一边抬头向那宏大而威武的青灰色城墙望去。一眼望不到头的城墙高高矗立，像一道硕大的屏风，把街区一分为二，把景色一分为二，似乎也把历史一分为二。

即墨，青岛市下辖之域，曾为县，后为市，2017年改为区。青岛的建置历史仅有一百余年，据《战国策》《史记》等典籍记载，公元前567年，齐大夫朱毛就开始修建即墨城。到战国时期，即墨故城已非常繁荣，可以与齐国首都临淄相提并论。秦一统天下后，实行郡县制，把即墨定为县。当时胶东半岛是胶东郡，该郡的中心便是即墨。南北朝末期，即墨县一度被废除，隋朝时又恢复重建，后又经过元代的废除、重建，一直延续到清末。1898年，德国强迫清政府签订《胶澳租界条约》，将即墨"南边"的海面和1000多平方公里的土地划为"胶澳租界"，这块地方就是后来的青岛市。

浩瀚历史，犹如长河奔流，汹涌澎湃，撞击人心。

即墨人不甘心昔日的辉煌烟消云散，不愿让昨日的繁华仅留在记忆之中。挖掘、开发，让金子重新焕发光亮，这是当代人义不容辞的责任。于是，几年前当地的人代会通过"一号议案"：重建古城。

古城是历史文化的象征，是文明的延续，又是古代建筑艺术的展示。当下重建古城的地方不在少数，然而一些地方要么心血来潮，要么盲目追风，结果粗制滥造、劳民伤财。即墨人"眼眶高"，做事从长计议。他们把各大院校的人文大咖请来，把各路经验丰富的建筑专家请来，把非物质文化遗产的领军人物请来，把国内有名的木雕、石雕、彩绘工匠请来集思广益，一个立足当下、放眼未来、求真务实的思路诞生了：对历史、对人民、对后世负责，打造今天的精品，明天的文物。

穿过牌坊，跨过城门，沿古城整洁而充满历史感的街面漫步而行，每一条小路，每一块瓦石，每一根木料，每一方匾额都铺设摆放得错落有致，井井有条，自然得体，没有丝毫的做作，更没有生硬多余之嫌。但历史在这里浓缩，记忆在这里放飞。昔日县衙、文庙、城隍庙、财神庙、真武庙、牌坊街、教堂的复制品，一一呈现在眼前，仿佛穿越了时空隧道，回到千年之前。那观音阁、三官阁、魁星阁和火神阁，威武雄壮，各据一方；那望海门、景岱门、临川门，向海、向峰、向河而立，昂头挺胸，呼风唤雨；那西门外商业大街熙熙攘攘的叫卖声不绝于耳，仿佛一直持续到今天；那古城西南隅墨水河小坝上洗衣的农妇，举杵捶衣，水溅珠落，劳作的身影似乎至今清晰可见。

我一直纳闷：早已面目全非的古城，怎么能恢复得如此栩栩如生呢？据说看过即墨古城的人无不留下这样的感叹和疑问。还是相伴的朋友帮我解疑释惑。这首先得益于一些老照片的重现。2005 年，德国汉堡大学一位语言学教授访问即墨，带来了 130 多张记录了百年前即墨古城样貌的老照片。正是这些稀有的老照片，打开了即墨人封存已久的历史记忆，震撼了他们的心绪，促使他们下定了重建古城的决心。再就是归功于即墨人强烈的责任意识和尊重历史、敬畏历史、在历史面前不打半点折扣的务实精神。那些石雕、木刻、楹联、绘画，甚至展馆展品的陈列摆放，都出自国内一流大师之手。他们不仅严格按照历史原貌还原本来，所用的材料也是经过反复挑选的，意在不留一点遗憾。

再往后的几十年、几百年，古城会像封存的陈酒一样，时间越长，味道越浓。"给子孙后代留下的财富，要经得起时间和实践检验。"这是在古城听到最多的承诺。

古城重建，表面上是历史的重现，实际上更多的是历史与现实的传承。重温昔日的辉煌与悲壮，会一次次激起心灵的震撼，从而更深刻地认识和反思历史。古城里那些精湛的壁画、雕塑、木刻、楹联、碑石，背后都有一串串的故事，关联着即墨历史上浓墨重彩的每一页，既悲怆惨烈，又英勇无畏。

登上古城墙，透过海平面向东眺望，仿佛会看到田横岛五百壮士横刀立马、忠贞不渝的威严群像，阳光下闪闪的刀刃发出瘆人的光亮。刘邦称帝后召见齐王田横，田横不愿臣服，途中自刎。留在岛上的士兵闻讯后悉数挥刀殉节。壮士们视死如归的刚烈壮举，让刘邦大为震惊，也甚为感慨：原来世界上真有宁死而不愿失去气节的人啊！

古城传来震耳欲聋的厮杀声和哀号声，"火牛阵"令敌人闻风丧胆。战国时期，燕、秦、韩、赵、魏等国的军队大举进攻齐国。当时联军把即墨城池围得水泄不通。在这危急时刻，守将田单命令手下把全城的牛都集中起来，在牛角捆上锋利的尖刀，在牛身披戴上五颜六色的布匹，在牛尾系满浸透油脂的麻线和芦苇。在一个月黑风高的夜晚，"火牛"突然冲向敌人的营帐，把联军吓得屁滚尿流，丢下武器和营帐落荒而逃。从此"火牛阵"闻名遐迩，从此名不见经传的即墨载于史册，成为名城。

现在每逢庙会、年节的民俗活动，"火牛阵"是必不可少的表演节目，人们在欢闹中重现当年古城将士抗敌的英雄壮举，表达因祖先的智慧而带来的荣耀和骄傲。

即墨古城最有看点的当属文庙，文庙不但承载着浑厚的历史文化，还是抵抗外国列强的历史教科书。

1898年正月初一，驻扎在青岛的德国军队派兵闯入即墨文庙，将孔圣像打翻在地，四体被毁。当时正处于戊戌变法前夕，以康有为、梁启超等为代表的维新派借此事件，策动参加戊戌会试的万余名举人联合行动，向顽固派施加压力，维护孔教尊严，以挽救中国之危亡，史称"第二次公车上书"。

由于康、梁等维新派人物的推动，即墨文庙圣像被毁案引起了不少京师官员的关注，其影响迅速扩大到全国，对维新变法起了推波助澜的积极作用。清政府在舆论的压力下，不得不向德国交涉，要求驻胶澳之德军首领赔礼道歉。此后列强们不得不收敛了嚣张气焰。

现在的文庙，是即墨人举办孔子祭奠典礼和给孩子举办成人礼、开笔礼等传统仪式的场所。它在传播古老的千年儒学精髓的同时，还告诫人们不忘历史，不忘被欺压的昨天，同时也提醒人们，据理抗争同样是在继承和发扬中华优秀传统文化。当孩子们走进这三进的院落，穿过棂星门、大成门，进入大成殿、崇圣祠、乡贤名宦祠等圣殿时，心里自然会萌生一种神秘、神圣、神奇的感觉，觉得肩头沉甸甸的。

重温历史的目的绝不仅仅是为了追溯和感慨，更大的意义是展望和打造更美好的未来。古城重建是文化繁荣的象征，但更彰显着一个地方的实力与潜力。今天的即墨是全国科技进步先进市，综合竞争力排名位居江北第一县，福布斯中国大陆最佳县级城市。古城外，新建的居民区高楼林立，写字楼、商业大厦随处可见，呈现着一派蒸蒸日上的新气象。明天，即墨又将会是什么样呢？

离开古城，回眸相望，夕阳辉映下的城墙披挂着耀眼的光彩，斑斓迷人，令人充满了期待。

过年新衣

孩子们过年穿新衣是传统习俗。大年初一，孩子们走出家门首先展示的就是那一身新行头，然后才是笑容可掬的脸蛋和一声声饱含祝福的拜年声。

新衣是迎接新年的装扮，也是一个人精气神的体现，还是一个家庭经济状况的展露。透过孩子的新衣，人们大致可以知道谁家富有，谁家贫穷，谁家还凑合。

现在许多孩子已不在乎过年穿不穿新衣了，因为生活水平提高了，新衣随时可以买，有钱人甚至三五天买一件都有可能。但二十世纪可不行，尤其是六七十年代以前，一个孩子一年中能买一两次衣服就算是很奢侈、很幸福的事了，而且买新衣服的节点大都放在过年。所以，过年是中国孩子很隆重的一次服装大展示。过年那段日子，走在街头，到处可以见到穿着五颜六色服饰的拜年大军，其共同的特点就是衣服几乎都是新的。

穿衣戴帽可以呈现出美，按说当属女孩子专利。有趣的是在过年穿新衣这件事上，男孩与女孩的兴趣和要求竟高度一致。

每当临近过年，我们大院的孩子们就会互相打听："你妈妈给你准备了什么样的新衣服？你爸爸给你买了什么样的面料？"女孩子们会相约一起去买最流行的花布做夹袄。男孩子不太参与议论，但私下也没少较劲。过年除了鞭炮是他们的最爱，剩下的便是新衣了。初一到邻居家、同学家、老师家拜年，大人们都会对新衣评论一番，有的甚至会摸摸面料，拽拽衣袖，看看款式，或表示赞赏，或流露出遗憾，或撇撇嘴意味深长。孩子们很会从大人的言谈和眼神里体悟世态冷热，所以有件像样的新衣对孩子们来说，关乎个人甚至整个家庭的形象。孩子们心里清楚，别的东西可以不在乎，过年的新衣一定要努力努力再努力。

然而有些人家就买不起新衣，哪怕布料再便宜。大院里的强强家就是。

强强当年上小学三年级。他家里人口很多，六个兄弟姊妹，他排行老三，上面有两个姐姐。大院里的人都知道他和另外的五个兄弟姊妹不是一个爸爸，强强的亲生爸爸很早就去世了。他是跟着继父搬来大院的，大院里是继父单位分配的房子。

强强的继父在铸造厂工作，是技术员，但工资却不高。强强妈没有正式工作，在一家街道办的裁缝店里当临时工，每月好的时候有二十来块钱收入。全家八口人，五个上学的外加一个学龄前的，就靠那一个半人的工资支撑，日子确实很困难。除了吃饭，别的真不敢考虑。邻居们印象很深的就是，强强从搬进大院就穿那套蓝色的外衣，三年过去了，还是那套。只不过其间放过几次裤腿、衣边，补过一些窟窿，另外胳膊上多了一副套袖而已。

头两年强强似乎不太在乎过年新衣，可能是搬来时间不长跟邻居们不太熟悉的缘故。第一年过年时，他穿着洗得干干净净的蓝衣服去拜年，邻居大人们招呼给他糖吃，没人问他新衣的事。到了第二年再去拜年时，有人就开口了，说："强强，你妈怎么不给你做新衣服啊？"强强笑笑没说话。到了第二家、第三家又有人问，强强咬了咬嘴唇摇摇头说："我不喜欢穿新衣服。"

强强没有新衣，强强的姐姐、妹妹和弟弟却都有。虽然弟弟妹妹的新衣一看就是强强妈用剩料和布头拼接起来的，但不管怎么说也是新的。两个姐姐的新衣更不用说了，是整块布料做的。尽管布料很便宜，但经过强强妈的巧手，穿在身上还是换来好多人叫好。

年三十一大早，强强妈就把强强那身穿了几乎一年的蓝衣服从头天晾干的衣架上取下来，然后烧上铁熨斗喷上水，仔细地熨起来，一直熨到看不到褶皱，然后叫强强穿上照照镜子。

本来看上去有些陈旧的衣服经过强强妈一收拾，立时变了样。强强穿在身上照着镜子，觉得自己都变了样。他脸上情不自禁露出的笑容，给旁边站着的妈妈释放了信号：孩子满意了。每回强强妈把衣服重新挂在衣架上时都会小声对强强说："等妈妈有了钱一定给你买身新衣服。"这话一说就是三年。

其实强强是个懂事的孩子，他知道妈妈的苦衷和难处。三岁时爸爸病逝，他随着妈妈改嫁。生父是怎样一个人他印象很模糊，只知道是个军人，具体干什么的就不知道了。妈妈私下不止一次地对他说："你爸爸是个好人，很聪明。可惜命不好。"强强曾告诉我们，他印象最深的就是父亲去世后回老家送灵柩，那是他见到父亲最长的时间，但隔着厚厚的棺木。妈妈跟继父感情很好，这点强强能看出来，也对我们说过。他说继父对他也不错，从没打过他，也没骂过他。兄弟姊妹之间闹矛盾，继父总是向着他。可能因为这，强强对妈妈只给姐姐和弟弟妹妹置办新衣没有丝毫的怨言。他知道妈妈这是在展示自己的胸襟，让继父明白她没薄待了他的孩子。实际上，继父也觉得对不住强强，当着强强的面不止一次说过，过年无论如何也要给强强做件新衣，让姐姐们发扬回风格。每次强强都很大度地表态："我不要，我不要。"事后妈妈都会对强强说："孩子你真懂事，妈妈要谢谢你。"妈妈的话让强强的泪珠在眼里滚来滚去，就差掉下来了。

但这回强强决定要一件新衣。那年的冬天特别冷，许多孩子的新衣是棉袄，条件好点儿的是半截大衣。孩子们凑一起议论新衣的事，有人问强强："你妈答应给你做新衣了吗？"强强说答应了。"是做制服还是外套？""不知道，反正答应了。"强强的声音越来越低。没人再问了，因为大家觉得今年强强的新衣又没戏了，问多了刺激他，不仗义。

年关越来越近了，别人家孩子的新衣逐渐都到位了。在商店买的会带着包装拎回家，大院里的人看得一清二楚；在裁缝店做的会用包袱包着抱回家，同样也能被邻居们发现；还有的自己买布上色，在大院里晾晒时更是暴露无遗……这些都跟强强无缘。邻居们私下里说："恐怕强强今年又是那身蓝衣服了，怪可怜的。"

大年初一那天早上天气奇冷，上了冻的窗花比窗帘还严实，外面什么也看不见。孩子们不管这些，吃过饺子便结伴挨家挨户去拜年。祝福是一方面，最重要的是展示新衣。

人都凑得差不多了，就不见强强。有人说："别等了，他又没有新衣，看到我们都穿得漂漂亮亮的，怪难为情的。"正说着，有人喊："来了，来了。""哪个，在哪呀？""不是吗，那不是吗？穿着皮衣，对，翻毛领的那个。""那是强强吗？""怎么不是，瞧那走路的样子，不是他是谁？""呀，他穿的那是什么啊？威风死了！""他怎么会有皮衣呢，不可能吧？"

强强走到众人面前，人们都愣了。他确实穿着皮衣，而且衣领上是许多人梦寐以求的长毛绒。大开领，上衣口袋带着拉锁，下衣口袋是斜插式的。那皮子厚墩墩，深咖啡色，穿在身上煞是威武，只可惜强强的身材撑不起来，显得有些过大，但就这样也足以让人感到惊讶。

"这……这是你的吗？什么服装啊，这么多口袋？"

"当然是我的，我爸爸的，亲爸爸的。他留给我的。这是飞行员的衣服，军装。我爸是空军机械师，到过朝鲜。这是他穿过的。本来我妈要等我长大再让我穿，现在决定让我过年穿一回，当新衣。"强强昂着头神气地说。

这一年，谁的过年新衣也没超过强强，无法超过。

海风习习吻边城

八月的青岛很是美好，海风吹拂着波涛，白云飘在蓝天，树木庇荫着小路，青藤挂满红墙，帆船劈浪而行，游人在夕阳里漫步，这避暑天堂着实令人向往。

1931 年 8 月，福山路三号，一座洋气十足的住宅里搬来一个年轻人。他中等身材，丰满的长脸盘，浓厚的乌发，一副圆片眼镜端正地架在鼻梁上——他就是国立青岛大学新聘的讲师沈从文。

沈从文住在三楼，房间虽窄小，透过窗户却能看到不远处的大海，这让沈从文非常欢喜。从湘西凤凰城走出来的"乡下人"，之前见惯了家乡门前缓缓流淌的沱江水，现在又看到了久慕的海水波涛，心情大不一样。他倚在窗边，迎着习习吹来的海风，眺望大海。"白色的小艇，支持了白色三角小篷，出了停顿小艇的平坞后，向作宝石蓝颜色放光的海面滑去。风是极清和温柔的，海浪轻轻地拍着船头船舷，船身侧向一边，轻盈得如同一只掠水的燕子。"不经意间，沈从文的脑海里便冒出了这般优美的文字。

每天迎着明媚的阳光，或夹着书本材料，或拎着黑色的皮包，一袭薄薄的长衫在身，顺着福山路踯躅而下，然后登上鱼山路那些陡峭的上坡，再缓缓下行，然后一直走进大学的校门。这段不长的路程对沈从文来说，充满了新鲜和乐趣：青岛的天气是那么好，各处地方是绿的，各处是不知名的花，天上的云同海中的水时时刻刻在变换各种颜色，还有那种轻柔的、微涩的，使人皮肤润泽、目光清亮、感情活泼、灵魂柔软的流动空气……

沈从文受国立青岛大学杨振声校长相邀，来担任文学院讲师，教授两门课程：中国小说史和高级作文课程。每天的教学任务不重，已经有些名气的沈从文那时光已发表的作品就足以让学生们羡慕不已。所以，当沈从文完成教课任务从教室里走出，沿着原路返回时，心情依旧轻松愉悦。他很快就会看到那座面朝大海，花岗岩石贴面，带有明显欧式风格的建筑。走进院门，踏上旋转石阶，然后再穿过院落攀楼而上，便踏入自己的居室。福山路的地理位置在青岛非常优越，临海，地势又高，周围绿树成荫，显得幽静雅致。许多达官贵人在此置办房产。国立青岛大学当时是青岛唯一的一所大学，能获准在这样一块"宝地"上建造教师宿舍，足以证明当年知识分子还是很受人尊重的。沈从文搬来时，"房屋刚粉刷过，楼前花园里花木尚未栽好，只在甬道旁有三四丛珍珠梅，剪成蘑菇形树顶，开放出一缕缕细碎的花朵，增加了院中清韵风光"。尽管如此，沈从文还是很喜欢，因为进了居室就可以望见明朗阳光下随时变换色彩的海面和天光云影了。这可不是每个楼层和房间都可以享受到的，独居一室又位居顶端使沈从文既可清静安逸，又有宽阔的视线，这很符合他的心意，也符合此时他的心气。

沈从文是作家，灵感是创作的起搏器。来青岛之前，他一直处于一种"纷纷扰扰"的状态。当兵时期的煎熬，在北大旁听时的艰辛，与丁玲、胡也频筹办刊物时的操劳都让他无所适从。后来虽然去了上海吴淞中国公学任教，但总是有种漂浮不定的感觉。走进青岛，这一切都改变了，不但有了相对安定的工作，而且有一处固定的住所和大量可以自由支配的时间，这让沈从文终于有了一份怡然的宁静。

"在青岛前后虽只两年半，对于我一生工作影响极大。在青岛时正年轻力壮，创作欲旺盛，更重要的是文字在时趋成熟中。每面对景色奇美的大海，一部《法苑珠林》也开阔我的想象力，可说是一生工作最为有效果的一段日子。正若从青岛温和阳光吸取了用之不尽的力量和感情，都反映在多个篇章中……"在青岛，沈从文的创作激情迸发，灵感一次次闪现。他自己曾说，青岛海边的这三年，是一生读书消化力最强、工作最勤奋、想象力最丰富、创作力最旺盛的时光。每天只睡三小时，精神特别旺健。他先后创作并出版了《虎雏》《记胡也频》《都市一妇人》《泥涂》等集子，还创作了《从文自传》《记丁玲》《八骏图》《一个农夫的故事》《寻觅》《女人》《来客》等作品。其中《八骏图》是以福山路三号教师宿舍为背景创作的，主要人物就是取材于住在同一座楼里的教师们。小说对不远处汇泉湾的景色、海水浴场的沙滩和洋房庭院的景象都做了精彩的描写。能看得出来，此时此刻青岛以及这里的自然风光已经深深地融进了沈从文的精神世界，他几乎完全沉醉在创作的海洋里。

二十世纪三十年代的青岛被誉为"东方瑞士"，又被称为"浪漫之城"。这里既有大自然赋予的美丽景观，又有"舶来"之风裹挟的浪漫之情。

福山路三号那间逼仄的小屋，住过沈从文的九妹，接待过巴金、卞之琳，最令沈从文欢欣和激动不已的是还住过他的爱人张兆和。

1929年，沈从文与张兆和在吴淞中国公学相识，两年后，沈从文便带着依依不舍和忐忑不安来到青岛。与爱慕之人两地相望，沈从文的焦虑与渴望可想而知。感谢大海让沈从文涌起无穷的勇气和力量，更要感谢大海孕育出的无限激情和浪漫。在青岛，沈从文给张兆和邮寄了无数封华美而柔情的书信。已饱尝大海之风的沈从文浑身蓄满执着的力量，从青岛出发，捧着一大包巴金建议购买的礼物——托尔斯泰、陀思妥耶夫斯基、屠格涅夫等人的精装本英译俄国小说名著，敲响了苏州张家的大门，去寻求"百追不得其果"的爱情……

沈从文的苏州之行没有白跑，回青岛不久便得到梦寐以求的回信。更让沈从文喜出望外的是，随后张兆和也来到了青岛，在国立青岛大学图书馆谋了一份工作。

从此青岛的山山水水、草草木木、大街小巷都留下了这对恋人的足迹，可以说青岛是沈从文和张兆和真正的恋爱之地。

沈从文的著名小说《边城》里的翠翠这一形象有三个来源，其中一个是张兆和，另一个是沈从文和张兆和在崂山游玩时碰见的一个穿孝服报庙的姑娘。正是那个执着白幡在哭的姑娘和"身边黑脸长眉的新妇"作范本，让沈从文萌发了要写一部很好看的小说给张兆和看的想法。由此推论，《边城》的创作起源是在青岛，人物的诞生也是在青岛。说青岛是沈从文的"福地"，名副其实。

《边城》是沈从文的扛鼎之作，奠定了他在中国文学史上的地位。这些辉煌成绩的取得，沈从文认为应归功于大海："海既那么宽泛无涯无际，我对人生远景凝眸的机会便较多了些。海边既那么寂寞，他培养了我的孤独心情。海放大了我的感情与希望，且放大了我的人格。"

是的，还有什么能像大海一样让人如此刻骨铭心，念念不忘？

1933年夏天，沈从文和张兆和离开了福山路，离开了青岛。虽然这段青岛时光很短暂，仅有两年多，但对沈从文的人生来说却有着深刻而悠远的影响。如今，当人们走过福山路时，会情不自禁地想起沈从文，想起凤凰城和《边城》，同时也会想起不远处沈从文笔下的大海、礁石、绿树，以及那些令人难以忘却的故事……

"黑帮"博物馆

说起美国的拉斯维加斯，人们便会想到"赌"。很多人知道这个沙漠中矗立起的现代化城市，就是因为它是世界四大赌城之一，旅游、度假的"娱乐之都"。

实际上，拉斯维加斯从开始就是"黑帮"的滋生地、成长地、厮杀地。现在人们来这里旅游，更多的是住豪华宾馆，享受各种美味，观看顶级的表演，或去赌场里试试运气，然而，几十年前这里可不是太平之地，表面上奢华，背后却蕴藏着恐怖和杀机。黑手党、暴徒、黑帮无处不在。那些闪耀着迷人色彩的霓虹灯光角落里，一双双贪婪凶狠的目光或许正在注视着某个竞争者。西装革履，斜戴礼帽，看似绅士派头，插进口袋里的手说不定正握着上了膛的手枪，随时会射出致命的子弹。

许多人以为，这些只是影视作品里才会看到的镜头，或是小说中才会读到的离奇情节，不过是拉斯维加斯招揽客人的噱头而已。然而事实是，这些正是当年"黑帮"们穷凶极恶的表现，是滔滔罪恶的真实写照。

2012年2月14日，一个名为"黑帮博物馆"的展馆在拉斯维加斯老城区开馆。这栋古典风格的建筑前身是1930年代的邮政所和法院。2000年，联邦政府以1美元的价格将这幢建筑卖给了拉斯维加斯，前提是限定于文化用途。许多人感到惊讶和好奇：怎么会有这样一个博物馆呢？"黑帮"们乐意吗？主导此事的是何等人物？他不怕遭报复吗？谜底很快被揭开，博物馆展示的就是"黑帮"们的血腥历史，提议并积极促成此馆的是拉斯维加斯的前市长奥斯卡·古德曼，"黑帮"们听说这个动议后，不但无人公开出来反对，反而默认接受。

疯了吧？古德曼疯了，"黑帮"们也疯了吗？任何人都没疯，博物馆如期开馆了。而且，开馆时间定在了情人节，而83年前的这一天，黑手党枪杀了黑帮教父"甲壳虫"莫兰，并在随后10个月里横扫了300多名黑帮首脑。选择这一天作为这个特殊博物馆的开馆日，颇有些耐人寻味。还有一点，那就是博物馆的推手古德曼，其身份和经历更让人浮想联翩。他不仅是前市长，还曾是黑手党人的辩护律师。用千丝万缕来形容他与"黑帮"的关系应该恰如其分，但偏偏这样一个黑白两道通吃的人物，却费尽周折促成了这项令人意想不到的特殊工程，而且得到了FBI的支持。

去过博物馆的人都会有这样一种感觉，走马观花也好，仔细观看也罢，从进口到出口，一路浏览下来，会了解到拉斯维加斯这座城市崛起的根源，会领略到美国暴徒文化的种种特征，会知道一些曾经发生的事情，也会看到正义与邪恶之间的殊死斗争。古德曼曾说："让我们诚实点儿吧，黑帮不仅仅是传奇，而是事实，这让我们区别于其他城市。"

拉斯维加斯位于美国的内华达州，是"肥沃的草原"的意思，但事实上，它位于荒凉、酷热、干燥的沙漠的中央，为不毛之地，既无生产条件，也没有丰富的天然资源。当年因为修筑铁路和修筑胡佛水坝，人们开始在此聚集。1931年，内华达州将赌博合法化。此招果然非常有效，立刻吸引了许多投资者。赌场很快遍布拉斯维加斯，各地的赌徒慕名蜂拥而至。利益面前"黑帮"不甘落后，随之跟进。"黑帮"的敛财手段可以用八个字形容：刀光剑影，枪林弹雨！

拉斯维加斯是美国人想象力和创造力的杰出代表之一。在100多年的时间里，从戈壁沙漠中的一处不毛之地变成闻名全球的国际都市，每年接待游客 4000 多万，居美国各大城市之首，是世界知名的度假地之一。拉斯维加斯的主要建筑都集中在拉斯维加斯大道（Las Vegas Strip）两边，全球十家最大的度假旅馆有九家就是在这里。大道两边矗立着豪华五星级酒店、摩天大楼以及以世界著名建筑为原型的雕塑。这些酒店建筑的花费都是以亿美元计；这些豪华的酒店都和赌场相连，每一个建筑物都精雕细刻，华丽非凡，彰显拉斯维加斯非同一般的繁华和铺张。

"赌"是拉斯维加斯的主要生活方式之一，走进机场、酒店、商场都可以见到赌博机。而一些豪华酒店的赌场为了吸引游客前来赌钱，在赌场的装修、设计方面更是挖空心思，极尽奢华。很多赌场的装修金碧辉煌，墙上的壁画是著名艺术家的手迹，堪称是艺术与赌博的完美结合。拉斯维加斯所有赌场通宵开业，赌博玩法五花八门，赌场内小赌怡情或一掷千金的赌客都有。

如此繁荣的景象，绝非靠劳动一点一滴积累而成。有的人可以"一夜暴富"，也有的人可以"一贫如洗"，它奇葩的崛起背后始终与两个字相连，那就是"黑帮"。

黑帮博物馆最大限度地展示了这一过程。三层高，占地 3800 平方米的大楼里，分布着若干个展厅，处处充满了惑与恶的张力，有令人恐怖的凶杀现场，有"黑帮"们使用的各种武器、赌具和赝品美钞，还有特工人员监听黑帮的通信器材等。博物馆的中心是一个重新修复的豪华法庭，美国参议院特别委员会 1950 年曾在这里举行过有关洲际间商贸犯罪的第 17 次听证会。当时有 3000 万名观众通过电视直播观看了此次听证会，美国黑帮第一次成为媒体焦点。而这间法庭也成为之后电影中听证会场面所模仿的经典场景。

"黑帮"横行，民众愤恨，但奇怪的是他们同时又是另类"英雄"的代名词。许多人对其"刮目相看"，甚至"羡慕不已"。以"黑帮"为题材的文艺作品很多，其中内容真实的不在少数。这些掺杂着夸张渲染手段的作品，揭示了"黑帮"们的凶残狠毒，但同时也把有些人有意无意地塑造成了英雄。博物馆专门有介绍这方面的展厅，其中一些电影还是好莱坞著名演员的杰作，这更吸引了人们的眼球。

《一代情枭毕斯》的原型是巴格斯·西格尔，他是美国西海岸势力最大的黑帮分子，率先在拉斯维加斯建造了高档酒店，拉开了赌城繁荣发展的序幕。那时候加利福尼亚州大部分的犯罪团伙都由他控制，当地很多谋杀案大部分也都是他们谋划并实施的。他甚至跟人合伙办了一个谋杀公司，专门做杀人勾当。1946年，他建立起拉斯维加斯第一个高档酒店，是带赌场的那种，可以说算是奠定了拉斯维加斯赌城的基础，拉开了赌城繁荣发展的序幕。酒店的名字叫"火烈鸟"，到今天，这座酒店还是受旅客欢迎的景点之一。1947年6月20日的傍晚，几声枪响打破了美国洛杉矶比利佛山庄豪宅区的宁静，巴格斯·西格尔在这里结束了生命。

"黑帮"们多行不义必自毙，这是人们的普遍观点，但作为他们的后人却不这样认为。西格尔的后代们认为，是他们的先人建立了拉斯维加斯这座城市，让这片沙漠变得闪闪发光，好莱坞的暴力描绘给他们的贡献蒙上了阴影。这是什么逻辑？恐怕只有他们自己能够解释清楚了。不可思议的是，博物馆里还展示了许多"黑帮"头领和其家人在一起的温馨照片，那些照片让人看了无法相信这是一帮心狠手辣的人，反而会为其柔情的一面所感动。我想，"黑帮"们之所以不反对并默认支持博物馆建设，或许就是想要向世人展示其美好的一面？当然，这些充满温情爱意的照片也在告诉人们，人都有两面性，可以成为一个善良之人，也能变成邪恶之徒。

博物馆里的"黑帮"故事，还蕴藏着另一层意思，讲述了拉斯维加斯和国家、"黑帮"及法律之间的关系，这更能引起人们的兴趣和思索："黑帮"不光是黑，还有更深层的意味。其实，每个国家的"涉黑"都是如此，没有绝对孤立的势力，都是藕断丝连，所以，"打黑"对世界各国来说都是责无旁贷的，势在必行的，不可手软。

许多到过拉斯维加斯的人并不知道还有这样一个博物馆，这与其区域位置有关，也与游客个人的关注点有关。远离闹市本身就不容易被发现，加上大多数游客来去匆匆，有时间或许更想到赌场里玩一把，自然也就忽略了这个贯穿另类文化的考察。

实际上，这是一种损失。独一无二的展览远比赌一把要有价值。更重要的是，看过展览之后，相信每个人都会对"黑帮"说"NO"！

很想再养一只猫咪

我一直想再养一只猫咪。

以前曾养过，前后共有六只。那些猫咪都有自己的名字。最先的那只我们称它为"老猫"，因为它来我家的时间最早，而且活得年久，十六岁才离我们而去。第二只是"老猫"的孩子，一身黄色，雄性，长得特别漂亮威武，我们叫它"老黄"。老黄只活了四年，先于"老猫"死去。

两只猫咪离去后，有一段时间我们下决心不再养猫了，但后来一只狸花雌性猫咪又出现在家中。它是怎么来的我记不清了，似乎是弟弟从哪儿抱来的。开始这只不足一岁的猫咪没有名字，我们唤它"猫猫"。但很快它就当了母亲，而且一发而不可收，几乎身边从不断孩子。为了便于区别，于是我们开始也叫它"老猫"了。"老猫"一生生了多少孩子我们没做详细统计，但一年生两次是绝对没问题的。一次最少三只，多时四只，这叫我们头痛。那年月，猫咪不是稀罕物，送人都要说尽好话人家才会抱走。为了送猫，母亲费了不少口舌。但往往是刚送走了这批，还没来得及松口气，"老猫"的肚皮又大了。有一年，"老猫"生了四只小猫，其中两只被送人，另外两只一直留在家里。一只是雄性，黑白花相间，虎头虎脑，最特别的是，它的鼻子上斜着有一道黑色印记，就像是用刷子故意刷了一下，我们叫它"黑鼻子"。另一只是雌性，长得很小巧，像个小淑女。

而且它反应特别快，闯了祸，它会从主人的眼神里看出主人的态度，还没等主人下手早就溜之大吉，我们叫它"小狐狸"。后来"老猫"又生了一只小猫，通身白色。我们觉得奇怪，按照基因遗传，有色特别是有花纹的猫咪不应该产下单色的猫咪。果然，小白猫咪长得稍微大些时我们发现，它居然没有尾巴，属于残疾。母亲很可怜这只胆子特别小的猫咪，决定自己养着。我们也给它起了个名字叫"没有尾巴的猫"。

平时我们都是按照给猫咪起的名字呼唤它们，很奇怪，它们似乎能听明白，而且不会相互搞混。比如我们在唤"黑鼻子"，在一旁的"小狐狸"只是好奇地望着我们，并不走上前来。如果我们唤"老猫"，它的孩子们就会当没听见，该干什么干什么。当然如果有了好吃的，不管唤谁，只要闻到味道，它们都会蜂拥而来。

"老猫"在二十世纪末离开了我们，这之前"黑鼻子"和"小狐狸"都莫名其妙地失踪了。尽管没有见到它们的尸体，但我们心里明白，它们生还的可能性几乎为零。邻居们偷偷告诉我们，旁边街道住着一个爱吃猫肉的凶悍男人，是不是他所为不敢妄言，但他家从不缺"龙虎斗"火锅。"没尾巴的猫"只活了不到一年，母亲说它是"落脏"而死的。那天家里来了人，不知为什么它一头钻进了床底，任母亲怎么呼唤也不出来。后来母亲掀开铺板，发现它已经断气了。"老猫"是在我们居住的大杂院作为棚户区改造，母亲搬到新居后突然死去的。坊间说，搬家要先搬猫。开始也想着把"老猫"带走，但"老猫"对大杂院的环境太熟悉了，它可以爬墙上屋，自由自在地在楼上楼下来回跑蹿。再加上当时尽管已经搬迁，但房子什么时候被拆除一直没有个准确的日期。母亲在旧房里还存放了一点物品，每天或隔一天都会乘电车到大杂院看看，也来喂"老猫"和它的孩子。有一天，母亲对我们说，"老猫"似乎病了，很少吃东西，见了她只是有气无力地叫着。母亲抚摸它，它一个劲儿地舔着母亲的手，似乎有许多话要说。再过了几天，正好是周末，我们兄弟几个跟母亲一起回家，见到趴在地板上显然是病重的"老猫"。它嘶哑着朝我们叫了几声，然后垂下头似乎无力再抬起。旁边那只还没送人的小猫"喵喵"地叫着，直往"老猫"的怀里拱……

我们再也不敢养猫了，但还是喜欢猫。每次见到邻居朋友家的猫，都禁不住抱抱亲亲。母亲后来居住的小区里有流浪猫，每回去母亲那儿我都会刻意捎些好吃的送给猫咪。

有好多次我跟家人商量，想要再养一只猫咪，女儿还热心地到处去物色。但真的要抱来了，心又恍惚了。眼前总会想起那些离去的猫咪，不管是生老病死，还是死于非命，悲欢离合总是揪痛人心。想想那些充满悲痛的日子，想想那些似乎就在眼前却瞬间消失的生命，实在难有勇气再去承受感情的折磨。

我很想再养一只喜欢的猫咪，却下不了决心。

筋道的拉面

　　许多人喜欢面条，不仅以面为主食的北方人喜欢，吃惯大米的南方人也喜欢。走进江南的大小酒店、饭馆，面条是一定会出现在食谱中的，只是有的叫法不同罢了。

　　面条的吃法五花八门，常见的有清汤面、肉丝面、炝锅面、打卤面、炸酱面、麻汁面、臊子面、西红柿面、大虾面，还有过油的葱油面、蛋炒面、油炸面、海鲜面，等等。当然这些都是比较大众化的吃法，属于传统范畴，一辈辈传承下来，并受经济条件制约。现在就大不一样了，全球经济一体化，饮食也融入了开放流通的大潮中。本来就丰富多彩的饮食文化，再汲取东西方美食精华，民众的口福锦上添花，花样迭出令人目不暇接，食材的选配、制作的技巧、成品的质量也是芝麻开花节节高。过去打卤面放点肉丁、白菜或者芸豆，有条件的再放些蛤蜊肉、虾米之类的海产品，然后飞上个蛋花，就算是非常丰富了。如今呢，肥牛、肥羊、海参、大虾、鲍鱼、木耳、香菇，都是卤子的常用食材。有一年，我去一个靠海的小县城，不起眼的小饭店里竟有鱼肉面。刚从海里打上的鲈鱼，闪着黝黑的亮光。刮鳞剔刺后，拇指般大的鱼肉下在滚烫的锅里，汤立时变得稠白，那煮出来的面条鲜到没法形容。

　　面条的做法并不复杂，我们那儿以前主要有两种，自擀或机轧。擀面要有技术，软硬适度，宽窄随意。擀出来的面条有一种特殊的口感，只可意会不可言传。当然现在几乎没人再去费事擀面条了，这意味着那种特殊的味道也渐渐消失。机轧面条省事，但不省时。和面，揉搓，然后上机碾轧。一般都是三遍，折腾下来怎么也要二十分钟到半小时。所以会擀面的很少去轧面条，但上班族喜欢。当年居民区隔几个路口就会有轧面条的小店，生意都不错。

拉面出现在我们那儿是改革开放之后的事。光滑、柔软，吃起来很有嚼劲儿，加上几片实落落的牛肉，很受人青睐。当年市政府旁边有个不大的店面，坐不了多少人，一到午饭时间人满为患。政府大楼里的干部、周边上班的职工，蜂拥而至。里面没地方坐，就端着碗站在外面吃。拉面卖两块五毛钱一碗，饭量小的还行，饭量大的吃不太饱。但吃不饱也一般没有人吃第二碗，因为那时工资挣得少，几块钱也看得很重。囊中羞涩，只好拍拍肚皮离去。现在回头看，穷有穷的好处，七八成饱正符合饮食科学。

拉面的出现，似乎颠覆了以前面条的概念。这种来自大西北的裹着大漠粗犷与柔韧的筋道长面，很快被人喜欢上了。许多人喜新厌旧，不吃面则罢，要吃就吃拉面。去北京学习，宾馆里早餐和晚餐都有现做的拉面，别的台前稀稀拉拉，取面台前总是熙熙攘攘，排着长龙，累得拉面师傅苦不堪言。后来改为只早餐供应，但这样还是供不应求，再后来每天限定面粉数量，面粉用完为止。

拉面的"根"据考证在山东烟台的福山，但许多人的印象中，拉面是兰州人的专利。现在全国各地到处是兰州"中华第一面"的招牌，真假难辨，难免鱼龙混杂。不过拉面霸踞餐桌，早已是大势所趋。

拉面的技术性很强，特别是手工制作，一般人很难掌握其要领。但一旦学到手，走到哪儿也能混碗饭吃。二十世纪八十年代，一位玩笔杆子的朋友要移民，担心到了异国他乡无一技之长生存困难，便跟人学拉面。结果真用上了，头几年全靠"卖艺"养家糊口。

实际上，不仅中国人喜欢拉面，外国人也很喜欢。日本京都有个非常有名的"拉面小路"，十几家面馆卖的都是拉面，食材各异，风味不同，但都很受欢迎。上午十一点开门，十点多便有人开始排队。不过日本的拉面都是机器轧出来的，不像中国餐馆现场制作。外国人喜欢拉面，除了筋道的口感，还特别欣赏拉制的过程。在他们眼里，拉面师傅的一招一式，都像是魔术表演。

拉面好吃，实际主要靠底汤。日本人在这方面最有心得。他们从中国引进拉面，然后改良创新，把底汤调配得醇香诱人，独具特色，以至于就像许多人以为樱花产自日本一样，产生错觉误判。其实拉面的鼻祖是中国，只不过日本人"移花接木"的技术实在巧妙、精明而已。

康有为与大海

康有为是中国历史上赫赫有名的大人物。他一生跌宕起伏，引来无数异议。有人崇敬他伟大，有人鄙视他渺小，还有人说他是伪君子。仁者见仁，智者见智，对历史人物褒贬不一，说起来实属正常。正所谓，人无完人，金无足赤。但不管如何评价，事实总归是事实，谁也无法掩盖和篡改。

康有为在民不聊生、动荡不安的中华大地上留下了一串串足迹，还漂洋过海在异国他乡学习考察，一辈子与大海结缘，难舍难分，颇为有趣，也颇值得玩味。

1858 年，康有为诞生于广东南海县丹灶苏村。南海县本身没有海，但康有为被称为"康南海""南海先生"。带"海"的地名，冥冥中让康有为从开始就与海为伴，终身离不开海。

康有为在南海祖屋里度过了童年和少年岁月，迎来了青年时代。祖屋镬耳屋，采用青砖墙椽木结构，古香古色。大厅用黑色木板搭建了阁楼，两廊中间留有天井。祖屋采光足、通风好，冬暖夏凉，非常舒适，是珠江三角洲典型的清代民宅。康有为在这里饱读中西书籍，初步形成了维新思想体系，并在此处撰写了至今仍在国内外享有盛誉的论著《大同书》的初稿。

在南海居住时期，对康有为影响极大的除了启蒙老师简凤仪和一代名师朱次琦之外，便是祖父康赞修。康赞修是清朝举人，当过掌管教育的地方官，在广东知识界颇有名气。康有为从 8 岁开始，就经常在祖父身边读书，得到过精心指点，受到了严格的封建正统教育。日后康有为能够成为学术大师，很重要的一点就是得益于祖父的传授。1870 年，广东布政使王文勤听闻康赞修素有名望，于是就将他调至广州帮办剿匪之事。12 岁的康有为跟随同往，在这座真正有海的城市里，康有为看到了在祖屋里看不到的开放世界，萌生了更多的兴趣和思考。1891 年，康有为在广州设立万木草堂，收徒讲学，弟子中有后来大名鼎鼎的梁启超、陈千秋等人。康有为为什么会选择广州作为讲堂所在地呢？仅仅是因为距离家乡近这样一个理由吗？还是与他当年跟随祖父见识了这座活力四射又带有西方文化特色的城市有关？后人不得而知，但康有为看重这座四通八达的有海的城市，却是不争的事实。

1882 年，康有为到北京参加顺天乡试，结果没有考取。他闷闷不乐打道回府，途经了另一个带"海"的城市——上海。这座当时中国最大的开放城市有闻名遐迩的黄浦江，虽然流淌的是长江水，却与大海紧密相连。长江口北岸是黄海和东海的分界线，滚滚长江水由此汇入东海。康有为在洋楼林立的外滩徜徉思索，在英租界旁边的书店里购买了大量西方书籍。那些令他茅塞顿开又似醍醐灌顶的西方政治观点，深深地吸引和打动了他，为他日后形成维新变法的思想体系奠定了基础。

康有为对上海该是有好感的，否则不会将此作为"归隐"之地。1914 年，他租住了静安区新闸路 16 号辛家花园。辛家花园占地 10 余亩，围以红墙，曲径通幽。园内有一条长约 30 米的木桥，有凉亭、池塘。池塘清澈见底，塘边还可垂钓。园里栽种了许多奇花异木，每到春暖花开时节，姹紫嫣红，争奇斗艳，芬芳馥郁，沁人心脾，好一派怡静美丽的田园风光。康有为将园内带有民族特色的楼房命名为"游存楼"和"补读楼"，另将一些平房称作"莲韬馆""闻思斋"等，使园内凭空多了些文采。同时康有为还在园内搭起凉棚，种植瓜果，养了大龟、海豹、袋鼠等，俨然一个世外桃源。康有为常在园中泼墨挥毫，吟诗作画，一住就是8年。1917年，他的60岁寿宴在此处举行，其名著《广艺舟双辑》也是在这里完成的。

1897年冬，德国强占胶州湾，民族危机空前严重，变法声浪日高。康有为匆忙从广东赶到北京上书，提出速行变法的具体建议。此行他住在韶九胡同。

韶九胡同，明代属南熏坊，称"烧酒胡同"。清代属镶白旗，宣统时以其谐音改称韶九胡同。这里虽然没有真正意义上的大海，却有两处比大海更有名气的带"海"的地方：中南海和北海。康有为居住的韶九胡同，就在这两处"海"的旁边。

1898年1月，康有为应诏上《统筹全局折》，建议仿效日本，全面变法。4月，康有为、梁启超等在京创立以"保国保种保教"为宗旨的保国会。同时，保滇会、保川会、保浙会等也先后成立。士大夫们经常集会，讨论时政，变法空气日浓。康有为乘机鼓动帝都官员上书，敦促变法。6月11日，光绪帝接受变法建议，发布《明定国是诏》，正式开始变法。此后发布了一系列除旧布新变法诏令，罢黜一批顽固大臣，擢拔了一批维新分子，维新运动一度达到高潮，形成了后来史称"百日维新"的局面。

然而好景不长，1898年9月21日，慈禧太后等发动政变，光绪帝被囚至中南海瀛台，"戊戌六君子"谭嗣同、康广仁、林旭、杨深秀、杨锐、刘光第被杀，历时103天的变法失败。

在囚禁光绪皇帝的同时，慈禧调集三千兵马，关闭京师九门，停运京津铁路，发誓要把维新派一网打尽。其中最让她恨之入骨的就是始作俑者——康有为。可是，当清军赶到康有为寓所时，却不见了他的踪影。

此时，康有为已逃出北京城辗转到了日本。日本是个岛国，四面环海。康有为面对滔滔巨浪，回想惊心动魄的变法由改良变为血腥，六君子抛头颅洒热血，自己和梁启超仓皇出逃，有国难回，不由泪水洗面，悲痛万分。大海见证了中国近代史上这次重要的政治改革思想启蒙运动，也见证了参与者付出的沉痛代价和最终失败。自此，康有为开始了他长达16年的海外流亡生涯。

1899年5月，康有为从日本来到英国伦敦进行游说，希望能得到英国的支持，推翻慈禧太后政权。当时，他联络了英国进步党党首、前海军大臣柏丽斯科子爵，期望他能在议会说服众议员，出兵干预。不幸的是，由于进步党在议会中席位较少，出兵干预的议案被否决了。出师不利，康有为郁闷沮丧，无心游赏伦敦景色，急匆匆告别英吉利海峡，迎着海风转道去了北美。

康有为一行到达加拿大今维多利亚，在这个港口城市他受到上千名华人的欢迎。流离多日后在万里之外受到同胞如此礼遇，康有为的激动之情难于言表。在《游域多利、温哥华二埠记》中他描述道：(华侨)咸言沦落海外、不能齿列国之齐民，西望宗国，眒眒忧悲。故闻维新而踊跃大喜，闻政变而忧愤交作，闻吾被逮而忧念惴惴……咸虑无国可归，无家可归，其情至可悲也。

意想不到的热烈追捧，让康有为重新萌发了"保皇"的念头。于是他联合加拿大华侨领袖，携手创立了"保皇会"。随后，康有为又派遣门人弟子分赴美国、墨西哥、南美洲、澳洲、东南亚，甚至南非，共建立总会11个、分会103个，会员多达百万之众。

会员队伍的日益庞大，还带来了滚滚的"财源"。每个人两块钱的会费，让康有为有了足够的资金，开始了一次次"奢侈"的旅程。这也成为日后一些研究者抨击康有为的由头。

康有为对那些抨击自己的舆论十分恼火。他自我辩白，说周游世界绝对不是旅游观光，而是为了"遍尝百草"，寻找能够医治中国的"神方大药"。事实也确如康有为所言，他所到之处，特别关注当地的政治制度、国计民生和风俗文化，并细心地把所见、所闻、所思详加记录下来。这些游记，不但当时让人读来兴趣盎然，就是今天读来也依旧回味无穷。

1904 年，康有为来到瑞典。这座散落在大海里的小岛引起了他的兴趣。他花了将近 3 万克朗买下了其中的一个，又花了 8 千克朗进行了装修，并在岛上搭建了中国式的园林建筑"北海草堂"。时过境迁，当年草堂遗迹已荡然无存，这个小岛也早已被瑞典人收回，但当地的华侨仍习惯称这个小岛为"康有为岛"。

1923 年，康有为结束了流亡生活，到青岛定居。当他踏上久别的国土，蓦然回首，16 年光阴匆匆流逝了。

16 年间，康有为行程数万里，"保救大清皇帝"，力图实现他君主立宪的政治理想。他见到最多的就是大海。他四渡太平洋，九涉大西洋，八经印度洋，泛舟北冰洋七日，先后游历英、法、意、日、美、加拿大、墨西哥、新加坡、印度、越南、缅甸、巴西、埃及等 42 个国家和地区。

康有为把最后的落脚点放在青岛，并非心血来潮。1917 年他第一次到青岛，拜谒第二代恭亲王溥伟。当时他就发现青岛是如此美丽："碧海青天，不寒不暑；绿树红瓦，可舟可车。"随后，他又发出了"青山绿树、碧海蓝天，中国第一"的赞叹。如今青岛人情有独钟的"红瓦绿树，碧海蓝天"的赞语，就是出自康有为之口。

康有为的故居位于青岛市南区福山支路 5 号。这是一幢 1899 年建造的三层德式砖木结构建筑，原为德占时期总督府要员官邸。站在小楼上环望，右侧几丈之遥即是一派葱茏的小鱼山，正前方是蔚蓝色弯月形的汇泉湾。对于这处依山面海、高雅别致的住宅，康有为十分满意，称"青岛此屋之佳，吾生所未有"。

1923 至 1927 年，康有为在此度过了四年美好的时光。

1927 年 3 月 31 日，康有为结束了他七十年的人生，与世长辞。原本，他的徒子徒孙们想要将其灵柩葬于清西陵光绪帝墓旁，让他们君臣相伴，因经费不足只好作罢。

康有为最后葬在了青岛，与南海遥相呼应。一生一死恍如梦，一南一北两地间，都离不开一个"海"字。

巧乎，命乎？任人想象吧。

苦涩咖啡，香醇人生

　　这些年，咖啡馆已成为一个城市现代时尚的标志与象征，如果哪个城市里没有一些像样的咖啡馆，似乎便不像个城市。据说，现在深圳有两千多家大大小小的咖啡馆，几乎遍布每一条街巷。只要人流多的地方，就会看到有咖啡标志的房屋出现。青岛也不甘落后，大学路上的咖啡一条街、肥城路上的咖啡公园、银海大世界里的香草咖啡、太平路上的向日葵咖啡、澳门路百丽广场和闽江二路上的各式咖啡屋，以及极地海洋世界、如是书店、书城、方所里，林林总总分布着大小规模不等的咖啡吧、咖啡屋、咖啡馆，把整个城市笼罩在浓香的咖啡气味中，透出一股美妙的生活气息。

　　我家楼下也有一家咖啡馆。大概也就一年前吧，小区旁边临街处，三间网点房被打通，门头上出现了咖啡店的招牌。那天正赶上圣诞节，咖啡馆装扮得非常漂亮。彩灯、花环、圣诞树、风铃，还有背着礼物的圣诞老人，招惹了不少孩子"领着"大人来凑热闹。

　　第一次走进这家咖啡馆，是因一位朋友约着谈事。本来我让朋友来家里坐坐，但他支吾了半天没表态，我醒悟过来，这年头到家里谈事也算是"土老帽"了。于是我说了这家咖啡馆，朋友一听，马上高兴地应允。

　　那是个上午，咖啡馆里客人不多，大都是"单蹦"，而且都很年轻。桌上摆着咖啡，但他们似乎并没认真去品尝。或是眼睛紧盯着面前的笔记本电脑，或是捧着书在埋头阅读，或是前后铺满了书、本子之类的，似乎正在研究什么。

点了两杯咖啡，我和朋友悄悄说着我们的话题，不能大声，生怕吵着或惊动不远处的那些客人。服务员来去也是悄然无声，像是在踮着脚走路。直到中午我们离开，那几个客人依然还在专心致志干自己的事。这让我想起二十多年前第一次去加拿大，朋友请喝咖啡时的情景。进了咖啡馆，我发现许多人面前摆着书、电脑、本子、纸、笔，甚至还有计算器。朋友说，这些人在学习或做业务。后来才知道，国外的咖啡馆是免费的公共场所，进去哪怕不点什么也可以待一天，服务员绝不会干涉，更不会下逐客令。当然，但凡进去的人，怎么也要喝杯咖啡，就像我们每天要喝点茶一样。

我喜欢喝咖啡是受太太的影响。太太长期在国外工作，跟她一起出去，走累了或渴了，总要去咖啡馆喝一杯或者买一杯端在手上，边走边喝。开始我很不习惯，但后来发现咖啡确实有提神作用，也的确有一种特殊味道：有点苦涩却又非常香醇。后来就慢慢喜欢上了。现在每天不来一杯，老觉着欠点什么。

我发现越来越多的人钟情于咖啡，年轻人喜欢，年龄大的也很喜欢。其实，在喝咖啡这件事上，年长者应该更有发言权。民国时期，许多城市都有咖啡馆，一些时尚达人经常光顾，咖啡成了品味和格调的象征。张爱玲在上海常德公寓住了五年，五年间她去的最多的地方就是咖啡馆。虽然张爱玲不像国外有些作家，作品就诞生在咖啡馆里，但相信她在咖啡馆里一定是边喝咖啡边构思自己的作品。《金锁记》《沉香屑》《倾城之恋》等名作，无不散发着浓浓的咖啡味。可不可以说，没有咖啡，或许就没有张爱玲的那些优美之作？

徐志摩也喜欢喝咖啡，从法国一直喝到国内。也许正是咖啡因刺激了他的灵感，原本并不爱写诗的他，竟写出了不朽名篇《再别康桥》，并成为二十世纪二十年代新月诗派的重要成员之一。

咖啡源自非洲伊索比亚的高热山区，发现这种奇特"豆豆"的却是欧洲人。这一发现在一定意义上影响了整个世界，甚至改变了一些人的命运。从闻名遐迩的政治家、金融家、企业家、作家，到名不见经传的草根百姓，都有人喜欢这种味道奇特的饮料。遍及世界几乎每个角落的咖啡馆，更是令许多人趋之若鹜。印象派、存在主义，这些艺术和哲学流派就是伴随着浓香的咖啡而诞生的。爱因斯坦从青年时代起，就经常同索洛文、哈比希特等人到奥林比亚咖啡馆聚会。他们一边喝着咖啡，一边讨论数学、物理、哲学等问题，互相取长补短。后来，他们戏称这种聚会形式为"奥林比亚科学院"。很多时候，当我坐在咖啡馆里看到三五成群在低声交谈或争论的客人，心里总在想：或许某一天，这些人中会诞生出散发着光芒的新观点、新思路、新理论，甚至出现诺贝尔奖得主也未必不可能。

许多人喜欢到咖啡馆不光是为了喝一杯咖啡，而是喜欢那里雅致、温馨、浪漫的环境。现在国内几乎所有的咖啡馆都不再单纯经营咖啡，而是与文化为伴，与阅读相连，这似乎是大势所趋，更是一种时尚。

一些人就是冲着文化氛围而来，点一杯咖啡，慢慢品味，更多的时间却花在对环境的享受上。那些捧着厚厚的书刊，背着电脑包，夹着各种文件夹的常客，又有多少人不是因为迷恋这里的气氛和环境呢？"你如果心情忧郁，不管是为了什么，去咖啡馆；深恋的情人失约，你孤独一人，形影相吊，去咖啡馆；你觉得一切都不如所愿，去咖啡馆；你内心万念俱灰，走投无路，去咖啡馆。"奥地利天才作家阿登伯格是公认的"咖啡馆作家第一人"，这些话出自他之口一点不奇怪，这也从另一个层面反映出咖啡和咖啡馆在他心目中的地位之高。

开一间咖啡馆是许多年轻人的梦想。我有好几个朋友的孩子都跃跃欲试。但怎样的咖啡馆才能受人青睐？有人说，一个好的咖啡馆应该是明亮的，但不是华丽的；空间里应该有温馨气息，而不仅只是有呛人的烟味；主人可能是知己，但又不会过分殷勤；客人或许互相认识，但又不必时时说话；咖啡是有价格的，但坐在这里消磨时间则无须付钱；招待还会不断送上免费的水……多么浪漫温馨美好的图画啊！这或许正是人们期望和追求的目标。

"我不在家里，就在咖啡馆，不在咖啡馆，就在去咖啡馆的路上。"一百七八十年前，著名作家巴尔扎克如是说。这位文坛巨匠一生写了无数传世名作，也喝下了五万多杯咖啡。咖啡是他的灵感、激情和智慧。

"走，到咖啡馆喝杯咖啡去。"我时常对来访的好友如是说。尽管在家也可以自磨咖啡，但我还是愿意去感受一下那里的气氛和文化——热情、浪漫、精神，还有力量。

一座以文学著作命名的博物馆

青岛的黄县路再普通不过，几百米长的路面蜿蜒上下，街道不宽，两辆汽车错开还显得有些紧张。然而，这又是一条不同寻常的道路。民国时期，它是有钱有地位人家的集聚地，又是文化气息浓郁的一道风景线，许多文人墨客曾在这里留下足迹。最令青岛人引以为豪的是，这里还有人民艺术家老舍的故居。

走进黄县路，一栋栋欧式老建筑尽收眼底，虽已斑驳陈旧，却依然显现着昔日的厚重与贵气。老舍一家当年住在一栋德式建筑里，从1935年底到1937年7月底，一共630天。在这里，他创作完成了经典代表作《骆驼祥子》，为中国现代文学史留下了浓重的一笔。如今这栋建筑门前一左一右分别悬挂"老舍·老舍"和"骆驼祥子博物馆"两块牌子，左墙还嵌着"老舍故居"四个大字。一居多牌，实在不多见，这恰恰独具特色。据说，此种现象别无二处。

推开铁门走入庭院，迎面是两尊塑像，院中心坐北朝南的是老舍先生。绿油油的冬青把塑像簇拥当中，越发令人对老舍先生肃然起敬。院落西南角是祥子拉车的塑像。那栩栩如生的神态，使人很容易联想到小说、电影、话剧和连环画里的祥子。院南侧和西侧墙面上，镶嵌着26幅极有韵致的陶版画，选自老舍先生最为认可的著名画家孙之儶的《骆驼祥子画传》，集中呈现了《骆驼祥子》的主要故事情节。

许多人知道，老舍写《骆驼祥子》的冲动，来自与友人闲谈中听到的两个车夫的故事。"记得是在一九三六年春天吧，山大的一位朋友跟我闲谈，随便地谈到他在北平时曾用过的一个车夫。这个车夫自己买了车，又卖掉，如此三起三落，到末了还是受穷。听了这几句简单的叙述，我当时就说：'这颇可以写一篇小说。'紧跟着，朋友又说，有一个车夫被军队抓了去，哪知道，转祸为福，他趁着军队移动之际，偷偷地牵了三匹骆驼回来。这两个车夫姓什么、是哪里的人，我都没问过。我只记住了车夫与骆驼。这便是骆驼祥子的故事的核心。从春到夏，我心里老在盘算怎样把那一点简单的故事扩大，成为一篇十多万字的小说。我入了迷似的去搜集材料，把祥子的生活与相貌变换过不知多少次——材料变了，人也就随着变。"

老舍的这段回忆让人们感觉他所要写的小说是发生在北京的故事，故事中形形色色的人物都是老舍谙熟北京的一草一木和情有独钟的结果。殊不知，小说的生活素材竟是出自青岛，创作也是在这所不起眼的老旧德式建筑里完成的。

当年，从黄县路右拐，有一处"东方市场"，是当地居民的主要购物场所。每天来这里的人络绎不绝，其中不乏有钱阶层。当时汽车很少，那些有钱的阔小姐、太太、先生们想免去负荷之苦，主要靠黄包车。东方市场旁的黄包车因此大受青睐。市场旁的小树林是车夫们靠活、休息的地方。老舍常来这里与车夫们聊天。我们可以想象得出，为了创作，老舍一定是眯着眼睛，吸着香烟，或许会背着双手，从住宅里走出来，一路朝东再朝西，直奔小树林。和蔼的老舍与车夫们打着招呼，然后用京腔与车夫们交谈。"生意好不好做？遇没遇上倒霉的事？家里几口人，日子过得怎么样？"家长里短最能拉近人的距离，闲谈中老舍了解了车夫们的生活遭遇，观察他们的一言一行，洞察他们的喜怒哀乐，挖掘着他们的内心世界。据当时的邻居回忆，老舍还经常把一些聊得意犹未尽的车夫请到家里，像亲戚似的接着聊。对材料"入迷似的收集"，丰富了老舍的创作素材，也印证了他注重从生活中汲取创作营养的一贯主张。优秀的作品源自生活，老舍严谨的创作态度，为后人树立了榜样。

老舍开始创作《骆驼祥子》是在1936年，至于是何月何日写下第一个字，他自己恐怕也记不得了。如今博物馆的书房里摆着的一张写字台和几把红木椅子，其实并非原物，只不过是人们凭想象摆设的而已。舒济看过后说："有一点敢肯定，父亲绝不会坐在红木椅上写作，他更喜欢的是藤椅。"现在从公开的照片来看，老舍先生确实多坐在藤椅上。在青岛他曾坐过何种椅子已无法查证了，因为迄今为止不曾发现过老舍在青岛书房里留下的任何一张照片，这实在是遗憾。

《骆驼祥子》作为长篇连载，最早出现在《宇宙风》第25期上。《宇宙风》是二十世纪三十年代很有影响的杂志之一，发行量达到四万五千多份，是当时文学刊物的冠军。老舍之所以把自己心爱的作品送给该刊，一方面可能是出于与办刊人的老交情，另一方面不排除考虑到其发行量和影响力的因素。因为这是老舍毅然辞去山东大学教授职务，放弃丰厚的薪水后的第一部"自食其力"的作品，成败至关重要。正如老舍自己所言："在写《骆驼祥子》以前，我总是以教书为正职，写作为副业，从《老张的哲学》起到《牛天赐传》止，一直是如此。这就是说，在学校开课的时候，我便专心教书，等到学校放寒暑假，我才从事写作。我不甚满意这个办法。因为它使我既不能专心致志地写作，而又终年无一日休息，有损于健康。为了一家子的生活，我不敢独断专行地丢掉了月间可靠的收入，可是我的心里一时一刻也没忘掉尝一尝职业写家的滋味。"《骆驼祥子》是我做职业作家的第一炮。这一炮要放响了，我就可以放胆地做下去，每年预计着可以写出两部长篇小说来。不幸这一炮若是不过火，我便只好再去教书，也许因为扫兴而完全放弃了写作。所以我说，这本书和我的写作生活有很重要的关系。"

老舍成功了，他以每天一两千字的进度，终于在一年后封笔。而《宇宙风》从 1936 年 9 月 16 日的第 25 期开始连载，一直延续到 1937 年 10 月 1 日的第 48 期载完。从此，一部伟大的作品诞生，影响了中国文坛近八十年，同时也进入了海外阅读视野，先后有英、法、意、瑞士、捷克、西班牙、日、韩等多国文字译本出版。

明明是故居，为什么会叫博物馆呢？许多人带着疑问，边参观边问。这要感谢舒乙先生。1985 年，青岛市政府将老舍等文化名人故居定为市级文物保护单位，黄县路 12 号门前便嵌上了"老舍故居"四个大字。23 年后，随着对文化名人崇敬的加深，还有对其所带来的巨大影响意义的进一步认识，青岛市市南区安排了上千万资金，将住在这里的 12 户居民全部搬迁安置。但该起个什么样的馆名呢？当时全国各地名人生活居住的地方，均以故居命名。老舍的故居已有两处，一是北京，一是重庆。如果再设立一处故居，显然落入俗套。正在困扰之时，一封来自舒乙的信化解了难题。舒乙在信中说，博物馆名字和主题都应是"骆驼祥子"，以和其他两馆（指北京和重庆）区别开，不妨叫"青岛老舍故居及骆驼祥子博物馆，或简称骆驼祥子博物馆"。舒乙还在信中介绍说，俄罗斯有一个"喀秋莎博物馆"，喀秋莎是一首举世闻名的歌。此馆非常特别，非常有名。可以参考。于是，"骆驼祥子博物馆"就此诞生。它是当时全国首个以文学著作命名的场馆，既独具匠心，又充满艺术气息。舒乙先生题写了馆名。

博物馆一共三层，顶层是阁楼。老舍先生一家住在一层，不加走廊也就 80 多平方米。现在的布局与以前大不一样了，原本只有三两户人家租用，新中国成立后一下子变成了 12 户人家的栖息之地，拥挤程度可想而知。能让人感到舒心之处，就是进了大门后有个 600 平方米的庭院，这正符合当时胡絜青"院子要大一点"的租房要求。现在还能看到舒济三岁时在院子里玩耍的照片。胡絜青回忆说："在黄县路居住的这段时间是老舍一生中创作的旺盛时期。"这一年多时间里，老舍一家过着极为清贫的生活，胡絜青为照顾两个幼小的孩子，也辞去了在市立女中的教职，一家人靠老舍拿稿费糊口。胡絜青来青岛参观老舍故居时曾感慨地说："终生难忘黄县路6号（现为12号）。"

宽大的院子不但调节了老舍一家的生活情趣，也给老舍舞枪弄棒提供了场所。博物馆内陈列着刀、剑、戟等武术器械，老舍闲暇时常会玩两下。老舍曾在回忆这段生活时说："地方安静，个人的生活也就有了规律。我每天差不多总是七点起床，梳洗过后便到院中去打拳，自一刻钟到半点钟，要看高兴不高兴。不过，即使高兴，也必打上一刻钟，求其不间断。遇上雨或雪，就在屋中练练小拳。这种运动不一定比别种运动好，而且耍刀弄棒，大有义和拳上体的嫌疑。不过它的好处是方便：用不着去找伴儿，一个人随时随地都可以活动；可长可短，可软可硬，由慢而快，亦可由快而慢，缺乏纪律，可是能够从心所欲不逾矩。练上几趟就多少能见点汗儿；背上微微见汗，脸色微红，最为舒服。"

博物馆的展品主要在一层，共四个房间，展示了一些珍贵的资料图片和实物。馆内的布局大都参考了舒乙先生的建议。他在给青岛市有关部门领导的信中，谋划得非常详尽。博物馆展示的老舍先生生前的衣物、眼镜、印谱、钢笔、小古玩、花盆等，都是老舍子女捐赠的。馆内还收藏了《骆驼祥子》及其手稿复印件。许多人关心原稿的去向，这里面还有另外的故事。手稿历尽沧桑，经历了战火纷飞的战争年代以及动荡不安的十年浩劫，但得以幸存。至于后来因何种缘故而下落不明，就当是给参观者留下的悬念吧。

严格来讲，二层和阁楼与老舍先生无关。那里曾住过黄宗英三兄妹，但那是老舍搬来之前的事，没有文字记载老舍先生与楼上的邻居有什么来往和瓜葛。现在，这两处作为文艺沙龙，给当地的文艺界聚会提供方便。人们可以在二层五个茶室或阁楼里边品茶边聊天，追思老舍先生不平凡的艺术人生。

博物馆开馆以来，以每年五万多人的数量接待游客。参观者大都是慕名而来，以学生、学者居多。许多人提前做好攻略，到青岛后直奔目的地。听博物馆吕馆长介绍，台湾游客到青岛，此馆是必到之处。与匆忙游览的内地客人相比，台湾游客看得更仔细，问得更翔实。一位姓张的台湾游客回台后还把搜集到的五种台湾版《骆驼祥子》寄到了博物馆。日本有位叫中山时子的老人特别崇拜老舍，组织了"老舍读书会"，十多年来，每周一天坚持集体阅读。他还把老舍作品里的人与事编纂成书，名曰《老舍事典》，并公开出版。读书会的 13 名成员曾专门来青岛，在老舍塑像前默立，双手合十，表现得十分虔诚，令人感动。博物馆里有厚厚的一摞留言簿，参观者留下了超过上万条的留言，有的写得十分真切感人。舒乙先生两年前与夫人再次到博物馆时逐张翻看，感慨不已。

老舍先生给世人，特别是给青岛留下的不仅是一部丰厚的文化遗产，更多的是厚重的城市回忆。他为青岛增添了独特的文化魅力，提升了城市文化品位和层次。对青岛来说，这个意义更加珍贵！

2014 年是老舍先生诞生 115 周年暨寓居青岛 80 周年，为加强老舍文化遗产的研究与传播，青岛市组织出版了《老舍青岛文集》。文集共分 5 卷，收录了老舍写青岛和在青岛期间创作的文学作品。全书除收录了 95 万字的老舍原作，还编写了《老舍青岛年谱》及 20 万字的注释，不仅对老舍的青岛行迹、交游及作品背景详加说明，还对涉及青岛的历史、人物、事件等予以注释。舒乙专门以老舍旧居和青岛自然风景为题材创作了五幅画作，为五卷书的每一卷配上了一张插图。老舍先生若在天有灵，或许会再发感慨，书写一篇别样的神灵之作。

邻家的小叔

这些日子一直有个身影在我脑海里摇曳,特别是夜深人静时,那身影似乎变得更活跃,更清晰。

那天无意间在商场里碰到大院的老邻居李大哥,询问过各自情况后,我们便一起数说起大院的那些老住户,东家西家几乎说了个遍。突然,李大哥问:"对了,还记得柳海深吗?""当然记得,不就是住在大院门口那个'路见不平一声吼,该出手时就出手'的帅哥么!""呵呵,这句歌词太适合他了,咱们想到一块去了。"李大哥脸上溢满了笑容,"你猜,他现在干什么?"我摇摇头。"在社区联防队当顾问呢!""嗬,英雄终于可以有用武之地了。"我高兴地说。

我跟柳海深只差七岁,但要喊他"叔"。其实我们之间没有任何亲戚关系,但大院里有约定俗成的规矩,彼此之间的称呼随上辈而定。既然母亲喊柳海深的母亲为"大娘",我必定要喊他"叔"了。又因为他在兄弟姊妹中排行最小,自然也就成了"小叔"。

柳海深初中毕业正赶上上山下乡,他却留在城里,成了"待业青年"。没下乡的原因是他的姐姐和哥哥先后去了新疆建设兵团和青海格尔木。按政策他应该就业,但因为家庭出身不好,一直排不上队。实际上,他父辈就已来青岛,一直在工厂做工。"高成分"对他家而言,只是徒有虚名。

那阵子柳海深天天在院子里锻炼身体，俯卧撑、单杠、双杠、举重、拳击，早上、晚上反复练。没有设备，全是就地取材。俯卧撑就趴在空地上，两臂支撑，一起一落，也蛮像样子；所谓的单杠就是大院木门上的横梁；双杠借助楼梯两旁的水泥立柱；举重更好说了，看到有点分量的物件就举着试试。大院邻居家屋外的那些笨重玩意都曾做过他的试验品。就是拳击，不知道他去跟谁对打。我们只看到他经常拎着一副简易拳套出门，过一阵子又拎着回来。问他，他总是笑而不答。

邻居们纳闷：他这么痴迷锻炼想做什么？有一天晚上，我们都钻进被窝了，他来敲门。"大姐，我想问你件事。"柳海深望望我们，又看看母亲。母亲是老师，见多识广，大院里的邻居有事都喜欢找她拿主意。母亲领他进了里屋。他跟母亲说了些什么，什么时候离开的，我们一点儿也不知道，母亲也守口如瓶。直到多年后才解密，原来他想去参军，但又担心出身问题，就来跟母亲讨教。母亲给他泼了冷水，劝他打消这个念头。但他还是偷偷去了街道办事处，结果连报名表都没让填。那些日子他整天低着头，一句话不说。现在回想，他心里一定很痛苦，却要强忍着。这跟他的年龄极不相称，但他又能怎样？

柳海深很聪明，多才多艺。当时文体活动处于停滞状态，唯一比较流行的就是打乒乓球。他什么时候学会的还真不知道，但我看到时，他已经算是个"高手"了，周围的邻居基本都是他的手下败将。后来他还到旁边的一所中学里去跟老师们比赛，结果也是一路过关斩将，弄得那些老师很丢面子，干脆不再邀请他去玩了。

柳海深还有门理发的手艺。这技术是"偷"学的。邻居透露，说柳海深去理发店理发，专找人多的时候去。排队等候时，他换着位置观察人家理发师的操作，几回下来就琢磨得差不多了，然后拿老爸做实验。老爸也不在乎，理得好坏都夸上几句。我记得那些年大院里的人，不管年龄大的还是年龄小的，没让他理过发的不多。我家弟兄三个，全找他理。只要头发长了，母亲就喊他。他完全是尽义务，没有任何报酬，而且自备理发工具。那把二手"双箭牌"手动理发推子是他老爸在拍卖行买的，现在却成了"公共财产"。理发是个细致活、耐心活。天气凉快还好，热时出汗，头发粘在手上发痒，不小心弄身上就会让人烦躁，难受。柳海深似乎并不在意，总是耐着性子一点一点地剪修，直到满意为止。过年时他最忙，白天晚上不空闲，有时连饭都吃不准时。他母亲心疼他，也冷不丁唠叨两句："这孩子成剃头匠了！"他听了笑笑，回母亲一句："成'匠'了还不好？说明我有本事。"那年月理个发虽说也就一毛两毛钱，但钱管用，买斤菜才几分钱。他如果收点儿费，积少成多，吃饭的钱肯定是挣出来了，但他从未动过这种心思。这从他言谈中就能察觉出来，邻居们从未听到他埋怨过、牢骚过，听到更多的是他那乐呵呵的笑声。

柳海深在邻居们心中树立起高大形象源自一场建筑风波。二十世纪七十年代初，人们的住房条件普遍较差。许多人家为了改善只能搭建各式违章建筑，这自然会侵害到左邻右舍的利益。所以，那年月此类纠纷特别多，有的甚至上升到武力解决，大打出手的事屡见不鲜。

当时隔壁院里有户人家要加层盖楼房，这很危险。因为原来的住房质量就很一般，现在要在不坚固的基础上再拔高，一旦发生意外，肯定会殃及近邻。所以旁边邻居坚决反对，怎么商量也不行。加层的人家见口头说不见效，就改变策略想要强行加盖。可能担心邻居家会制止，还专门从厂里找了十多个小伙子，又不知从哪儿弄了辆卡车，浩浩荡荡直奔现场。果不其然，邻居家"倾巢出动"前来制止。说是"倾巢"，也就五个人：两口子加两个儿子和一个女儿。两个儿子一个上初中，一个上小学，女儿更小。面对那些虎视眈眈、年轻力壮的小伙子，别说动手，吓也吓个半死。不过，一家人还是奋力抗争，奈何实力相差悬殊，他们一出门就被几个小伙子推进了屋，再出再推，反复了好多次。院里聚集的人越来越多，有过路的，但大多是周围的邻居。大家议论纷纷，都觉得加层的人家做得太过分。议论归议论，却无人站出来说话。有顾虑是肯定的，那些被招呼来的小伙子，很明显就是准备来动武的，此时开口说话岂不是自找苦吃？

局面似乎一边倒，泥瓦匠们加快速度，两层砖已经上墙了。这时，邻居家的男人一下子冲了出来，这下像炸了锅，几个小伙子一拥而上，把人死死抓住，还有人挥拳捣了几下。周围的人开始乱哄哄地叫嚷起来。

"吆喝什么，吆喝什么？"一个肌肉发达的小伙子挥着拳朝着人群喊道。

"凭什么这么欺负人？"突然人群里传出一声愤怒的吼叫，那声音很有穿透力，充满了愤懑。

所有人都愣了，挥拳的小伙子也愣了，定过神来四下张望，发现了喊话的柳海深。

"你……你是干什么的，管什么闲事？"

"我是他们的邻居，你们结伙来欺负人算什么本事？"

"你身上痒痒了是吧？"挥拳的小伙子气势汹汹。

"我看你身上也不见得舒服。"柳海深的这句回话让挥拳的小伙子一时噎住了，半天没回上话来，或许他没想到此时会有人敢站出来挑战。

"揍他，揍他！"可能见就柳海深一个人，旁边的那些小伙子来劲了。

"有本事来吧，咱们到大街上去较量，别牵连着邻居们。"柳海深毫不胆怯地回应着。那伙人反而迟疑了，相互望了望，一时没搭腔。

"走，咱们这么多人还怕他吗？"小伙子们喊着像是在壮胆。呼啦啦，众人随着人流往外涌。

说实话，当时在场的我和许多邻居都担心，柳海深一个人面对那么多看上去一点儿也不比他弱的小伙子，肯定要吃大亏了！

没想到的是，呼呼隆隆一大帮人走出大院后，马上被人群分隔开了。一群邻居把柳海深围在中间，然后另一群表面上去拉劝那些小伙子，实际不让他们靠近柳海深。

吵吵嚷嚷，扯扯拉拉乱了一阵子，警察来了。加层的人家也怕把事闹大，赶紧让那些小伙子乘车离开了。

柳海深一下子成了英雄。想想也是，在那种场合下能有如此勇敢的举动，确实不易。

当晚柳海深到我家串门，母亲问他："真不怕？"他笑笑说："当时不怕，后来琢磨琢磨也怕。如果真的打起来，寡不敌众，少不了弄个头破血流。"

柳海深后来顶替父亲进了工厂。那年他二十五岁。

这个年龄拿今天的眼光看，还年轻得很，可那个年代，许多人都成家立业了。

柳海深长得浓眉大眼，个头一米七八，是标准的"帅哥"。照说，他身边应该不缺美女。但因为当时他没有固定职业，临时工朝不保夕，所以，眼看着大院里同龄人中有工作的都先后娶妻生子，唯独他还孑然一身，整日晃来晃去跟我们这些晚辈一起玩耍。

大院房屋常年失修，这年终于盼来了大修。

维修队来到大院，居然有三个女瓦工，而且个个亭亭玉立。邻居大妈们都私下说："多俊的姑娘啊！"那话语里明显带着羡慕和酸溜溜的味道。

维修队的人不知从哪弄来一张旧乒乓球台放在临时房里，休息时便在那儿打球。三个女瓦工是固定队员，而且打球都到了痴迷的程度。开始柳海深不知道这些，那时他已经上班了，早走晚回，与维修队的人照不上面。但有一天他休息，无意中听到了打球声和喊叫声。出于好奇，他循声而去，看到一场"球赛"正打得热火朝天。

三个女瓦工的球技显然要比男同事高出一截，看着男同事连连败阵的惨状，柳海深手痒痒了，申请参与。开始时无人搭腔，毕竟都不认识。等柳海深自我介绍了一番，众人方同意他上场。

三局下来，三个女瓦工虽然轮番进攻，但最后个个都涨红脸败下阵来。

柳海深立时成了"香饽饽"。从此只要他在家，女瓦工们便邀请他去练球。有时打得上瘾，下了班还要再打一阵子才离开。走晚了，女瓦工路上有些害怕，柳海深就主动当"保镖"，一路有说有笑，将女瓦工们一个个送到家。靓女俊男，爱情火花很容易擦出。不久就传出消息，说其中一个女瓦工跟柳海深有点儿意思。那女瓦工的模样迄今我还影影绰绰地记得：修长的身材，短发，眉清目秀的脸庞，透出一股清新的美丽。但很可惜，他们的感情无果而终。原来，女瓦工家庭出身也不好，爹妈一听女儿要找个"同类"，担心殃及下一代，所以坚决反对。再加上维修队的其他人见三个女瓦工很喜欢柳海深，醋意大发，给领导打小报告，无中生有了一番。领导担心出事，就把女瓦工们调到其他工地去了。

柳海深惆怅了好一阵子，情绪明显低落，不过好在渐渐又恢复了过来，照样练单杠、玩俯卧撑、打球。

那年，我顶替母亲当了老师。当时学校要从工厂、部队选一批校外辅导员，物色人选时我想到了柳海深。一听他多才多艺而且很有正义感，学校领导研究后马上同意了。我拿着介绍信去了他们厂，工会领导一口答应，还说我们真会选人，他做校外辅导员再合适不过了。

我把消息告诉了柳海深，让他根据要求先做些准备工作，一旦正式接到通知就走马上任。让我没想到的是，他对这件事看得那么重，甚至有点受宠若惊的样子，一个劲问："我行吗，能行吗？"那有些羞涩紧张的神态，可一点也不像是个经历丰富的成熟男人。那些天，他一下班就到我家，告诉我又想到一个什么好点子。他设想了很多学生课外活动的项目，很符合学生的实际，而且很有利于学生们发展。那股认真和投入劲，让我深感惭愧，自叹不如。

受聘仪式那天，他早早来到学校。坐在主席台上时，我看他一个劲儿地在搓手，显然是紧张的表现。他紧张什么啊？我想起他在建筑风波时的威武，那么激烈的场面都经历过了，现在还担心什么呢？

"你不知道，我总觉得自己在做梦。这是多大的荣誉啊！我爸爸一辈子也没有这么光荣过。"散会后他对我说。说这话时，他眼里竟泪光闪闪。多年后我回味，他是把那件非常平凡的事当作人生一件大事来对待了，那代表他被社会认可了！

国企改革时，他因年龄原因下岗了。据说厂里本来不想让他下，因为他几乎年年是先进，领导舍不得，但又担心别人攀，就"一刀切"了。开始时，他跟人在即墨路小商品批发市场鼓捣过一阵服装，之后又跑南方进杂货，再之后我搬离了大院，他的音讯就了解得极少了。

"做生意没挣到钱，他又在职业学校当了一阵子外聘体能老师呢。他那些单杠、俯卧撑什么的没白练，脱下衣服一看那紧绷绷的肌肉就招人佩服。我到学校见识过，那出拳的速度，小青年都赶不上。"李大哥一边向我讲述柳海深的事情，一边做出打拳的样子，然后我们都哈哈大笑起来。

笑声里，我仿佛看到他正朝我们走来。那张年近七十岁的脸庞，虽说布满了细细的皱纹，但依然神清气爽，精神矍铄，信心满满。

"你好，邻家小叔！"尽管这是虚化的想象，但我是当真的，我在心里由衷喊道。我从他身上看到了一个普通百姓曲折的人生足迹，虽平凡，但不乏另一种意义上的精彩。

龙 骨

　　十八年前，一位朋友到我办公室，手里端着一盆小植物。那植物的茎只有一根指头粗细，浑身呈翠绿色，有波浪似的棱边，直挺挺向上，像一栋摩天大楼的浓缩版。我对植物的认知度仅有小学水平，但又挺喜欢，觉得它们充满生命力和朝气。眼前的这棵不知名的"绿柱"我还是第一次见到，别看它身材纤细，却透出一股蓬勃向上的气场，让人不觉心动。

　　朋友一定读懂了我的眼神，把"绿柱"放在我办公桌旁的窗台上说："喜欢吗？送你。是我顺路买的。猜猜多少钱？八块，值吧？我也是刚知道名字，叫龙骨。多大气的名字！"

　　那时，互联网还不太发达，我又没养花的经验，还真怕养不好这盆小植物。恰好楼下有位养花高手，到我办公室看了一眼说："龙骨好养。常见光，少浇水。它自身很有韧劲，不屈不挠，可以长得很高很壮。"

　　由此我略知，龙骨属于仙人掌科植物，它还有好几个名字：剑花、量天尺花、霸王花、霸王鞭。听听吧，当初没小看它是对的。单凭如此之多的名字，它也断然不是凡花。

　　每天进办公室，头一眼就能看到它。笔直的茎干冲天而立，像个卫兵坚守着自己的阵地，默默无语，却又忠于职守。

　　龙骨送来时大约有一个手掌高，养了一段时间，看不出太大的变化。

我以为是肥料的问题，但内行人看了说："这不是主要原因，是它还没适应新的环境，适应了就会长得快了。"我半信半疑：难道这花草还有感情，被喜欢了才会愉快成长，受憋屈了就病殃殃吗？

果然，又过了一段时间，我突然发现，龙骨的顶端出现了鲜润的绿色，像戴了一顶小帽子。"长个头了！"我欣喜地让同事来看。大家都说，这说明龙骨接受了新环境，开始发力了！这之后，龙骨成长很快，先是一个劲儿地长个头，然后又分离出一些支茎，像握拳秀肌肉的胳膊，变得越来越粗壮。

一年后，我给它换了一个大一些的花盆。花盆换过之后，好一段时间它都没长新茎。这回我没着急，心想，它一定是在适应新环境。我的猜测应验了，没多久，它又开始了新一轮的成长。

十二年后我调整工作，龙骨无法跟着去新单位，因为它已经长成将近两米高的"大个子"了，茎蔓也多得像棵小树，办公室无法容纳。于是我把它送到了母亲那儿。母亲一见便喜欢上了，每次回家，都会让我到阳台上看长得十分茂盛的龙骨。我一面欣赏着龙骨，一面看着母亲，心想，母亲的经历多么像眼前的龙骨啊！

母亲这一生历经坎坷，命运多舛。十三岁那年，外祖父病逝，作为长女，她与身体同样欠佳的外祖母担负起拉扯五个弟妹的重任。二十六岁那年，外祖母撒手人寰，母亲成了这个家的当家人，六个兄弟姊妹相依为命。母亲含辛茹苦，同大妹妹一起，培养出四个大学生弟妹，分别走向清华大学、交通大学、山东大学、北京体育学院，一时成为街邻的楷模。三十九岁那年，母亲又遭遇人生最大的痛苦和打击——她的丈夫，也就是我们的父亲倒在了讲台上，不久，他留下三个未成年的儿子，永远闭上了眼睛。

母亲非常坚强，承受了难以想象的困难和压力，领着我们兄弟三个跨过了一个个沟坎，迈过了一道道艰辛。这期间，发生了多少让母亲为难的事，我们并不十分清楚。我们见过母亲皱眉头、发脾气，甚至半夜里坐在床上大口大口地吸烟，但从没见过母亲流泪、叹气。相反，在她的呵护下，我们一个个从孩子变成了父亲，从幼稚变得成熟。母亲在一天天衰老中依旧还是我们的主心骨。生活中遇到麻烦，甚至工作中有了苦恼，我们都愿意找母亲倾诉。每次母亲都会认真地倾听，然后帮我们分析判断，或者开导抚慰，让我们无形中感觉自己又成熟了。

我们有时情不自禁地夸母亲，母亲听了有些羞涩，抿嘴笑笑。末了，她总会说："人其实都很勇敢，只是没遇到事，显现不出来而已。你们的外祖母比我更难。作为母亲和一家之主，她有六个孩子要抚养，而且年龄都很小。我十三岁，是最大的了，你最小的舅舅才一岁多点。但外祖母不怕。难事就像石头压在身上，越害怕，压得越重。想办法解决了，石头自然就会落地。即便不落，也不会觉得那么重了。天下的母亲，哪个不是在困难中走过来的？顺顺当当的也有，但少。那样也未必是幸事，一旦有个风吹草动，说不定连怎么应付都不会。没有受过磨难，腰杆都挺不起来。"

母亲的话里从没有大道理的说教，却都是经验之谈，在某种意义上，更实用也更接地气。

三年前，母亲去世了，龙骨又被换了地方。母亲走了，那盆长得依旧十分茂盛的龙骨静静地立在阳台上，再无人天天去观赏和呵护了。我偶尔回母亲的老宅一趟，会给龙骨补充一些水，加点儿肥料，但无法像母亲那样仔细帮它梳理长得杂乱的茎蔓，也无法及时清理发黄的茎叶。我决定把它搬到自己的家里。

费了好大的周折，龙骨在阳台的角落安了家。因为太高，临搬时给它"理了发"。它静静地立在那儿，似乎在沉思着什么。不久我发现，它竟然又长出了新茎。绿色，透着清新，充满活力。我自然想起它的"童年"，想起了它这接近二十年的变化，心里油然而生出一种成就感和自豪感。同时也感叹，作为一种自然生长的植物，它的适应力、繁殖力和生命力竟会如此之强，确实值得人类学习。

马克·吐温和他的"红房子"

马克·吐温在美国乃至世界文学史上绝对占有一席之地。这位美国批判现实主义文学的奠基人，虽然已经离世100多年了，但依旧没有离开人们的视线，迄今还常常被人忆起。尤其是到了美国的康涅狄格州，人们更会情不自禁地提出要去看看马克·吐温。

若驱车前往康州的首府哈特福德市，在距离长途汽车站和火车站不远的地方，会看到那栋哈特福德著名的维多利亚哥特式建筑，其外墙刷着红色涂料，这就是马克·吐温的故居。1874年至1891年，在长达17年的日子里，马克·吐温一直住在这里。

如今，这里是马克·吐温博物馆，供游人参观。博物馆分为两部分，一部分用于展览，楼上楼下有多个展室，供游客免费参观；一部分是故居，需要购票参观。博物馆楼下有一个书店，全部商品都跟马克·吐温有关，无论是书籍、图片，还是卡通模型等衍生品，统统带有马克·吐温的标识。朋友曾为我买过一个水杯，那上面印着马克·吐温的头像，颇有纪念意义。

游客们来这里大都是为了看故居，展览只是补充而已。参观有固定的时间安排，一位工作人员会随身带着钥匙，引领游客逐个楼层、逐个房间参观。

用叹为观止来形容故居绝不为过。这座欧式建筑虽经历了百年风雨，但看上去依旧很壮观。整个建筑有 19 个房间，有独立的灶间、餐厅、佣人间、客厅、客人房，以及主人和孩子的卧室、活动室、娱乐室等。里面的家具等物件绝大多数是原物，今天看上去也几近豪华奢侈。游客们不禁猜测：当年的马克·吐温应该是很富有的。

带领参观的工作人员说得很清楚，这所房屋是马克·吐温的岳父赠送给他的礼物，也就是说并非马克·吐温自己所购。马克·吐温的妻子名叫奥莉维亚，她的父亲是一个煤炭资本家，十分富有。

马克·吐温，这位出生于 1835 年后来显赫一时的大作家，当时并没有太多的光环。童年时，他全家定居在密苏里州佛罗里达，父亲是当地的一个律师，但是收入并不高。七个孩子加上没有工作的母亲，父亲微薄的收入难以为继，家里十分贫穷。更可怕的是在他 11 岁时，父亲就患肺炎去世了。穷人的孩子早当家，为了生存，马克·吐温虽然是家中的第六个孩子，但小小年纪不得不走上了打工的道路，他成了一名印刷学徒工。四年后，他从学徒工变成了一名正式排字工人。这段经历为他后来投资排版机奠定了基础。

马克·吐温没上过几年学，但非常聪明。可能是因为整天与排字印刷打交道的缘故吧，他对文字表现出极大的兴趣。很巧，他的哥哥当时创办了一份名为《汉尼拔杂志》的期刊，每期都需要一些投稿，马克·吐温便成了撰稿人。同时，他也写些故事投给一些报纸杂志。1852 年，波士顿的幽默周刊《手提包》发表了他的处女作《拓殖者大吃一惊的花花公子》，展示了他的创作才华。3 年后，他开始出游。两件大事陪伴马克·吐温终生：写作和旅行。18 岁那年他开始了远行，先到了纽约，后来去了费城，然后是圣路易和辛辛那提。他边走边工作，这些城市的印刷厂都曾留下过他的身影。经过四年的游历，他觉得还是应该回家乡，于是回归。在纽奥良，他碰上了一生中最刻骨铭心的一份工作——轮船领航员。这是一份收入十分可观但危险性极高的职业。当时这个职业的收入在美国排名第三，每月250美金，相当于今天的约16万美金。金钱的诱惑让马克·吐温觉得值得一搏。轮船领航员的职责是在水流湍急、地形又极为复杂的密西西比河里引导船只安全顺利地通过。这项工作看上去似乎并不复杂，但当时的船只都是用木材建造的，一旦碰上障碍物，很容易引起油料燃烧。引航员必须熟知河流的一切情况，甚至晚上航行都不能开灯，还要确保没有任何闪失。

马克·吐温用了两年时间精心研究了密西西比河几千米河道里的每一个细节，并最终拿到了领航员执照，成为一名高薪者。然而，他成功的背后也有刺心的痛。就在前一年，他的弟弟被他说服来到了密西西比河从事河运工作，结果他所在的轮船爆炸了，20岁刚出头的弟弟命丧大火。马克·吐温的内疚与悲伤可想而知。他一直在深深地自责，他认为弟弟的死，自己要负很大的责任。

本来马克·吐温会继续干他的领航员，但南北战争爆发，河运的轮船大大减少，他只好放弃了这份诱人的工作，重新回到家乡，继续写他的故事。此时的马克·吐温并没想到要成为一名专职作家，更多的是想在生意上发点儿财。1861年，他跟随林肯总统派往内华达州的一位秘书，试图在那里做些木材生意，结果一无所获，只好悻悻而归。第二年，他在内华达州的一家报馆谋到一份工作，但他还是不安分，一直在做发财梦。内华达州盛产黄金、白银。在"淘金热"的鼓噪中，马克·吐温对传言和新的机会都十分敏感，甚至深信不疑。当时，不少黄金、白银矿山的矿主们正出售自己的股票以筹集资金，马克·吐温便将自己的所有积蓄都用于购买了白银矿山的股票。

随着股票价格的快速上涨，马克·吐温有了一种前所未有的感觉，他觉得自己非常富有，且十分满足，于是他来到旧金山，过起了奢华的生活。

突然有一天，白银股票的狂热消失了，股价飞流直下。停留在数字上的财富瞬间消失了，马克·吐温变得身无分文，几近破产。

迫于生计，马克·吐温只能重操写作旧业，继续以文谋生。

人的选择很多时候是在一种无奈的状态下做出的。如果当年不发生美国南北战争，或者内华达州的木材生意红火了，或者投资的股票兑现了，世上很可能就没有大作家马克·吐温了，取而代之的可能是职业引航员马克·吐温，或是成功的商人马克·吐温，或是一个有眼光的投资家马克·吐温。但历史中的巧合往往是冥冥中注定的。马克·吐温将成为作家，而且是大作家，似乎谁也无法阻挡。

1865年，他在纽约一家杂志发表幽默故事《卡拉韦拉斯县驰名的跳蛙》，从此闻名全国，一发而不可收。

写作上的成功给马克·吐温带来了事业上的光明，也让他在爱情上有了意想不到的收获。因为有了些名气，一家当地的报纸邀请撰稿人到地中海去旅游，从北美到欧洲自然是乘船而行。在船上，他认识了一位叫查尔斯·兰登的青年，实际这个人并不重要，但他让马克·吐温看了姐姐奥莉维亚的照片，这让马克·吐温激动不已，他对奥莉维亚一见钟情。他盼望赶快见到心中的情人。

机会终于来了。圣诞之夜，查尔斯·兰登邀请马克·吐温前往圣尼古拉斯大饭店参加社会名流聚餐。在聚餐的过程中，马克·吐温见到了心仪已久的奥莉维亚和她的父母。

马克·吐温虽然出身贫寒，但他谈吐诙谐幽默，表达力非常丰富，而且极有煽动力，是公认的演说家。奥莉维亚很快被他深深吸引。尽管奥莉维亚是当地数一数二的社会名媛，漂亮且富有，但面对出身低微的马克·吐温还是表现出极大的兴趣。马克·吐温以为征服了梦中情人，没想到半个月后求婚时，被奥莉维亚一口拒绝，这让马克·吐温大失所望。站出来反对的还有奥莉维亚的父母，地位悬殊是一方面，问题还在于当时马克·吐温有一些不良嗜好，比如吸烟、酗酒。疼爱孩子的父母怎能把女儿交给这样一个人？然而马克·吐温并没有因此而退却，他一方面与奥莉维亚始终保持通信联系，一方面在事业上继续奋斗。他给奥莉维亚写了184封信，让奥莉维亚感动不已。同时，他在新闻界的名气日渐提升，直接跻身名人圈。当他再次向奥莉维亚求婚时，一点儿障碍也没有了。

据说老岳丈对马克·吐温还是不放心，提出了许多苛刻条件，光让马克·吐温写的保证书就不计其数。其实做父母的都是为了儿女好，一个富足人家要把美丽而宝贝的女儿嫁出去，当然要"横挑鼻子竖挑眼"了。所幸的是，马克·吐温没让奥莉维亚的父母失望，他牵手奥莉维亚一起走过了34年。当然，岳丈也没让马克·吐温吃亏，把一栋如此昂贵的建筑送给女儿和女婿，是对他们婚姻最大的认可。马克·吐温说过："这是一个家，世界从来没有像现在这样有意义。"足见他对这栋建筑的青睐。

1870年，马克·吐温与奥莉维亚结婚。3年后，岳丈为他们买下了一块地，打算建一栋自己的住宅。他们请来了纽约有名的建筑师，请他根据奥莉维亚的设想和要求来设计。奥莉维亚不愧为大家闺秀，拥有极高的欣赏力和想象力，根据她的设想完成的建筑呈现出独特的风格，不仅外表卓尔不群，内部设计也别具一格，实用但又不乏时尚。参观时，我们会发现每一个角落、每一个细节都设计安排得科学合理，新颖不俗。如休息室里，无论是沙发旁还是座椅旁，随手都可以从墙上的书橱里取到图书；再有灶间的呼叫器，隔着楼层就能呼叫到楼上的主人，方便又新潮，就像今天的对讲机。19个房间我们看了一圈没发现书房在哪里。工作人员领我们登上楼顶，那里类似阁楼，里面有一个台球桌，顶头那边放了一张不太大的桌子，上面有几本书，似乎在告诉人们这不是一般的书桌。工作人员说，这就是马克·吐温创作的地方。他一生中最重要的作品就是在这里完成的，如《镀金时代》《汤姆·索亚历险记》《哈克贝利·费恩历险记》等，其中《哈克贝利·费恩历险记》被视为美国文学史上具有划时代意义的现实主义名作，得到海明威等美国作家的广泛推崇。

真想象不到，无数伟大的作品竟是在这样一个毫不起眼的角落里诞生的。看来，环境只不过是一种摆设，并不能决定什么。

在展览馆曾看到过一幅照片，马克·吐温站在台球桌前抚摸一只猫，那应该是他在写作疲惫时抽出时间与猫共乐。马克·吐温养过好几只猫，他的作品里有猫，甚至在病榻前也有猫陪伴。他是一个很有爱心的人。

在哈特福德，奥莉维亚为马克·吐温生了一个儿子和三个女儿，其中二女儿和小女儿出生在"红房子"里。有人说三个女儿都是在"红房子"出生的，这显然是误传。因为马克·吐温一家是在1874年住进"红房子"的，大女儿是1872年出生的，那时马克·吐温是在哈特福德租房子住。

马克·吐温的第一个孩子叫兰登，很不幸，这个唯一的男孩在19个月大时因为患上白喉而早早离世。大女儿苏西聪明又善解人意，深受马克·吐温的宠爱，马克·吐温称之为"神童"。遗憾的是，这位寄托了马克·吐温极大希望的爱女，在24岁时患上了脑膜炎与世长辞。这对马克·吐温的打击非常大。晚年时，他在《马克·吐温自传》中用细腻的语言，对大女儿的成长过程做了详细的描写，读来催人泪下，令人唏嘘不已。马克·吐温的小女儿在姐姐去世的前一年突然患上了癫痫病，在29岁时因心脏病撒手人寰。马克·吐温对女儿们倾注了满腔挚爱，舐犊之情令人感动，而命运却让他接二连三地失去亲人，这对一个父亲来说是多么残酷无情的打击啊！

表面上甚是风光的马克·吐温，实际在遭受着莫大的痛苦，这是他一生的痛，永远的痛，无法消失的痛。

在"红房子"里，我们看到了马克·吐温三个女儿温馨的卧室，里面摆放着很有档次的各种玩具，我们还看到了专门请家教上门授课的"教室"，能想象得出，当时生活在"红房子"里的女儿们是多么幸福啊！

尽管马克·吐温非常喜欢这栋"红房子"，但最终他还是没有在此走完自己的人生之路。因为投资失败，马克·吐温在无可奈何的情况下把房子卖了。

马克·吐温一生中有两次重大投资，一次是开发打字机，一次是开办出版社。1880年，已经在写作上功成名就的马克·吐温被一个叫佩吉的女人"缠上"了。这个女人声称正在研发一种打字机，非常先进实用，如果研发成功投放市场，收益肯定极为丰厚。她声称缺乏资金，希望马克·吐温投资。或许整天与陈旧落后的打字机打交道，非常需要一种新式的快速打字机诞生，马克·吐温竟轻易相信了佩吉的话，给了她2000美元。1880年的两千美元可不是个小数目。从45岁一直到60岁，马克·吐温先后在佩吉那里投资了19万美金，最后换来的是颗粒无收，债台高筑。马克·吐温的第二个投资项目是开办了一家出版社，起因也挺有趣。马克·吐温发现自己的作品在出版商那里出版，利润中的很大一部分都被出版商挣去了，很不划算，于是决定自己开出版社。马克·吐温很有文采，也很善于表达，但对管理一窍不通。出版社在亏了9万多美金的情况下，又赶上经济危机，只好以倒闭的下场画上了句号。

生意场上接连的失败，给马克·吐温带来了一连串的打击。面对亏欠的窟窿，要填平只有把"红房子"卖掉。马克·吐温尽管十分不舍，但他必须面对现实。1891年"红房子"易主，先是继续作为住宅，后来又做了学校，再后来还当过一阵子图书室。马克·吐温17年来留在这里的气息，随着时间的推移和房屋用途的不断改变逐渐消失。一直到20世纪初期，美国一些作家联合哈特福德社会各界人士发起"拯救马克·吐温故居"行动，得到广泛支持。1974年，"红房子"翻修后建成了现在的马克·吐温博物馆。

"红房子"里的那段生活，是马克·吐温和家人最愉快也最安逸的一段经历。马克·吐温在这里完成了大量的作品，除了前面提到的《镀金时代》和《汤姆·索亚历险记》，还有《卡拉维拉斯郡著名的跳蛙》《康涅狄格最近的狂欢节上的罪行纪实》《国外旅游记》《王子与乞丐》《哈克贝利·费恩历险记》《密西西比河上的生活》《亚瑟王宫廷的康涅狄格州的美国佬》等，而且这期间的作品最能代表他的创作水平。马克·吐温是著名的幽默讽刺作家，他的幽默讽刺风格别具特色。鲁迅说马克·吐温是为了生活，在幽默中含着哀怨，含着讽刺，则是不甘于这样的缘故了。实际马克·吐温的幽默讽刺不是仅仅嘲笑人类的弱点，而是以夸张手法，将它放大了给人看，希望人类变得更完美、更理想。他的作品批判美国虚伪的政治，批判美国畸形的道德观，也批判美国虚伪的宗教。美国评论家威廉·豪威尔斯称他为"独一无二的，无法相比的"，说他是"美国文学中的林肯"。美国作家威廉·福克纳则称赞马克·吐温是"第一位真正的美国作家，我们都是继承他而来"。

人的心情和状态是成就事业不可缺失也不可忽视的重要原因。人只有在放松时才能释放出最大的能量，表现出特有的风格。在"红房子"里，马克·吐温享尽了他人生中最快乐的时光，也最大限度地展现出了其惊人的才华。可以说，"红房子"让马克·吐温的声名得到进一步提升，而"红房子"也因为马克·吐温而备受青睐，熠熠生辉。

满树槐花飘香来

五月是鲜花繁盛的季节，五颜六色的花卉竞相开放，争奇斗艳。

不过，我还是喜欢槐花。槐花与我有缘，我是闻着槐花的清香气息长大的。当年我居住在一个大杂院，大院门口有一条在今天看来比较狭窄，但在当时来说却是很宽的马路。听大人说，马路两旁曾稀稀拉拉有几棵杨树和梧桐树，不知是管理不善还是其他原因，反正长得不怎么好。二十世纪五十年代中期，城市里搞绿化建设，栽种了许多槐树，相隔五六步就有一棵。等到槐花盛开时，站在路中央向两面望去，犹如一条鲜花怒放的走廊，又像是地上撑起无数把斑斓的巨伞，景象十分壮观。

槐树很泼辣，对土壤要求不高，只要扎下根，几乎百分之百成活。随着时间的推移，根越深越有力，既能抗寒又能抗风雨，而且日常基本不用护养，只要有阳光就会自然成长壮大。我印象中只记得有两次装着大水罐的车来喷过杀虫药，再就是来过几个园林工人，扛着梯子，拿着大剪刀把所有的槐树都修剪了一通，之后就没人维护过。不像如今的树木，又是洒水车浇水，又是过冬时捆上围草，平时还时不时地修剪，娇贵得很。

槐树枝露出绿芽，邻居们就知道离着暖春不远了，这时，上了年纪的邻居就会拿着马扎子坐在槐树下透气、养神。等到槐树枝上长满了绿色间或有些黄白色的骨朵儿时，就意味着槐花盛开在即了。

槐花开放很震撼，很壮观，也很有情趣。常常是白天还只能看到树枝上露出一点点"朵头"，经过一夜发力，到第二天再看时，整棵树便挂满了花朵。那淡淡的黄白色花瓣素雅、清新，像是一位美丽的少女在尽情展示自己婀娜多姿的身影。此时的空气中到处弥漫着扑鼻的香气，沁人心脾，令人陶醉。

邻居们开始了欢愉的节日。先是观赏。一到傍晚，太阳还没落下山去，下了早班的、在家休息的大人还有放了学的孩子便围聚在槐树下。大人们或坐在小板凳上，或半蹲在地上，边喝着茶、吸着烟，边对头顶上的槐花评头论足。有喜欢尝鲜的，摘几朵花瓣含在嘴里，嚼着槐花的甜蜜。孩子耐不住寂寞，围着槐树跑来跑去，又是捉迷藏，又是过家家，欢笑声在整条马路上响着。不过，温馨的时光很短暂。槐花花期不长，一般只有十天八日，很难超过半月。欣赏过后，人们便开始摘取。这时候树下一片忙碌，邻居们拿着竹竿、铁钩，端着小盆来摘槐花。低处站在板凳上，高处够不着，干脆扛来梯子。一树槐花很快就被摘光了，变成了邻居们厨房里的美味佳肴。

槐花好吃，味道清香甘甜。我们大院的邻居最拿手的是用槐花包包子。先用清水把摘下的槐花稍微清洗一下，讲究的再用热水一焯除去苦味，然后把剁好的猪肉拌在里面，再放上调料。用槐花包包子，肉必须得多放，五花肉最好。因为槐花喜油水，肉放少了就没了那种香喷喷的滋味。过去生活条件不行，邻居们舍不得放肉，所以很难出味道。不过院里有户姓张的人家，老爸是七级工，挣钱多，老妈又比较舍得花，所以她家的槐花包子最上档次。每当包子一出锅，香味就从她家那简易的厨房里飘散出来，全院都闻得到。那肉香裹着槐花的味道，太诱惑人了，光闻味就流口水。好在她人大方，每次都分些给邻居们尝鲜。一家一两个，虽不多，但情谊在，邻居们还是很感激的，迄今说起来仍念念不忘。

槐树对人类是很无私的，开花让人们大饱眼福，而后又让人们大快朵颐。说起来自然界这种"甘愿献身"的物种并不是很多。或许正是这种鲜有的奉献精神让人觉得感动，如今种植槐树的地方越来越多。"门前一棵槐，不是招宝，就是进财"，坊间的俗语说得有些夸张，但槐树是祥瑞的象征这一点越来越成为人们的共识。在我老家，当地政府因地制宜，专门在山下开辟了一块园子，栽种了上万棵槐树，名曰"槐花园"，每年都举办槐花节。这一举措不仅给人们带来了赏心悦目的自然景观，同时也带来了可观的经济效益，可谓一举两得。那一棵棵浓密高大的槐树上挂满柔情无比却又足以让人震撼的花朵，地上洁白如雪的花瓣铺出了一张硕大无边的天然地毯，空气中弥漫着有些潮湿却又甘甜清香的味道。在如此美丽的园子里徜徉，呼吸着城市里难以呼吸到的新鲜空气，真的仿佛置身于梦境中的童话世界，怎能不让人对大自然充满喜爱之情，又怎能不对槐树情有独钟，格外珍爱！

魔般的星巴克

　　西雅图派克市场如同一个大集市，各种海鲜、水果、鲜花、饮料琳琅满目，常常吸引着人们排起长龙。不过，这种情况是阶段性的，可能热潮过后便会沉寂下来，但有一家店始终人流如织，络绎不绝，这便是星巴克。

　　门口是星巴克的商标，但不是现在人们所看到的美人鱼加绿色的图案，而是一幅灵感源自16世纪斯堪的纳维亚的深咖啡色双尾美人鱼木雕图案。美人鱼有赤裸的乳房和双重尾巴。许多人在商标下拍照留念，记录下这个仅有的原始商标。

　　通常商铺很少有人把门，但这家星巴克却有专门的服务员穿着工装在店门口"站岗"，出来几个人，进去几个人。进去或许只待十几分钟，排队却需要半个小时甚至更长时间。人们大都耐着性子等着，目的只为领略一下号称"第一家"星巴克的风姿。

　　进到店里以后或会让人感到有些失落，大约六七十平方米的店铺尽收眼底，十分简单。除了台面，竟连一把让客人休息的椅子都没有，人们只能站着或走来走去。这跟现在所见的人性化十足的星巴克大相径庭。店里最多的商品是咖啡杯和印有星巴克包装的咖啡，唯一不同之处，就是所用的商标是原始的，让人有种怀旧感。

这家店里咖啡的味道没有什么特别之处，但许多人还是喜欢买上一杯，端在手上浏览一下店里的商品，看一下建店时的纪念物，顺便再买上一只印有星巴克标志的杯子以作纪念。不过，中国的游客如果看到杯底的英语一定会哑然一笑，因为都是"MADE IN CHINA"。

离开派克市场，走上二十分钟左右的路，就可以到达星巴克的旗舰店，也有人称之为"烘焙第一店"，那里的光景更让人惊叹。

并不起眼的位置，我跟太太照着地址竟没找到，问了路人才发现是在一个上坡处。门外不时地有人在拍照，一看就是慕名而来的游客。恰好看到一对年轻男女相拥跳起，这浪漫的留影恰是这家"第一店"的写照。

推开店门马上有种眼前一亮的感觉，跟派克市场上的"第一家"相比，这里就是"高大上"。装潢得现代气派，透着一股诱人的气息。这不光是咖啡的浓郁醇香沁人心脾，更是满眼的光鲜令人心旷神怡。铺面很大，分上下层；物品很多，除了咖啡，还有各种茶饮、鸡尾酒，还有现场制作的比萨和现烤的各式面包。纪念品也琳琅满目，当然都与咖啡有关。所有的桌椅都被占满，许多人端着食物、咖啡站在窗前，一边慢慢品尝，一边细细欣赏。休息区的沙发和椅子上也坐满了人，大都面前放一杯咖啡或一壶茶水，有的捧书阅读，有的静静看着电脑，还有的在静静作画。各种制作设备分布在不同的区域，如同一个个加工作坊。穿着各色服装的员工在埋头操作，把烘焙制作的过程毫不保留地演示给众人，方便大家从中了解制作的技巧。

现在许多人喜欢咖啡，甚至离不开咖啡。特别是有小资情调的人，不论什么时间，不管什么天气，坐在一处寂静而温馨的院落里，隔着明亮的玻璃窗，眺望窗外的景色，面前摆一杯浓香的咖啡，或独自遐想，或与好友喁喁私语，好不惬意。

世上的咖啡很多，但人们了解更多的是星巴克，尤其是国人，说到咖啡都毫无悬念地把其放在首位。

实际上，星巴克在国际咖啡评比中，并非第一名，排名在它之前的还有高乐雅、毕兹和麦诺斯等国际大牌。但全球尽是星巴克，四十多个国家，两万多家门店，让星巴克风靡世界，享誉全球。

越来越多的人喜欢喝咖啡，这并不奇怪。咖啡是人类社会流行范围最为广泛的饮料之一。过去我们只知道茶，还误认为饮茶是国人的专利。其实茶同样是人类社会共有的饮品，只是各国生产的数量多寡不同而已。就像咖啡，过去以为只有西方才能种植，岂不知各大洲，包括我国南方的一些城市同样可以种植。就连咖啡这个名字，实际也不是源自西方，而是源自非洲的埃塞俄比亚。

咖啡在十七世纪进入北美，十八世纪才成为人们的普遍饮料。如今喝咖啡成了美国人不可缺失的生活内容，每天的消耗量起码在四亿多杯。这个数字肯定是保守的，因为光在西雅图星巴克的总部所在地，一天消耗的量就差不多要用七位数来计算。

咖啡受人青睐，关键在于味道。世界上的咖啡很多，但出名的就那么十几种，出名胜在烘焙技术。独到的烘焙技术生产出的咖啡豆的色、味、香别具一格，把咖啡因、单宁酸、香气，以及焦化出的糖分，恰到好处地混合在一起，充满魅力。由此研磨出的咖啡，有一种特别的香醇，像有魔力一般，折服人们的嗅觉和味觉，令人不能自已。

星巴克或许抓住的正是人们的这种欲望。

其实喝咖啡的好处还是很多的。提神作用是共识，写作、熬夜、加班，好多人都借助咖啡。咖啡有助于消化。西方人食肉较多，咖啡可以分解脂肪，所以吃高热能食物时，西方人大都会喝杯咖啡。这些年，有人还研究出喝咖啡可以降低得阿尔茨海默病的概率，提高短期的记忆能力，同时可以降低患糖尿病、肝硬化以及心脏疾病的概率等等。

是不是这么神姑且不论，但许多人，特别是名人喜爱咖啡则是很普遍的事。当年咖啡传入法国，上流社会立马接受了这种口味奇妙的饮料，并很快在文人圈里形成了知性沙龙。那些文学、哲学、美术、建筑大腕们，喝着咖啡，讨论着业内的发展与远景，在获得快感的同时也常常会激发出各自的灵感。巴尔扎克每天要喝五十杯咖啡，他戏称，没有咖啡就没有《人间喜剧》。美国总统泰迪·罗斯福也喜欢咖啡，他喝咖啡的杯子简直像浴缸一样大，一天要喝掉一加仑。画家凡·高把夜间咖啡馆形容为：让人疯狂，让人毁灭，让人犯罪。

咖啡不会让人犯罪，让人疯狂倒是有可能。今年一季度，星巴克销售收入达六十亿美元，多么令人惊讶的数字，怎能不让人羡慕得"发疯"？

不过看了"第一家"，又看了"第一店"，反而不觉得奇怪，更不感到惊讶了。奇迹是创造出来的，但更多的在于大众的接受。星巴克两者兼有，岂有不赢之理？

母亲的大院

母亲说要回大院看看。

大院是我家的祖地，打外公外婆起就住在那儿，差不多有一个世纪了。二十世纪九十年代初，大院被作为"棚户区"改造，夷为平地，取而代之的是一栋栋现在看来依旧是"棚户区"的所谓高楼大厦。这批楼房的建筑质量、房屋结构、各种配套都是简陋而粗劣。据说工程完成不长时间，负责拆迁和施工的领导就被抓了好几个。但居民还是搬了进去——外表新颖会蒙蔽许多不知情的人。母亲没搬进去，因为单位给我分配了住房，母亲就住在我那儿。

母亲总是说起大院，年龄越大说得越多。我们兄弟能理解母亲的怀旧心情。人到了暮年喜欢怀旧，容易怀旧，而且有个奇怪的现象，就是对过去的事情记忆犹新，提起个头，就会带出一连串的往事。我们有时会提起某个邻居，但名字一时想不起来，这时候能帮到我们的必定是母亲。打个电话或者面对面讨教，母亲没有一次是卡壳的，总是能很快给出答案，然后附带着这个家庭的详细介绍，甚至一些逸闻传说也如数家珍。

我总感到纳闷，母亲怎么对往事记得如此清楚？其实我也算是上了年纪，可以被称作老人的人了，外出旅游进景点都享受半价了，但我对往事的记忆却是模糊的，有时几近空白。所以我觉得母亲的记忆力还是超常的，但母亲并不以为然，她总是说人如果对一个地方倾注了感情，就会刻骨铭心。后来我慢慢理解了母亲。有段时间我也特别喜欢怀旧，只要与人交谈，特别是同龄人，三句话过渡，便会进入回忆往事的轨道，而且滔滔不绝。太太忍不住提醒我："别一说起往事就兴奋不已，眉飞色舞像那开闸的水。别人未必就那么喜欢听你唠叨不休，被唾液淹没的感觉未必那么好。"我说："我这是热爱生活，热爱我逝去的光阴，更热爱埋藏在我心里的情感。"

母亲何尝不是呢？她八十多岁了，那种对往事追思的心情更显得急切。她好久没见到老邻居了。那些跟她年龄相仿的人，有的驾鹤西去，有的卧床不起，即便手脚稍微灵活的也仅限于在小区里走动走动。母亲跟他们的联系方式是电话，但老人又都是节约型的，谁也不想多花一分电话费。尽管我们告诉母亲，尽情地打，别算计电话费，但母亲还是谨慎小心地使用，尽量用最简单的语言表达最完整的内容。所以，母亲说要回大院看看，很值得理解。

母亲要去看谁呢？

看自家的产业？应该不是。大院不大，四方形，建筑面积有一千多平方米，上下两层共二十来间房。大院是外公在二十世纪三十年代买下来的，当时是平房。大院的周边全是工厂，做杂货生意的外公原本也想开工厂，但考察了一番觉得力不从心，于是决定买下一片住宅出租，同时继续杂货生意。穷苦出身的外公的这个决策无疑是英明的，如果当初不是这样，几年后的变故，不能说有灭顶之灾，起码也算是危机四伏。那样或许也就没有了后来的我们了。人都说凡事要有前后眼，真有这种本能的人可以称得上为智者，外公就是智者。当年他在乡下跟着同族做小买卖，走南闯北，吃尽了苦头，但也学到了本事。跟他一起学徒的同伴，干到底还是听别人使唤，外公却在几年后便单干了。他经营的杂货生意风生水起，远比开工厂挣钱来得快。后来我们测算了一番，如果开工厂，需要大量的投资不说，开始几年一定是亏损的，等理论上可以盈利了，最起码在三五年甚至更长时间之后。而外公对开工厂是外行，只不过是听别人说能挣大钱才从乡下跑来撞大运的。要是真的脑子发热跟人合伙开了工厂，就算是正常营业，收回成本变盈利的日子也一定是很遥远，搞不好竹篮打水一场空。而外公的杂货生意，除了按月进银子，干好了年底还有红利。母亲记得有一年光分红就是六千大洋。那个年代六千大洋是什么概念啊！后来外公凭着杂货生意挣下的银子，在平房的基础上加盖了两层，大院成了那条街面上少有的楼房。这局面一直延续到二十世纪九十年代初。

好景不长，表面上风光无限的外公，身体状况其实令人担忧。他常挺着一个硕大无比的肚子，那可不是所谓的啤酒肚，完全是肥胖造成的。当年黄包车夫看到外公的体重，给钱都不愿意"伺候"。1937年，外公去世，不到五十岁。

顶梁柱倒塌了，撇下全家七口人——外婆加六个未成年的孩子。母亲为长，十三岁。冥冥之中，上苍有眼，早看到了今日。外公留下的产业——大院，成了支撑全家经济的命脉。出租房屋每月的收入有多少？后来听母亲说是五十块钱多一点儿。难以相信，这五十块钱的收入竟维持了全家的生活，而且母亲和她的兄妹都读了书，两个上了高中，四个大学毕业。这是后话。

这一年，日本人进入青岛。实际上日本人早就进了青岛，海上距离的优势让日本人轻而易举就到了青岛。商业、学校、纱厂，进而是特务机关，日本人的侵略蓄谋已久。等局势严重起来时，在青岛的日本人逐渐露出狰狞面目，青岛市民纷纷外逃，到乡下去躲避他们认为暂时的危机。外婆担心六个未成年的孩子，决定去胶州老家。

路上盘查的哨所、岗站很多。警察和宪兵吹胡子瞪眼，怒对每一个行人，发现有拖家带口、挎着包袱、背着行囊的，一律检查，而且搜身。

临行前，外婆做了最坏的打算，也做了周密安排。她把家里仅有的一点细软、盘缠都捆绑在母亲的身上，然后穿上一件厚厚的棉袄。母亲当时很明白自己的责任，也明白面临的处境。但母亲出奇地镇静，没表现出丝毫的惧怕。这在她自己看来都感到惊奇，不知当时是如何有这般胆量和勇气的。顺利到达胶州后，外婆一下子瘫倒在地上，终于可以松一口气了。母亲的大胆无畏，给全家的未来带来了宽慰：日子再难过，总还是有希望。硬通货在手，底气总是有的。

母亲传奇的表现，不仅让外婆感到骄傲和自豪，也更加坚定了她对母亲的期望：这个家以后要靠大女儿了。

后来局势有所稳定，外婆领着儿女迅速返回大院。经济命脉在这里，不守着心里不踏实。所幸青岛没遭受南京、长沙那样的炮火和杀戮，大院依旧完好无损。等日本人投降，国民党随着美国舰艇逃离，大院又收起了"租子"。五十块钱不变，变化的是母亲成人了，高中没毕业就当了教师，挣一份工资贴补家里。这种选择是母亲的自豪，也是无奈，更多的是遗憾。她高中没学完，失去了上大学的机会。不过作为一种回报，多年后母亲是以离休干部的身份领取退休金的，这也算是补偿吧。而比母亲小几岁的其他舅姨们，尽管上了大学，有了更体面的职业，但都没享受离休的待遇。所以，母亲晚年说起这件事来，总是满足大于遗憾。但我想，母亲只是自我安慰而已，凭着她的聪明和能力，该有一番大的成就。只是她生在一个难以掌握自己命运的时代和生活困苦的家庭，很难实现自己的愿望。

1955年，大院被充公，只留下了几间自用房，其他的房屋都收归当地的房管部门管理。

这时候的外婆家，已经发生了翻天覆地的变化。外婆五年前便告别了人世，那时她刚过五十岁。接替她当"家长"的，正是她心目中的"放心人"——母亲。那年母亲25岁，未婚。

大院交出去的时候，母亲是什么样的心情不得而知，母亲从没在我们面前提过，我们也很难猜测出当年的情景。但我相信，母亲不会太留恋，也不会太伤心。因为新中国成立后五个年头的发展和一系列的政治运动、思想教育，对母亲这样一个年轻而又渴望进步、要求上进的小知识分子来说，期望投入到革命大洪流的激情远远超过对物质的追求。实际上，早在参加工作期间，她的几个很要好的同事就成为共产党地下组织的外围。母亲对她们的情况心知肚明，有时还参加她们组织的活动。所以，政府号召消灭私有制，母亲虽然不是敲锣打鼓把房产交出去的，但肯定是痛快地服从政府安排，这点毫无疑问。

所以，母亲回大院不会是去看旧宅。对钱财历来不是看得太重的母亲，绝不会留恋身外之物。再说旧宅也没有了，只能留在脑海里。母亲不至于去还原历史吧？

听母亲说，大院的邻居以前大都比较贫穷，出身也比较复杂。小时候跟母亲到邻居家串门，就有这种感觉。邻居家住得都比较逼仄，而且家具十分简陋，有的家里甚至都没有像样的摆设。但邻居之间见了都挺亲热的。大院里有不成规矩的规矩，或者说叫约定俗成，就是"论资排辈"。新搬来的邻居也是一样。跟外婆一辈的，母亲就喊大姨、大婶，大叔、大舅，到了我们这辈以此类推，就得喊更高的辈分了。所以，我们兄弟在大院的辈分总是小的，比我们大一两岁，甚至比我们小好几岁的，我们要喊叔叔大姨。能不能喊出口是一回事，但辈分摆在那里不能不承认。

母亲喊大娘的有六七位。说起来有些让人心酸，这些人跟外婆年龄不相上下，但老天赋予的寿限长，一直活得很健康。这让母亲动不动就想起早逝的外婆，她常常给我们说："当年你外婆活着时，某某大娘经常来我们家借钱，拉呱。人家现在腿脚好好的，可你外婆，唉！"说到这里，母亲的眼圈儿变得红起来。

记得母亲经常到李姥姥家。李姥姥长得很小巧，大概也就一米四左右的个头，皮肤很白，像南方人，其实不是。印象最深的是她镶了满口金牙和银牙，一说话就露了出来，闪闪发光。李姥姥爱干净，家里总是窗明几净，水泥地面磨过沙，擦得亮晶晶。她本人也十分利索，白发梳理得整整齐齐，在脑后结一个发髻。除了头上抹油，她还搽香气极浓的雪花膏，走近时会感觉鼻子透不过气来。

李姥姥裹过脚，三寸金莲，但走路并没见比别人慢多少。我的几个姨姥也都是小脚，平时来来往往，也没感觉到她们走路有何异常。可见，痛苦总是随着光阴的流逝而慢慢忘却，时间会把人磨蚀得麻木而自然。那些缠脚的长辈哪个不是饱尝痛苦，怨恨在心？只是无法发泄而已。我想，李姥姥就是这样一个人。

李姥姥是我们街道的居委会主任，而且是资深的。打我记事起她就是主任，一直到重病卧床不能起身才卸任，算起来长达四十年之久，算得上是任期最长的"领导干部"了。

母亲跟李姥姥走得很近，有事没事总喜欢去她家。李姥姥吸烟，母亲自打父亲早逝后，也借烟消愁。两个人凑在一起总是边吸烟边拉呱，屋里很快烟雾缭绕，呛得我们孩子们只好跑到院子里去玩。

当时的居委会主任权力很大，内查外调、政审考察都要通过居委会。李姥姥一句话很可能决定一个人的命运，所以许多人都千方百计跟她搞好关系。应该说李姥姥是个好人，她在任那么多年，还没听周围邻居骂过她。"文化大革命"爆发时，不少地方的居委会主任被批斗，甚至被打，但李姥姥毫发未损，而且在绝大多数居委会主任被更换的情况下，依然继续担任主任，足见她还是很会做人的。

李姥姥跟母亲的关系很好，周围邻居都知道，但都无法超越。因为她们的关系是建立在外婆的基础上的，属于传承下来的感情。

我一直对李姥姥很恭敬。每次跟母亲去她家，看着她悠闲自得地跟母亲拉呱，或者戴着金丝边的花镜看母亲带去的报纸、信件，一种崇拜之情总会油然而生：如此有涵养又有文化的老人真的很少见。

然而当母亲告诉我们，且千叮咛万嘱咐不要对任何人说那个秘密时，我们惊呆了！

母亲说，李姥姥以前是"半掩门子"里的人。"半掩门"是指旧社会出卖身体的女人。怎么会这样呢？我们一万个不相信。母亲说，别人未必知道，但她知道。当年李姥姥"从良"，被李姥爷花钱赎出做了"填房"，是外婆接纳住在大院里的。李姥爷家里还有"大房"，不敢带她回家，只好安排在大院让外婆给予关照。外婆没有另眼看她，将其称为妹妹，这让李姥姥十分感激，因而日后对母亲格外关照。"文化大革命"时，学校抓住母亲家里出租房屋一事，非要定母亲为房产资本家。后来，学校到街道了解情况，李姥姥几句话就挡出去了。她说母亲当年是个孩子，孩子怎么能当资本家？李姥姥是有良心的人。正因为善良使然，母亲对她很尊重，一直维护她的形象，从未对外人说起她的"老底"，我想李姥姥因为这也会对母亲格外亲近。社会纷乱复杂，人与人之间的关系充满了不确定。平日里礼貌相处，没有风吹草动不显人心。"文化大革命"中多少莫名其妙反目为仇的，说到底还是人心叵测。但在李姥姥和母亲身上，这些劣根和丑陋，几乎一点也不沾边。

成年后我一直想不明白，为什么组织上会让一个"不清白"的人当居委会主任？这个疑问直到最近才解开。八十多岁的大舅告诉我，李姥爷跟李姥姥一生没有孩子，但跟"大房"有好几个孩子，其中大儿子是从延安走出来的文艺工作者，新中国成立后回家看望家人，当时的市委领导得知他有个"深受压迫"的二娘，便特意关照下面给予照顾。"不清白"变成了"苦大仇深"，人的命运真的不好预测。假如当初李姥爷不出手相助，再假如李姥爷没有那个革命的儿子，李姥姥的后半生是何种结果真的难以想象呢。

李姥姥善终，她的离去让母亲很伤心，毕竟当年惺惺相惜。

母亲是要来看她吗？她已经撒手人寰多年了，大院改造时连房子都没要，孙子们直接把拆迁补贴领走了。这里已经没有她的印记了，新邻居们甚至都不一定知道世界上还曾有过这么一个居委会主任。母亲如果是要来看她，也要有个蛛丝马迹可寻呀。然而，一切空空。母亲总不会来看望传说中的"灵魂"吧？母亲可是唯物主义者，她更相信实实在在的世界。

母亲要来看他吗？

他是老住户，大院里貌似最有钱的人，母亲喊他刘大爷，我们自然要喊他刘姥爷。

刘姥爷给我们印象最深的是他的长相，高高的个子，清瘦的身材，满头银发向后梳，最突出的是那个比一般人都大的鼻子。"文化大革命"前没人敢公开议论，但爆发后，就有人当面数落了："看你的长相就不是个好人，跟'最大的走资派'一个模样，一定是被批倒批臭的对象。"

刘姥爷在一家工厂当技术员，新中国成立前他是这家工厂的副厂长。他怎么会当副厂长我们一直纳闷，在我们心目中，新中国成立前能当副厂长的人肯定很有钱，肯定吃香喝辣，住小洋房。但刘姥爷家不像有钱的，首先他租住在大院，而且房子不大，全家七口人只有一间半住房，加起来不到二十平方米。再则他家吃得很节俭，每天就做一个菜，还是晚上刘姥爷下班回家才有的待遇。中午很少见他家炒菜，没工作的刘姥姥总是拌咸菜丝打发几个孩子，还不如楼下住的那个七级工家里的生活好。

刘姥爷跟我们家住得很近，隔两个门。平时母亲跟他们客客气气，但走得不是太近。一个说起来别别扭扭的原因，就是刘姥爷家人有些清高，很少跟邻居们搭腔，有的甚至连话都不说。母亲算是跟他们最密切的人，但也总是保持一定的距离。

"文革"时刘姥爷被批斗，大院里的人都不知道。刘姥爷工作的地方很远，坐公交车要倒三次，耗时一个多小时。邻居里没有在周边工作的，所以听不到任何消息。

开始母亲也不知道，但有一天母亲发现刘姥爷走路总捂着屁股，就随口问了刘姥爷一句。刘姥爷一听，眼泪哗哗流了下来。母亲心很善，也很软。刘姥爷像孩子一样哭诉他在厂里受的苦，母亲听了也很难过，直劝他要想得开。母亲要离开时，刘姥爷拉住母亲说："他大姐求求你，帮我写写检讨材料吧。我实在写不出来，也写不好，无法交差。我这屁股就是因为这被打的。"刘姥爷告诉母亲，他每天都要写到十一点，晚的时候要到凌晨一点多，五点半就要去赶第一班公交车，实在是受不了。母亲不忍看刘姥爷的可怜相，只好答应下来。从此，吃过晚饭母亲便去刘姥爷家帮着写检讨。母亲毕竟是老师出身，写检讨的速度和质量肯定比刘姥爷要快要好得多。

母亲帮着刘姥爷写了多少检讨无法统计，但我们记得很清楚，那段时间，吃了晚饭母亲就去赶"任务"，一去两三个小时。母亲先打好草稿，然后刘姥爷抄写。有时刘姥爷想不出"罪行"，母亲还要帮他"杜撰"，这样费力又费时，就不是两三个小时的事了。

我很佩服母亲，不知道她哪来的那么多热情和精力去帮助别人。毕竟当时她也不好过，学校里有人给她写大字报，揭发她的所谓"家底"，一次性就张贴了五十多张。但母亲并不胆怯，下了课还随着师生一张张阅读。当时我正在上学，跟母亲在同一个学校。大字报出现时，靠窗边的同学看到了指着我大声惊呼："是他妈妈！"我听了低下头不敢向窗外张望，放学后赶紧跑回家。母亲回来时却像没事发生一样，忙着做晚饭。

"假的，没一件是真实的。别怕，他们不敢把我怎样。"母亲很坦然。后来我们醒悟到，母亲怎么可能不害怕呢？那个没有道理可讲的年代，造反派什么事情都能做得出来，怎么可能放过一个失去丈夫带着三个未成年孩子的母亲呢？然而母亲逃过了灾难，没有受到冲击。这要感谢母亲的智慧和敏锐的嗅觉。当年母亲在一所中学担任语文教师，那是所很不错的中学，许多人想调进去，但很难如愿。父亲去世后，母亲为了照顾我们兄弟，就主动提出要到离家很近的小学工作。当时中学的领导还一再劝母亲要考虑好，免得以后后悔。但母亲还是下决心离开了。许多人为母亲惋惜，但母亲对他们说，中学的人际关系复杂，学生也都是大孩子，麻烦事多。还是到相对单纯些的小学更好。母亲带着中教工资来到小学，她的工资一下子成了全区小学教师中最高的。换上别人，单这一点就少不了受折磨，但母亲为人随和，从不拿架子摆谱，与同事相处得很融洽。"文化大革命"批斗风盛行时，中学资历稍微老点的教师无一逃脱被揪斗的厄运，但母亲所在小学却相对风平浪静。小学生毕竟小，造反的气势不像中学生那么疯狂，再加上平时母亲对学生视如己出，严厉归严厉，那是一种"恨铁不成钢"的关爱。她经常让学习跟不上或者聪明却调皮的学生到家里补课。孩子虽小，但谁对自己好心里都有一杆秤。所以学生们对母亲恭敬感激还来不及，哪会造母亲的反啊！

母亲能逃过这一劫，除了因为她在相对安宁的小学，还应该与她的为人处世有相当大的关系。她做事总是先人后己，宁可自己吃点儿亏，也不委屈别人，甚至为别人承担责任也在所不辞。那个曾张贴了母亲五十多张大字报的年轻老师，是母亲在中学教过的学生，出身资本家家庭。她贴母亲的大字报是试图表现自己革命的坚定性，结果事与愿违，非但没引起大家的兴趣，反而被大家纷纷议论，说她没有良心。就是这样一个人，母亲还是把她当作自己的学生，不记仇不嫌弃，并为她开脱，说她还年轻，要进步，可以理解。母亲退休后，两个人还时不时地来往。

作为一名女性，一位母亲，一名教师，母亲有这样宽阔的胸怀，实在难能可贵。

刘姥爷后来平安度过了那段时光。造反派从他身上榨不出多少油水，见他检讨越写越好，还把他当典型做了表扬。这里有个"险情"交代一下，可能是年龄大了的原因，也可能抱着侥幸的心理，刘姥爷有一次交检讨时竟稀里糊涂把母亲给他打的草稿交上了。造反派一看字迹不对，马上追问是谁帮写的。刘姥爷吓坏了，哆哆嗦嗦一句话也说不出来。多亏造反派没再继续追问，否则母亲必定被牵连。

刘姥爷后期办了退休，整天躲在家里不露面。危难过去了，他又故技重演，清高的劲头儿又上来了，不光不跟邻居搭腔，见了母亲也不冷不热，全然没了当初哀求母亲的模样。母亲还是没在意。她一生见过的人太多了，她教的学生遍布大院周围十几条大街，打过交道的家长及其亲属成百上千，各色人物都有。所以，对刘姥爷的表现，母亲没有一句怨言，反而在他去世后还帮着刘姥姥处理后事。

人不能以自己的眼光审视别人。母亲总是自己看自己，至于别人怎么看，她并不在意。

母亲会去看刘姥爷吗？显然不会。他在母亲的人生经历中只不过是浅浅的一道痕迹，不是刻骨铭心。母亲要看的一定是心目中最重要的。

或许母亲是在寻找。寻找大院里那些挥之不去的烟尘，那些历历在目的镜头。

大院曾是母亲成长的地方。她是长女，是外公的心头肉，格外受外公的疼爱。母亲曾不止一次地告诉过我们，外公在世时，外出谈生意或参加商会活动，总是带上自己。外公那厚厚的大手，拉着母亲柔软的小手，沿着门前那条宽阔的马路，一步步走向远处，那情景能想象得出是何等温馨。然而，这美好的日子因外公的离世戛然而止。外公的离世似乎很意外，但成年后母亲醒悟到，其实当年外公超胖的身体已经在释放不健康的信号，只是没有这方面的医学常识而已。外公的早逝让母亲过早地成熟起来。13岁的她就知道该如何帮着外婆分担家务了。她帮着外婆挨家去收房租。有的房客并不友好，看到外婆一个人拉扯着六个幼小的孩子便恶意相对，不但拖欠房钱，还动不动给外婆出难题。母亲毫不畏惧地跟他们斗。她一个小姑娘就敢上门讨债，一次不给就反复去，直到把钱追到手。当时大院曾住过驻守在隔壁工厂里的国民党军队的军官，许多邻居敬而远之，但母亲照旧上门收房钱。就连腰里挂着手枪的特务，母亲也不怕。收费时间一到，就拿着提前写好的收据找上门。少年时期的锻炼，让母亲练就了无畏的个性。父亲38岁英年早逝后，她凭借这种无畏，一个人领着我们三个兄弟，经历了无数坎坎坷坷，直到我们一个个长大成人。

磨难有时并不都是不幸，人生中意想不到的那些沟壑，往往是锤炼一个人生存能力的契机。母亲经历过太多这样的沟壑。

母亲对"13"这个数字很敏感，她觉得这一生与"13"有缘，却又有"怨"。她13岁那年外公去世，26岁那年外婆去世，39岁那年父亲去世。周期式的厄运，像一把带刃的尖刀，深深地刺痛母亲的心。但母亲没有倒下，一次次走过来了，而且愈加坚强。

这一切都发生在大院里，母亲一定铭心刻骨。

大院给母亲留下太多的不幸，但也让母亲享受到无尽的欢乐。

母亲最喜欢也最盼望的就是学校放假的日子，每到那时，大院里总会响起母亲和她的兄弟姊妹的笑声。

母亲没有机会踏进大学的校门，她的大妹妹，也就是我的二姨高中毕业后，母亲无奈但又中肯地要求她也放弃上大学，赶快去工作养家。当时外婆已经离世，母亲充当了家长的角色。她一个人的工资收入无法养活一大家子人。二姨痛快地答应下来，很快也成了教师。两个当教师的姐姐，领着四个上学的弟妹，艰难前行。我很崇敬母亲和二姨的牺牲精神，为了弟妹她们完全不考虑自己的前程，义无反顾地放弃了心中的梦想。如果没有深厚的亲情，没有无私的奉献精神，这一切无从谈起。人的选择是命运走向的重要一环。向前一步，向后一步，其结果可能大相径庭。但母亲和二姨根本没考虑这些得失，她们只有一个念头，把弟妹带好，把这个家养好。对当年的选择，二姨的感受不得而知，但母亲说过，她一直有学医的愿望，而且她自我感觉如果学医，她肯定会是个好医生。我完全相信母亲的自信，凭着她当年能在青岛女子中学就读的优势，考个医学院根本不成问题。二姨也是如此，后来做了校长的她，如果智商不够、能力欠缺，怎么可能在激烈的竞争中脱颖而出？但她们都放弃了继续求学，成了永远的遗憾。

二十世纪五十年代，母亲和二姨把她们的四个弟妹都送进了大学，这成为当时我们那一带的轰动性新闻。大舅去了山东大学，二舅去了北京体育学院，小舅去了交通大学，三姨去了清华大学。每到假期，舅姨们就会从各自的城市回到大院，家里洋溢的欢乐气氛可想而知。母亲和二姨看着幸福快乐的弟妹，那种自豪和骄傲的心情可想而知。牺牲换来的美好虽然有些沉重，但骨肉之情会使人们在所不惜。老祖宗流传下来的美德，在母亲这代人身上打下了鲜明的烙印，令人钦佩，让人折服。我常扪心自问，如果换成自己，能心甘情愿做出这样的奉献吗？

舅姨们大学毕业都分配在外地，二姨结婚后住了一段时间，也搬出了大院，从此他们成了大院的过客。但母亲一直留守在大院里，等我们兄弟先后成家搬离了大院，母亲还住在大院。那三只黏人的猫咪每天跟随着母亲，在楼上楼下跑来跑去。

夜晚，母亲孤身一人时在想什么？母亲没告诉我们，但我们猜得出，她一定在想那些不平凡的风风雨雨、朝朝夕夕。几十年的光景，弹指一挥间，两代人长大了，母亲却老了。她付出的心血、受过的委屈、遭受的磨难、历经的坎坷，伴随着年轮一起消失。局外人只会感叹她的不易，但其中的酸甜苦辣，只有亲历者才能品出滋味。

母亲后悔过吗？我想不会。每每有人提起她的"功绩"，她都会喜上眉梢，这是发自内心的愉悦。是啊，从她的手下走出了七个大学生（包括恢复高考后考上大学的我们弟兄三个），而且是在那么艰难的背景下，骄傲和满足已远远超越了她的懊悔和遗憾。

离开大院时，母亲已经在这里住了整整58年，半个多世纪的时间，几乎所有该发生的都在这里发生了。大院是母亲的家，是母亲的爱、母亲的痛、母亲的情。

这里的一砖一瓦、一草一木她都熟悉。即便大院被轰隆隆的推土机铲平，竖起了一栋栋高楼，她依然可以从土壤里、空气中嗅出大院里的味道。

母亲要到大院看看，她要看的是人生的经历，是时代的历程。我们不能阻挡，也无法阻挡。

母亲走了，安详地走了，去寻找她的亲人、邻居和她的大院。那年她88岁。她在医院住了13天，病床是13号。"13"又不期而来，莫非真的有缘有怨？

母亲闭上眼睛那天是母亲节，也是汶川大地震忌日。我们没有流泪，因为母亲这一生活得值。苍天都安排她在母亲节这天离开，让她母爱的情怀彰显得淋漓尽致。当年大地震引发地动山摇，震撼着我们的心灵，让我们永不忘怀。

泥板大哥

　　去年夏天台风特别厉害，小区的院墙被刮倒的大树砸去了半面脸。那天老邻居在我家串门，送他下楼时刚好看到一些小区居民正在对维修好的院墙评头论足。老邻居上前看了看抹好的墙面，又眯着一只眼从远处瞄了一会儿，然后小声对我说："比'泥板大哥'的本事差远了。"

　　"是啊，现在瓦工的武艺哪能跟'泥板大哥'那代人论高低？他们功夫扎实着呢，是真正的工匠！对了，'泥板大哥'有消息吗？"

　　老邻居摇摇头。

　　"泥板大哥"是我们大杂院的老住户，他父亲原先在农村种地，后来进城当了工人。"泥板大哥"出生后，好长时间不会说话。去医院检查后大夫安慰说："孩子开口说话有的早有的晚，你这孩子可能就属于晚的。"后来能说了，但嘴里总像含着东西，一开口，便从鼻腔里发声。家里人觉得不对劲儿，找了家大医院。这回大夫看明白了，"泥板大哥"的小舌头缺了一点点，但就这一点点，影响了发音。本来家里人还想给他治治，但大夫说治不了也治不好，让他们别浪费钱了。大夫是说了实话，那年月的医疗水平确实治不了，真治也是白花钱。

　　"泥板大哥"没上过几年学，因为读书是件用脑子的事，"泥板大哥"似乎生来不愿动脑子，但让他干活那一句怨言没有。他家住二楼，吃水要到一楼拎。十几斤重的水桶，他拎个五趟六趟的，脸不红，气不喘。自家拎完了，还帮邻居家拎，大家都说他一身蛮劲。"泥板大哥"不愿上学的另一个原因，还是他那点儿缺陷。在学校里同学不是笑话他说话不清，就是笑话他读课文念不成个儿。"泥板大哥"对老师也挺有意见。明明知道他的缺陷，上课却总让他读课文，还说这是对他好。现在回头看，老师的动机肯定是好的，让"泥板大哥"念课文是锻炼说话，也是增强他在众人面前的自信心，但"泥板大哥"当时肯定不这么想。

离开了学校，"泥板大哥"对父母说要去工作："上学我不是块料，干活我能干出个样来。"很快，在街道居委会的帮助下，他成了区房屋修缮队的瓦工。

瓦工是出力的营生，但又是技术活。想做个称职的瓦工，要从"小工"开始。筛沙、搬砖、拉线、和泥、推车运料，哪样都不能少。"泥板大哥"是吃足苦了，不过也学到了手艺。没过几年，他在修缮队里也算是把好手了，拿今天的话说是业务骨干了。人们也不再称他是瓦工了，改称"瓦匠"，升格了。

"泥板大哥"的技术到底如何，开始邻居们了解并不多。但大院旁边后来拉了一道围墙，是修缮队委派"泥板大哥"领着徒弟来干的。那道墙既大气又壮观，干透了，一点裂痕没有。这让邻居们非常叹服。

每天吃过早饭，"泥板大哥"便把一个黑色拎包挎在胳膊上，里面有他的午饭、烟丝和火柴。与拎包一起挎在胳膊上的还有一把用绳拴起来的抹泥板——薄薄的铁片，圆长的木把，擦洗得干净明亮。"泥板大哥"喜欢抄手，不论春夏秋冬，两只手总是抄在袖筒里。夏天不穿长袖，他也两只胳膊抱在一起。他喜欢哼着谁也听不懂的曲子，一跳一蹦地下楼。"泥板大哥"有固定的打扮，春、秋、冬三个季节，几乎从未变过。一身浅灰色中山装，洗得早已褪色，都有些泛白了；一顶灰色的带檐单帽，因为戴得太久，帽檐都折了，但仍舍不得换；然后是一双黄胶鞋。那形象与舞台上农民打扮的赵本山特别像。许多老邻居都说，看到舞台上的赵本山，就像看到了当年的"泥板大哥"。

"泥板大哥"的另一特别之处是抹泥板总带在身上。后来才知道，瓦匠的主要工具就是抹泥板，顺手不顺手很重要，另外质量也有优劣。有个好用的抹泥板，等于有了好助手。所以，老瓦匠都把自己的抹泥板带在身旁，就像乒乓球运动员珍爱自己的球拍一样，要好好呵护。

"泥板大哥"的绰号，就是这么来的。

"泥板大哥"在大院里很有老人缘，老人们都喜欢他。每天吃罢晚饭，他便把自家的蜂窝煤炉子烧得旺旺的，一壶接着一壶烧开水。他自家用不了多少，大都给了那些有老人的邻居家。一壶热水在今天看来算不了什么，但当时到茶炉里去打需要二分钱。一天一壶肯定不够用，一个月下来，在老人眼里可就是个大钱了。"泥板大哥"分文不取，还要搭上煤钱。有些老人不好意思，"泥板大哥"会主动去家里收暖水瓶，灌满热水后再送回来。时间长了，老人们需要热水也不客气，喊一声，"泥板大哥"会颠颠地跑来。

天暖时，"泥板大哥"喜欢背靠着墙蹲在楼道里，吸着自己用烟叶卷起的纸烟，哼着小曲，等着炉子上的水烧开。

蹲功是"泥板大哥"的真功夫，大院里谁也比不了。这是他工作环境锻炼出来的。瓦匠干活的场地，除了架子、木板、沙、砖、泥，没有可坐可躺的地方。休息时，要么坐在地上，要么蹲着。沿海地潮，坐久了会生病，所以蹲是唯一的选择。架不住天天如此，时间是造就本领的大熔炉。"泥板大哥"不管蹲多久，站起来头不晕，眼不花。不过，习惯成自然，他很少坐板凳、椅子，到了谁家都喜欢蹲着。

送去了开水，"泥板大哥"便会跟老人们拉一阵子呱。大院里的老人有的当过老师，有的当过大夫，还有的常年在家里操持家务。"泥板大哥"愿意跟他们谈天说地。邻居们时常会听到二楼楼道里传来一阵阵的笑声和

"嚷嚷"的说话声，那一定是"泥板大哥"在跟哪个老人说得正投机。

当年大杂院的条件确实有些差，别的不说，几十口人家就一个厕所，还常年失修，里面的泥皮经常冷不丁掉下来砸在身上。时间长了，许多人不敢进厕所，宁肯跑路到周边找地方解决，很不方便。居委会早就把申请维修的报告送到了区修缮队，但修缮队里这样的报告一大摞，什么时候能排上，谁也说不准。

邻居们自然想到了"泥板大哥"，可谁也开不了口。因为按规定，公用厕所就应该由公家负责。人家"泥板大哥"每天上班回来怪累的，凭什么再去出力？再说了，修个厕所也不是一句话的事，要准备物料，还要扎架子，要有"小工"配合，这些谁能解决？

不过邻居们很快兴奋起来。那天是星期日，一大早，"泥板大哥"领着两个小青年推着两辆小车来到大院。一辆车上有铁管木板，一辆有沙子、水泥。

"泥板大哥"穿着工作服，"嚷嚷"着在说什么，但那两个小青年似乎听得很明白。他们搬着铁管、木板进了厕所扎好架子，接着又在车里拌沙和灰。之后用长勺把和好的灰浆一勺勺送到站在架子上、托着泥板的"泥板大哥"手里。一上午过去了，破烂的厕所焕然一新。邻居们喜上眉梢，站在厕所门口，对着"泥板大哥"和两个年轻人说着由衷的感激话。

晚上，"泥板大哥"照旧烧水。邻居老人问："那两个年轻人是你徒弟？""是。""泥板大哥"颇为得意。

第二天，修缮队领导来到大院，直奔厕所。

"这小子，倒挺会做事。"领导对陪着的居委会主任说。

后来大家才知道，水泥和沙子都是队上的。"泥板大哥"让徒弟找领导又泡又磨搞到了手。领导担心他们去送人情讨酒喝，给了又不放心，暗中派人盯梢，却发现用在了大院厕所上。了解情况后，领导在大会上把"泥板大哥"夸奖了一番。那天晚上"泥板大哥"破例喝了两口。酒后吐真言，邻居们这才了解了原委。

"泥板大哥"热心归热心，但不太与大院里的同龄人交流。大家都理解，原因还是在那个生理缺陷上，这让他有些自卑。但在外面，"泥板大哥"却牛得很。

二十世纪住房普遍困难，应运而生了一批违章建筑。顾名思义，既然是违章的，这种房子遇到问题，公家不给修缮，这样瓦匠们就成了"香饽饽"。不过，并不是会点儿砌、抹武艺人家就请，私活的要求往往比公活还高。

那时考察一个瓦匠技术过不过硬的指标，就看星期天闲不闲着。"泥板大哥"不光星期天忙活，有时下了班就被人接走——趁着天亮还能忙活一阵子。

那时帮忙主要是看面子、尽情义，不兴收礼，最普遍的回报就是吃个饭，喝点酒，过过嘴瘾。"泥板大哥"对此并不感兴趣，除非吃了饭还要继续干，否则，他干完活收拾起抹泥板就走人，拉都拉不住。

"人家请我是看得起我。看得起就行，吃不吃饭无所谓。""泥板大哥"吸着卷烟，蹲在地上扇着蜂窝煤炉子说。他老母亲端着给他做好的饭，又痛又恨地戳着他的头："你呀，就是出力的命。""可别这么说，别的孩子想出力都没地方出。为啥？没那本事！"邻居老人插嘴道。"嘿嘿。""泥板大哥"露出一口又黄又黑的牙齿，像孩子般高兴。

"泥板大哥"30多岁了还没结婚，原因不言自明。邻居们很关心，不时地撮合，但总是没有结果。不成的原因很多，光他的蹲功就吓跑了不少姑娘。有人曾这样说："有椅子不坐却蹲在地上，一看就是穷相，跟着这样的人还能好？"

"我就是想要让她们知道，我是干瓦匠的。""泥板大哥"很有个性，不听劝，再见面时还是蹲在地上。

"泥板大哥"最终还是结了婚，媳妇是农村户口。据说两人见面后，

"泥板大哥"没抱任何希望，因为那天他一直蹲在地上跟人说话，后来是那女的搬来凳子劝"泥板大哥"坐上去。再后来女的传话说，"泥板大哥"是城里人，有工资挣，有房子住，自己愿意。就看"泥板大哥"的了！

结婚那天，"泥板大哥"在大院里摆了六桌席，热闹的景象许多人迄今还记得。

"泥板大哥"有了大胖娃娃，全院的人都替他高兴，但很快又产生了疑问：不对啊，他们结婚才半年啊！

后来邻居们渐渐清楚了，"泥板大哥"早就知道了真相，但并没嫌弃。

"谁敢保证脸上不被溅上泥点？溅上一回躲着别再被溅，比什么都好。我跟你分开了，你还要再找罪受。既然是一家人了，就跟盖房子一样，泥和砖粘在一起，分不开了。"泥板大哥"依旧每天伺候蜂窝煤炉子，"嚷嚷"着对跟在屁股后面的媳妇说。那媳妇的眼睛红红的，嘴唇咬出了血丝。

大院被列为棚户区改造时，"泥板大哥"没讲条件，第一批搬出了大院。这让动迁办的人很感动，也很感激。他们要树"泥板大哥"当典型，"泥板大哥"谢绝了。

"修了那么多好房子，没捞着住过。现在有这个机会了，还讲什么额外条件？早拆早享受。"搬完最后一批物件的"泥板大哥"像是说给别人听又像是在自言自语。

"泥板大哥"在新小区建成后并没有回来居住。知情人说他全家去了南方一个小城，在一家建筑公司带徒弟。那家公司专门开发园林式住宅，对瓦工技术要求特别高，"泥板大哥"被高薪聘用。真假没有考证，不过有一点可以相信，那就是不管走到哪里，他那豁达善良的性格不会变。

奇特的猫尾巴

多年前，家里养的猫生了一窝小猫，其中有只白色的小猫看着总有些别扭，但又说不出别扭在何处。等小猫们从猫窝里爬出来自在行走时，我们才看明白，小白猫居然没尾巴。光秃秃的屁股，不别扭就怪了。

没有尾巴的小猫走路时还看不出什么特别，但一跑起来就原形毕露了。别的猫跑的时候前腿用力，后腿猛蹬，又快又稳；没尾巴的小猫不是奔跑，而是像兔子一样在蹦，左摇右摆，看上去很不稳当。

后来有人告诉我们，之所以出现这种情况，原因就在尾巴上。许多动物都有尾巴，长短不一，粗细不同。尾巴长着不是多余，也不是为了好看，而是具有特殊的功能。平衡就是其中的一部分。没有尾巴或者尾巴受到了伤害，就等于失去了关键的部件，自然不会像正常动物一样生活。果然，那只没尾巴的小白猫没活多久就离开了我们。母亲说它是被吓死的。因为生理上的缺陷，它很自卑又特别胆小。它从不跟其他小猫在一起，整天躲在床底下，偶尔出来，听到哪怕细微的声响，也会立刻躲起来。就连最信赖的母亲去唤它，它也不敢露面。

都说猫有九条命，实际猫大难不死或能化险为夷，很大的功劳要归于那条神奇的尾巴。小时候淘气，常把家里养的猫当玩具。听人说猫从高处掉下去也不会受伤，就拿着猫做实验。抓住猫的前后爪，然后将其背朝下，头朝上，猛一撒手，猫从高处落在床上。只见它一个翻身，四爪稳落，真的安然无恙。引起我们一阵欢叫。接着再实验一次，依旧如此。于是有人提议，从二楼往一楼落一下试试。这回我没干，尽管也觉得不会有什么问题，但毕竟是自家养的猫，不愿让其担风险。不过没过几天，我看到了一出真实的表演，大开眼界。

我曾住的大杂院里经常有野猫光临，二楼的平台是它们喜爱之处，这里不光宽敞便于活动，还跟一楼的房顶相连，猫咪们可以轻松地在屋顶上窜来窜去，嬉闹追打。那天早上我出门，可能开门的声音过响，平台矮墙上正好卧着一只野猫，突然而来的声音让它受了惊吓，只见它身子一弓，一个弹跳，立时不见了。我吃了一惊，慌忙跑到平台矮墙处往楼下看，只见那只野猫趴在地上不动弹。我以为它摔伤了，忙"喵喵"地唤它。它听到声音抬头看了我一眼，撒腿便跑去。身子矫健，动作麻利，着实让我倒吸一口气。一楼和二楼之间起码有七八米高，它居然毫发未伤。确实厉害！

等上了中学，学的知识逐渐多了，才知道为什么猫从高处跌落时不会受伤。原来猫下落时，它的眼睛和前庭器官会迅速传递信号，尾巴会伸得笔直，并不断地扭动调整，直到觉得已指向正确的方向时才停止，然后，它会转动身体使之与尾巴成一条直线，落到地上正好是四脚着地。同时，猫的脚底上是厚厚的脂肪和弹性纤维，可以帮助它在凹凸不平的地方站稳，自然不会摔伤。

猫是有灵性的动物，它从3500多年前就进入人类家庭。它们不光靠小巧玲珑神态可掬打动人心，还因善于与人进行情感交流而备受喜爱。尾巴便是它独特的交流方式之一。猫的尾巴能做出很多不同的动作来，而且每一个动作都代表不同的意义，传递自己特有的情感和想法。

以前生活条件不好，猫也跟着受苦，不像现在有鱼有肉还有猫粮。每到吃饭时间，猫咪们就围在我们身边，尾巴直直地向上翘着，"喵喵"地叫个不停。时间长了我们也都知道了，这是它们在向主人献媚乞求，于是便丢一块肉皮或鱼骨打发一下。当然猫也有生气发怒的时候。有时我们跟它玩笑开大了，弄痛了它或者让它生烦了，它也会反抗。从尾巴上就可以看得出——有时压得低低的，贴在地面上或者夹在两腿之间，有时拼命地摇摆着，嗓子里发出骇人的声响。人不犯我我不犯人，动物也有原则和底线。这时候最明智的选择是离它而去，等其消了火，自然地垂着尾巴迈着悠悠的步子走来时再与之"理论"，否则它也会"拼命"。那锋利的爪子、尖利的牙齿可不是吃素的。

千帆竞发破浪行

晴朗的天空，平静的海面，和煦的春风，迷人的海湾，不远处飘来一片风帆，有红有白，有绿有蓝，一面面，一队队，在明媚阳光的照耀下，在蓝色大海的衬托下，如同一幅赏心悦目的图画、一道绚丽多彩的风景，靓丽而优雅地展现在人们面前。

近了，越来越近了。一艘艘挂着各色旗帜的帆船，缓缓地驶出浮山湾，乘风而来，破浪而去，给大海留下一片翻滚的白色波痕，然后快速涌进宽阔的水域，在碧波荡漾的水面上时散时聚，时起时伏，你追我赶。翘首远望，千帆竞发，帆影婆娑，蔚蔚壮观。

这是青岛奥帆基地的一个场景。这样的场景自打 2008 年第 29 届夏季奥运会后，几乎每年都要出现，而且越来越频繁。

帆船项目是水上运动项目之一，也是奥运会 28 个比赛大项中的一个。但应该承认，如果我国没有承办第 29 届夏季奥运会，国人对帆船运动的了解和关注肯定远不如其他运动项目。尤其是青岛人，尽管生活在大海边，但许多人甚至没见过帆船是什么样子。记得小时候到海水浴场洗海澡，或是到栈桥、小青岛玩耍，经常会看到漂泊在大海里的各种船只，但那都是些渔船、救生船、游艇、舢板，唯独没有挂着风帆的帆船。

如今青岛的大海已经是国际帆船赛事的主要场地之一。沃尔沃环球帆船赛、克利伯环球帆船赛、中日韩国际大帆船比赛、"市长杯"青岛国际大帆船赛、青岛国际帆船赛都曾在这里举行过。每到比赛季节，奥帆基地都会停靠着各式各样的帆船，那景象如同到了英国的布莱顿、澳大利亚的墨尔本，让人大开眼界，大饱眼福。

许多人期望着自己有一天能像美国作家海明威的名著《老人与海》里的老人圣地亚哥，凭借着勇气、毅力和智慧与大海抗争，以显示自身的力量。实际上，帆船运动本身正是蕴含着这层意思。航行中，运动员依靠自然风力作用于船帆上，驾驶船只前进。这里面既有竞技、娱乐，还有观赏、探险，既能增强体质，还可以锻炼意志。在风云莫测，海浪、气象、水文条件的不断变化中，迎风斗浪，更能培养战胜自然、挑战自我的拼搏精神。

其实帆船的起源就是来自人类与大自然的斗争。古荷兰由于地势低的缘故，开凿了很多运河，人们用小船运输或捕鱼。这种小船很简陋，要么是一根独木，要么是用木排、竹排编制而成，但每一种船上都有一块粗布或麻片挂在桅杆上，以便借助风力。这就是世界上最早的帆船。为了生存，荷兰人与水、与鱼之间进行了激烈的"斗争"，帆船在其中扮演着重要的角色。1662年，英王举办了一场英国与荷兰之间的帆船比赛，比赛路线是从格林尼治到格来乌散德再到格林尼治。这是早期规模较大的帆船比赛，从此拉开了国际比赛的大幕。1907年，世界第一个国际帆船组织——国际帆船联合会正式成立，到现在已有122个会员国（或地区），管辖了81个帆船级别。

在浩瀚的大海里破浪扬帆，看上去确实很酷。运动员矫健而灵巧的身影吸引了无数人的眼球，让许多人跃跃欲试，恨不得也投身航海运动，驰骋在波涛之上。然而，帆船在大海里翱翔，并非那么轻巧、浪漫。帆船完全靠风力，更多的时候要在倾斜45度角的情况下航行。操控绳索是最基本的功夫，不但要及时准确调整把握方位，还要有强健的体魄。寒冷的环境、疲惫的身心是常态。如果没有顽强的毅力、没有海上生存的能力、没有根据气候制定航线的知识，以及维护和管理帆船的本领，很难成为一名合格的帆船运动员。

　　然而，时势造英雄，有挑战必有勇士。2004年，一位名叫郭川的青岛帆船运动员作为青岛"帆船之都"的形象代表，带领四名船员驾驶"青岛"号首航日本。1200多海里的行程，4米多高的巨浪，船舵被海浪打断，险情环生，危机四伏。但是，郭川等人凭着坚强的意志和娴熟的专业技能，圆满完成了使命，为2008年青岛奥帆赛的前期宣传立了一大功。2015年9月，郭川又率领5名国际船员驾驶"中国·青岛"号帆船从俄罗斯摩尔曼斯克出发，先后穿越了喀拉海、拉普捷夫海、东西伯利亚海、楚科奇海，最后冲过白令海峡，用12天时间横穿北冰洋驶入太平洋，航行约3240海里，创造了人类历史上第一次驾驶帆船采取不间断、无补给的方式穿越北极东北航道的世界纪录，让国际同行们刮目相看，也树立了中国帆船运动员的良好形象。遗憾的是，2016年10月25日，郭川在进行单人不间断跨太平洋创纪录航行时失联，迄今不知身在何处。

　　现在，越来越多的人喜爱上了帆船运动，很多人加入到帆船大军中来。夏日的青岛浮山湾，白帆点点，笑声连连。人们乘风起航，扬帆破浪，与大海相拥，在风浪中锤炼成长，演绎着新时代"人与海"的故事。

青岛的海水浴场

夏天在青岛要玩什么呢？最有魅力、最有味道也最浪漫的莫过于到大海里去游泳。

蓝天、白云、绿树、沙滩、舢板、遮阳伞、太阳镜、比基尼、救生圈，构成了海水浴场的绚丽画面。每年7至9月，各海水浴场张开热情的双臂，迎接着来自四面八方的"弄潮儿"。

青岛市区有八个海水浴场，其中知名度比较高的有两处，即第一和第二海水浴场。

第一海水浴场历史最悠久也最有名气，它位于青岛的黄金地段——汇泉湾畔。一百多年前，这里是渔民泊舟晒网之地。德国侵占青岛后，发现此处有细软的缓坡海滩，海水清澈，盐度适中，无疑是上苍予人的天然优良海滨浴场。于是便建造了一些式样简单的木制更衣室，安排了救护船，又添置了一些游戏设施，青岛第一个海水浴场由此诞生了。

德国人很精明，也很现实，直接把"意外收获"与利益挂钩。他们在日本等地频做广告，大造舆论，广为宣传，很快青岛第一海水浴场风靡东亚乃至世界。盛夏之际，各国游客接踵而来，络绎不绝。据统计，二十世纪二十年代初，光顾青岛第一海水浴场的外国游客就逾2万人次。这个数字在当时是极为罕见的，足见其吸引力和影响力之大。著名作家郁达夫曾感慨："恐怕在东亚，没有一处海水浴场能赶得上青岛。"

第一海水浴场不断整修完善。改革开放后，青岛市对其进行了大规模改建，建筑面积由原来的 7000 平方米扩展到 20000 平方米，沙滩面积由原来的 1.18 公顷扩大到 2.4 公顷。沿沙滩外侧新建了一幢幢造型新颖、风格多样、色彩斑斓的更衣室，犹如童话世界，与浩瀚的大海交相辉映，成为青岛沿海一道独特的景观。

盛夏之时，来"一浴"的各方游客每天都有数万人，旅游高峰时，每天平均在 20 万人左右，最多时达到过 35 万人，那情景是名副其实的"下饺子"。

青岛第二海水浴场最别致也最神秘。它同样位于汇泉湾东侧的太平湾内，环境幽雅，坡缓、沙软、浪小、水净。岩石是红褐色，周围的峭壁如刀削斧劈，沙滩尽头处栽满了黑松树，海滩上散布着数不清的鹅卵石，显得静谧而幽邃。这原本是德国总督游泳的专用地，中国政府收回青岛后定名为第二海水浴场。

第二海水浴场在改革开放前有相当一段时间不对外开放，里面的更衣室大多属于部队疗养院所有，还有一部分归市委市政府的接待部门管理，这无形中增添了它的神秘感。每到夏天，入口处有警卫把守，没有专门的更衣证不得进入。党和国家领导人及一些外国元首，都曾在这里畅游过。1957 年夏天，就在此处的沙滩上，召开了中共中央政治局扩大会议。毛泽东在浴场的一个临时扎起的凉亭里，向来自全国各省、市、自治区的书记们做了重要讲话，为浴场留下了光彩而具有时代意义的浓重一笔。现在，浴场早已对外开放。

有众多的海水浴场，这是青岛人的福气。在过去没有空调的年代，许多市民防暑纳凉的主要去处就是涌向大海。不管会不会游泳，也不在乎游得好坏，能被温暖的大海拥抱在怀中，尝一口咸滋滋的海水，身上抹一层柔软细腻的海沙，即便太阳再火辣，心里也会觉得惬意。

　　许多人甚至包括生长在海边的人都以为，有海的地方就可以有海水浴场，其实不然。一个真正的海水浴场，天时地利人和，样样不可缺少。先说海水，如果咸味过重，或是苦涩难咽，这样的水质显然不适合人在里面长时间浸泡。再是地理位置，风急浪高、波涛汹涌、沟壑纵横、鲨鱼等攻击性动物时常出没的海域，同样不适合人遨游。青岛第一海水浴场之所以成为世界最好的海水浴场之一，是因为它地处汇泉湾畔，其岬角起了很好的阻隔作用，使进入湾内的涌浪渐次衰减，浪高最多在 1 米左右，因而平时海面显得平静而温和。加上上千米的防鲨网如同铜墙铁壁，人游其中可保无虞。沙滩是海水浴场的基础和门面，有个好沙滩，浴场的档次将随之提升。沙粒过大、过粗，都会影响浴场的质量。青岛的海水浴场大都是细沙滩，这是由于海浪的长期侵蚀、堆积作用使得沿岸基岩不断被剥蚀成细小的砂砾，砂砾逐渐在海湾的浅滩上堆积便成了细沙滩。细沙，虽是优良之沙，但长期使用也会流失。不久前青岛市对第一海水浴场的 3.2 公顷沙滩"更新提档"，厚度达 60 厘米的 20000 立方米新沙被填入其中。黄色的新沙无杂质，颗粒更小、更均匀，赤脚踩上去有一种细腻松软的感觉，这无形中给浴场增添了新的魅力和诱惑。

　　"万里长江横渡，极目楚天舒。不管风吹浪打，胜似闲庭信步，今日得宽余。"每当人们畅游在大海里，都会情不自禁地想起毛泽东的这首关于游泳的诗作。虽然它描写的是长江，但同样适用于大海，其豪迈的气势，更能激发出人们"天高任鸟飞，海阔凭鱼跃"的激情。

青岛，将老舍拥抱在怀中

　　《人民日报》大地副刊有一个栏目叫名人故居，我曾在上面发表过《留给一座城市的回忆》，是关于老舍青岛故居的记述。小姨的同事读过那篇文章后，发微信说，舒乙跟她是老朋友，她对老舍感情极深。看了我的文章，仿佛又看到了老舍那亲切的身影。舒乙曾对她说过的老舍在青岛的情景重新浮现在眼前。她说那是老舍最辉煌的时期，著名的《骆驼祥子》，还有《月牙儿》《断魂枪》等代表作都诞生在那里。青岛对老舍来说是事业的巅峰之地。

　　这位前辈说得极其到位。写老舍故居时我做过一些功课，许多研究老舍的学者专家都认为，青岛是老舍创作的"灵感源泉"，在这里，他的文学创作进入了一个新的爆发期。

　　老舍一生写了上千万字的作品。这些作品是在不同地方完成的，除了新中国成立后彻底在北京立足落户再没有漂泊外，重庆、武汉、济南、英国、新加坡等都曾留下过他的足迹。他在各地都创作过作品，但论成绩突出、收获之大，当属青岛。

　　老舍于 1934 年来青岛，先在国立山东大学教书，头衔是教授。教书是老舍职业生涯中与创作紧密相连的"孪生兄弟"。1918 年他从北京师范大学毕业便去一所小学教书，还当了校长。1924 年，他远渡重洋去英国，在一所学院担任讲师，还是教学。之后去了新加坡，又辗转归国去了齐鲁大学，身份全跟教学有关。

1936年夏，老舍毅然决然地辞去了教书工作，专心致志创作。这让许多人愕然。当时舒济和舒乙已出生，一家四口的生计全靠老舍的工资维持，现在老舍竟然"自我了断"经济来源，其家庭生活如何支撑？

二十世纪三十年代，中国的教授，特别是名教授有相当的社会地位，月收入都是三位数，老舍不但有三百大洋的固定工资，还有源源不断的稿费进账。或许正是基于有这个保障，老舍才敢于辞去教书工作。当然还有更重要的一点，老舍要挑战一下：凭借稿费照样可以过得很好。

1936年是老舍的"无收入年"，但他并没觉到困窘，不像当年在英国，年薪只有250英镑，囊中羞涩，生活经常陷入困顿。那时一个普通的英国学生，每年的花销至少要300英镑，名校则要400—500英镑。老舍那点可怜的收入，既要维持自己的生活，又要供养远在国内的老母，捉襟见肘的窘态可想而知。尽管这样，在此期间老舍写出了《二马》《老张的哲学》《赵子曰》三部长篇小说。创作之外的异国他乡生活却没有给他带来太多的满足和乐趣。他的友人这样描绘当年的老舍：一套哔叽青色洋服长年不替，屁股上磨得发亮，两袖头发光，胳膊肘上更亮闪闪的，四季无论寒暑只此一套，并无夹带。幸而英国天气四季阴冷，冬天阴冷时加上一件毛衣，夏季阴冷时脱掉一件毛衣也就将就着过去了。

老舍在英国五年，除了宿舍、公寓就是课堂、图书馆，社交、娱乐、休闲均与他不相干。老舍自己也说："我的钱也不许我随意地去到各处跑，英国的旅馆与火车票价都不很便宜。"回国的时候，老舍穷得连一张最便宜的三等舱的整船票都买不起，只好先到新加坡去教书，挣到钱再走。

在青岛情形大不一样，老舍有吃有住有穿有欢乐，想去哪儿随心所欲。老舍先住在莱芜一路，后迁至金口二路，之后又住在黄县路，也就是今天的"老舍故居"，位置和条件越换越好。

在这所幽静的欧式住宅里，老舍全身心地投入写作。写累了他可以在小院里练练拳、玩玩棍棒，还可以跟在草地上爬来爬去的小舒济玩耍一会儿，逗她开心，或者把她抱在怀里喃喃细语。

老舍很爱自己的孩子，但并不"望子成龙、望女成凤"。他曾在家书中写道：只要身体强壮，将来能学一份手艺，即可谋生，不必非入大学不可。假若看到我的女儿会跳舞，演讲，有做明星的希望；我的男孩子体壮如牛，吃得苦，受得累，我必非常欢喜！我愿自己的儿女能以血汗挣饭吃……

浓浓的骨肉情，让老舍感受到人世间的真情挚爱，此时他全然没有流落他乡那种孤独伤感的情绪，而是被家庭的温馨紧紧裹住，任自己创作的激情肆意迸发，势不可当。

二十世纪三十年代中期，青岛处于一种表面的安定状态，老百姓过着平静的日子。老舍可以不受任何干扰，无论是政局，还是民情，都不影响他专心创作自己构思已久的"祥子"的故事。

当然社会表面的平静并不意味着老舍的心里就平静。此时，他的创作激情里正翻滚着一股悲愤和冲动：对被侮辱与被损害的弱者寄寓深切的关怀和同情，对摧残人的社会进行无情的否定。

创作空隙老舍会手夹香烟，走出院门顺着黄县路踽踽而行，到旁边的东方菜市场找候客的黄包车夫拉会呱，听他们诉说艰难辛酸的苦力生活，吐诉心中愤愤不平的怨气。这言者无意，听者有心的话题，成了老舍小说的素材。所以，谁能说《骆驼祥子》里没有青岛黄包车夫的影子，谁能断言"祥子"身上没有青岛"苦力"的元素？

黄包车夫们对文质彬彬的老舍充满敬意，在他们眼里老舍是另类：可敬却又可亲。每次老舍会把自己的香烟分发给黄包车夫，再用那好听又柔和的京腔与车夫们对话。车夫都愿意回答老舍的疑问，老舍也深深感受到自己被高看和敬仰，这跟在英国公寓里因穷困被侍女刻薄地奚落截然相反。人格的平等和尊重，无形中更能增强人的自信心和创造力。《骆驼祥子》在当年脱稿。老舍说，这是他最满意的一部作品。

人民艺术家是与人民血肉相连的。《骆驼祥子》融合了所有底层大众的心声，他们没有文化，不知道如何喊苦，但老舍替他们喊了出来，喊得整个文学界耳目一新，喊得这个社会为之一震。完成这个使命，老舍是在青岛。所以，青岛是老舍的"福地"，她给了老舍生存发展的土壤和环境，并大度而热情地将其拥抱在怀中。老舍对青岛的感情深厚，当他满怀激情地写出《五月青岛》时，人们就能从中读出他对青岛的挚爱情怀。

清明花竞开

清明扫墓祭祀、缅怀祖先的传统已延续了几千年。与以前的习惯做法大不一样的是，现在更多的人喜欢用鲜花来寄托对先人的思念。

一捧菊花，加几束白百合、栀子花，间或再配上几支马蹄莲或一些时令鲜花，默立而哀，一切尽在不言中。

有人说用鲜花哀悼先人是文明进步，也是响应环保号召，其实远不止这些。

清明是草木繁茂的季节。"清明断雪，谷雨断霜。"清明来临，气候渐暖，春意渐浓，草木萌动，万物欣欣向荣，此时的花木充满了朝气，是最鲜灵的时候。以花表达思念的情愫应该是对先人最好的礼节，也是最大的尊重。

清明前后盛开的花卉很多，映山红、梨花、杏花、桃花、油菜花……漫山遍野，斑斓多彩，一派清新。人们纷纷走出家门，奔向田野，观赏春天给大自然带来的壮观美景，同时忘不了那些曾经与自己朝夕相处，感情笃深却又先期离开的亲人。

"裁剪冰绡，轻叠数重，淡著燕脂匀注。新样靓装，艳溢香融，羞煞蕊珠宫女。"许多人在宋徽宗的这篇诗作中，欣赏到庭前、墙隅、道路旁、流水边那又红又白的杏花。望着眼前胭脂万点、花繁姿娇、占尽春风的绝美景色，人们会在感到舒畅、惬意之时，生发出感念已故亲人的悠悠情意。还有那冰肌玉肤、凝脂欲滴、妖媚多姿的梨花，春季里它的花色洁白，如同雪花，浓烈的香气随风飘来，令人如痴如醉。李白有诗："柳色黄金嫩，梨花白雪香。"梨花的花语是纯情，纯真的爱，意味着一辈子的守候不分离，这正符合亲人间的骨肉之情。梨花虽是晚春之物，却也是"素肌应怯余寒，艳阳占立青芜地"。漫步在田野、乡间、路边，看到那一片片雪白梨花，人们怎能不思绪万千？又怎能不怀念那些曾如影随形的早逝者呢？

至于那铺天盖地、蔚为壮观的油菜花更是大自然赋予大地的厚礼。春天一到，"油菜花开满地黄，丛间蝶舞蜜蜂忙；清风吹拂金波涌，飘溢醉人浓郁香"。油菜花看上去极为普通，却充满了力量。它的繁殖力特别强，一旦盛开便是漫山遍野，一片金黄，大地仿佛变成了金色的海洋。正是因为象征着力量，油菜花鼓舞着人们不懈努力，勇于拼搏。刘禹锡的诗说得好："百亩庭中半是苔，桃花落尽菜花开。种桃道士归何处，前度刘郎今又来。"诗中折射出的豪气、坚韧、胸怀，或许正是人生中所要追求的。逝者已安息，活着的需要这种精神。这是大自然昭示的气息，人们尽可用力吸吮。

菊花是中国十大名花和"四君子"之一，也是世界"四大切花"之一，它意味着长久，又有思念和怀念的含义，还有清寒傲雪的特点，具有顽强的生命力。这些难得的优良品格使得菊花更加受人青睐。尤其是白菊，一直被视为纯洁的象征。古代人们就已经把菊花作为寄托思念之花。人们欣赏它，赞美它，将其奉为"花中隐士"。陶渊明脍炙人口的"采菊东篱下，悠然见南山"，孟浩然的"待到重阳日，还来就菊花"，都是对菊花情有独钟的表达，以这种从古代帝王到普通百姓都喜爱，又具有多重含义的花来给先人扫墓，相信九泉之下的亲人会感到无比欣慰。

清明虽是绿色的时节，但又处处展现着洁白。除了白菊，白百合、栀子花同样也是人们用来悼念已故亲人的重要花束。白百合是欧洲古老的鲜花品种，中世纪时期的基督徒常拿它来供奉圣母玛利亚，因此被称为"圣母百合"。栀子花有"永恒的爱与约定"之说，它的叶子在风霜雪雨中翠绿不凋，蕴含着坚韧、醇厚和美丽。把它献给亲人，不仅是在表达一种哀思，更多的是在告诉亲人，活着的人一定会坚强会幸福，这也正是已故亲人的期盼。

　　清明时节，无论是亲临祭拜，还是在远方默哀，无论是送上亲选的鲜花，还是在心里悄悄说上几句话，都是表达一缕哀思、一份心意和一番祈福。面对的虽是另一个世界，却是现实世界无数心灵在跳动和诉说，如同年年开放的鲜花，从不缺失。

生炉子的日子

秋去冬来，又到了集中供热的时节。享受着融融的温暖，不由得想起生炉子的日子。

多年前，一到冬天，北方人家都要在屋里生炉子。当然，南方人也生炉子，但放在室外的居多。以前去南方常看到，走廊、院落、小巷里放着白烟缭绕或泛着火苗的炉子。

北方老百姓家里的炉子起码有两种作用：炊事和取暖。南方生炉子多是用于烧水做饭，即使取暖也只是临时拎进屋里烤烤火，增加一下热量，不像北方一直放在屋里。

北方的炉子大都是生铁铸的，有一个出气口，可以接上烟筒。烟筒的末端要接到烟道里，将废烟气排出，避免煤烟中毒。

炉子燃烧的热量从烟筒里散发出来，屋里就会产生暖意。对北方人而言，冬天在屋里生个炉子，对驱寒增暖有很明显的效果。很难想象，外面寒风呼啸，雪花满天，屋里如果没有任何取暖设备，这冬天如何过得去？

屋里温度的高低取决于炉中的火势强弱，而火势强弱又取决于燃料。以前煤炭实行计划供应，按人口多寡到指定煤店购买数量不等的煤炭。当时，产自大煤矿的煤块最抢手，也最受欢迎，因为易于燃烧，炉火自然也旺。但优质煤块民用的数量有限，许多地方限量供应，市面见到的多是煤沫或混合煤。这些煤的燃点差，很难有强火。许多人家平时舍不得烧煤块，只有下饺子、蒸馒头等需要强火时才舍得拿出来。还有就是过年那几天，几乎家家都烧煤块。毕竟日子特殊，奢侈一把也就不在乎了。

炉子有专门商店出售，但样式单一，选择余地很有限，几乎"千炉一面"。上面是平面铁圆盖，一般由四环圈组成，也有三环圈的，一环套一环，中间是圆形小盖。这种设计很合理也很实用。炉子主要是用来炊事的，锅底有大有小，有圆有尖，如果只一个炉盖，很难满足各种锅底需要，多种炉盖犹如"万用工具"。我们的先辈的确很聪明，在实践中不断摸索改进，创造了许多令后人叹服的实用物品，炉子只是其中微不足道的一例而已。

炉子中间也叫炉膛，圆而鼓或者直而粗的形状是为了装更多的燃料和散热。炉底是三只爪子，既起支撑作用，又与炉子的滚圆造型呼应，产生一种自然和谐的美感。炉底也有四只爪的，实际更牢靠些。一些自家制造的炉子多为四爪，也有的炉子无爪，直接墩在地上。

自制炉子在二十世纪七十年代很流行也很时尚，这是人们追求高质量生活水平的一种体现，也是对市场单一商品供应的不满和补充。说流行，是指大家争先恐后。那时，但凡有点条件的人家，怎么也鼓捣着做个土炉子"洋相洋相"。说时尚，是因为自制的炉子功能多，除了炊事和取暖，还可以烤地瓜、烤花生、烘干衣服。再有一点就是卫生。传统炉子的废渣从炉膛里捅下来掉在开口处，灰尘会扬起。自制的炉子没有开口，是密封的，捅废渣是从一个小圆孔里操作，灰尘很难飞出来，先进了一大步。

生炉子看似简单，但也有学问。有些人很会拨弄炉子，从生起火来开始，久燃不熄。该旺时，火焰熊熊，炉火烤人；要弱时，火煨如眠，熨熨帖帖。大多数人生起火来旺一阵子，但要保持长久很难。特别到了夜间，很多人不会煨炉子，即便加上了燃料，用不了多久火就会熄灭。但有的就不，煨好的炉子能一直持续到第二天早上。这方面的高人大多是闲散在家的上了年纪的人，他们整天围着炉子转，熟中生巧，自然得心应手。我当时很羡慕这样的家庭，可惜自家没有这样的高人。

取暖烟筒很重要。烟筒大都用质量不错的薄白铁皮制作，油光光的，还发亮。从寒气逼人的屋外走进屋，双手捂在发热的铁皮上会感到格外温暖、舒服。有的人还会用铁丝在竖立的烟筒上捆扎一圈，用于烘干小手绢、袜子、毛巾之类的。

烟筒不能接得太长，长了热量供不上白搭。一个炉子上有四五节烟筒应该是最合理的搭配，会产生最佳效果。一般竖着两节，横着两到三节，形成"拐"状。连接烟筒还需要"歪"脖，现在的年轻人肯定没见过。弯的形状，一头一个开口，分别把直烟筒插进去，起固定和支撑作用。

烟筒有段时间也凭证供应，但多数人家不经常更换，不用到破碎漏烟不淘汰。当时买一节烟筒要六七块钱，算是个大开支了，许多人花起来心疼。

冬天最难过的莫过于晨起穿衣。玻璃上结满了冰花，屋子里寒气袭人，此时多么期望炉中有火啊！有火就有温暖。然而，对多数人家来说，这只是奢想而已，事实是此时的炉子大多"冷如冰霜"，要想炉火再生，必须有人勇于"牺牲"。孩子们千方百计找理由不愿离开暖被窝，最后还是大人们起身去点燃炉火，让房间逐渐溢满暖意。长辈任何时候都不想委屈自己的孩子，如同久燃不熄的炉火，一直温暖着周围。

如今，炉子已经慢慢淡出人们的生活，取而代之的是既方便又卫生的集中供热，也有了液化气、煤制气。寒风袭来时，坐在暖暖的房间里，享受着美好的生活，那种追溯的念想会油然而生，仿佛又看到了昨天，看到了曾经的艰辛，从而浮想联翩，感慨不已。毕竟，那是几代人的经历与回忆，是与当下知足与幸福的对比，不该忘记，也不能忘记。

手机里的人生

现在没有手机的人很少，连七八十岁的老人和六七岁的孩子都玩上了手机。手机成为人们生活中不可缺失的一部分。

手机发展到今天，功能确实太多了。除了通信，手机还可以满足人们生活中的众多需要。小小手机，大千世界，实至名归，一点不为过。

时不时翻看手机已成了人们的习惯动作，而且愈演愈烈，很多人深陷手机不能自拔。白天看，晚上看，早上睁开眼第一任务就是打开手机。算了一下，一天24小时，与自己距离最近、关系最密切的就是手机。

手机成了人们生活的重要内容之一，它里面蕴藏着多彩的世界，无时不奏响人生的交响乐。其间有F大调、b小调，有奏鸣曲、快板和慢板、小步舞曲，当然也有终了曲。

想和某个人联系了，要拨打手机。联系人里，收藏的都是朋友、亲戚、同学、邻居，或者工作、业务关系的名单。这个名单是人在世上行走的宝贵财富，是巨大的人脉关系网络。假如哪天手机突然找不到了，立时就会觉得自己像是站在一个孤零零的世界上，那么孤独，那么凄凉，那么悲哀。但若遇上了什么难事、急事，翻开名单，你会看到希望，看到光明，增添勇气，树立信心，会觉得这个世界如此可爱，如此美好。因为身后有许多人在支持你，为你呐喊，为你助威，向你伸出温暖的双手。

　　微信朋友圈更是个大世界，大到可以浏览全球，知道世界上每一个角落里发生的每一件新闻。通过朋友圈可以欣赏到过去从没见过的美景，不管是大自然的，还是人世间的，也不论是近在咫尺的，还是远在天涯的。心灵鸡汤是朋友圈里必不可缺的"营养"，那些说得让人心潮澎湃的励志词语，虽然有些可望而不可即，但足以让人久久不能平静。那些细声慢语、在情在理的人生格言，尽管有些难以兑现，但当作人生指南，足以享用终生。还有那些迅速刷新的各种奇闻轶事，离平头百姓的生活虽有一段距离，但百态人生会让人开阔眼界，增加见识，对自己的未来充满信心。

　　朋友圈又是一个私密的平台，它最大限度地拉近了亲友之间的距离，使其缩小到一个小小的屏幕上。自己身边发生的事立刻就能传播给每一个信得过的人，幸福、快乐、美好，共同分享；忧愁、郁闷、沮丧，共同分担。画面有限，情谊无限。手机让世间更多美妙的情感，散发出动人的光彩。你可以了解朋友的行踪，可以跟随朋友到不曾到过的地方大开眼界，还可以点对点与朋友窃窃私语，当然那些对父母都未必公开的秘密，也会通过私聊慢慢倾诉。

　　手机承担着传播器、发布台的作用。现在有什么事，无论是大的小的，抑或喜的悲的，不需要挨个通知，只要编一条文字，点一下发送键，很快就会传播出去。接下来，亲朋好友人人皆知。这种功能，适合那些平时内敛，不太愿意张扬的人，他们是最大的受益者。有了好事，想与大家分享，大张旗鼓地宣扬又不好意思，于是，手机成了最大帮手。中考、高考分数公布期间，多少人的微信爆棚，几乎都是晒儿女子孙好成绩的，若是再被名校录取了，新一轮刷屏接踵而来。还有哪个家里添了宝宝，职场上获得晋升，拼搏有了回报，生意场上发了大财，小发明拿到了大奖……无一例外，都会第一时间通过手机传播。手机，简直是家庭"新闻联播"。

　　手机也是爱的传送台。大千世界有冷也有暖，有富也有穷，阳关大道处处有，羊肠小道时时现。人不可能总是一帆风顺，冷不丁有时也会走背字。人间冷暖，悲欢离合，酸甜苦辣，只要有人类存在，就摆脱不了伤感。手机微信时常有求助信息传播：患重病的因家庭困难，手术资金不足，期望得到赞助；接到大学录取通知，却拿不出学费，痛苦不堪，亟待帮助；流浪的动物，饥肠辘辘，伤痕累累，危在旦夕，盼望好心人出手相助……一个有血有肉的世界呈现在面前，任你思考，任你选择，任你定夺。许多人毫不犹豫地伸出自己的手。萍水相逢，素昧平生，一面之识，并不影响爱的奉献。物质相助抚平人心，精神支持暖人心脾。不在乎钱财多寡，也不在意奉献了多少，情感往往胜过物质。人心是世上最珍贵的财富，取之不尽用之不竭。每部手机都是一个爱的平台，人们可以尽情地表达。

手机里也弥漫着凄凉和伤悲。翻看联系人时，偶尔或不经意间看到某个熟悉的名字，眼前立时会出现此人的音容笑貌，甚至联想起往日相聚的情景。然而，那已是昨日风景，永远定格在回忆之中。天堂有信号，有微信吗？

抹去一个名字，意味着逝去了一条生命。世界是美好的，也是残酷的。自然规律决定着生生死死交叉推进，谁也不可能永恒。

手机也会消失。有人预测，这几年就有可能。科技发展日新月异，可能变为现实的概率太高了。

手机没了，将来肯定有新的更高级的产品出现。不管科技如何发达，也不管产品怎么升级换代，人生永远还在。设备里没有了，生活中不会消失。

爱我们的生活吧，珍惜每一天、每一刻，真诚对待每一个人、每一件事，人生既然能展现在手机里，也一定会珍藏在人们的心里。

手腕上的春秋

人可以在手腕上做很多事，其中，戴些装饰品是很多人的选择。

手镯、手链、手珠、手表，还有小姑娘们喜欢戴的各种小饰品，无一不借助手腕。某种意义上，手腕是人提高自身形象的一个不可忽略的重要部位。

女人钟情浪漫，对金银珠宝爱不释手；男人更喜欢简单实用，手表是最普遍的选择。今天手表的概念已非昨日手表的意义，它已经不再是单纯掌握时间的工具，更多的是一种装饰，或者说是一种隐晦委婉、不言而喻的身份象征。就像一个女人或男人，穿一身阔绰而时髦的礼服，在灯光四射、人头攒动的聚会上闪亮出场，你想那是什么效果？

前段时间电影《芳华》爆红，故事如何，仁者见仁智者见智。但最能扯开泪腺的恐怕还是那些流失的年轮，褪色的芳华。

怀旧，是人类的通病，因为那些旧生活是人生不可缺失的最有趣味的记忆。

手腕上也写满了故事，有苦有乐，有酸有甜。

就说说手表吧。

二十世纪七十年代，人们的收入普遍都不高。在工厂的学徒工，每月就只有21块钱，定了级不到30块钱。一般混上个二级工就不动了，35块钱左右是当时年轻人的收入线。

我们大院当时有七八个年龄相仿的年轻人，有男也有女。二十多岁的年纪，正值青春，要是现在的年轻人肯定会追求绅士靓丽。可那年月不行，别说男的，就是女的穿得漂亮点儿，抹点香气浓点儿的化妆品，都会让人背后里戳脊梁骨。

脸上和身上不敢风光，就在手腕上做文章。那年月，金银首饰几乎绝迹，即便有也都藏在箱子底下，不敢见阳光，翠玉之类更少见，大多数的年轻人见都没见过。唯一可以戴的就是手表。

当时的手表有国产和进口两种。不知为什么，报纸广播里整天说自力更生，反对资本主义，居然还进口手表。现在回想，改革开放前，进口的商品可以说凤毛麟角，但进口手表的式样却琳琅满目，这真耐人寻味。

国产手表以上海牌最为出名，120元一块。一些城市也有自己的品牌，比如天津、南京等地都有自己的手表生产厂家。我所在的青岛，有一个几千人的大厂，生产金锚牌手表，50块钱一块，在山东境内有很大的市场。

国产表从50、60块钱到100多块不等，但对月收入二三十块钱的人来说，也不是很便宜，不过相对于动辄几百块钱的进口表而言，那是小巫见大巫了。然而便宜无好货，便宜无档次，许多人对国产表的式样、功能、质量都看不上眼，反而对价钱高得有些承受不起的进口表羡慕不已。能戴上一块进口表，无疑是一些年轻人最高的奋斗目标。

买进口表要有经济实力啊！有趣的是我们大院那些年轻人中，女性家里都挺阔气，要么父母都有工作，要么家里原来就有点儿老底。记得有个女邻居的老爸在铁道部下属工厂工作，是七级工。铁道系统本来工资就比一般企业要高出不少，七级工差一点儿就到百元了，这在当时绝对是高收入，顶得上一个十七级干部的工资。另一个邻居也是女儿，而且是独生女。老爸老妈新中国成立前就做工，资历很老。新中国成立后老爸在厂里担任中层干部，老妈继续在纺织厂工作，两口子加起来一个月有 150 多块钱收入，平均每人 50 多块，赶上有些家庭的总收入了。邻居们羡慕得不得了！

几个男的家就差一些了，父亲几乎都是纯粹的工人，也不是挣钱的特殊工种，五十多块钱封顶。有的母亲还没有工作，光靠老爸一个人那点儿工资，显然吃力，但这并不影响孩子们日后的攀比和奢侈。

先开始露富的是一个姓杨的姑娘，当临时工才半年，竟戴上了"英纳格"。这种瑞士表在当时那个年代卖 290 多块钱，是典型的奢侈品。杨姑娘家其实并不太富裕，母亲在一家街办工厂当工人，哥哥虽有工作但还没结婚，需要攒钱娶媳妇。不过，杨姑娘已过世的父亲在新中国成立前曾当过一家大工厂的销售厂长，很可能有点儿底货。起先谁也没发现杨姑娘戴着一块如此惊人的名表。后来一天，邻居们在大院里乘凉，杨姑娘也拎着小凳坐在一边。突然一个叫园子的男青年发现了秘密，他凑到杨姑娘面前一把抓住她的胳膊，仔细看了看，惊讶地问："你什么时候买的？"杨姑娘抽回胳膊，一副漫不经心的样子说："都戴好几天了。""准吧？""准，我对过，一天差不了三秒。"杨姑娘小心抚摸着表，好像生怕弄坏了。

当天晚上，全院的人都在议论杨姑娘的表。当然说得最激烈的是那些姑娘，什么"人家家底厚，有存货"，什么"人家会过日子，能省吃俭用"，什么"人家从不在乎穿戴，全攒成钱了"……嫉妒恨全有了。也有人说："戴块名表有什么用？不照旧是个临时工！哼，钱都让她花了，看她哥哥拿什么娶媳妇。"最邪乎的是还有人忠告杨姑娘："晚上出去小心，别让人剁了胳膊！"吓死人了！

闲言碎语过去了，但大院依然不平静。一周后，一个刘姓姑娘戴上了同样牌子的表，不同的是，她的表盘比杨姑娘的要大，价钱也贵 20 多块。

　　大院再次轰动。不过这次的议论好像平和了一些，因为刘姑娘的爷爷在北京是工程师，挣的工资多，又就这么一个孙女，舍得花钱。有一年刘姑娘去北京看望爷爷，爷爷给了她50块零花钱。那年代，50块绝对是大钱。现在买块300来块钱的表，说起来也算不了什么。

　　接下来轰动的是园子。园子在大院里算是美男子了，个高不说，脸盘也好看，浓眉大眼，是那个年代典型的帅哥。他在一家不大的工厂跑供销，工作也不错，本来就招同龄人的嫉妒。再加上他周围追他的姑娘一群一堆的，就更让人看了心里不是个滋味了。

　　园子跟他爷爷奶奶生活，奶奶没工作，爷爷是个老供销，60多岁了厂里也不让退。园子家的收入并不高，别看爷爷工龄很长，但也就挣六十来块钱，平时还喜欢喝两口，又要养活奶奶，一个月下来基本剩不下钱。好在奶奶是个特别能过日子的人，精打细算，家里的一针一线都算计着。据说园子没参加工作那阵子，全家吃爷爷的工资，奶奶每个月还能攒上六七块钱。园子初中毕业参加了工作，这比起以前要宽裕多了。但是园子是个花钱大手大脚的人，奶奶每月要给他十块钱零花钱，他全花光了不说，还动不动找理由再跟奶奶要。奶奶惯孩子，日子虽过得仔细，但孙子开口从没让失望过。

　　园子的钱大部分花在了女人身上。那个年代下饭馆是很奢侈的事，但园子隔三岔五就领着女朋友去一次。虽然一块两块就能打发，但就怕次数多了。园子还有个特点，愿意充大，有时候别人要付钱他偏不让，争着抢着掏腰包。有一次还闹了笑话，他跟刚认识的女朋友吃完饭，要结账了发现身上的钱不够。也巧了，女朋友那天身上就装了两毛钱的车钱。人家饭店不干，非让园子回家去取，否则要叫警察。没法子，园子只好把女朋友当人质押在那里，然后自己跑回家来要钱。也算他倒霉，那天他爷爷休息，正在家喝酒。园子很怕爷爷，因为做了错事爷爷不客气，动不动就大骂，园子老老实实听着，一句也不敢争辩。奶奶问园子吃饭没有，园子不敢说下饭馆了，撒谎在同事家吃了。结果喝了酒的爷爷借题发挥又把园子好一顿教训。好不容易趁爷爷去厕所的空儿，园子跟奶奶要钱。开始奶奶不给，园子急了说不还饭馆的钱，警察就要到家里抓人，吓得奶奶赶紧掏出两块钱。

谁也没想到园子竟然买了一块日本的西铁城男表。一块西铁城的价钱能买两块国产上海表。这也太奢侈了！邻居都说，这一定是奶奶给的钱。惯孙子，没治了！

园子有了名表后身价似乎又高了许多，来找他的姑娘更多更频了。院里的大人都开玩笑说，园子该开个恋爱工厂了。

是不是因为手表的效用让园子更加吸引姑娘，这只是邻居们的猜测和调侃，当然里面还有嫉妒的成分。但一个就业不长时间的年轻人能戴上几百块钱的进口表，也确实让一些姑娘动心。拿现在有些人的想法，没准以为园子是个富二代。那年头，没有更多的东西能炫富，手表算是最直接的了。

园子的西铁城对大院其他小伙子的刺激达到了顶峰。那阵子家家的话题都是手表，邻居们夏天聚在大门洞里乘凉，几句闲话过渡，便很快扯到手表上，然后讨论买什么样的表最好最耐用最时髦最合算，好像我们大院是手表商店一样。最有趣的是，有一个生病在家休长假的小伙子，竟不辞辛苦，今天跑到市南区，明天赶到市北区，后天再借了自行车去四方区，大后天甚至倒了两次车去了崂山县，专门去看各种手表，比较价格，询问功能。为了省钱，他能不坐车就不坐车，全靠两条腿。路远，耽误了中午饭，他就自带干粮和水。几趟下来，他竟成了手表专家，不管问什么表他马上就能回答出是哪个国家出的，功能是什么，价格是多少。以至于后来左邻右舍要买表都慕名前来找他咨询。遗憾的是，迄今他也没戴上块名表，全为别人尽义务，也全看着别人欢喜了。

大院里买进口表进入白热化，标志是张姓人家的两个女儿同时买上了瑞士表。一下子拿出 600 多块钱，这无疑是放了卫星。不光我们大院，周围的邻居那些日子都在反复传说着这奇迹般的消费。

的确，600 块钱对有些家庭来说，是个天文数字。当时平均一个月六七块钱生活费的人不在少数。如此一算，600 块钱的概念就是不吃不喝也得攒将近十年啊！

其实大院里能掏出钱来买名表的人家，大都是从饭碗里抠出来的。即便是有点老底子的人家也不敢一边买表一边再像以前那样大手大脚了。我记得张家两个姑娘戴上名表后，有两三年没添一件新衣服。园子买了西铁城的那段时间，10 块钱的零花钱变成了 2 块，更不要说去下什么饭馆了。

招摇的风气也影响到了我们家。当时只有哥哥算是小伙子，我和弟弟还没长大，但我们很支持哥哥也去买名表。孩子的虚荣心有时比成年人更重。我和哥哥去过台东一家表店无数次。每次哥哥都会指着那块日本产的精工舍让我看。说实话我当时对什么名牌不名牌的也不懂。在以后的几十年里，我印象里一共戴过三块表：一块母亲戴过的旧瑞士表，一块买时 78 块钱但很快就不值一文的电子表，一块妻子送我的带有小猫缠线球图案的石英表。哥哥当年很看重也很喜欢那块表，因为那表不光样式特别，而且是全自动带日历和星期的，功能在当时的手表里面算是最全的。哥哥是如何说动母亲的我记不清了，但是我清楚地记得一个星期天的上午，我跟着母亲和哥哥去了那家表店。售货员认识母亲，听说她要买那块价值 324 块钱的表，说话都有些颤抖了。当母亲把一沓钞票递上后，他哆嗦着手竟数了四五遍，边数还边说："真有钱，真有钱。"其实他不知道，当时母亲一个月只挣 66 块 5 毛钱，要养活我们弟兄三个，那些钱也是从各个环节抠出来的。

哥哥的精工舍当时创了大院表价的最高，但很快又被一个姓崔的姑娘刷新了纪录。崔姑娘就是那个独生女，父母都是国营厂的老工人，本来就挣钱不少。再加上崔姑娘中学毕业后很快也就了业，所以拿出几百块钱来并不头沉。这是我们大院唯一不会因为买进口表而节衣缩食的人家。那个年代在平民百姓阶层里，有这种实力的人家，可以说凤毛麟角。

其实，崔姑娘本来是个很不热心追求时髦的人，但别人都热火朝天地去招摇显阔，她终于也沉不住气了。崔姑娘的表是真正的名表，浪琴牌，400多块钱。不过她戴上这块表时，并没像以前那样在邻居中引起轩然大波，议论的话语反而少了，毕竟前面有了好几块名表作铺垫了。

手腕上的光环，似乎并没有给那些拥有者带来过多的好处。那些自以为很耀眼的光泽，照亮的更多的是那颗虚荣的心。充其量是自娱自乐，自我满足，甚至是孤芳自赏而已。当时哥哥在挖干道，买了精工舍后照挖不说，还挖了一年。那块他喜欢的手表只能在上下班的路上戴着过过瘾。崔姑娘买表不到半年就参军走了，她不敢戴那块价值不菲的表去部队，只能把表放在家里的抽屉里沉睡了四五年，等她复员回来时，大院里戴好表的人多了，她的表变得并不显赫了。杨姑娘最可怜，她的丈夫在她不到40岁的时候就患上癌症去世了，留下她和不懂事的孩子走过了艰苦的日子。园子更麻烦，找了个漂亮媳妇本是件幸福的事，但因为拿回扣的问题被审查了好长时间，元气全伤了。张家的两个姑娘当时是很风光，但后来国企改革，第一批就下了岗，年纪轻轻内退在家当了家庭妇女，据说后来的日子过得也很一般。

手腕上的光鲜犹如昙花一现，说起来有些悲哀和无奈。

前些日子与老邻居聚会，突然想起了当年买表的事，说来说去觉得当时真有些犯傻：为什么要勒着肚子去攀比啊？不过静下心再仔细想想，那个时代可追求的东西太少，物质上有些满足就觉得很风光了，哪像今天要追求的东西这么多啊！

说到这里算是释然了。回家打开电视，放眼那些当红明星、大腕，哪个不是珠光宝气，光彩四射？手腕上若是清清爽爽的，定是怀疑出门忘带首饰盒了。再回头看周边熟悉的女人，老的少的，手腕上不戴个镯子、链子，似乎对不住自己似的。至于那些有钱的主儿，弄个伯爵、劳力士往腕上一戴，更不在话下。

时代变了，手腕上的"季节"也在变，这说起来也是正常啊！

特别的八大关

　　许多城市都有一些特殊的地方，为这个城市增光添彩。要么是名人效应，要么是景色缘故，要么是历史遗址，要么是重大事件，要么是特色建筑。

　　青岛有个"八大关"。到过青岛，必定知道八大关；没到过青岛，许多人也可能听说过八大关。

　　八大关，是青岛的地标，而且名副其实。

　　因为住在青岛，所以经常去八大关。有的时候不是刻意而去，只是路经或擦肩而过，但每回都会有股莫名其妙的感慨和不可名状的激动，说到底还是喜欢。

　　八大关因路名而名扬四海。她位于青岛市市南区太平角汇泉湾，是著名的疗养区和风景区。这里有十条以海内著名关隘命名的马路：宁武关路、紫荆关路、韶关路、函谷关路、嘉峪关路、武胜关路、居庸关路、临淮关路、正阳关路、山海关路。仔细数来，明明是十条关路，为什么非要称作八大关？官方查不到明确的说法，但坊间推测，"八"是吉数，国人特别崇尚。取八，应该是约定俗成的共识。这个说法在青岛其他地域名称上也得到验证。除了八大关，青岛还有八大峡、八大湖等。

　　中国疆域广阔，关隘数千，但被视为特别重要的关隘多分布在长城内外，八大关囊括了其中绝大多数。所以，踏上八大关便有一种行走中国大地的自豪，也有登上长城遥望边关的感觉。每每在这些路上行走，都会禁不住在脑海中梳理雄伟关隘的传说与故事，心中自然涌起一股激情，由衷地叹服老祖宗和前辈们的智慧与英勇，感慨来之不易的和平与安逸。当年能想到以关隘命名马路的决策者，绝非俗人。据说起初并没有以关隘命名的设想，而是更多的青睐于山东省所属的县城，如临沂一路、临沂二路、石岛路等。倘若一味坚持钟情于地方情结，或许就没有今天八大关的名气和魅力了。

喜欢八大关，不光因为其独特的地理环境和优美的景色，更多的是因为她的特别。

二十世纪二三十年代，青岛在德国、日本等列强的争夺下，逐步跨入开放城市行列，其地位更加显要，国民政府将其定位为全国五大直辖市之一，八大关借势应运而生。这块特殊区域沿汇泉湾、太平湾，进而延伸至湛山湾、浮山湾，地势起伏，花木葱茏，空气清新，环境幽雅，被确定为"特别规定建筑地"。

顾名思义，建筑要特别。现在回头看，还真有些佩服当时规划专家们的高瞻远瞩、目光远大、意识超前。二十世纪三十年代初颁布的《青岛市暂行建筑规划》，就对八大关的建筑密度、体量、高度、空间、尺度、如何保护绿地、必须采用透空围墙等都做了详细规定。这为八大关合理、科学的建筑布局奠定了坚实的基础。八大关的建筑是一道亮丽的风景，不仅在青岛，就是在全国甚至在世界也占一席之地。建筑是石头的史书。每年许多名牌大学建筑专业的学生都要到八大关考察、观摩、广开眼界，了解各国建筑特点。当年参与八大关建设的建筑师来自众多国家：英国、美国、德国、俄国、日本、法国、丹麦、意大利、挪威、澳大利亚、立陶宛、白俄罗斯、乌克兰、瑞士、瑞典、比利时、匈牙利、捷克、奥地利和韩国。这些来自异国他乡的建筑师，带来了各自国家的建筑思想、理念和实践，使八大关汇集了古希腊式、古罗马式、拜占庭式、巴拉克式、洛可可式、新艺术、折中主义、田园风式等多种建筑风格。在八大关漫步,你可以随时看到俄式、英式、法式、德式、美式、日式、丹麦式等许多特点鲜明的住宅,琳琅满目,多姿多彩,"万国建筑博览会"的美誉不是空穴来风。

在八大关欣赏建筑是一种极妙的享受。漫步在幽静的街巷,环顾四周,遥望远方,从那些不同风格、样式的建筑物上,你可以联想到许多,想象到许多,回忆到许多。这里的每一块石料、木材、玻璃、砖瓦,像是斑斓多彩的建筑万花筒,无不展示着神奇的光彩和闪烁的灵光,处处弥漫着艺术的气息。人们可以从中感受异国风情的趣味,体味时光的沧桑,进而更加珍惜今天的幸福,期望未来的美好。

许多人都以为,八大关的建筑都出自外国设计师之手,其实这是一种误解。八大关三百多栋异彩纷呈的别墅,建筑风格总体是国外的不假,但其中贯穿着中国建筑理念,中西文化交相辉映,使其更加熠熠生辉。这里的许多杰作都出自中国建筑师之手。最著名的花石楼,是二十世纪三十年代一位中国建筑师主导设计,另外三位中国人参与设计的欧洲城堡式建筑。这座极有代表性的建筑,体现了中国建筑师在融合多元文化、展现现代主义艺术方面的高深造诣。许多游人会为这栋傲然屹立在海岬上的雄伟建筑着迷,就连土生土长的青岛人也会禁不住驻足再仔细观望一会儿。如果不是这些年建筑档案解密,很少有人会相信这是中国建筑师的大手笔。

八大关的建筑给人以庄重、典雅,甚至震撼的感觉,但这些仅仅是八大关特别的一部分。八大关的美更多是来自大自然,来自四季生机无限的绿色生命。八大关的每一条道路都有一种不同的植物作为代表,有"一关一树,关关不同"之说。在山海关路,生长着法桐;居庸关路是银杏;临淮关路是龙柏;正阳关路是紫薇;嘉峪关路是五角枫;韶关路是碧桃;宁武关路是海棠和枫树;紫荆关路是雪松。

什么季节开什么样的花,四季轮回,花树缤纷,八大关永远充满了生机，给人无尽的希望。春天的碧桃、海棠盛开，夏天紫薇仙子飘逸，即便是到了秋天，满地的五角枫、海棠叶、木槿花瓣，同样绚烂无比，至于冬天的雪松与龙柏则是高大挺立，如果来一场大雪，那景色更加超然壮观。

淡淡的花香、缤纷的秋叶、参天的大树，加上林中的小路、雪中的五角亭，再伴随着远处的涛声、近处的鸟鸣，八大关始终在洋溢着蓬勃的朝气，充满了浪漫，令人流连忘返。只要是好天气，无论春夏秋冬，你都会看到穿婚纱的新娘，着西服的新郎，挽着手臂在花街上、在秋叶中、在白雪里拍照留影。那些青春妙龄的男男女女，更会选择在自己喜欢的时节，徜徉、漫步、奔跑在树荫下、余晖中，尽情地呼吸着大自然馈赠的新鲜空气，抒发着自己美好的胸臆。

八大关幽静、美丽、温馨，别有意境，但也充满了神秘，构成了另一种特别。她与秦皇岛的北戴河、庐山的牯岭、厦门的鼓浪屿并称中国四大别墅区，这就决定了她的“主人”的身份非同一般。民国时期的八大关，住着有钱的建筑师、国内政要、工商巨子、大学教授、医生、音乐家、传教士。二十世纪三十年代，汪精卫从南京跑到青岛，曾住在韩复榘的别墅里。他声称“与大海为友，不问政治”，但后来却做了大汉奸。人民政府接管了这块“特别地”后，一些别墅变成了疗养院，每年接待飞行员和立功受奖的将士疗养休息。正是有部队的驻扎，“文化大革命”中这些珍稀的建筑群才得以良好的保护。

在八大关居住，会有一种自豪感和优越感。因为八大关是党和国家领导人的下榻之地，也是休息、办公之地。1957年，毛泽东主席来青岛，并在位于八大关的第二海水浴场游泳，见此处安静风凉，遂决定在此召开政治局会议和政治局扩大会议。很难想象，当年在一处普通的沙滩上的一个普通的凉棚里，竟然坐着中国共产党的主席、常委，政治局委员和各个省的省委书记们。毛主席在会上做了《一九五七年夏季的形势》的著名报告。

现在八大关里的宾馆、饭店对所有人开放，一些私人别墅变成了会所，但总还有一些铁门紧闭、围墙上长满花木的小院不被人所知。据知情人所言，那些不过是主人长期不来居住闲置而已，其实毫无秘密可言。但在外人看来，还是充满了疑惑。

八大关曾被梁思成先生赞誉为"青岛最美的地区"，青岛也曾被誉为"东方的瑞士"，其根据大都因八大关这处特别的地域。实际上，八大关的地理位置和环境比以田园风光取胜的瑞士更特别一些：背靠太平山，面朝大海。八大关的每一条路，无论是笔直伸展，还是曲径通幽，都通向大海。八大关的每一条路、每一栋别墅、每一株树木，时时刻刻都在接受海风的吹拂，享受着大海的滋润。海洋与田园风光完美的结合，孕育出更和谐的自然之美。大海的浩瀚、幽秘、开阔，田园的恬静、清秀、精巧，打造着珠联璧合的奇特地标，散发着深厚而浓郁的艺术气息。

八大关是青岛人的骄傲，是这个城市的精髓。她承载着历史，展现着当下，预示着未来。许多建筑商打出招牌，要再打造第二个八大关。这让人振奋，更让人期待。但愿不久的将来，理想会成为现实，青岛会有更多的八大关。

特别的拜年

　　大院里的孩子都特别喜欢过年，因为过年的时候可以吃好东西、穿新衣服、放鞭炮、有压岁钱，而且可以串门拜年，这也是很有意思的事。

　　说起来平时也串门，但那大多是小伙伴之间的游戏，东家串西家，南家到北家，见的都是熟面孔，说的都是些不咸不淡的平常话，听上去索然无味，让人没多大兴趣。过年就热闹多了，大年初一一大早就开始，一会儿来一群人，一会儿又来一帮人，邻居亲戚、朋友同学，大家都穿得干干净净、利利索索，脸上挂满笑容，张口全是吉祥的祝福。这家走了，那家来，热热闹闹，红红火火，整个大地都弥漫着欢乐喜庆的气氛。

　　拜年的时候，小伙伴们都闲不住，不是跟在大人屁股后面跑前跑后地瞎忙活，就是跑到人多的邻居家看热闹。当拜年大潮开始消退时，小伙伴们会凑在一起，数着指头评判，比比今年谁家来拜年的人最多，谁家来的客人最有"派"。

　　人多自然让人羡慕眼馋，说明这家人有人缘，有吸引力。孩子们都希望来拜年的人越多越好，那样在小伙伴面前说话都有气势。大院里每年拜年时来人最多的永远是大麒家，他爸妈都是老师，教了二十多年学了，学生一届又一届，那真是桃李满天下。大麒家每年光买糖就比别人家多花不少钱。除了人多，小伙伴们还要评出最有"派"的。所谓的"派"，就是有点儿卓尔不群的意思。那样更有魅力，也更能让人羡慕。那年，国元的爷爷来大院过年，就"派"了一回。国元爷爷抗战初期就参加了八路军，资历很老。新中国成立后，他转业到一家大工厂工作，后来因病提前退养了。初一早上，一辆北京牌吉普车停在大院门口，厂里的党委书记来给他拜年。

坐着吉普车来拜年，这在大院是开天辟地第一回，整个大院都轰动了。不少邻居站在门前看热闹。孩子们不顾忌，围在国元家门口吵吵嚷嚷，探头探脑，害得国元爸爸一次次跑出来维持秩序。书记走后，小伙伴们问国元："怎么不让你爷爷跟书记说说，咱也坐一下吉普车过过瘾啊？"国元挠挠头，恍然大悟似的睁大眼。他一定后悔当时没想到这点。

小伙伴们叽叽喳喳时，有一个人总是静静地听着，一言不发。那是丫丫。丫丫是大院的老住户，她爸妈就在大院旁边的工厂做工，从新中国成立前一直做到现在。丫丫有两个哥哥，大哥大国几年前当兵去了西藏，是运输兵。小伙伴们都看过他坐在解放牌大汽车里，戴着棉帽子，穿着绿军装，手握方向盘的照片，神气极了。丫丫爸妈都是老实巴交的人，每天上班下班，然后就是待在家里，平时很少与人交往，加上亲戚也很少，所以过年时除了邻居之间互相串门拜年外，很少再见到有人来。或许是因为这个原因，丫丫跟小伙伴们在一起谈论拜年时，从来都是光听不作声。

但有一天丫丫突然开口了，而且特别兴奋。原来大国被批准回家探亲，可以在家过年了。大国有许多同学和朋友，他回来一定会有许多人来拜年。小伙伴们一听也很高兴，他们可以看到穿军装的大国了，也可以看到来找大国的那些朋友了，那时大院一定会更热闹。然而，被盼着的大国一直没回来，却来了另一些人。那是深冬的一个下午，丫丫家挤满了人，其中还有穿军装的。他们在丫丫家待了好长时间，离开时丫丫的爸妈没有出来送。这让邻居们感到奇怪，丫丫爸妈老实不假，但平时待人接物很有礼貌。这次是怎么了？晚上，邻居们听到丫丫妈的哭声，尽管声音不大，但邻居们听得出，那是撕心裂肺的哭泣。

第二天，大院里所有的人都知道了，大国牺牲了。至于是怎样牺牲的，邻居们并不太知道详情，只隐约知道，他挽救了 12 个藏民的生命。当地政府和藏民十分感激，专门派人来接丫丫的爸妈去西藏看看。丫丫爸妈没去。丫丫对小伙伴们说，爸妈不想去惊动大哥，希望他在雪域高原静静地安息吧。

丫丫说这话时，眼里噙着泪水，小伙伴们听了都默默地低下了头。后来一个小伙伴说，过年时要第一个去她家拜年。其他小伙伴听了纷纷跟上，都说也要第一个去丫丫家拜年。丫丫听了双手捂住了脸。

这年大年初一天空特别晴朗，阳光明媚，是难得的好天气。

丫丫说，这天气跟西藏一定是一样的。因为大哥曾来信说过，西藏的天气好时晴空万里，到处是阳光。

上午，大院来了一群穿军装的年轻人，仔细一数，竟然有五位。这么多的解放军来大院，邻居们还是第一次见到，好奇的目光一下子集中投来。

"你们找谁呀？"

"刘立国，我们要找刘立国家。"

"刘立国是谁啊，没听说这个名字啊？"

"怎么没听说？刘立国就是大国嘛，丫丫的大哥啊！"

"哦，平时光叫小名，忘了大国的大号是刘立国了！"

众人说着簇拥着五位军人向丫丫家走去。

打开门，看到门口站立的军人，丫丫爸妈愣住了。

"您好，大叔大妈。我们是区武装部的，受阿里军分区的委托，来给两位老人和您全家拜年。我们都是刘立国的兄弟、战友，也是您二位的儿子。敬礼！"

随着整齐的立正声，五只年轻有力的大手一齐举起。

丫丫爸妈的泪水瞬间滚了下来，背后站着的邻居们被这动人、庄重的场面感染，一个个屏住呼吸，深情而敬慕地望着激动不已的丫丫全家。几个小伙伴情不自禁地学着那些军人的样子，也举起了稚嫩的小手，认真打着敬礼。

整个正月里，甚至多年之后，邻居们还一直回味着那次特别的拜年。

话崂山

　　朋友到青岛，问其想到何处看看。朋友一口说出崂山，并言之："来青岛不去崂山岂不遗憾？"

　　提起崂山，人们自然会将其与青岛联系在一起。崂山位于青岛市东部，但青岛的历史跟崂山比起来，那真乃小巫见大巫了。

　　崂山形成于上亿年前的白垩纪，经过漫长岁月的沧桑巨变，天工造化，在大自然的雕琢中，形成了雄伟、壮观、奇特、秀丽的地貌形态。崂山古为东夷地，春秋时属齐国。秦统一后，置琅琊郡，汉设不其县，隋开皇十六年置即墨县，崂山皆属之。青岛是在120多年前才建置的，由一个小渔村慢慢发展成今天的一座现代化国际城市。历史虽短，但青岛的名气不可小觑，除了沿海优美的地理环境和浪漫的城市风貌这些原因外，更重要的还在于其怀拥着闻名遐迩的崂山。

　　登崂山没有太累的感觉。与泰山、黄山等三山五岳相比，崂山不能算是大山，其总面积仅446平方公里，主峰海拔也只有1132.7米。但崂山耸立于黄海之滨，海岸线长87.3公里，东部和南部紧逼大海，形成山海相连、云气离合、明霞云涛、烟雾升腾的独特景观。登山而望，蜿蜒曲折的海岸构成了许多岬角和海湾，周围大大小小的岛屿礁石似繁星点点，星罗棋布。如果从海上看山，只见群山连绵、奇峰异石、古树名花、深谷幽洞、云雾缭绕。沿盘山路顺势而上，俯首观海，更是一片烟波浩渺、飞瀑鸣泉、水天一色的美丽景色了。

如果仅为观山望海，反而显得味道不足，意犹未尽了。其实，崂山的文化内涵同样博大精深，令人称奇，足以与其山海风光媲美。现在，许多游客到崂山不再单纯因为自然风情，更多的是探索人文景观。

"神窟仙宅""洞天福地"是崂山得来的美誉，备受帝王将相、文人墨客之推崇，深为隐者贤士、名道高僧所垂青。史书记载，秦始皇登过崂山，由此遥望蓬莱。徐福远渡寻求仙药，据说也是从崂山出发入海。这倒有些道理，因为崂山离东瀛的距离确实不远。汉武帝也曾驾临崂山，为祭祀神人。东汉大学问家逢蒙、郑玄以及南北朝的明僧绍先后在崂山建过书院，著书授徒。赫赫有名的唐代大诗人李白更是足迹遍布崂山，并留下了"我昔东海上，劳山餐紫霞"的千古名句。元代礼部尚书王思诚和大学士张起岩、文人戴良，明代大学士高弘图、御史黄宗昌，清代著名学者顾炎武、王士祯、翰林尹琳基等人，都曾在崂山留下了脍炙人口的诗文佳作。其中南燕地理家晏谟的"泰山虽云高，不如东海崂"一句最为有名，这十个字被青岛人引用的频率最高，其意不言而喻。

当然，最令青岛人镂骨铭肌的还是大文学家蒲松龄，他的作品为崂山平添了无数光彩。据专家考证，蒲松龄曾于1672年到过崂山，并将崂山视为第二故乡。在崂山的日子里，他触景生情，文思泉涌，构思并完成了日后被评价为"写人写鬼高人一等，刺贪刺虐入木三分"的奇书异文。《聊斋志异》共有四百多篇故事，其中有八篇是以崂山为题材或以崂山为背景的，这些作品都源自活生生的现实。崂山三官殿前有红白两株耐冬，传说是明朝崂山道士张三丰从长门岩岛上移植过来的。耐冬盛开时正值隆冬季节，却能迎风怒放，如火如荼，一片艳红，每朵花都贴到了叶面，好像在树上落下一层厚厚的"红雪"。蒲松龄见到这一奇观，加之丰富想象，把这两株花变成了对爱情和友谊坚贞不渝的女子：绛雪和香玉，小说《绛雪》

和《香玉》由此诞生。如今每逢有客人到下清宫参观，导游都会自豪地介绍这两株蔚为壮观的耐冬，以及由其演绎出的凄美爱情故事。

到了近代，涉足崂山的名人越来越多。康有为、孙中山、蔡元培、闻一多、沈从文、梁实秋、郁达夫、郭沫若、臧克家、贺敬之等，都慕名游览过崂山。其中许多人留下了大量的诗文、游记、专著，或传诵于世，或镌刻于石。1934 年，郁达夫应朋友之邀来到崂山，被这里的风光所陶醉，一时激情如潮，挥笔写了"柳台石屋接澄潭，云雾深藏蔚竹庵。十里清溪千尺瀑，果然风景似江南"的诗句。这首小诗虽短，却道出了崂山蔚竹庵秀美的特色，使崂山盛名远播。47 年后，著名书画大家黄苗子携夫人郁风来到崂山。郁风是郁达夫的侄女，见到叔叔近半个世纪前的佳作，她感慨万分。黄苗子当场挥毫书写了郁达夫的这首诗，后来被刻在内九水的二水路边双石屋村中的巨石上，成为一段美谈。

游崂山少不了去观瞻僧寺道观。自春秋战国至秦汉时期，就有方士、巫师在崂山餐霞修炼，唐、宋两代崂山道教肇兴，至明代达到鼎盛，遂有"九宫八观七十二庵"之繁荣，使崂山成为道教全真天下第二丛林。

说道教不能不提道教音乐。崂山道乐是道教音乐中独具特色的一大分支，经过两千多年的不断丰富和完善，在功能和韵律风格上都形成了鲜明的特色。现在游客们经常光顾的太清宫是道士们的重要活动场所。道士们上早课、晚课的经文都配有一定的曲谱。这种曲谱不仅可以使道众诵经众口一致，更显高雅、清淡、飘逸之质，而且有清喉抒胸，提高吐纳效果和凝神聚精的作用，有助于道众内功修炼，促进身心健康。崂山道士中高寿者极多，据说与其乐韵的美感有很大关系。作为传统文化，道教音乐已引起各级政府重视，被列为国家级非物质文化遗产。崂山区每年都要组织文艺爱好者和学生模仿古人吟诵的场景，进行专场演出。一些民间团体也在积极探讨和研究道乐的精髓和内涵。道乐正逐步被继承传播下来，成为青岛文化发展的一枝花束。

　　山与山不一样，有的因郁郁葱葱的植被令人折服，有的因陡峭险峻的山势引人惊叹，而崂山因石料优良闻名天下，美誉四方。矗立在北京的人民英雄纪念碑的碑心石料便是来自崂山。当年7000多名工人日夜奋战，将300吨重的巨石从崂山山脉中剥离取出，运往首都。实际上，崂山还有一种石料鲜为人知，那就是堪称一绝的绿石。崂山绿石是宫廷贡品，更是文人雅士的爱物。这种矿石产自近海水中，由各种矿物结晶组合而成，因含翠绿色的矿物纤维组织而呈墨绿色，故称绿石。崂山绿石的色彩非常丰富，打磨后温润而晶莹剔透。看上去就像一幅韵味无比的天然图画，又像意境朦胧、含蓄的立体诗篇，具有一种独特的艺术魅力。改革开放前，崂山绿石虽有名气，但仅限于文友圈子里相互传赠把玩，一般老百姓很难拥有。随着物质生活水平的提高，许多人把家中有块上好的崂山绿石当作一景，更当作文化品位的象征。有一段时间，开采疯狂无序，后来政府下令封海严禁采取。所以现在如果有谁用一块崂山绿石相赠，那可真算是丰厚的大礼了。

五月槐花香

朋友打来电话，让晚上去他家吃槐花包子。他母亲刚从老家赶来，带来许多新鲜槐花，他知道我喜欢吃这口，于是热情相邀。

确实，我喜欢吃用槐花做馅的包子。以前住在大杂院，每到槐花盛开时，院里的大人孩子便会提着篮子，搬着小凳，拿着铁钩子去摘槐花。那时马路两侧种满了开着白色花瓣的槐树，远远望去，像白色的花海，煞是壮观。树多，花也多，一会儿就能摘一篮子。拿回去用清水略微一冲，便可以做各种菜肴。最简单、最普通的是炒鸡蛋，把鸡蛋和槐花搅在一起，放进锅里炒，鸡蛋熟了，菜就成了。蒸槐花也比较容易，把槐花和面粉混在一起拌匀，再加点盐、味精，放进笼屉里蒸，出锅便可以蘸着大蒜或面酱之类的调料吃了。

这些都是"小儿科"，复杂点儿的是槐花包子。猪肉、槐花，是主打原料。猪肉要肥瘦相间，只肥不瘦太腻，太瘦则没味道。槐花最好先用开水焯一下，一方面更卫生些，另一方面更实落，还有就是槐花有点儿苦，开水一焯也可以淡化一下苦味。有的人还喜欢放点韭菜或大葱，说实话，我没觉得这样好吃，反而感到有点儿多此一举，或者是喧宾夺主。我最喜欢的是纯槐花和猪肉馅的包子。那味道，想起来就抑制不住大馋虫一个劲儿地往上涌。

朋友家的槐花包子味道正宗，这是因为他母亲是鼓捣槐花的"老手"。许多人喜欢吃但未必会包，不是技术问题，而是馅的味道很难调到好处，这需要经验。南方人在这方面似乎逊于北方人，原因是槐树属于温带树种，不但喜欢光，更喜干冷气候，多生长在黄土高原、东北、华北平原。见得多吃得多，日积月累，自然熟中生巧。槐花开花时节，北方不少饭店有槐花系列菜肴，就是靠山吃山、靠水吃水的最好印证。

槐树是大自然的产物，有着植物共有的特质，却又是适应性极强的物种。它不像其他花卉树木那样矫情，只适合在安谧的环境中生长。它耐得住烟尘，不惧吵闹，能在嘈杂的城市环境中茁壮成长，且寿命很长。我们大院门外的槐树打我记事时就有，母亲说，别说我记事时了，她二十世纪三十年代搬来时，那些槐树就矗立在那儿，算起来怎么也有个百八十年了。马路上每天有无数汽车、自行车和来来往往的人群经过，尾气、汽车喇叭声、喧闹声，这些对槐树似乎没有任何影响。要不是拆迁改造伐树让道，槐树再生长个百十年恐怕也不会枯萎。只可惜，城市化进程反而株连了那些无辜的自然生态，让其变为记忆，只能铭刻在人们的脑海之中。

槐树在每年的四五月间开花，五月为多，主要看气候。往往先是极少花蕾吐芳，白天露出一点白头，一夜间突然变成满树花瓣。一串串洁白的槐花缀满树枝，空气中弥漫着淡淡的素雅的清香，沁人心脾。这时凡从槐树下走过的人，都会换上一种愉悦的心情，都会情不自禁地张开嘴巴，大口呼吸着清新的槐香，脸上荡起甜蜜的微笑。我们院里的人傍晚时还会搬一个马扎子或小凳坐在槐树下拉呱、说笑、打闹，当然也少不了顺手摘些槐花含在嘴里慢慢品尝滋味。

槐花赏心悦目，但花期不长，短则十天八日，长也超不过半月。所以，槐花更多的贡献是满足人们的味蕾和食欲。槐花鸡蛋饼、槐花肉末饼、槐花鸡蛋汤、蒸槐花、肉米槐花麦饭、两样面蒸槐花、槐花炒蛋、槐花饺子、猪肉槐花大包子、槐花包菜、槐花麦饭、蒸槐花饼、槐花疙瘩、槐花煎蛋、槐花肉丸汤……这些名目繁多、花样迭出的食谱，其实都离不开两个字：槐花。人们用这普普通通的皱缩而卷曲的花瓣，烹饪出溢满自然香气的美味佳肴，丰富着人们的餐桌。

槐花味道清香甘甜，是绿色环保食品，然而许多人并不知道，它还含有丰富的维生素和多种矿物质，具有清热解毒、凉血润肺、降血压、预防中风的功效。所以说吃槐花等于吃保健品一点儿都不夸张。

槐花以自己的美丽让人们心花怒放，同时又以自己的美味满足人们的口福，可谓是人类无私奉献型的好朋友。许多文人墨客赋诗作文赞美槐花。"槐林五月漾琼花，郁郁芬芳醉万家。春水碧波飘落处，浮香一路到天涯。"这首作者不详的诗作，被无数人引用，可见人们对槐花的钟情之意何等浓厚。白居易在《秋日》、子兰在《长安早秋》中都提到槐花："袅袅秋风多，槐花半成实""风舞槐花落御沟，终南山色入城秋"。

这些年城里的槐花不多了，取而代之的是一些可供欣赏的花木，这有点儿遗憾。在朋友家吃槐花包子时获知，我的老家——山东莱西市，种了万亩槐树，已经连续四年举办了槐花节。这消息让我振奋、欣慰，眼前立时呈现出那一棵棵浓密而高大的槐树，一股槐花香味扑鼻而来。

明年五月，我一定要回去看看我喜爱的槐花。

五月青岛美

五月的青岛，阳光灿烂，春风和煦，大地一片生机盎然。姹紫嫣红的鲜花争相开放，五颜六色的灯火交相辉映，把这个美丽的城市装扮得更加妖娆靓丽。大海在静静地呼吸着，海水轻轻拍打着岸边的礁石，荡起一朵朵细碎的浪花，跳跃着，奔跑着，犹如调皮的孩子在嬉戏玩耍。远处的琅琊台、大珠山、小珠山，再远处的崂山、天柱山、大泽山巍峨挺立，峰峦叠嶂，万木吐翠。风吹来时，摇曳的枝叶发出一阵阵声响，仿佛在召唤，在歌唱。

五月的青岛格外亮丽、清新、耀眼、漂亮，也格外令人瞩目。

文人笔下，青岛早就闻名遐迩。

当年康有为坐在青岛福山支路5号这座被其命名为"天游园"的居室里，挥毫给朋友写信。他推开了窗子，望着不远处的大海、树木、房屋、蓝天，顿时感到一阵清爽愉悦涌上心头，不由自主地赞叹一声，然后飞快写下："红瓦绿树，碧海蓝天，中国第一。"这是康有为触景生情的感慨，却不经意间为青岛的城市风貌留下了神来一笔。

走进老城区，登上小鱼山的览潮阁，你会看到当年康有为描述的青岛模样。那红红的瓦片、郁郁葱葱的绿叶、碧波粼粼的大海、湛蓝湛蓝的天空，缠绵交错，互为衬托，勾勒出一幅美丽壮观的城市图画。

建筑是一个城市的脸面。青岛是一个现代化城市，受欧洲建筑风格影响颇深。有"万国建筑"之称的八大关，集中了大量欧式建筑，其中不乏经典之作，迄今仍令建筑业内人士叹为观止，奉为"样板"。这些建筑设计很多出自国人之手，让这个城市显得卓尔不群。

五月，走进八大关会有意想不到的收获。不同的道路有着不同的路名，不同的路上盛开着不同的花、生长着不同的植物，映入眼帘的那些式样奇特的建筑，会让人觉得仿佛进入了童话世界。

许多人把青岛的美归结于大海，不过青岛的大海确实很特别。

老舍曾在青岛市市南区黄县路12号住过好长一段时间，在那里他完成了著名的小说《骆驼祥子》。

写作间隙，老舍会在院落里打打太极、练练剑，甚至舞舞刀棍，也会看着女儿舒济在草坪上爬来爬去，但更多的时候他会走向不远处的大海。在那里，他呼吸着新鲜空气，排遣写作时的疲倦。

老舍喜欢大海，对青岛的大海情有独钟。

"青岛的人怎能忘记下海呢？不过，说也奇怪，五月的海仿佛特别的绿，特别的可爱；也许是因为人们心里痛快吧？看一眼路旁的绿叶，再看一眼海，真的，这才明白了什么叫'春深似海'。"

春风、大海、绿叶，老舍想象丰富，联想有趣，对"春深似海"做了独特的诠释。这正是青岛的大海给他的灵感，如果不是身临其境，怎会有如此深刻的感悟呢？

大海不光因为其磅礴的气势和柔润的宁静给人带来震撼和喜爱，还给青岛的经济发展创造了巨大的财富。这些年青岛一直在"蓝色经济"上下功夫。得天独厚的自然条件给青岛带来了机遇，也带来了福气。每年上万亿的GDP中，有相当的比例来自大海。

有人说，青岛虽有海，但缺少高山峻岭。想想也是，比之黄山、泰山、武夷山，青岛真的无高山可炫耀。但可别忘了，青岛有崂山。山不在高，有仙则灵。

1930年鲜花盛开之际，大才女苏雪林从上海乘船奔赴"欲界仙都"——青岛。在青岛期间，她深为这里的绿树、沙滩、海浪、灯影等美景所折服，临别前，又游览了崂山的北九水、白云洞、明霞洞，还专门游历了太清宫，在那里追寻聊斋《香玉》中"绛雪"的踪影。崂山的澄蓝涧水、峰峦竞秀令其"流连爱赏，不忍舍去"。

苏雪林留下了许多描写青岛的美文，其中多处写到崂山，可见崂山在她心目中的地位。

崂山历史悠久，是一座充满文化气息的"雅山"。道教、佛教在此共存，这极为罕见。大文豪蒲松龄"深入生活"，曾来过崂山，在这里他以上清宫白牡丹的传说和太清宫的耐冬为题材，写就了脍炙人口的《香玉》，然后又受太清宫那道白墙的启示，写了更有名气的《劳山道士》。

如今那棵高七米、胸径六十厘米的特大山茶花（耐冬）依然挺立在太清宫，吸引着大量游人前来观赏。"景因人显，情因景生"，崂山的一山一水、一草一木都写满了故事，蕴含着丰富的历史文化内涵，难怪南燕尚书晏谟发出感慨："泰山虽云高，不如东海崂。"

五月的崂山山清水秀。清甜的崂山水会滋润你的肺腑，峻峭的崂顶会让你心胸更宽。

说起来青岛的云也是好看。

二十世纪三十年代初，沈从文应国立青岛大学校长杨振声之聘离开繁华的上海，来青岛任教。沈从文住在福山路3号，这是一幢优美的欧式小楼，从窗口就可以望见明朗阳光下随时变换颜色的海面和天光云影。沈从文曾在作品中说："云南的云变化最快；河北的云是一片黄；湖湘的云是一片灰；四川因高山将云分割又加浓……论色彩丰富，青岛海面上的云应当首屈一指。"

沈从文在青岛不仅创作上大为丰收，更大的收获是与心仪已久的恋人张兆和完成了持续三年的"情书"恋爱。从此，在福山路3号的阁楼里，不再是沈从文孑然一身。沈从文带张兆和几乎游遍了青岛最优美的地方，包括各处海滨、大大小小的山头和道教名山崂山。青岛多彩的云给他们带来幸福和甜蜜。

青岛本来就是座浪漫的城市，无论是春暖花开，还是夏风习习，到处洋溢着欢乐和笑声。海鲜、啤酒、咖啡、萨克斯、吉他，以及海边的木栈道、八大关曲径通幽的小路、五四广场的火炬雕塑、奥帆基地的情人坝、西海岸的金沙滩，构成了惬意舒畅又情趣盎然的休闲生活，让这里别有滋味，别有情调。

五月，正是无边光景一时新。在大海边、在游艇上、在花丛中举目仰望，你会看到洁白的云、吉祥的云、幸福的云。真的好浪漫，好美啊！

青岛人好客又朴实，这是传统，更是美德。

梁实秋曾住在青岛小鱼山脚下，这是一座普通的院落，居住着普通的市民。但梁实秋很喜欢这里，称"此（青岛）君子国也"。

"我初到青岛，看到人力车夫从不计较车资，乘客下车一律付与一角，路程远则付两角，无争论者。这是全国所没有的现象。青岛市面上绝少讨价还价的恶习。虽然小事一端，代表意义很大。无怪乎有人感叹，齐鲁本是圣人之邦，青岛焉能不绍其余绪？"

"我赁屋于鱼山路七号，房主王君乃铁路局职员，以其薄薪多年积蓄成此小筑。我于租满前三个月退租离去，仍依约付足全年租赁，王君坚不肯收，争执不已，声达户外。"

两件小事让梁实秋感动，写在文章里宣扬，可见是刻骨铭心了。

现实生活中的青岛人真的很实在，很真诚，很热心。900多万常住人口，其中有145万的注册志愿者，1.5万个志愿服务团队，这就是最好的证明。如果你来青岛，就会真切地感受到什么叫实诚，什么叫热情，什么叫温暖。

　　来吧，五月的青岛让人心旷神怡，浮想联翩；青岛的五月，美丽得让人难以忘怀。

洗澡杂记

前两年东莞强势扫黄殃及了一些洗浴中心。对于那些挂羊头卖狗肉，干着藏污纳垢生意的洗浴中心，被封杀是好事，但也苦了那些正经八百要洗澡的人：多了些嫌疑，少了些享受。

有人会说这是小题大做了，现在条件好了，在哪儿不能洗澡？家里不是就有淋浴或者澡盆吗，干吗非要到澡堂去洗？人多又不卫生。错了！大不一样。家里的条件再好，有人还是喜欢到公共澡堂去。知道黄金荣否？二十世纪上海赫赫有名的流氓大亨、蒋介石的师傅，他有的是钱，家里要什么有什么，可这位体面人物有别人无法理解的嗜好：喜欢到澡堂洗澡。每天别的事情可以不干，但澡堂不能不去，而且一去便是大半天。

澡堂里有什么会如此吸引人？说起来也真令人费解。再豪华的澡堂（现在时尚的说法叫洗浴中心）无非是淋浴、桑拿、泡池，辅助的有搓澡、修脚、按摩、理发、饮茶，再齐全的还可以就餐。除此之外，很难再说出个子丑寅卯了。

人进了澡堂，大都是为了洁身，像黄金荣之流恐怕主要的目的不在此。人身上生灰也有个过程，总不能头天晚上刚冲洗过，第二天一早就又尘垢满身了，除非有意在沙土里打滚。洁身就是把身上的污物去掉，淋浴可以完成。假若灰尘顽固，泡池里泡一会，或者桑拿里蒸一会，潜伏再深的油灰也会乖乖溜掉。所以，如果单纯去洗灰尘，很简单。许多人晚上或早上冲一个澡，三下五除二，几分钟就解决问题。道理差不多。

然而，许多人并不是这么简单，他们进澡堂不是单纯去污，而是另有所图。记得我小时候，大概是二十世纪六七十年代，每次到澡堂洗澡，都会看到一番当时难以理解的情景。一些上了年纪的男人，裸露着身体，从浴室里走出来，进到自己的"包房"。所谓的包房，就是个休息之处，木板相隔，无门。一般每个隔断放两张床或三张床，看价格。他们一边用毛巾擦身，一边喊服务生："来壶好茶！"那时的茶叶只有两种，茉莉花茶和茶叶末。后者似乎是一些加工茶叶时搅碎的细末，一泡全部浮在水面，喝时先要仔细吹散。这种茶相对便宜，印象中也就五六毛钱一斤。茉莉花茶明显要好得多，一根根很清晰，里面还伴着香气浓郁的茉莉花碎瓣，闻起来芬芳沁人，一斤大约在四五块钱。好茶就是指这种，一壶也就一毛来钱。茶送来了，老人会先倒出一杯，然后再倒进壶里，反复几次，然后再倒出一杯，这才慢慢喝上一小口。多数先喝上两杯，出点儿汗，之后倒头躺在床上，静静地躺着。有的躺着躺着就打起鼾来。醒来，再喝。如果碰上两个人在一个包房，又都要了茶，睡觉的概率就相对低一些，更多的是拉呱，相互交换茶水。其实大多数情况下他们要的都是相同的茶，但为了表示友好，还是会各自提着茶壶互相续茶。老人的茶要喝到冲不出颜色才算完，轻易不会离开。我好几次听服务员在嘟囔，说某包房的老人来大半天了，午饭都是在包房里吃的，口袋里兜着两个硬面火烧，就着茶水吃得好自在。当然，逢年过节时，澡堂里另有政策，不容许老人们在包房里占用过长时间。只要出了浴室，就会有人来催："大家都自觉啊，过年人多，洗好了就走。"那时老人们都听话，也自觉，很多人也不要茶了，喝口白水就走。不过时间长了老人也摸出了门道，错开逢年过节来就是了。

我住的大院里就有这么一个老大爷，逢年过节到儿子工厂去蹭澡，平时哪个月也要到澡堂去两次，一去就是大半天。回来总是哼着小曲，那乐呵劲儿，让人看了既羡慕又不可理喻。

实际上，老人们在澡堂里享受的不光是喝壶茶小憩一番，或者找人敲敲背、抟抟脚这些感官上的享受，更重要的还有精神上的舒张。澡堂是个小世界，里面门类齐全，无所不包，无所不有。天南海北、古今中外、帝王将相、布衣百姓、柴米油盐、锦罗绸缎，街头巷尾、稗官野史，你想听什么，这里都能听得到，你想了解什么，也都有人讲叙。就好比如今北京城里的出租车司机，个个都是"通事"，人人都是"权威"。老人们更多的时候像孩子，传播流言蜚语愿意添油加醋，说起家长里短喜欢评头论足，听到不服气处，还会抻着脖子犟两句，不免也会引起小骚动。而每到此时，服务员则是"判官"，各打五十大板，然后各自续上茶水，一般情况下，"矛盾"迅速解决。如果有人非要论出个高低，服务员会不客气地下逐客令。那时澡堂里的服务员大都资历颇深，有的从刚解放就干起，工资不高，但什么人都见过。他们要赶人走，没人敢较劲。理，掐在手里："待了这么长时间了，没收你加倍的钱就不错了，还闹事，今后还想不想来了？"别看有的老人犟，真不让他到澡堂来，他受不了，来了服务员不待见也受不了。要么说老人像孩子嘛，没志气！

现在的澡堂跟过去相比，大不一样了。首先名称变了，叫澡堂的还有，但凤毛麟角。即便真的就是除了洗澡再没别的服务，那也不能叫澡堂。叫上这个名字，许多人就会认为档次太低，没人愿意进去。想想吧，过去的澡堂不就是一个泡澡池子和几个淋浴头吗？那条件搁今天，不寒碜死了？所以，条件再差，也要有个好听的名字。洗浴中心是统一名称，一般后面还冠以什么"宫""会""殿"之类的。好坏不说，听名字就让人觉得心动，这样才可能吸引客人。再就是条件变了。除了洗澡，现在许多洗浴中心都有桑拿房，按摩、采耳、足疗，甚至中医、游泳池、健身房、美发室，项目样样俱全。休息之地也今非昔比，有包房，豪华的不输于星级宾馆；有大厅，宽大的沙发一溜摆去，煞是壮观。大厅有宽大的投影，条件好的每个沙发前还有独立的小电视。许多洗浴中心都开通了免费的 Wi-Fi，让客人在享受各项服务时，仍不耽误与朋友联系沟通。过去澡堂里没有餐厅这一说，洗澡就是洗澡。饿了，除非提前准备好干粮，否则只能穿好衣服出门解决。如今，许多洗浴中心有免费的自助餐。质量高低是一回事，但不饿肚子是起码的保障。许多人，特别是退休在家的人，来洗浴中心就是冲着免费自助餐来的。两口子不用做饭，就花个门票钱，洗洗泡泡，在大厅里看一会儿电视，睡个下午觉，很划得来。这些，是过去的澡堂无法比的。

　　然而，有些人对现在这种过于"奢侈"的变化并不买账，甚至多有微词。原因是过去那种感觉没了，味道变了，气氛淡了。院里的老邻居，有一次孙子带他去洗浴中心洗澡，回来便气鼓鼓地说再也不去了。问起原因，他说："休息大厅那叫啥玩意？几十个人躺在那儿，一个人说话，声音大了，别人都要听着。还有，几十张嘴巴喘气，那味道也够人受。最重要的，喝茶也没个伴儿可找。"过去，隔断房间条件简陋，但总有些私密性。凑巧碰上两个能说上来的，喝个茶，吹个牛，会觉得非常惬意。现在，大沙发是很舒服，但大都手里握着个手机，各忙各的。别讲说话拉呱，连个招呼都不打。也不能怨人家没礼貌，那种环境、那种氛围，就是给不打招呼设定的。去包房？一小时上百块钱，谁愿意花那种冤枉钱？别说老人舍不得，就是年轻人，也犯不上充冤大头。

　　时代变了，人们的观念意识也在变，是进步了还是倒退了？是更趋向于实际了，还是更多了一些虚荣？不同经历、不同年龄、不同需要，结论一定是千差万别的。但无论怎样，以往那种简陋的洗澡形式，不复存在了。

　　洗澡是生活的一部分。谁最早发明了洗澡，还真无法查证。不过，作为以去除身体污秽为要务的洗澡历史，或是由我们的民族在世界上"首开先河"的。石器时代我们祖先就有沐浴这一说，但那时只是在天然的河水里冲洗，而且并无所谓的卫生意识，只不过是一种原始的下意识动作而已。商周时期的甲骨文和金文中有关"沐浴"的记载，说的就是这种简单的"净身"。及至西周时期，沐浴礼仪逐渐形成定制，人们对沐浴有了深层次的理解，祀神祭祖之前都要沐浴净身，沐浴上升到一定的社会高度，与宗教信仰挂上了钩。秦汉时，许多人已形成了三日一洗头、五日一沐浴的习惯，而且官方将其列为"法规"，并按时放假让官员回家沐浴。此期出现的骊山汤、阿房宫，都是皇帝及嫔妃洗浴专用的场所。许多人，特别是官员们已把沐浴当作了有意识的自觉行为。因为连皇上都如此讲究了，再不及时沐浴，官府会抓你"小辫子"，弄不好奏你一本，让你吃不了兜着走。汉武帝刘彻喜欢干净，自然青睐沐浴。这位皇上不光觉得消除灰垢是件惬意的事，而且坚定地相信沐浴可以去病消灾。皇上带头，汉代官员非常重视仪容，上朝时必体肤整洁，不得有异味相传。这还算不了什么，魏晋南北朝时，贵族们把外表仪容是否整洁直接与其赫赫声威相联系。邋遢、埋汰，即便是贵族，也不被人待见。南朝梁简文帝萧纲精通医学，又是文学大家，对沐浴也格外钟爱。他不但经常沐浴，还专门撰写了三卷《沐浴经》，大力倡导沐浴，这可能是中国最早的沐浴专著，而且出自一位皇帝之手，可见古人对沐浴是何等重视。之后出现的《礼记·玉澡》更有意思也更具体，对沐浴规定了一套程序，从擦拭身子，热水淋身，穿专门的浴衣，直至补充饮料，都一一做了说明。

出现公共浴池，也就是平民百姓可以走进澡堂，应该是从宋元时期。此时公共浴堂非常普及，已经形成了一定的规模，而且有了专门为顾客揩背的服务。

然而等到了清朝，洗澡业的发展一度停滞不前且不说，许多人居然不提倡洗澡。理由是洋人不喜欢洗澡，由此推论，洗澡不是个好事。事实呢？还真是如此。法国太阳王路易十四一生不愿洗澡，而且憎恨洗澡。这位固执的"上帝宠儿"多才多艺，通晓天文、地理、解剖学，却不懂得讲究卫生。由于常年不洗澡，皮肤感染，最终不愈而亡。英国女王伊丽莎白，那么高贵的一位女人，居然几年才洗一次澡，实在匪夷所思，但又确为事实。实际上，当时许多欧洲人就是很少洗澡。他们一直信奉洗澡容易使人生病这一错误无知的观念。身体有味咋办？他们有办法：使用大量香料来掩饰和遮盖因不洗澡所散发的不洁体味。欧洲是出香料、造香水的鼻祖，经得起"挥霍"。这种观念流传到清代，被那些崇洋媚外的人当成精华予以借鉴，于是也就有了这段一度排斥洗澡的历史。

实际上，在欧洲，洗澡文化在世界文明史上也占有一席之地。最有代表性的是土耳其浴。

土耳其浴是整个土耳其文化的重要组成部分，它从罗马时代流传至今，在当地文化和日常生活中占据重要的地位。

传统的土耳其浴池是按照穆斯林风格建立起来的，地面和墙壁均用大理石砌成，室内大厅有一个大水池，侧厅则建有一个个类似洗脸盆大小的小水池，浴池内还用大理石砌成很多台面，供浴客躺在上面享受搓澡和按摩。洗浴时，一般先到大水池的热水中泡上一阵子，然后到小水池旁坐下，用金属制作的盛水瓢盛水，一瓢一瓢地浇洗头发和身上，这种洗法叫净身。净身后，浴客再到大理石台面上让人搓澡和按摩。按摩师会用含有植物香料的肥皂水擦洗和按摩浴客，然后进行全身的推揉拿捏。此时，浴客身上会散发出一股沁人心脾的香气，让人久久回味。现在一些地方也打着土耳其浴的招牌，实际根本没有那种真正的土耳其浴的洗浴形式和按摩手法，更不要说使用正宗的香料了。模仿的有时仅仅是外表，内在的东西，特别是深层次之处，靠表面功夫是无法实现的。

像其他浴室一样，土耳其浴池对土耳其人来说，绝不仅仅只是一个洗澡的地方，它还是许多庆典活动的重要场所。新娘第一天嫁到丈夫家里时，要到土耳其浴室洗浴，并换上男方家里为她准备好的衣服，佩戴好婆婆送给她的金银首饰，以示自己从此便是男方家里的人了。出生四十天的婴儿也要抱去洗土耳其浴，以示人生经历到某一个重要阶段。再如做了新郎、参了军或考上大学等等，土耳其人也习惯于在浴室里用洗浴的方式举行庆典，浴室成了土耳其人重要的社交活动场所。

欧洲人虽然平常不喜欢洗澡，但有了病痛却喜欢泡温泉。他们觉得温泉对治疗慢性病有帮助。欧洲大陆有许多历史在六七百年以上的温泉，常年有人去那里治疗风湿、关节炎等慢性病。温泉中含有许多复杂成分，对人体会产生不同的功效，但它实际也是洗浴的一种，只不过人们对它的水质多了些迷信罢了。

说起洗温泉，日本人大概是世界上最精于此道的族类了。日本境内多火山，温泉也多。许多人都知道，东京北部的仙台市近郊有一个著名的"作并温泉"。每逢周末假日，日本人就成群结队来到这里，一面啜饮热辣的仙台美酒，一面享受陪浴女郎的殷勤侍奉。只是不知道这是在"治疗"，还是在"享乐"？或许两者兼而有之。

其实有些洗浴发展到现在已经不单纯是讲究卫生的简单概念了。比如泥浆澡。浴客用黑乎乎的烂泥巴抹遍全身，只露出两只眼睛，然后跑到太阳下晒干，说是让皮肤有收缩的感觉，然后再用水冲干净，以起到健身美颜的作用。真假有谁知道？美国加州有一阵子很流行热桶浴。浴客坐在大桶里，大桶底下点火燃烧，让水慢慢加热。随着火势不断加强，木桶底的温度也越来越高，有的人脚底受不了，严重的还会被烫起燎泡。还有的泡得太久出现头晕、休克，只好打 911 送到医院。这澡洗得也够惊人的。

洗澡这事，从简单说，就是讲卫生，如果从深度考究，是一种精神的滋养。如果两者相比，后者会更重要。

罗马皇帝喀拉凯拉建造的公共浴室，大得有些惊人，可容纳 1600 多人同时入浴，赶上海水浴场了。你说这是在洗澡还是在开会，抑或在娱乐？我猜想后者的可能性更大些。喀拉凯拉一定期望浴客们在彼此的欢笑中释放紧张和疲劳，换得身心的愉悦。包括当年的黄金荣，整天迷恋澡堂子，"上午皮包水，下午水包皮"，绝不单纯是为了洗去身上那点油腻。泡在热水里闭目养神，他会默想很多世间的恩恩怨怨，同时也会暂时摆脱扰人的你争我斗，换取一时的心静。这种精神上的欢愉，远比在淋浴头下冲洗要享受得多。现在的洗浴中心对有些人来说也同样具备这样的功能。许多人劳累了一天，甚至长时间压力不减，找一处洗浴中心，泡泡洗洗，按摩一番，便会疲劳大减，精神立时变得饱满。

身体干净，是外表，向里延伸便是心境。洗澡的高端文化境界是要"整洁心态"，进而"砥砺志行"。《礼记·儒行》云："儒有澡身而浴德，陈言而伏，静而正之，上弗知之；粗而翘之，又不急为也；不临深而高，不知少而多；世治不轻，世乱不沮；同弗与，异弗非也。其特立独行有如此也。"澡洗到这份上，就绝不是一般的生活常态了。

当然大众齐聚的澡堂也好，洗浴中心也好，还有一点很微妙，也很有趣。那就是走进这里的人，当脱得一丝不挂时，什么地位、身份、面子、尊严全在一个起跑线了。这是回归自然、恢复本来的最佳平台，虽短暂，但可以使人悟出许多不曾想过的人生哲理。从这个角度上说，洗澡的文化，丰富而深邃。

涎香老屋的"圣人"

上网查询某个城市，都会出现一段提纲挈领的介绍。佛山：广东省第三大城市，中国古代四大名镇之一。简称"禅"，是一座历史悠久的文化名城。这里是黄飞鸿、李小龙的故乡……

康有为在哪里？那可是大名鼎鼎的人物啊！是忽略了还是忽视了？

一到佛山我们就提出要去康氏故居看看。期盼必有缘故。我们来自青岛，青岛也有康有为故居，只不过那是他的最终落脚点，而佛山是他的起始处。一起一落，别有一番滋味。

汽车载着我们沿着西二环高速公路疾驰而去，两旁密密麻麻的绿树很快被甩到了后面。陪我们前往的老黄说，到康有为故居的游客不太多，因为地方有些偏远，又因为正在建设中，还有一个原因，是因为有些游客不太感兴趣，尤其年轻人，他们甚至不知道佛山还有康有为这么一个名人。

"看到了，看到了！"有人在兴奋地喊叫。

高速路绿色的指示牌上赫然出现了"康有为故居"五个字。

顺着指示箭头，车子从高速路驰下，朝丹灶镇方向开去，很快进入了一条不宽的马路。两旁依然是绿树，偶然间会看到几处品质不一的瓦房。

车在一处无路的尽头停下，下车后一处池塘映在眼前。正是盛夏时节，池塘里的水满满的，绿苔、荷叶随处可见。紧挨着池塘有一个坐北朝南敞开的大门，两旁是灰色砖块，门顶是绿色烤瓷圆柱，一块咖啡色横匾悬挂在门上方，上书"大同"两字。

这一定是康有为故居了，"大同"二字自然让人想起康有为的著名政论《大同书》，不是主人的领地又会是何处？果然，一名笑容可掬的讲解员迎上前来。

"现在大家所在的地方就是康有为故居。"讲解员指着院子介绍道。康有为故居坐落于佛山南海区丹灶镇银河乡苏村，仔细观察四周发现，故居占地很大，后来得知有33亩地之多。进门是一处广场，康有为的雕像在广场围墙尽头，两旁是直立的松柏，身后是郁郁葱葱的树木，显得庄严肃穆。雕像左侧有一处小门，直通池塘。池塘里面有不少绿色植物，但有些杂乱无章，显然没修剪过。小门旁有一棵枝繁叶茂的榕树，怕是有几百年的树龄了。硕大的冠盖把阳光遮掩住，站在树下煞是凉快。我猜想，当年康有为在炎热的夏日里读书，或许就是在这棵大树下吧！榕树旁有一尊大石，被不锈钢管做成的围挡拦住，不伦不类，有些大煞风景。然而这尊大石却有来头，是康有为中进士后回家竖立的旗杆夹石，标志着康有为在仕途上的辉煌。

讲解员先引我们参观康有为纪念馆，经介绍得知，这处1千多平方米的纪念馆是1987年修建的，是康家故居的陪衬。里面大多是图片、雕像，还有康有为的著作、书法复制品。说实话，这勾不起我们太大的兴趣。我们期盼的还是看看故居，那里或许更真实。讲解员似乎很理解，匆匆讲解后，领我们走到一处狭窄的巷子，在一处门前停下，然后用随身携带的钥匙打开屋门。门匾书：康有为故居。这是康有为弟子、艺术大师刘海粟的手笔。

门开，迎面是照壁，把里面挡得严严实实。拐过照壁，是一处小院，真的很小，大概也就十来个平方。墙上有供香的壁炉，上面用水泥雕刻着四个大字：天官赐福。这倒跟康家的经历有点吻合：祖上做官而带给后人福气。

康有为故居原名"涎香老屋"，属清代民居建筑，一厅、二廊、二房布局，硬山顶，面积不大，只有81平方米，是一座典型的珠江三角洲清代农村住宅形式——"镬耳屋"。"镬耳屋"是家境殷实的象征，所用材料讲究，而且做工精细。若非大富之家，是用不起也住不起的。康有为出生时，康氏家族已在老屋住了五代人，是名副其实的"百年老宅"。

故居里如今摆设着一些古旧家具、日用品和照片，问讲解员是否是原物，她也语焉不详，估计大都是从老乡手里收购来的。因为维新运动失败后，清政府查抄了康有为的家产，还掘了他的祖坟。老屋里的东西，甚至包括老屋早已荡然无存。1983年，广东省南海县人民政府拨款在老屋旧址上重建康有为故居。

但不管怎样，这里是康有为出生及青少年时期生活和读书的地方。望着这不大的老宅，看着立在正厅的康有为雕像，会让人浮想联翩。一百多年前，一位中国近代著名的爱国政治改革家、思想家、教育家和文学艺术家就是在这栋房屋里诞生并成长的。

康有为在四十岁之前，也就是光绪皇帝接受其变法主张之前，一直跟老屋有着千丝万缕的联系。他出外办学也好，进京赶考也好，给皇帝上书也好，折腾到最后，还是要重新回到家乡，回到老屋，直到戊戌变法失败，逃亡国外。

在老屋的日子里，是康有为思想、学术、品格、个性开始形成的关键时期。康有为出生在一个富有的家庭，又是个书香门第，五岁开始接受正统而完整的教育，苦读四书五经。他自幼聪明，才思敏捷，勤奋好学，博览群书，很小就能背诵上百首唐诗，这让康家人欣喜万分。封建社会，读书是通向仕途的最佳之路，康家祖上就官出不穷，许多人考取了举人和进士。康有为的表现正符合康家的夙愿。日后康有为也确实不负众望，考取了进士，在老屋前竖旗张扬。

参观中我们得知，康有为一生中有三个老师对其影响较大，一是幼年时期的启蒙教师简凤仪，一是其祖父康赞修，还有一位是朱次琦。康赞修是清朝举人，当过掌管教育的地方官，在广东知识界颇有名气。康有为从8岁开始，就经常在祖父身边读书，得到过精心指点，受到了严格的封建正统教育。日后康有为能够成为学术大师，很重要的一点就是得益于祖父的经典传授。朱次琦曾是康有为父亲的老师，也是康有为成年后的重要老师。康有为18岁时，朱次琦已是名贯南北的名师，被学者奉为岭表大儒，称之为"南海明珠"。他与革新思想的先驱龚自珍、林则徐、魏源等饮誉朝野。朱次琦传授给康有为最关键也最宝贵的是"经世致用"思想。"经世致用"意在反对脱离现实的纯考证之学，抨击当时的八股、科举制度。康有为由此茅塞顿开，悟出封建科举制度的迂腐弊端，也因此萌生了"以天下为己任"的思想和决心。1895年，他联合1300名举人发动的"公车上书"，并非一时心血来潮，而是长期埋藏在心底的变革思想的一次集中爆发。

康有为青年时期离开老屋，一去不返。其实他回不回去已经不重要了。原来的老屋不在了，曾藏万卷书的澹如楼消失了，那些曾一起慷慨激昂、矢志变革的仁人志士们，要么血洒刑场，要么流亡他乡。皇帝没了，大清王朝没了，康有为的激进思想也随着时光磨蚀转化为守旧。他失去了"狂人"的气势，淡出了历史舞台，成了真正舞文弄墨的"南海先生"。

然而，他的影响不可忽视，更不可抹杀。毛泽东曾说他代表了在中国共产党出世以前向西方寻找真理的一派人物。这个评价虽有待商榷，但大方向不可逆转。

离开康有为故居时，我们得到消息，南海区和丹灶镇已决定将故居周边扩大，打造400亩地的康有为文化公园，名曰"康园"。

望着烈日下的那尊康有为雕像，我在想，九泉之下的康有为如果有知的话一定会开怀大笑，他终于可以在自己的老屋前看到另一番大同景象了。

小吃好吃

现在出去旅游不只是为观光看景，吃也是必不可少的重要内容。

以前要去某个地方，会先查那里有什么好看的景点、好玩的项目，其他的都无所谓。尤其是吃的方面，大家都认为能填饱肚子就很满足了，至于是不是特色名吃可以忽略不计。现在不行了，做出行攻略时，吃的方面必须考虑到，而且下的功夫一点也不比景点少。有的年轻人甚至可以放弃景点，也不能轻易放过"好吃"的美食。

吃分两种，名吃和小吃。这是两个量级，前者名贵，历史悠久，享誉四方，但价钱也挠心窝；后者大众，民俗风情，味道鲜美，是平民百姓的盘中餐，价格平实。

不过现在名吃和小吃的界线不是很清晰，有的小吃的名气甚至直接盖过了名吃，这要归功于电视，《舌尖上的中国》一经播出，那广告效应真是无法形容。十四亿人，但凡有百分之一的人去品尝，不火爆才怪呢。

名吃虽贵，但自有人去享用。这世界有温饱型的蓝领，同时也有经济实力相对雄厚的白领。不过相比而言，小吃的受众面还是占绝对优势。即便一些开着宝马车，戴着劳力士名表，挎着爱马仕包包的有钱人，也常会跑到大排档去吃喜欢的小吃。

小吃贵在风味独特，这当然跟当地的风俗有关。但凡小吃都有典故，没有故事的小吃不是真正意义上的小吃，充其量是照葫芦画瓢而已。但是，这并不影响人们的食欲，对食客来说，好吃是硬道理，其他无所谓。

各地几乎都有小吃，省里有，市里有，县里有，甚至乡镇也有。有一年，我们去胶东一个乡镇，好客的主人请我们吃烤青鳞鱼。青鳞鱼个头不大，鱼鳞呈青白色，乍看有些像鲫鱼。这种鱼刺多、鳞多，不太好吃。主人见我们热情不高便说："我们的做法原生态，你们肯定没见过。"原来他们用麦秸草烤。只见他把铁丝盘成一个圆架子，下面点燃麦秸草，然后把早已腌好并晒好的青鳞鱼放在架子上，不一会儿青鳞鱼被烤得嗞嗞响，诱人的香味随后也飘了出来，食欲顿时被勾起来了。

其实当地人只不过是保留了原始做法，并无创意。但这种城里不可能见到的烤制方法却成了特色，许多人慕名而来，名声不胫而走。

传承下来的民间小吃更受青睐。那年去腾冲，在飞机上就听邻座的一位姑娘颇为激动地说那儿的饵块很好吃。当晚找了家饭店，进门便言明要吃当地的特色。服务员推荐"大救驾"，后来得知这是炒饵块的一种，即将饵块切成小片，再加上火腿、鸡蛋、肉、萝卜、番茄等，一起放在锅中爆炒而成。饵块用大米制作，经过一系列程序加工后味道非常可口。与之相连的卷粉被人喜爱的原因应该也在食材上。大米到处都有，但能做出特色来，非一日之功。腾冲人是这方面的专家，他们把酱、辣椒油、花椒油、芝麻油、花生米等各种佐料摊在卷粉上，撒上黄瓜丝和豆芽菜，然后把卷粉两边折过来，顺势卷起，一小卷乳白色的卷粉便呈现眼前。卷粉吃起来干香，唇齿间都有种浆米的香气。

小吃虽然有传统的技艺，但也是在不断改造中升华并继续传承的。四川的火锅尽管还是以麻、辣、香、鲜著称，但用料早已丰富多彩，调料也因地制宜。这种与时俱进不但没影响其发展，反而使其更受到消费者的欢迎，如今走到哪儿都会看到四川火锅的招牌。

我所在的青岛以海鲜出名，传统的吃法大都是白灼。虾、螺、蛤、蛎、蟹、贝、蚬，甚至鱼也撒点儿盐放些佐料放在锅里清蒸，后来有了炒、爆、酱、烧、涮。今年去一个靠海的村子，那里盛产各种海鲜，市里的"馋虫"们专门跑过去买海鲜、吃海鲜。渔民不会别的做法，就会白灼，点什么白灼什么，似乎一点创意也没有。这次主人招呼我们围坐在一个大圆桌旁，桌中间放着一口大锅，用液化气把锅烧开，热气顺着锅盖往外冒。蘸汁倒好后，主人说准备开吃了。说话间打开锅盖，一股鲜亮味扑鼻而来。待蒸汽散去，我们发现锅里的篦子上是各种海鲜，虾、蟹、贝应有尽有。篦子底下煮着鸡，海鲜流出的汤与鸡汤混在一起，那鲜亮劲没法说了。主人介绍说这是白灼吃法的"升级版"。回来跟朋友一说，有人第二天就去了。

小吃在南方似乎"花开不败"，但在北方却是"四季分明"。青岛的"野馄饨"给人留下深刻印象。"野馄饨"是戏称。夏天的夜晚，在一些人流量较大的马路边，会出现一张张简易的小桌，几个马扎子或小凳围在桌旁，旁边是装着"设备"的小车。"野馄饨"摊一般是两个人操作，一个招呼客人，一个包馄饨、下馄饨。薄薄的皮、香香的馅，还有那放着小虾皮、紫菜、咸菜丝、香菜的汤，加上价钱便宜，"野馄饨"受到许多人的钟爱。但是天气一转凉，这道风景线也大都随之消失。

许多人靠"大众点评"寻找满足胃口的线索，"网红店"往往因此而人满为患。前年去苏州时，我们在手机上搜索到一家网友点评为五颗星的饭店，去了一看，排队的人围着饭店坐得满满的，服务员说至少要等两个小时。不过也有例外。那次在美国西雅图，因为吃不惯西餐想换换口味，在网上发现一个点评极好的中餐馆，去了之后发现里面只有三张小桌，规模小得可怜。我点了一碗面条，半天没上来。催问得知是外国老板亲自下厨，这让人颇感意外也有点感动。等面端上来后发现，这碗面普通到实在不能再普通，味道不敢恭维，价格也让人觉得不值。后来我分析，这些好评要么是水军所为，要么是美国人压根儿没吃过地道的中国面。

小区的猫咪

我第一次发现那群猫咪，是在五月的一天下班后。

进了小区宽大的门庭拾级而上时，我看到几个孩子正弓着身子，向台阶旁的石板深处指点着，嘴里叫着："猫咪，小猫咪。"孩子身边是一个保姆模样的五十多岁的妇女，怀里抱着个男孩，也在朝石板处观望，并摇着怀里的孩子叫道："快看，快看，小猫咪。"

我打小就喜欢猫咪，家里有几十年的养猫史，听说猫咪就在眼前兴趣顿起。我顺着孩子们手指的方向望去，果然发现在一处灌木丛里露着几只圆脸的猫咪脑袋。那显然是些未成年的小猫咪，它们正警觉地瞪着圆圆的小眼，望着这一边大大小小六七个脑袋。它们一定想不通为什么这些人挡住了它们的去路。

我轻轻叫唤它们，试图打消它们的恐惧。不叫唤还好，这一唤，猫咪们迅速钻进灌木丛里消失了。它们大概意识到一个体格比孩子们大得多的人出现在面前，危险会更大。孩子们失望地叹了一口气，看了我一眼走了。那个保姆也抱着孩子到别处去溜达了。我心里有数，这么好的玩耍环境，猫咪不会轻易离去，它们只不过是躲一会儿而已。果然，不一会儿，一只猫咪脑袋露了出来。这只猫咪的脑袋显然比刚才那几只的大得多，它两只眼睛望着我也不胆怯，而是很从容地走出来，蹲坐在我的正前方，仿佛在问："你要干什么？"

这是一只狸花猫，身上的花纹黑白相间，黑色的比重更大。我想它年龄不会太大，从神态就可以看出。我曾养过一只猫咪活了十六岁，那眼神我记得很清楚，疲惫、呆板、毫无生气，完全不像眼前这只猫咪。现在我对面的这两只眼睛，鲜活、精神，散发着明亮的光芒。我猜它恐怕也就两岁左右。猫咪的两岁相当于人的青春期，正是朝气蓬勃之时。我轻轻唤了它一声，它似乎听懂了，"喵喵"地叫着算是回应。也许见我并无恶意，它又叫了起来，声音很小，却不同于朝着我叫时的声音。突然间，一只小脑袋露了出来，接着是整个身子。一只同样的狸花猫出现在我面前，只不过要小得多。这一定是大狸花猫的孩子。正想着，又一只花猫咪跳了出来，接着是一只浑身通黑的猫咪现身。三只小猫咪围着狸花猫，一只蹭它的身体，一只嗅它的嘴巴，还有一只与其并排蹲坐在身边。

哟，这真是一家子啊！我正兴奋地看着，旁边溜达的保姆又回来了。"怎么少了一只啊？它是四个孩子呢！"保姆叫道。话音未落，一只头部毛发竖立的黑色猫咪从灌木丛里窜了出来，调皮地围着狸花猫转来转去。"齐了，全家齐了。"保姆兴奋地叫道，把怀里的孩子放在石板的一边，让孩子看着猫咪。听到喊声，猫咪并不惊恐，反而一左一右各两只蹲坐在大狸花猫的身旁，一起向前望着。好一张全家福！可惜我没带相机，否则拍下来绝对是一张好照片。

我问："这是谁家养的猫咪吗？"保姆说："不是，是流浪猫。那只大的是妈妈，四只小的是它的孩子。都快一年了，还不分家。真挺有意思。"保姆一边说，一边叫唤猫咪。猫咪见保姆手里什么也没有，叫了两声再也不理睬了。没有诱惑，猫咪也很现实。碰巧女儿回来了，见我在看猫咪，便说："我去买点儿红肠喂喂它们吧。"我说："那太好了。"不一会儿，女儿买回两根红肠。猫咪的眼睛很尖，马上知道有好吃的了。于是，大狸花猫站起来朝我叫起来，那意思好像在说："你给我们买来好吃的东西了，快给我们吧！"

我故意逗猫咪，把红肠掰成一小块一小块的，放在我面前。我的意思很清楚，想吃就过来。大狸花猫显然对我的做法不满意，它一边"喵喵"叫着，一边很有情绪地看着我。那些小猫咪们显然闻到了肉香味，蠢蠢欲动，纷纷向我面前挪动，但就是不靠近。我把红肠向前推了推，离猫咪们更近了一些。猫咪们警惕地望着我，瞅瞅红肠，又看看我，还是不往前走。人都说猫是奸臣，谁有好吃的就靠谁。今天看来，这种说法不是很正确。

我让女儿和保姆向后退两步，离猫咪更远些，站在旁边看猫咪们的举动。这招果然有效，那只花猫咪首先审过来，叼住红肠跑回大狸花猫身边吃了起来。别的小猫咪大概看到平安无事，也纷纷跑过来叼走那些剩下的红肠。我想，这回猫咪们会把我当作朋友了，就又走近石板，把红肠块放在离我比较近的地方，等着猫咪们来取食。很有趣的是，猫咪们看着我，又看着红肠，眼神里很明显是一种渴望和垂涎，但就是不靠近。我有些失去耐性，叫唤着"喵喵"，那意思在说："你们怎么这样啊，吃完了就不认我了？"大狸花猫仍然蹲坐在那里，朝我叫了几声，像是在回答我的疑问。我重新把红肠扔到离猫咪近的地方，红肠很快就被吃光了。舔着舌头，仍在回味美食的小猫咪们一起望向我，期待的眼神很明显想让我再把手里的红肠扔给它们。女儿说："爸爸你让老猫也吃点儿。你看，你每次扔的红肠都让小猫咪吃了，老猫一点儿也没有。"我实际上早发现了这个问题，也很清楚作为母亲，大狸花猫是不会跟孩子争食的。以前我家养过一只雌性猫咪也是如此。喂它食物时，只要小猫没吃够，它从不动嘴。即便饿得厉害，也强忍着。有几次我见到那只猫母亲把食物叼在了嘴边，但最终它却又放下了。天下母亲是一样的，孩子永远是第一位的，这个原则不会改变。

那天直到离去，猫咪们也没到我跟前。我想，作为流浪猫咪，也许是环境逼迫它们有了警惕意识。

几天后，我又见到了那些猫咪，那是我有意识地去找它们。外出应酬结束时，我要求打包，把一些吃剩的肉和鱼拿回来给猫咪。我不知道猫咪住在哪里，进了小区就"喵喵"叫唤。不一会儿，大狸花猫出现了。或许它还认识我，知道我曾喂过它的孩子，见到我后也"喵喵"叫着。我把手里的好吃的摇了摇，大狸花猫显然是明白了，头略微低了低叫了起来。那声音听起来明显不同于平时的叫法，我猜这是猫语，是呼唤孩子的声音。我的猜测是对的，一会儿，四只小猫欢快地跑来了，围着自己的母亲转着。大狸花猫朝我又叫起来，意思很明显："我的孩子都来了，你把好吃的拿出来吧！"我还是故伎重演，把食物放在离我很近的地方，然后等猫咪们来取。猫咪们很犹豫，抬头看着我有些迟疑，却又架不住那香气扑鼻食物的诱惑。小花猫胆子似乎大一些，走两步看看我的反应，见我无动于衷，又向前走两步，再看看我。我还是纹丝不动。小花猫放心了，走到我跟前，大口吃起来。其他猫咪大概也想过来，不料大狸花猫突然叫了起来。包括小花猫在内，猫咪们像是接到了报警信号，一下子回到了大狸花猫的身边，警觉地看着四周。

猫咪们不再到我身边取食了，而是远远地看着我。我想一定是它们的妈妈发出了警告：不要贪吃掉进陷阱！任我怎么呼唤，猫咪就是不靠前。无奈，我只好离开远一些。猫咪们马上上前把食物叼走，跑到大狸花猫身边大嚼起来。真是刁滑的猫咪，吃了我的食物还防备着我。那天，小猫咪们大快朵颐的时候，大狸花猫始终蹲坐在离我两米左右的地上，没吃一口，一直望着我的一举一动，像是小猫咪们的忠实守卫者。这期间还有个小插曲。一只比大狸花猫足足大两倍的狗狗不知怎么跑来了，听到声音，小猫咪们吓得一下子钻到了花丛里。而大狸花猫却迎面对着走来的狗狗，屁股翘起，尾巴直立，嘴里呜呜地发出怒吼。狗狗一见这阵势，马上掉头就跑。猫怕狗的传统意识被完全颠覆了，让我大开眼界，也让我对大狸花猫忠实履行母亲职责、不怕牺牲的勇气感到佩服。

从那之后，我常准备些猫咪喜欢吃的食物去喂它们。猫咪们也一定熟悉了我的呼唤，只要在周围，听到我的呼唤声就会跑来。有时是一家五口，有时是四口、三口。猫咪长到一定时候是要分开行动的，就像有些动物大了不能群居一样。没看到有谁家的猫咪是一群群养的，即便有好几只在一起，也是极个别现象，不会是血统一致的。小区里的这家猫咪已经在一起一年了，按说早应该分开。到现在不分，本身就是奇迹，但我知道它们分开是迟早的事。所以，有时看到一只或两只猫咪来吃食，我并不觉得奇怪。我想，或许哪天最后一只猫咪也会离开我们小区，去开辟自己的天地。

令我大吃一惊又非常兴奋的是，正当我好些天没唤到猫咪，以为它们真的分道扬镳时，突然有一天我见到了久违的大狸花猫。它似乎还认识我，见了我主动"喵喵"叫着，好像在打招呼。我激动地唤着它，想抱住它。遗憾的是它依然警惕性很高，当发现我试图上前时便离我而去。我有些失落，但也有些高兴。猫咪们的警觉是对的，如果没了这种机敏的防范意识，或许它们根本就活不到今天。接着，我重新见到了小花猫、黑猫和另外两只猫咪。听那位保姆说，它们仍一起住在小区大门旁边的一间废弃的储藏室里，尽管不像以前那样群来群去，但一天中总有聚在一起的时候。也许每天它们相聚时，它们的妈妈会告诉它们一些生存的技巧和本领，也许它们会向自己的妈妈撒娇承诺，永远不分开。

当然这都是我的猜测，但我希望我的猜测会变为现实。因为一个完整的家庭终究是美好的。无论是人类还是动物，这个世界需要和谐。

小人书：时代记忆的图画

　　时光倒退到四十多年以前，人们的精神食粮不像现在这样丰富。新华书店的图书，虽说也是各种类型、各种题材琳琅满目，但那只是相对于当时。若比之今天，可以说不可同日而语。想读书，图书馆里有，但要办证，手续并非像今日这么简单，且有的城市也没有几所图书馆。光是有工作、有专业需要的人士都照顾不过来，更不要说那些识不了几个字的小屁孩了。印象中，从小学到高中毕业，我没曾进过图书馆。新华书店有书卖，但买不起。一本二三百页的平装本长篇小说，怎么也要卖个块儿八毛钱，精装本就更贵了。当时二级工一个月的工资多的挣不到四十块钱，少的连三十块都挣不到，怎么可能舍得掏出一块钱去买书读？有工作的如此，上学的或者没到上学年龄的孩子就更没指望了。我记得，有一年我狠狠心把攒的零花钱全拿出来，到新华书店买了一本《海岛女民兵》，当天就看完了。看时觉得很过瘾，但看完后一直心疼：这可是一块多钱啊，顶一天的生活费都不止。那年月，一天能花一块多钱吃喝的人家也不多。

　　买不起书，想读书只有一条路：借。邻居、同学、亲戚，能借的地方都要去试试。尽管如此，一年下来也看不到几本书。一是资源有限。大家的家庭情况都差不多，你家没有，别人家也不会有多少。再就是许多人借书要看对象。年龄稍大点儿还好说，人家觉得你有点儿文化，知道书的珍贵，有可能会借给你。小学生或者中学生借书，人家就要掂量掂量了：看得懂吗？会不会把书弄坏了？有一次，我曾跟一个要好的同学借了一本高尔基的小说，前脚刚到家，还没来得及看，同学就追来了。原来他姐姐回家发现书被借走了，而且是借给了一个小学生，马上逼着弟弟要回来。

买和借都解不了对读书的饥渴，天无绝人之路，还可以看连环画。

连环画大都是长方形的小册子，页面上印有一个方框，里面画着图画，下面是文字说明。文字简明扼要，把画面的意思表述得很清楚。看一本连环画，就能了解一个故事或者一本书的内容。拿今天的话来说，是"快餐式"的阅读。

连环画给人的感觉似乎是近代才出现的，其实它的历史十分悠久。汉代时，纸张刚出现，极为珍贵，人们舍不得在纸上作画，有人便在砖上刻单幅人物故事画，这是启蒙时期，严格讲不算是真正意义上的连环画，但毕竟有了通过图画来表现故事的开端。唐代开始出现连环画的雏形，画的格式非常自由，没有统一的模式，想画多大就画多大，想画什么就画什么，不过是用连续性的绘画来表现内容罢了。到了元明时代，小说、戏曲发达，因此也诞生了连环画插图。建安虞氏所刻《全相平话三国志》是第一部以插图形式出现的连环画。等到了清初，又出现了单页的连环故事画，也就是后来人们看到的年画。一个故事一般印成一张或两三张，甚至更多。现在一些农村还有这样的成套年画。及至到了清末，随着欧洲石印技术的输入，市面上出现了"回回书"（小说的每一篇、每一回都插图）。光绪二十五年（1899），上海文益书店首次出版朱芝轩绘制的石印《三国志连环图画》，"连环画"一词从此有了正头香主。然而，中国毕竟地大物博，有五十多个民族，各种方言并存，习惯称呼不一。因此同为连环画，广东叫"公仔书"、上海叫"图画书"、武汉叫"伢伢书"，浙江叫"菩萨书"，而北方则通叫"小人书"。

"小人书"，顾名思义是给小孩子看的。其实这个定义并不准确，许多大人也愿意看，而且为数不少，其中不乏名人。1894 年，慈禧在颐和园举行六十寿辰庆典。面对百官进献的古玩珍宝，慈禧并不感到有多新鲜，唯有礼单中的一套徐润进献的《聊斋图说》连环画，让她觉得非常有趣，于是叫人拿来过目。徐润是晚清著名的红顶商人，他打听到慈禧喜欢读《聊斋志异》，就把当时的绘画名家召集到一起，绘制了这套《聊斋图说》。全书共绘有 420 个聊斋故事，每篇故事的绘图少则 1 页，多则 5 页。绘画笔法细腻，色彩华丽，描写生动，艺术水准很高。慈禧看到装裱如此精美、图文并茂的《聊斋图说》，非常喜爱，一直留在身边。目前，这套连环画收藏在中国国家博物馆，属于珍品。本来民国以前的连环画就鲜有上乘之作，这套又是汇集了各方名家的经典，更是价值连城了。

"小人书"说起来属于通俗之物，学富五车的文学艺术家们未必看得上眼，事实不然。1932 年的《文学月报》5、6 期合刊上发表了茅盾的文章《连环图画小说》，其中描述了连环画在上海的情景："上海的街头巷尾像步哨似的密布着无数的小书摊。虽说是书摊，实在只是两块在墙上的特制木板，贴膏药似的密排着各种名目的版式一律的小书。这'书摊'——如果我们也叫它书摊，旁边还有一只木条凳……谁花了两个铜子，就可以坐在那条凳上租看那摊上的小书……""这些弄堂口书摊，摆的大多是连环画。借看两本往往只有一副大饼油条钱，无怪乎贫穷的黄包车夫亦会在喘气休息时，从坐垫抽出一本，生吞活剥，有滋有味地翻看起来。"相信茅盾一定是"小人书"的忠实读者，否则很难描写得如此生动、细腻。

大人喜欢"小人书"的原因很多，但有两点不可缺少，一是当时可看的书的确有限，连环画作为补充，势必受到欢迎；二是当时人们的文化程度不像现在普遍都高。许多年轻人初中毕业甚至小学毕业就参加了工作，有深度的书籍他们未必看得懂。"小人书"图文并茂，通俗易懂，看起来不费劲，又有故事性，自然就成了大人们青睐的读物。

"小人书"便宜，从几分钱到几毛钱都有。价格高低主要看内容多少。

一般内容多，页码就多，价钱就相对贵一些。故事简单，页码自然少，价钱就便宜。当然如果是彩印或是大开本则另当别论。

一般有孩子的家庭都会有几本"小人书"，这些"小人书"大都是大人给孩子买来作为奖励的。买了"小人书"，孩子们会传着看，互通有无。孩子们很清楚这种游戏规则：你传给别人看，别人自然也会传给你看，相互受益才能有更多的精神享受。所以，每当大院里有孩子买来了新"小人书"，这一天便会成为孩子们最愉快的一天。孩子们交流体会和感想无疑是最好的学习。

买"小人书"看的人家毕竟有限，租"小人书"看才是更大的天地。"小人书"租赁，分"摊"和"店"两种。"摊"，比较简单，准备一块油布或塑料布，用自行车或小推车驮着装"小人书"的纸箱或者木盒，在电影院、集贸市场或小广场附近就可以开张。复杂点的准备些小木凳，或者干脆就利用周边的水泥台阶当座席。"店"，名字好听些，实际上比"摊"也好不到哪儿去，多了间房子而已。一些人家有空闲的房子，用木板做成一些支架，架子上一层层斜隔板上面放着"小人书"。"店"里都有座席，以长条木板凳居多。一条长木凳上能坐三四个甚至七八个人。也有些单独的小木凳，大都很小，大人坐上去半个屁股露在外面。

"摊"和"店"如何开张，要因地而异，视环境而定。在电影院门口的"摊"，要根据电影放映时间来安排。早场，人们都是匆匆而来，无人有心思去看"小人书"。但上下午场的一些人会早到，闲着无聊，又不想走远，看本"小人书"正好打发时间。看准时机，"摊"才能有市场。"店"就不一样了，因为有房间，不怕风吹日晒，也不用受周围条件限制，就可以有相对固定的开张和打烊时间。记得在我住的那个区域，大多"店"都在上午八点以后开门，下午六七点钟就关门了。

"小人书"租赁的费用根据"小人书"的新旧程度和厚薄而定。旧的，一分钱一本或者二分钱三本。新出的大都在二分钱一本，厚一点的，即便再旧，也要二分钱一本。碰上多册本的，像《三国演义》，几十册一套，也是一分钱一本。当然如果一次性租赁，也会有优惠，会便宜个一两分钱。

"小人书"无论是"摊"还是"店"，生意大都很好，特别到了孩子放学或星期天，生意会更红火。屋里的小木凳常常被坐满，一个小凳两个孩子挤着坐也是常有的事。那情景就像现在书城周末读者爆满一样。有人形容当年的"小人书"店就跟如今的网吧相似，深深地吸引着孩子们。现在回头想想，当年那些摆"小人书"摊或开"小人书"店的人，很有经济头脑，也很有超前意识。他们用很小的投资赚取了不小的利润。一本"小人书"，成本只有一两毛钱，非常低廉，有时当天就赚回来了。但这并不起眼，没有人觉得租赁"小人书"的会赚大钱，其实这大错特错。

我常去的一间"小人书"店，在我居住的大院旁边，条件很简陋，土泥地，每天开门前要泼点清水，防止尘土扬起。店对面靠着菜市场，向前一走拐弯是一家电影院。老板选这个位置不知是有意还是歪打正着。家长领着孩子买菜，孩子见了"小人书"店肯定吵着要进去，那些看电影的人，时间不到无处消遣，到"小人书"店待一会儿也是一种放松。书店在"文革"中被勒令关门时，许多人在传，这家富农出身的老板发了大财，被抄家时发现了两千多块钱的存折，在当时来说算是很大的数额了。

租赁"小人书"的存在，意义不在于让有些人赚了几个钱，更大的意义是给许多人提供了一个阅读的场所，提供了一个充实自己的机会，并成为许多人的启蒙老师，帮助他们增长了历史和文学知识。许多人读了"小人书"后，才知道了诸多国内外名著，像《李自成》《敌后武工队》《西游记》《红楼梦》《三国演义》《杨家将》《钢铁是怎样炼成的》《高老头》《基度山伯爵》《老人与海》等等。通俗易懂、雅俗共赏的图文，虽然没有深刻的说教，却让人懂得了什么是好与坏、正与邪、善与恶，甚至明白了许多做人的道理。

"小人书"现在依旧在出版，质量、版式、开本远远超过以往，但许多人仍钟情于旧版，其原因不言而喻：收藏价值。

旧版"小人书"据说在书画淘宝市场上的价格一路疯涨。早在十几年前举办的中国首届连环画拍卖会上，贺友直的线装版三册一套的《山乡巨变》就以1400元的价格拍出，陆俨少的三册一套的《牛虻》，以1200元落槌成交，一本第一版的《鸡毛信》居然卖到5000元。2012年武汉第十届连环画交流会上，赵宏本绘制、1962年由上海人民美术出版社出版的《白蛇传》连环画，以底价1000元开拍，经激烈角逐，最终以3.8万元的高价成交。这还算不了什么，2003年"中国连环画收藏交流网"第十一届竞买交流会上，民国时期出版的一套32册的由陈履平绘画的《金台传》曾拍出21万元的高价，确实令人咋舌。

原本几毛钱的"小人书"变得如此值钱，当然有前提条件。收藏专家们总结为"十看"：一看出版年代；二看绘画技巧；三看作者；四看故事内容；五看开本；六看是否获奖；七看是否成套；八看印刷数量；九看制书质量；十看品相。比如，1957年版的《瓦岗寨》可以卖到2万元。再如《三国演义》，一共六十册，从1957年开始陆续出版，至1964年才全部出齐，历时七年。这套书现在拍出20万元高价，但这种套书民间能存藏至今的，可以说凤毛麟角。有谁能七年间不停地关注一部连环画的出版？所以，旧版连环画固然能升值，但通过此途径发大财的可以说寥寥无几，更多的只是一种"无心插柳柳成荫"的意外收获而已。实际上，最有商业价值的是"小人书"的原稿，因为独一无二。2005年，程十发的四十开册页《召树屯和喃婼娜》以1100万元成交，次年沈尧伊创作的《地球的红飘带》原稿以1540万元成交，创"小人书"原稿拍卖纪录。

说到"小人书"，不可不提"文化大革命"时期的连环画。从1966年至1976年期间发行的连环画，作为中华人民共和国发展史上一个特殊阶段的特殊产物，具有很高的史料价值，被业内人士称之为收藏中的"潜力股"。其中"样板戏"连环画收藏价值更高，备受市场追捧。据说一套全品相"样板戏"连环画（共八本）价格高达5000元以上，其中一本《奇袭白虎团》就值近千元。

俗话说，一分钱一分货。"样板戏"连环画固然价高，但其创作付出的心血也是超常的，有的甚至要担政治风险，稍有闪失就会身败名裂。连环画《奇袭白虎团》的绘画作者杨文仁是我的亲戚，当时在山东省美术馆工作。《奇袭白虎团》是山东京剧团创作演出的，或许正是这个原因，才从山东选定了美术作者。杨文仁二十世纪七十年代接到绘制《奇袭白虎团》连环画的任务后，便跟随"样板团"全国巡演。演员在台上演出，他在下面观看，有时还拿着照相机拍照。我见过他拍的许多照片，记得母亲问他拍这么多照片做什么，他小声说："上面要求，连环画要完全按照样板戏的模式来，一招一式不能改。"所以他必须把每个场景、每个人物都把握好，甚至一点细节都不能放过。之前已经出版过多本连环画的杨文仁在那段时间费尽苦心，几乎放弃一切，全身心投入创作。夏天的济南如同火炉，他只好跑到青岛来。自家房子小，就住在我们家。夜里，我起床方便，常常看到他仍伏在桌上一笔一画丝毫不苟地工作着。他画的草稿非常多，有的一页竟有几十张草稿。拿我的眼光看已经很不错了，但他仍旧一遍遍修改。"文革"结束后，一家出版社费了很大劲儿找到他，商谈重印大开本样板戏连环画事宜。原来，当年《奇袭白虎团》连环画是他创作的不假，但出版时署名却是"集体创作"。这样一来，找起来就颇费工夫了。《奇袭白虎团》的原画稿现在应该还在他手里。尽管我没问过，但感觉应该如此。有些艺术品可能值些钱，但作为作者是轻易不愿意出手的。毕竟那些作品倾注了自己的大量心血，如同自己的孩子，留在身边更踏实，也更有意义。

旧版"小人书"市场价格被一再推升，还有一个重要原因，那就是一大批久负盛名、造诣颇深、艺术成就极高的大家参与其中。如刘继卣、贺友直、王叔晖、丁聪、杜滋龄、华三川、顾炳鑫、王弘力等，他们的作品不仅表现出了扎实的功底，更给人以艺术和美的享受。

现在看"小人书"的群体基本框定在孩子范围，"小人书"摊或店也很少见到了。随着生活条件的改善提高，许多过去刻骨铭心的东西变成记忆和历史，留在了人们心中。说起来有那么一丝丝的感伤，但好在有更多的精神食粮替代，也是一种慰藉。

一座城市和一群文学大师

当闻一多叼着烟斗，穿着和服，挂着拐杖漫步在起伏的青岛林荫小道；当沈从文在洋房里遥望着青岛汇泉湾的碧海蓝天和中山公园的满目翠绿；当老舍在情景宜人、绿草如茵的庭院里欣赏着邻居家的那棵樱花，听着大海的呼吸；当梁实秋身着飘逸的长袍，行走在通往国立山东大学的崎岖小路；当萧红、萧军在树木葱郁、环境优雅的观象山脚下那所用花岗岩砌成的小楼里烙葱油饼、烧俄国大汤时，或许谁也不会想到，由于他们的到来，青岛这座美丽的海滨城市从此增添了厚重的文化底蕴，中国现代文学史也因此掀开了更加光彩照人的一页。

二十世纪三十年代，被视为"文化沙漠"的青岛一下子热闹起来。一大批名气响亮的文学精英成为这座城市的座上客。王统照、闻一多、梁实秋、沈从文、老舍、洪深、萧红、萧军、臧克家、于黑丁、王亚平、吴伯箫、崔巍、刘西蒙、孟超等，只要读过中国现代文学史，就会发现这些人物的显赫。

对成群的文学大师在相对集中的时间里齐聚青岛，专家学者曾做过大量研究。他们从政治、经济、文化、历史、环境，甚至青岛的特殊地理位置等诸多方面对大师们的到来做了详尽的探讨。其中有一点谁也不否认，那就是一所大学的出现，才是这些耀眼的大师相聚在一起的原动力。

二十世纪二十年代末，南京国民政府教育部决定筹建国立山东大学。蔡元培先是力主设在青岛，"青岛远离战乱，自然条件优越"，然后又极力推荐杨振声为校长。作为教育家，杨振声先生像蔡元培一样具有一种雍容大度、广采博收的胸襟，同时他又是一名文学博士、小说家，最懂得什么样的人才可以做文学的传授者。在他的招揽下，闻一多、梁实秋先后来到青岛，前者任文学院院长兼中文系主任，后者任外文系主任兼图书馆馆长。沈从文则是文学院教师。杨振声卸任后，接任校长的是著名戏剧家赵太侔，他又为山东大学罗致了洪深、老舍等具有左翼及民主主义色彩的作家。众多知名作家和学者的到来，在所开课程和师资水平方面都使山东大学"牛气"得很，绝不逊于北大、清华等国内一流大学，同时也带动青岛的文学发展进入了几乎与全国同步的繁荣期。

大师们虽担负教学之责，但创作更是他们的命根。文学的根源在于生活，真空中孕育不出优秀作家。青岛的山山水水便是大师们的文学创作源泉。山东大学正门地处青岛鱼山路，后门是阴岛路（后改作红岛路）。大师们基本都居住在大学四周，那是德国占据青岛时期最早建设的区域，洋房特别多。沈从文住在一所德式建筑里，闻一多的住所是南欧风格，梁实秋住在大学正门的鱼山路7号，老舍则住在黄县路12号的一所小院里。正是在这些今天看来已不再是特别令人开眼的院落里，大师们完成了一部部一篇篇日后被冠以现代文学代表作或里程碑式的作品，为当时略显单薄的青岛文学创作留下了浓重的一笔。

闻一多在青岛时，全身心地投入到对《诗经》《楚辞》和《全唐诗》的研究考证。他的书房、书桌永远是充实而凌乱的，房间里到处都是线装书，书房中唯一的一把木根雕制的太师椅上也全堆满了书。梁实秋在《忆青大念一多》一文中说："我有时到他宿舍去看他，他的书房中参考图书不能用'琳琅满目'四字来形容，也不能说是'獭祭鱼'，因为那凌乱的情形使人有如入废墟之感。他屋里最好的一把椅子，是一把老树根雕成的太师椅，我去了之后，他要把这把椅子上的书搬开，我才能有一个位子。"

梁实秋在幽雅的小院里度过了一生中家庭生活最幸福的四年。也正是在这里，他开始了最为后人所钦仰、也是规模最为浩大的"工程"——《莎士比亚全集》的翻译。多达三十七种的戏剧，外加三部诗集，这是件枯燥寂寞的工作，但梁实秋"穷年累月，兀兀不休"。遗憾的是，他离开青岛后此项工程中断了，直到三十多年后，才最终完成。但梁实秋忘不了青岛，当多年后在台北接过女儿带去的青岛海沙时，他唏嘘不已，感慨万分。

沈从文的住屋临海而立，幽静雅致，使其兴奋不已："一到海边，就觉得身心舒适，每天只睡3个小时，精力特别旺盛。"精神愉悦，创作必然丰厚。1932年一年的时间里，沈从文就发表了四十多篇作品。《胡也频传》《八骏图》《记丁玲》《月下小景》等重要著作都是这个时期完成的。更让沈从文刻骨铭心的是，在青岛期间，他还用华美而频繁的情书成就了与张兆和的柔美爱情。

老舍在青岛分别住过三个地方，无论住在何处，他每天都忙着看书、查资料、备课、编讲义。在金口三路的小楼里，老舍写了散文《西红柿》《丁》《避暑》和小说《月牙儿》，在黄县路6号的小楼里，老舍创作了著名长篇小说《骆驼祥子》、中篇小说《文博士》。《骆驼祥子》是老舍一生创作中的经典之作，也是我国文学宝库中的珍品。胡絜青曾回忆说："在黄县路居住的这段时间是老舍一生中创作的旺盛时期。""终生难忘黄县路6号。"祥子的原型以及对那些人力黄包车夫的形象描写，有许多青岛人力车夫的影子。

如今大师均已远去，他们曾经住过的地方都已被青岛市定为重点文物保护单位。虽然因为种种原因有些依旧还住着居民，但每天慕名而来的游人却接连不断。人们纷纷驻足，想象着当年大师们的生活创作场景，钦佩之情油然而生。而青岛，这座大师们曾生活和工作过的城市，更感到无上的骄傲和自豪。回想一下，除了北京、上海这些文人集中的大城市之外，还有哪个城市会像青岛这样一下子聚集过如此之多的文学巨匠？

大师们也没忘记青岛，他们住过青岛，热爱青岛，感谢青岛，赞美青岛，宣传青岛，视青岛为第二故乡。

老舍一生中很少写抒情散文，在青岛的三年，他却连写了几篇，其中有《五月的青岛》《青岛与山大》等。这些散文抒发了老舍对青岛的深厚感情和对祖国的无比热爱。"开开屋门，正看邻家院里的一树樱桃。再一探头，由两所房中间的隙空看见一小块儿绿海。这是五月的青岛，红樱绿海都在新从南方来的小风里。"（老舍《樱海集·序》）

闻一多以"斗士"著称，但来到青岛后仿佛进入了诗的境界。他把对青岛的深情挚爱融入了他的散文《青岛印象》之中，这是他一生中创作的唯一一篇即景抒情散文。"到夏季来，青岛几乎是天堂了。双驾马车载人到汇泉浴场去，男的女的中国人和四方的异客，戴了阔边大帽，海边沙滩上，人像小鱼般，暴露在日光下，怀抱中的是熏人的咸风。沙滩边许多小小的木屋，屋外搭着伞篷，人们仰天躺在沙上，有的下海去游泳，踩水浪，孩子们光着身在海滨拾贝壳。"

沈从文对青岛也有着深沉的眷恋。他在《忆青岛》一文中写道："在青岛那两年中，正是我一生中工作能力最旺盛，文字也比较成熟的时期，《自传》《月下小景》，其他许多短篇也是这时写的，返京以后着手的如《边城》，也多酝酿于青岛。""小说中的人物形象也有崂山北九水姑娘的影响。"后来在北京写成的小说《八骏图》，就是以福山路住宅为背景，对福山路3号的庭院、汇泉湾的景色、海水浴场的沙滩都有精彩的描写。

时光荏苒，1936年，最后一个辞职离开山大的是老舍。新中国成立后，山大也随着院校撤并迁至济南。但那段文学大师相聚的盛况，人们不会忘却，更不会忽略由此而带给一座城市的荣耀和影响。同时人们也在思考，一座城市因一所学校而拢聚如此之多的大师的现象，还会再现吗？

饮酒之事

逢年过节少不了饮酒。

饮酒是个人爱好，也是千年流传下来的习俗。无酒不成席，乃古人云；无酒不成礼，乃现代人的演绎。说法不同，但表达的意思是相近的：有酒便有"硬道理"。

酒是润滑剂，无论是家事、私事、难事、愁事，还是公事、大事、小事、喜事，甚至国事、外事，都缺不了酒。觥筹交错，把酒言欢，一切尽在不言中，天下美酒知春秋。

酒文化源远流长，几乎伴随人类共同消长，所以文人墨客对酒情有独钟、青睐有加就再正常不过了。

酒有"精"，"精"有度。驱愁知酒力，破睡见茶功。许多人把性情与酒精度联系一起，能开怀畅饮，而且不惧酒精度数高的往往被看作是豪爽。梁山一百零八将，从三十六员天罡星到七十二员地煞星，几乎个个都是饮酒高手，大碗喝酒、大块吃肉。国人如此，西方人也当仁不让。影视作品中西部牛仔把皮囊里的酒当水喝，那酒为何物所酿不知，度数有多高不知，反正但凡要"杀人越货"，或者"拔刀相助"，屏幕上多有酣畅痛饮的镜头，那架势看上去横眉怒目、威严凶狠、杀气腾腾，一副刀光剑影的模样，令人胆战心惊。人说，这叫借酒壮胆。

因醉酒而获得艺术的"自由"状态，被一些人误解，成了嗜酒的挡箭牌。在相当一段时间里，饮酒之疯癫，几乎达到了登峰造极的地步。各地几乎都有各自所谓的酒规、酒令，五花八门，令人眼花缭乱，却又有板有眼，煞有介事，让人不得不低头就范。许多人不胜酒力，有些人虽有些酒量但也难以承受无休无止的轮回，欲"缴械投降"，却往往被斥责、挖苦、激将，然后硬着头皮舍命陪君子，直喝得腮红气短，不知南北、难寻东西。更有甚者身献酒场，换得恶名，死而不安，终生窝囊。当然这跟一时的风气有关。现在说来时过境迁，只能是唏嘘不已了。

酒精神也罢，酒文化也好，都乃传承而来，后人探究古人如何饮酒，多借助于文学作品或历史记载，其中更多的是演绎、想象、夸张。李白、苏轼、张飞、关云长这些文人武将，给人的印象除流芳百世的佳作和超群绝伦的功夫外，便是整日混迹酒场推杯换盏，樽酒论文，浮白载笔。三坛五坛小菜一碟，十碗八碗不在话下。醉而不烂，酣而不醉，天生一副耐酒的好肠胃，倘若活到今日，定是医学上求之不得的活标本。

其实古人饮酒还是非常讲究的。"君子饮酒，三杯为度。"这便是标准。至于酒逢知己千杯少，实际也有上限。明代皇帝领酒可自喝九杯，大臣们只能喝三至七杯，多喝则要定罪。这有点儿像坊间流传的笑话："领导全喝我随意。"但想想也是很近人情，体恤有加。对酒鬼而言可能是损失，但对不胜酒力又不愿以酒伤身的人来说，无疑是幸事。"既醉以酒，既饱以德"——这就是文化。君臣分明，多寡有序，斯文讲究，恰到益处，皆大欢喜——这就是分寸。

然而今人似乎没有学到古人的真经，倒对其糟粕情有独钟，甚至乐此不疲。似乎少喝两杯就亏大了般不爽、伤心，仿佛只有喝出个你死我活方能显出英雄本色。真令人大惑不解。

酒乃"双刃剑"，道理人人皆知。只是有人清醒有人糊涂。其实糊涂也是假，装痴卖傻才为真。自欺欺人，往往是表象的聪明，到头来换得个悔青了肠子，一切皆晚矣！

　　世间有酒，也为造化。对酒当歌，人生几何。今日听君歌一曲，暂凭杯酒长精神。如果将酒上升为更高的层次和境界，其在人们的眼里应不单纯是琼浆玉液，而是一种意境、一种精神、一种力量。香醇浓郁的味道，穿肠而过的滋润，只可意会不可言传。为什么有人终生与酒为伴？个中自有奇妙的道理和奥秘。当然那些以酒为幌，借之营造消愁、宣泄、疯癫的场子，或搭建联络、勾结、盘根的平台，实乃无事生非，自找难堪也。

樱花盛开时

春暖花开时节，最开心的是去赏花。

樱花为许多人所爱。因为樱花盛开时十分壮观，如雪如云，满目灿然，美不胜收。一树树的樱花仿佛是一阕阕美艳的诗篇，令人置身于一个无与伦比的美丽的童话世界。

二十世纪，青岛被日本人两次践踏。历经百年沧桑变化，许多痕迹早已被磨平，唯独那年年盛开的樱花还打着东瀛的烙印。小时候见到樱花总觉着那是日本的樱花，长大后才知道，樱花的"根"其实并不在日本。日本人善于钻研，农艺专家多年培育研究，将樱花的品种提升到冠绝世界的水平，又把樱花定为"国花"，这就很容易让人产生日本是樱花的"正头香主"的错觉。

不过，青岛中山公园里的许多樱花确实是日本人栽种的，估计他们当初身在异国他乡，想念故土与亲人，于是便栽种了大量樱花，以解思乡之愁。后来日本人被赶跑了，樱花却留了下来。几十年过去了，中山公园现在已形成了660多米长的樱花大道，2000多株樱花错落有致地排列在道路两侧。每当大地回春，樱花便竞相盛开。花海似锦，清香扑鼻，一道绚丽浪漫的风景赫然呈现在人们面前。人们从四面八方涌来，领着孩子，搀着老人，情侣依偎在花丛中，朋友结伴在大树下，欢声笑语响成一片。许多游客举着相机、手机贪婪地拍摄，然后迅速发到朋友圈，很快到处都散发着樱花的气息。这欢快的气氛一直要延续近两个月，因为樱花有单樱和双樱之分，单樱开花早，双樱开花晚。有些地方虽然也有不少樱花，但大多是一个品种的，青岛中山公园的樱花不但品种俱全，而且密集成片，蔚为壮观。所以从进入初春，樱花便成为人们说不完道不够的话题。

全国各地几乎都有樱花，从南边的武汉大学、昆明圆通山，到北边的旅顺太阳沟、西安青龙寺，一派"小园新种红樱树，闲绕花枝便当游"的景象。景点里有，校园里有，连住宅小区也栽种了大量樱花，有的甚至直接以樱花命名。我所在的小区从进入大门开始一直延伸到尽头，全是樱花树。春天来时，满树粉红色的花瓣，如同一把厚实的大伞。站在树下仰面而望，绚丽多彩，满目鲜艳，犹如生活在充满芳草气息的植物园里，令人心旷神怡，倍感生活的美好。这虽是开发商的妙笔，但更是大自然赋予人间绝美的礼物。

退回到几十年前，樱花还是稀有花种，城市很少有这种树木，很多人都没见过这种白色夹带着粉色的花朵，想看樱花只能到景点。因而每到樱花开放时节，一些原本静谧人稀的地方便喧声不断，人满为患，立时变成了花的海洋、人的海洋。当年我曾住过一个大杂院，对面是一家工厂的围墙。二十世纪三四十年代，那里是日本人经营的一家卷烟厂，厂里栽种了许多樱花树，其中有几株正好对着我们大院。每到春风吹来之时，那些伸出围墙的树枝便开始冒出绿芽，然后绽开花朵，再之后便是满树粉白色。开始时，我们并不知道这是什么花，只觉得特别，在别的地方看不到，后来听大人说才知道那是樱花。

因为有了这几株樱花，我们大院前的马路上常有人驻足欣赏，偶尔还有人站在墙下托着画板写生。邻居们更会享受，闲来无事时，端着大茶缸，坐在马扎子、小板凳上边拉呱边欣赏对面的美景，好不惬意。遗憾的是，这段闲逸的时光后来消失了。各种原因交织，樱花树在某一天被砍掉了。改革开放后听说厂里要重新栽种，但一直未果。再后来工厂搬迁了，围墙也随之拆除，人们跟那些樱花树永别了。一些老工人包括周边邻居们都觉得有些可惜，每每说起总是唏嘘不已。他们对樱花的丝丝眷恋都藏在叹息里，毕竟美好的东西总会让人留存念想。

　　花，包括樱花其实不单纯是可供欣赏的大自然产物，更多的是一种象征和寄托。这也许正是许多人喜欢花的缘故。前年在郊区购置了房子的朋友在自家院子里栽上了两株樱花树，今年三月一过便喊我们去看樱花，说是漂亮极了！他的老妈老爸也都说这是好兆头，预示着日子越来越美好，越来越红火！

迎年近镜头

一进腊月门，人们便会感受到迎年的气氛。尽管现在不少人嘴上都说："如今的日子天天像过年，还忙活啥？"

真不忙活？仔细观察会发现，哪家也没闲着，只不过形式不同而已。

迎年忙活是老习俗，代代相传，根深蒂固，很难改变，也没必要改变。过年是老百姓的节日，是民族的节日，也是辞旧迎新的节日，蕴含着浓浓的情感、深深的祝福、殷殷的期待、美美的喜悦，岂有不忙活之理？

不信拉近镜头看一看。

一大早，刘二嫂又要去菜市场。出门前，她对刘二哥说："把玻璃再擦擦，让孩子回来有个舒心的环境。""不是刚找钟点工擦过吗？""头天下过雪，灰尘沾在玻璃上，难看。""好，明白了。"刘二哥倒是痛快。见刘二嫂拉着小车要出门，忙问："还去买啊？冰箱里可搁不下了。""孩子不是喜欢吃豆包吗？我去买些红豆，再买些红薯干。"

刘二哥不吱声了，多说也没有用。刘二嫂盼孩子回家的心情可以理解。当年自己在外地工作，母亲不也是隔三岔五打电话问吗？比如"什么时候能回来啊？回来吱一声，给你包最爱吃的荠菜饺子，烙单饼夹着鸡蛋炒大葱，还有……"。那唠叨不完的唠叨，有时会让他感到有些烦。但等刘二哥变成了父亲，孩子大学毕业留在了外地，他才体会到母亲当年对自己唠叨时的感情与牵挂。他想起每次下了火车急匆匆往家赶时，母亲总会站在小区门前，眯着眼睛聚精会神地向远处张望着。寒风掀起母亲胸前的围巾，凌乱的白发遮住了母亲的视线。当自己突然站在母亲面前时，那双饱含深情的眼睛里总是闪着晶莹的泪花，每次都惹得自己不敢直视。

有人说过年是最大的乡愁，是感情和思念交织在一起的一次特别的冲动。这话说到骨子里去了。你看，天上、地上，海里、河里、江里，飞机、火车、汽车、轮船，甚至摩托车、自行车无不加入春运的行列；你听，远离家乡的游子、漂泊者、移民、打工族，甚至流浪汉，无不朝着家的方向，在心里激动地呼喊："我回来了！"

浩浩荡荡的回乡大军，千里迢迢的飞行穿越，有时仅仅为了与家人见个面，吃上一顿年夜饭，然后又原路返程，回归原状。有必要吗？值得吗？每年几千万的迁徙大军不辞劳苦的壮举是最圆满的答案。这似乎成了一个民族的本能，没有任何说教，用不着动员，更没有丁点儿的强迫，仿佛有一股巨大的无形的情绪、氛围和力量在推着前进，无怨无悔，激情满怀，势不可当。

刘二哥记得，有一年过年他已经决定留下值班不回家了。电话告知母亲时，话筒那头一直没有说话的声音，只传来轻轻的叹气声。许久，母亲才说："那就留下吧。"刘二哥虽然看不到母亲的表情，但能想象到，母亲的脸上一定挂满了遗憾和失望。世上最伤心和失落的大概就是过年时一家人无法团聚在一起。尤其是对老人，这是触及心底的刺激和疼痛。

年三十早上，刘二哥突然接到通知，值班由领导代替，让他回家过年。突如其来的惊喜让刘二哥猛然觉得这世界充满了阳光，尽管那天还零零星星地飘着雪花，但在刘二哥眼里，这是吉祥的象征。

当刘二哥如从天降般敲响家门，看着喜极而泣的父母时，他自己也流下了泪水。

家的感觉太好了！那一刻刘二哥真正体会到了幸福的含义。

如今父母早已离世了，母亲的唠叨再也听不见了，但每到过年刘二哥就会想起母亲，想起母亲期盼的表情，想起那充满慈爱的眼神。现在母亲这种情怀早已转移到刘二哥的身上，孩子选择了在外地工作，恰似他当年在外地一样。两代人的轮回，都倾注着一股淡淡的乡愁，如同一条飘扬的丝带，一头连着家乡，一头连着远方。虽然现在的条件跟以前相比有了极大的改善，但每到过年，这种思念就会像奔腾而来的潮水，冲撞着那不安的心绪，让人久久不能平静。

刘二哥决定跟刘二嫂一起去菜市场。

"不嫌东西太多冰箱里装不下了？"

刘二哥没回答，穿好衣服走出家门。放眼望去，天空很晴朗。刘二哥仿佛听到了高空中正在轰鸣的飞机发动机的声响，那上面说不定就坐着自己的孩子。刘二哥的脸上荡漾起甜蜜的笑容。

王老叔攥着签字笔在小本子上写了一通后停住了，他看了看，又紧锁眉头似乎在考虑什么。女儿在一旁说："差不多就行了，现在过年谁还跑东家串西家的？"

"过年不去走动走动，这感情不就断了？人活这辈子就是你来我往，相互关心关照。各扫门前雪，不问他人事，还是感情动物吗？"王老叔振振有词。女儿吐吐舌头不再言语。

"长辈是第一位的。表叔八十六了，一定要去看看。嗯，要买上两盒草莓。老人牙口不太好，草莓软，吃得下去。记上。后院的李大婶也要去看看。邻居一场，不能因为盖了大楼平时难见面了就老死不相往来。当年你奶奶活着时，人家李大婶没事就到家里串门，陪着拉呱，还帮着缝棉被，你奶奶有病时人家也不嫌弃，照旧来帮着照顾。吃水不忘打井人。对了，给李大婶带点儿什么好？山鸡蛋。李大婶愿意吃鸡蛋，每天煮了蘸酱油吃，喜欢这口。记上。厂里的孙老头也要去看看。孙老头算是我的师傅，尽管没真正带过，但我有什么不会的就问他。这老头可有耐心了，百问不烦，厂里的人都说他好。他今年快九十了，高龄长寿。看一年少一年，一定去看。记上。还有，小吕家要去趟。""小吕不是你徒弟吗？哪有师傅去看徒弟的？"女儿插嘴道。"我看徒弟干啥？我是去看他母亲。她不容易啊，一个早年守寡的女人拉扯着三个孩子，一步步地走过来，太难了。你奶奶说，这样的女人最值得尊重。我能不去看看？记上。"

过年串门是千百年来形成的传统。过去许多人盼着过年，喜欢过年，很重要的一点，就是可以堂而皇之去串门。亲戚好友不用说了，同学、同事，上级、下级也都会利用过年相互走动，加深了解，增进感情。一些工作上的磕磕碰碰、别别扭扭，或是想缓和一下紧张关系、解除一些误会，平时找不到恰当的机会，过年是最佳契机。道一声过年好，祝一声大吉大利，再多的积怨也会冰消雪释，再抹不开的面子也会笑脸相迎。人在一起本身就是缘分，缘分里没有仇与恨，更多的是情与爱。

有段时间，过年串门的习俗变得冷寂起来。通信工具的发达进步，让电磁波和无线电波取代了人与人直接的面对面，过年问候变成了短信、微信。大年初一，街头上见不到穿着新衣服，脸上挂满笑容的拜年大军了。人们足不出户，人手一部手机，编好一条信息，手指一点，通讯录里成百上千的朋友便都接到了拜年的祝福。确实方便了，但也确实失落了，特别是上了年纪的人，盼啊盼，就盼着过年亲朋好友见见面，拉拉呱，道声好。现在这一切都成了回忆，成了期盼和梦想。

"电话、微信拜年，看不见摸不着，没劲也没情绪。视频？视频是挺好，但同样隔着屏幕，缺乏真实感。你看我们老伙计，过年凑在一起问寒问暖，那是啥劲头儿？亲啊！当年我刚退休，厂党委书记大年初一来拜年，一进门喊一声师傅，两双大手一握，暖到心头。啥都不用说了，一切尽在不言中。电话、微信有这效果？"王老叔歪头对女儿说。

"没有，肯定没有。"女儿诚恳又若有所思地回答。

"爸爸，帮我记上，过年我要去给班主任拜年。她勤勤恳恳，任劳任怨，为我们的成长进步付出了很多心血。过去我总是打电话给她拜年，今年我要登门祝福。还有，我要给发小拜年。前些年她生病了，我去看过几次，再后来一直视频或语音通话。我原来以为这样就足够了，听了爸爸一席话我才醒悟，真情表露还是应该面对面，那才是一家人的感觉。"

"好来，我都记上。呵呵，我猜想今年过年大街上一定会更热闹，登门拜年的人一定会更多。好年景好心情，人们聚在一起展望美好未来，会有说不完的话，拉不完的呱。"王老叔戴上老花镜笑呵呵地又忙着往笔记本上写。

精美的包装，彩色的画面，一排排或圆或方、或长或短的鞭炮摆放在路边的货摊上，引来不少孩子的围观。

张大爹领着外孙也来凑热闹。

"喜欢吗？喜欢姥爷给你买。"

"老师说放鞭炮危险，要有大人陪着放。"

"那我陪你放啊！姥爷可会放鞭炮了，小时候从大年三十一直放到正月初三。我们那时放小鞭、二踢脚，还有'呲花'。这些你都没见过，可好玩了。"

"老师还说放鞭炮会污染空气，尽量别放或者少放。"

张大爹不言语了。老师的话在孩子心目里就是"圣旨"，岂有不听的道理。

本来张大爹以为，外孙一定会喜欢鞭炮。他小时候，过年时若是父母给买两挂鞭炮，自己会高兴激动好多天，若是再给点儿压岁钱，简直就觉得自己是世界上最幸福的孩子了。

放鞭炮、给压岁钱，这是以前过年不可缺失的内容。放鞭炮是孩子，特别是男孩子的最爱。年三十晚上，挑一只大红灯笼，口袋里装满鞭炮，手里夹着一根燃烧的香，走一路放一路，那噼噼啪啪的鞭炮声好听极了，简直是世上最悦耳动听的声音。

现在的孩子似乎对这些不太感兴趣了，相比之下更在意压岁钱。

压岁钱是过年快乐和兴奋的支点，也是融合亲人之间感情的重要手段。日子再困难，手头再紧张，过年也要给孩子压岁钱。多少不重要，要的是气氛。当孩子接过用红纸包起来的压岁钱时，那激动兴奋、充满感激的表情，或许是世上最美的模样了。莫以为家人之间就不需要讲究，习俗和传统犹如调和剂，有了它一家人会更加和谐愉快。

如今不少孩子也给长辈发红包，以表达亲情，也有乐呵的心理。当那些给晚辈送惯了红包的大人突然接到孩子的红包时，一个个也像孩子般绽开欢乐的笑容，心中不仅感到甜蜜，更会感到宽慰：孩子懂事了，知道尊重和孝敬老人了。一年再辛苦，再劳累，也会无怨无悔。这种充满浓厚感情的红包，格外珍贵、美好。

张大爹就收到过这样的红包，那是女儿在正月初三回娘家时送上的。开始张大爹还不好意思，直往外推，女儿笑着说："嫌少啊？"一句话令全家人开怀大笑。张大爹顿时觉得空气里都弥漫着幸福的味道。

张大爹问外孙："过年要什么礼物？"

"一定要给吗？"

"当然了，过年嘛本来就欢欢喜喜，有礼物不更高兴吗？"

"姥爷会发红包吗？"外孙放低声音问。

"你说呢？"张大爹笑着反问。

外孙低头想了想说："肯定会。对了，妈妈和爸爸也会送给您，还要送给爷爷奶奶。昨天我听他们在说这事了。"

"是吗？"

"是的。姥爷，为什么要互相送红包呢？"

"因为我们是一家人，是世界上最亲的人。"

"过年我们是不是会变得更亲？"外孙跷起脚仰头看着张大爹。

"对，说得对！我们永远都最亲。"

张大爹眼里突然感到有些湿润，抱起外孙亲了亲说："走，回家准备红包啰！"

又闻槐花香

又是槐花盛开时，站在高楼俯瞰对面的山坡，一棵棵槐树像戴着一顶顶硕大厚实的绿白帽。绿的是树叶，白的是槐花。风吹过来，槐花在潇洒地飘动，偶尔随风飘落在地上。一朵，又一朵，风越吹越急，一会儿地上便是白白的一层。树上繁花依旧，地上薄薄一片，远远望去，像是大树的倒影。美极了！

"妈，快来看，多漂亮的槐花！"大顺喊叫着，回头招招手。一位老人蹒跚走来，眯着眼顺着大顺的手望去。"是啊，真多！比我们当初住的大院门前多多了。可惜，我老了，不然准会去给你们摘槐花，包槐花包子吃。"老人不无遗憾地说。

"您想吃我去摘。"大顺撸撸袖子说。

"你以为自己还是个孩子啊？都五十多岁的人了还说什么傻话啊？当年全大院数你和英子最能摘，那是因为年轻，灵巧。英子也老了，好久没见她了，怪想的。"老人慢慢转身离开了。

大顺仍然望着远处的槐树，仿佛回到了那遥远却又熟悉的岁月……

大顺跟英子同年同月同日生，下生时两人只差了一个小时。那是五十多年前的一个晚上，同住在一个大院的大顺妈先去了医院，接着英子的妈也被用小推车送进了同一家医院。晚上八点多钟，大顺出生了。九点多钟，护士又走出产房通报，英子出生了。

大院的邻居们都替这两家人高兴，祝贺之余有人突然揶揄道："该不是一对童男童女吧？"等大顺和英子长大后，这话便传到两个人的耳朵里。每回听了这话，大顺总是"去去，别瞎说"，英子却出奇地冷静，要么像没听到一样，要么咧嘴笑笑。

两个人在一个班上学，从小学到中学。刚上小学时，两个人一起上学，一起放学。大顺一路蹦蹦跳跳，英子跟在后面静静走着。等到了三年级，两个人还一起上学，但很少一起放学了。当时学生们放学后要轮流值日，以小组为单位。大顺跟英子不在一个小组，一个值日一个不值，必定要有一个等着。开始英子值日，大顺等着，但等到大顺值日时，英子却跟别的同学走了。大顺问英子："怎么不等我？"英子说："又不是不认路。"大顺说英子变心了，英子说自己的心原来什么样现在还什么样。

英子有时会到大顺家玩。大顺有个妹妹，英子教她织毛衣、缝沙布袋，有时她们还一起学着做套袖。英子妈是裁缝，英子打小看着妈妈踩缝纫机，耳濡目染，无师自通，缝纫机踩得很溜。趁妈妈上班不在家，英子和大顺妹妹把些小布头连在一起，做各式各样自己喜欢的布娃娃。院里的大人看了都说做得乖巧。英子跟妹妹一起玩，大顺在一旁搭不上话，只有默默看的份儿。有一次，他看见英子拿了一副好看的套袖给妹妹，便顺口说："给我做一副行吗？"英子没搭腔，像是没听见。过了几天，英子又到大顺家玩，进门便从口袋里掏出一副套袖扔给大顺。大顺接过一看，是几块布拼凑在一起的，花色都不一样，但拼得很巧妙，不知道的还以为就是故意这么设计的呢。大顺美滋滋地戴着，让妹妹看。妹妹让大顺摘下来自己戴上，照照镜子说："英子姐的手真巧，碎布头到了她手里都成了宝贝。"大顺戴着这副套袖，从小学一直到中学，就了业也戴着。

大院门前栽了好多槐树，一到槐花成熟时，满大街都散发着淡淡的香气。许多邻居都会搬着小板凳、马扎子坐在树下，一边拉呱，一边享受着槐花带来的清新香气。开始时，邻居们并不知道槐花可以吃。一年又一年，那些槐花先是像绒花一样挂满枝头，让整条大街变得春意盎然，后来渐渐由白变黄，由黄变灰，由多变少，最后消失得无影无踪。有一年，大顺的姥姥从乡下来了，看到满街的槐花盛开，笑得特别开心。她挎着篮子，拎着板凳让大顺跟她去摘槐花。槐花加肉拌馅，包出的包子味道简直美极了！大顺家的第一锅包子出炉，邻居家一家分一个尝鲜。整个大院轰动了，第二天大院的人家几乎都去摘槐花了。

摘槐花也是门学问，摘不到点子上，花瓣散开，花朵揉烂，还会扯下枝叶。大顺跟着姥姥，姥姥一边摘一边教，大顺很快成了能手。英子妈让英子也来摘，大顺看到了喊她，然后领她到姥姥这里。姥姥说："这是谁家的闺女这么俊俏啊？"听得英子脸一下红了。英子更是灵巧，跟着姥姥摘了一会，就赶上大顺了。以后每年槐花压枝头时，大顺和英子都会拿着篮子站到树下摘槐花。两个人常常在一棵树下摘，摘完了下面摘上面。上面高，危险，大顺就让英子站在树下，他站在高脚凳上，伸着胳膊摘。摘下来，英子会在下面接着。有时太高，大顺会踮起脚来，英子看到后一边扶着凳子一边说："小心啊！"每次大顺和英子摘得最多，摘完后大顺二一添作五，一家一半。英子说她家人少吃不了，要扒出一些，大顺按住篮子不让动。没办法，英子只好挎着篮子回家。

初中毕业了，英子就业没条件，她哥已经把就业指标占了，她只有一条出路：下乡。开始大顺吵着也要下乡，妈说："你是疯了还是怎的，不知道长子可以就业？就了业可以帮着家里拉扯弟弟妹妹。"大顺没话可说了。

英子走的那天到了，一大早大顺站在英子家门前。等英子家门一打开，大顺就走上前去说："我帮着去送英子。"英子妈先是一愣，接着说："你该去送俺英子。别忘了你们可是同年同月同日生啊！"

英子戴着大红花上了卡车，然后朝着自己的哥哥和大顺招手。大顺想单独跟英子说几句话，但一直没机会。实际上，有几次机会就在眼前，但英子似乎意识不到，白白丧失了。

车快要开时，大顺终于忍不住了，朝英子喊："来信啊！"英子似乎是听见了，点点头。

过了几天，英子真的来信了，但不是单独写给大顺的。英子妈特意到大顺家说，英子来信问大顺和他妹妹好。大顺想，下一封信该是单独给自己的了。又过了几天，邮递员来大院送信，恰好大顺在家休息，他替英子家接的信，地址一看就是英子寄来的，却是写给家人的。大顺给英子写了信，信寄出后没几天英子便回信了。大顺拿到信后开始很激动，但看过后有些失望，信里的内容写给任何人都行。大顺又回了信，鼓起勇气告诉英子他很想念她。这封信寄出很长时间没见回音，大顺甚至怀疑信丢失了。直到一个多月后，英子才回了信，说了许多他们生产队里的事，还说知青点上养的一头猪生了七头小猪，大家都高兴坏了。信里只字没提想不想的事，大顺有些沮丧，但转念又想，英子可能不好意思说那种让人害羞的话。

转眼间半年过去了，过年英子要回来探亲。得到消息，大顺比任何人都兴奋。那几天他哼着小曲，走路都一蹦一跳的。家里人并不知道缘由，以为他是因为当了先进工作者高兴的。这理由站得住脚，因为全厂一百多个新工人，只有三个被评为先进。这在厂里也是很大的新闻，惹了不少人的羡慕。大顺当然应该高兴。妹妹调侃，说哥哥当了先进就乐疯了！大顺说疯了才好呢，那一定是最幸福的事。后来，妹妹发现，大顺动不动就拿出毕业时的合影照看了又看，有时还把照片贴在胸前，闭着双眼，喃喃自语。

英子要回来那天，大顺故意调了休。他找了个借口去英子家主动请缨要去接站。英子哥哥说他一个人去就行，英子妈说："如果大顺有空那就让他跑趟吧，万一英子行李多呢？"大顺一听高兴得心都快跳出来了。

汽车站的人熙熙攘攘，大顺终于见到了分开差不多一年的英子。英子穿着蓝花格格棉袄，梳着一对小辫，笑盈盈地出现在他面前。大顺不敢正眼看她，只瞟了两眼，发现英子变黑了，似乎结实了，但也瘦了。大顺一阵心酸，一股说不出的情感涌了上来，差点儿落泪。"大顺，好久不见了，还麻烦你来接，挺好的吧？"英子倒是落落大方。

行李绑在了英子哥哥的车上，驮着英子的任务自然落在了大顺身上。大顺一阵激动，心里直发热。他看了英子一眼说："上车吧。"英子一点儿没犹豫，侧身跳上了自行车后座。上车的一瞬间，英子的双手搂了一下大顺的腰部，大顺立时像触了电似的，浑身发抖。他真想让英子就这么搂着，但一直到家，英子的手再没接触他。路上英子问了好几个同学的情况，还问谁谁听说有了男朋友，谁谁跟女友掰了。大顺听了好笑，说："你还真有些八卦新闻，我连听说都没听说。"英子说："年龄大了这种事很正常，有什么好笑的？对了，你有女朋友了没？别保密。"大顺一听，心里咯噔一下，心想，英子问这话是什么意思？难道不知道自己的心思还是怎的？大顺没马上回答，蹬了几步车子说："那你看我是有呢还是没有呢？"英子一听咯咯又笑了，说："有也应该，没有也应该。"这句话大顺听了欢喜，他觉得英子是在试探自己。

英子这次回来，大顺几乎没单独跟她一起处过。英子忙得很，今天去同学家玩，明天去看望老师，后天又忙着走亲戚。过年时，英子到大顺家拜年，一阵风似的，问了一圈好，转身又到邻居家去了。大顺也到英子家去拜年了，人还没坐下，就来了其他拜年的，大顺只好告辞了。当年春节只休三天，一转眼过去了。大顺天天上班，一大早离开，黑天才回来，根本没有机会见到英子。

这一天，大顺实在憋不住了，下了班去了英子家。英子妈听说大顺来看英子，苦笑着说："今早接的电报，公社选她去学赤脚医生，下午匆匆搭车走了。"

大顺失落地走出英子家，走出大院。寒冷的夜晚，北风在低吼。马路上那些枝枯叶落的槐树，被寒风肆虐着，一阵阵作响，像是在发出嘤嘤的哭泣声。这一夜，大顺翻来覆去睡不着，心里空荡荡的。

　　大顺给英子写了封信，委婉地埋怨说她不该不辞而别。英子回了信，说自己还委屈呢，本来说是让她去学赤脚医生，等回来公社又要搞文艺汇演，临时决定不让去了。

　　槐花又开了。恰巧英子回来了。大顺妈让大顺去摘些槐花。大顺走出屋子时望了望英子家门，他真想喊一声："英子，摘槐花喽！"但他喊不出来。英子妈说过，英子下乡的地方槐花多的是，英子都吃腻了。

　　时光荏苒，几年过去了，英子返城了。跟她一起回来的还有一个健壮的小伙子，他们在一个知青点。

　　大顺把自己关在了屋里，一觉过后人反而变得憔悴了。他把一直戴着的英子给他做的套袖收了起来，然后跟妹妹一起到英子家送贺礼。那天他们说了很多话，无拘无束，天南海北。大顺此时才感到，没有私心杂念的相处，才最能放得开。

　　大顺跟英子再相见时，还是槐花吐香的时节。同学聚会，不知谁选择了一家郊区的饭店。窗外，两棵硕大的槐树把房间都遮住了。"啊，多香的槐花！"大顺深深地吸吮着，几乎陶醉了。让大顺意外的是，那天英子带来一大包包子，许多同学不知道是什么馅，大顺咬了一口便尝出来了："槐花和肉！"

　　"你又去摘槐花了？"大顺深情地问。英子点点头说："是的，比来比去，我还是觉得槐花好吃。"

　　分手时，英子突然伸出了手，说："大顺，咱们握握手吧。"大顺愣了一下，突然醒悟到，五十多年走过来了，居然没跟英子握过手。他爽快地伸出那双大手，紧紧握住英子那双柔软的小手。第一次敢于与英子的眼睛对视，他发现英子的眼睛里隐隐闪烁着一点泪花。大顺突然觉得自己的眼睛也有些湿润了。

　　窗外，一阵暖风吹来，整个房间立时变得清新无比。

　　哦，槐花，又闻到了你的香气！

与好运相约

　　1977年初秋的一个傍晚，在铜铝铸造厂工作的哥哥下班回家后有些神秘又有些激动地说："国家要恢复高考了，不再实行单位推荐、领导批准的那种入学形式，而且也不再看出身、看成分了，谁都可以报考。"

　　这消息来得太突然，也太意外。我和母亲都不太相信。"四人帮"被粉碎快一年了，但许多做法还依旧沿袭以前，并没有什么大的改变。上山下乡还在进行，参军、入党、入团还是很看重是不是"红五类"，就业仍然是"低"成分到国营大单位，"高"成分去集体企业或者街办企业。当初，哥哥作为长子符合就业条件，但就因为爷爷是地主，在社会上待业一年多，最后才被分配到一家小集体企业当了一名钳工。

　　"是胡申说的。他叔叔在北京工作，跟教育部门联系很密切，消息应该可靠。"

　　胡申是跟哥哥一起就业的，而且同样干钳工，私下关系挺好。胡申家出身也不好，祖父是资本家，外祖父在国民党区党部干过文书，是典型的"黑五类"。不过胡申的几个叔叔和姑姑都挺厉害，不是在北京就是在上海，而且都在科研机构工作。胡申喜欢学习，这跟哥哥对上了劲儿。听哥哥说，他们经常讨论数学问题，但胡申的基础要差一些，每次都甘拜下风。哥哥是1966年上的初中，正赶上"文化大革命"爆发。学生们开始是造反，后来去串联，再后来罢课闹革命，一晃眼三年过去了，正经课几乎没上，然后每人领了一张印有领袖语录的毕业证书，就算是完成学业了。后来说起同学，哥哥说他没有初中同学，因为不上课，大家彼此几乎都不认识，毕业时连张集体照都没有。

但哥哥喜欢学习，而且是自学，没有辅导老师，全靠自悟。可能受学理工科舅姨们的影响，哥哥对数理化情有独钟。有段时间，我们家订阅过《数学学报》《物理学报》，投递员惊讶又佩服地直打听，想知道什么"高人"在看这种高端学术杂志。在上海内燃机研究所工作的三舅，每次来青岛看望母亲，跟哥哥谈得最多的就是数学。我记得当时他给哥哥推荐了一本日本数学家写的专著，后来哥哥去上海时居然在旧书店淘到了这本封面已经泛黄的"奇货"。"文革"末期，我在上高中，赶上"批林批孔"，考试全部开卷，而且不在教室里答卷。考卷发给学生，带回家去做。我对数理化很头痛，脑子基本不开窍，即便是拿回家答题，也觉得很痛苦。这时，哥哥帮我解了围，卷子由他负责做。高中两年，我的数理化考试实际都是哥哥帮着完成的。

哥哥因为爱学习，在厂里也算是个小名人。厂里技术科缺人有意想调他去，但厂领导态度一直暧昧。托熟人私下打听了一下，还是因为爷爷那顶没摘掉的地主帽子。其实此时爷爷早就去世了，而且我们从未在一起生活过。但这样也不行，影响是根深蒂固的。当年，主管部门给厂里一个技校培训名额，厂里研究人选时有人提到了哥哥和胡申。据说胡申连办公会都没上就被否决了，哥哥上了办公会，但研究来研究去，还是没通过。最后实在选不出人选，厂里竟把名额退了回去。

那阵子哥哥特别沮丧，心情很不好。想想也是，一个喜欢学习的人，机会来到了却轻易地又流失了，而且是人为的，换上谁也想不通。

母亲安慰哥哥："别把上学看得太重，工作干出成绩一样会有出息。"其实我们很明白母亲这是在说违心话。母亲没上大学。外祖父在母亲13

岁时就离世了，外祖母一个人拉扯 6 个孩子，压力可想而知。所以母亲高中肄业就参加了工作，帮着外祖母担负起照顾家庭的重任。母亲 26 岁时，外祖母也撒手人寰。身为长女的母亲和二姨含辛茹苦，把四个弟妹拉扯大。后来，四个弟弟妹妹全部考上了大学，当时在我们那条街是轰动性新闻。母亲是老师，她懂得上学与不上学的差距，更懂得多接受教育对人的成长意味着什么。但当时，她只能劝导哥哥。

哥哥学没上成，科室也没捞着去，却被安排去挖了一年多地下干道。当然这段艰苦的经历也锻炼了他，让他更成熟了。他学会了如何更加努力地工作，也更进一步认识到掌握知识的重要性。挖干道期间，他们多次遇到技术难题。这些难题对手上仅仅有点儿手艺的普通工人来说，只能是束手无策。每次情急之下，领导都是安排那些大学毕业的技术员或者工程师来化解疑难。这对哥哥来说很受刺激，也是极大的激励。

哥哥学习的劲头儿越来越足，只要有空闲就捧着课本。院里的邻居喊他去打扑克，他婉言谢绝。邻居开玩笑说他这是学傻了，哥哥听了依然如故。人的志向和爱好有时是很难改变的，尤其当碰上了挫折和教训后，自己的信心会越发坚定。

所以，当听到那个令人不敢相信又带有一丝期望的消息时，母亲和我们都暗中祈祷：但愿是真的！

1977 年 10 月，消息被证实。哥哥毫不犹豫地去报了名。

成绩公布后体检，然后报志愿。一切看似顺利，但哥哥并没有被录取。后来才知道，是志愿填报得不对路。

哥哥继续努力。一年后，哥哥接到了当时全国重点院校山东海洋大学的录取通知书。

别了，那个让哥哥伤心、沮丧的小厂；别了，压抑痛苦的日子；别了，已经不再年轻的时光。那年哥哥 25 岁，在班里被称为"王大哥"。

哥哥无疑是幸运的，他的努力和坚持终于得到了回报。但幸运并不是人人都能撞上，也不会跟每个人都如期相约。同样参加高考的胡申连考了两次都没过关，此时他已超过了报考年龄，只能继续留在厂里。尽管后来他也上了电大，被调到了技术科，还担任了科长，但多年后，工厂倒闭了，胡申跟所有工人面临一个结局：下岗。所幸的是他有技术，又被聘到合资企业，有了新的归宿。

1977年初秋的一个晚上，母亲最要好的同学谭大姨来到我家。

她同样带来了那个秘不可宣的消息："听说要恢复高考了。"

谭大姨在一家中学做教师，她跟母亲是女子中学的同学，关系非常好，母亲经常在我们面前提到她。在我眼里，谭大姨很特别，一是因为她的气质有点儿不同于常人，爽朗中带着高雅；二是她住的地方有些神秘，当时市政府的好几位领导住在那一带，这自然使她身价"提高"。

谭大姨每次来总是情绪很好，跟母亲谈笑风生，我一直觉得她生活得一定很愉快。

谭大姨有个女儿叫姜红，高高的个子，跟我同岁，后来我们还成了大学校友。

姜红会拉小提琴。当年青岛学拉小提琴的人很多，尤其是市政府所在地市南区，据说有几万孩子在学拉小提琴。姜红什么时候开始拉小提琴的不得而知，但我见到她时谭大姨说她拉得挺不错了。那天她拎着小提琴盒子跟谭大姨出去办事，路过我家时顺道进来坐了一会儿。

姜红很文静，坐在椅子上不说话，静静地看着母亲跟谭大姨在拉呱。我那时还很羞涩，根本不敢跟女孩子说话，何况眼前的女孩子还会拉小提琴，这更让我自卑，连正眼看都不敢。以至于后来上了大学在操场上相见，我都不敢轻易确认这就是姜红。

姜红曾去考过山东的五七艺校，那是1972年的事，她刚初中毕业。小提琴专业有100多人报名，只取4名。姜红过五关斩六将进了复试，又进了面试，最后以第二名的成绩被确定录取。

这是多么美好的消息啊！能想象得到当时姜红该是什么样的心情。那时别说考上艺术学校，就是被学校工厂宣传队录用都是了不起的大好事。对爱好艺术的人来说，有表现的舞台、有发挥的机会，就是莫大的鼓舞、莫大的幸福。更何况，上了学就等于有了就业的保障，有了理想的前程，这是多少人望眼欲穿的好机会啊！

姜红做好了出发的一切准备。第二名的成绩，让人无法不觉得胜券在握。

然而，9月快过去了，她还没收到录取通知书。打听了别人，都说录取通知书一般会在9月初寄出。9月底到了，通知书仍旧没到。跟姜红一起考试的另一个同学不但早收到了通知书，而且去报到了。

到了10月，姜红仍没收到录取通知书。她再也坐不住了，一个人跑去了济南，找到了山东五七艺校，找到了当时的院党委书记。书记说："我们开了三次党委会专门研究你的录取问题，这是从未有过的。我们又把你的情况和我们的意见报到省文化局，省文化局的意见是只要你父亲的问题有定论，就同意破格录取你。"

姜红懵了！父亲的问题，父亲是什么问题啊？被问急的对方回答："你父亲说你母亲被定为'右派'挺冤枉。这岂不是要翻案吗？这是'现行反革命'行为。""就因为这句话就被认定是'现行反革命'？有结论吗，请你们拿出书面结论。"直到"文革"结束，姜红父亲所谓的"现行反革命"也没有任何说法。

但是就这一句话，断送了姜红的艺术前程，从此她再也没有机会跟专业艺术结缘。

就在那以后我才知道，表面上开朗的谭大姨原来背负着如此沉重的"政治负担"，她内心是多么痛苦啊！对前程寄予无限期望的姜红，心灵上遭受了如此沉重的打击，这跟她花季的年龄极不相称。但在那个混沌的年月，这些并不稀奇，更悲惨的大有人在。相比之下，姜红还算是幸运的，起码没像有些人被强制中断继续拉琴的权利。

艺校去不了，姜红只有一条出路——上山下乡。

从小长在城市的姑娘，陌生的农村对她意味着什么？家人担忧，一个妙龄姑娘在贫穷落后的农村该如何度过？

好在姜红是个适应力很强的人。别看她身材纤细，皮肤白皙，看上去似乎弱不禁风，但她却跟男知青一样挑着粪便，赤着双脚，泼泼辣辣地忙活在田间。让人无法相信，这是来自大城市的娇生惯养的学生。后来，生产大队成立"铁姑娘"队，三个女知青只挑选了姜红。能进"铁姑娘"队是很让人羡慕的事，不但表现要好、肯吃苦、能干，还要是各方面的积极分子。公社要给大队分配一辆拖拉机，大队长私下说就让姜红去开。因为她不光表现突出，还有文化。农闲时姜红会在田间地头给老乡拉小提琴。开始有人说这是外国人的乐器，拉出来的声音一定是靡靡之音，不让姜红拉。姜红一听就拉了一段《东方红》，还拉了《太阳最红毛主席最亲》。老乡一听这都是革命歌曲，而且很好听，就使劲儿给姜红鼓掌。大队长一锤定音：可以拉！姜红小提琴拉得好的消息很快传到了公社和县里。公社毛泽东思想社宣传队、县文化馆都来借调她去参加各种演出。那阵子，姜红又兴奋又累。兴奋是因为自己的才艺有了用武之地，累是因为参加演出回到村里依然要下地干农活。一年后，大队党支部书记找姜红谈话，问她为什么不争取入党。姜红惊呆了，她怎么也没想到书记会问她这样一个想都不敢想的问题。姜红不知怎么回答是好。她心想，自己连入团的愿望都实现不了，怎么敢去想入党这样的大事呢？姜红低着头，眼泪啪啪地滴了下来。书记听完姜红含泪的述说，叹了一口气，什么也没说就离开了。没过几天，全村的人都知道了姜红有个"现行反革命"的爸爸，还有个"右派"分子的妈妈。没多久，"铁姑娘"队调整，决定不再接纳知青，那门槛显然是针对姜红而设的。公社分配下来的拖拉机司机培训名额，安排另一位"铁姑娘"去了。隆冬季节大队组织挖水渠，零下十几度的气温，让人难以忍受。本来没说让女知青参加，姜红没等被点名，马上很知趣地自告奋勇。那段时间，姜红觉得灰溜溜的，尽管周围的人并没对她冷眼相向，也没对她有明显的歧视，但姜红的心里凉透了。

三年后，一个政策让姜红离开了生活条件艰苦的农村。她可以顶替母亲到学校工作。姜红兴奋极了，她很喜欢当老师。然而分配工作时，她当头又迎来一盆冷水，别的顶替者可以当老师，姜红只能到校办工厂，原因不说也明白。后来一个偶然的机会，姜红代替一位生病的老师当了几天临时班主任，她的才能显露出来。校领导干脆装糊涂，顺势让她继续干了下去。那年市教育局选拔优秀教师到师范学校进修，姜红满怀期望地写了申请，但第一轮审查就被淘汰。

伤心欲绝的姜红感到自己是大千世界的多余人，扑在妈妈怀里大声痛哭。无奈的谭大姨只能叹着气，抚摸着女儿，一句话也说不出来。

如今，当谭大姨获知那个不明真假的消息时，按捺不住心头的激动，赶紧找母亲说悄悄话，并分析可能性。

两个普通教师怎么可能判断出如此重大变革的真伪？但两个人都不约而同地互相叮嘱："假如那天到来，一定鼓励孩子积极报考。"

1979年，姜红走进了山东师范学院的校门，从一个学校工人变成了一名外语系的学生。好运从天而降，尽管那年她已经22岁，不再是妙龄，但身上无处不散发着青春的光彩。她带着心爱的小提琴，学习空余时就拉上一段。那轻松、欢快、优雅、美妙的曲调，犹如高天上飞逝的流云、大地上奔腾的河水，充满了激情和动感，仿佛是她幸运而激动的心声在流淌。

1978年初春的一个早上，一列从大西北奔驰而来的列车呼啸着开向青岛。列车上疲惫不堪的刘海亮望着窗外那些一闪而过的含苞欲放的枝头，心情极为复杂。

刘海亮是我们大杂院的邻居。12 年前，一个春暖花开的季节，他和几千名来自山东各地的青年在青岛火车站踏上了西去的列车。他们被批准成了青海格尔木建设兵团的战士，将在那里挥洒自己的青春和热血。列车开了整整三天三夜，到达目的地时他们发现，原先报告里所说的一切美好景象全然不见，等待他们的是风沙肆虐的戈壁滩。高寒缺氧，物资匮乏，交通闭塞，生存条件极其恶劣，但这一切并没有让他们退却。满腔的热血让这些当年不满 18 岁的少男少女挺直了腰板，用足了气力，硬是在荒凉的戈壁滩上兴修了水利，造出了良田，建起了家园。

如果不出意外，刘海亮或许还会在那里待上很长一段时间，甚至可能是一辈子。因为一转眼 12 年过去了，他有了妻子，有了家庭，有了孩子。他也从未成年的 17 岁变成了阳刚气十足的 29 岁。然而就在这时，一场突如其来的厄运改变了一切。那是一个天气温暖的午后，刘海亮跟几个兵团战友在田间试开刚刚从师部分配下来的履带式拖拉机。头天刚下过大雨，地面还是湿乎乎的，坐在驾驶室里的战友小心翼翼地踩着油门。不知什么原因，拖拉机突然不动了，任凭加大油门，履带纹丝不动。"可能是碰到什么了，我下去看看。"刘海亮说着跳下了拖拉机。他趴在履带前查看，还没等说话，拖拉机"轰"的一声咆哮起来……

拖拉机从身上碾过，刘海亮断了五根肋骨，在昏迷了四天后他醒过来了。医生说，他应该感谢履带下那块硬石头，感谢头天大雨浸透了泥土，否则……

因为是自发行为，不算工伤。兵团给刘海亮的唯一政策是介绍回城，这是许多兵团战士朝思暮想的愿望。刘海亮用残疾的身体换来了。

当一家三口出现在家人面前时，母亲搂着多年没见面的儿子放声大哭。

10 平方不到的小屋，走时是那个样子，回来时还是那个模样。不同的是过去住 3 个人，现在要住上老少三代 5 个人。

开始，刘海亮是大院的稀罕人物，邻居们轮流听他讲述自己的遭遇，然后看他手术留下道道疤痕的上身，接下来是一片同情、感叹、安慰。然而这一切过后，刘海亮和媳妇发现，来自嘴巴上的怜悯只能是一时的心灵安抚，却解决不了生活中的实际问题。兵团给的那点生活补助金很快就变成了两位数，坐吃山空，不用两个月，三口人就要乞讨了。刘海亮的母亲是家庭妇女，一分钱收入没有，父亲是工人，五十多块钱的工资，还要接济在农村生活的爷爷，日子过得紧巴巴的。

刘海亮找过街道，找过知青办，也找过区市革委会，但得到的除了同情和安抚，没有一点解决实际问题的办法。也难怪，当时在城里没有工作的知青、待业青年数以万计，大家的情况大差不差。尽管刘海亮的遭遇很悲惨，但并没有更充足的理由可以特殊照顾，毕竟当初的结论是"事故"而不是工伤。

后来，街道介绍他跟媳妇一起去菜市场当临时工。严寒的清晨去郊区用地板车拉菜，刘海亮残疾的身体根本受不了，几次半路上累得大汗淋漓，气喘吁吁。人家菜市场坚决辞退他。换个身体健康的满街都是，何必要找个不出活的残疾人呢？媳妇捆了几天菜，因为手脚不如那些十七八的姑娘利落，也被打发回了家。

大眼瞪小眼，无助而凄凉。快30岁的年纪了，竟还在为起码的生存忧心忡忡，刘海亮觉得人生有些暗淡，他跟媳妇甚至都有了重返格尔木的念头：毕竟是在那里留下的伤残，他们不信兵团就坐视不管，看着自己生活无着落。

然而，刘海亮还是留在了青岛。那一天，搬到中山路居住的老邻居来串门带来一个信息：即墨路上有些人在做小买卖，能挣不少钱。

说者无意听者有心。刘海亮跟媳妇刨根问底，老邻居说那条街上什么都卖，见过没见过的都有。东西比商店都多，最关键是便宜。因为自己鼓捣免了许多程序和环节。

　　刘海亮和媳妇第二天就去了即墨路。这是一条只有三百多米的狭窄街道，走几个路口便是大名鼎鼎的青岛商业街——中山路。这里聚集了很多人，在嘈杂声中交易着各色商品。刘海亮和媳妇看到一个卖衬衣的大姐，浅蓝色的确良衬衣一件12块钱，比商店便宜一块多钱，很抢手，一会儿就成交了两三件。"这样的衬衣我一晚上能做三四件。"媳妇对刘海亮说。刘海亮相信媳妇没夸张，她是兵团被服厂的缝纫工。"一件的确良的面料要多少钱？"刘海亮随口问道。"也就6块多钱吧。""那么说一件就能挣四五块钱？"刘海亮睁大眼睛。"差不多吧。"媳妇点点头。刘海亮的心里不平静起来，他拉住一个年龄相仿的正在卖梳子的青年人小声说："哥们，在这里卖东西没人管吗？"青年看了他一眼说："怎么没人管？小心点儿，别被抓住就是了。"

　　这一夜，刘海亮跟媳妇都没睡，两个人一直在讨论着即墨路上看到的情景。"赶明儿咱也去卖衬衣。你在家做，我去卖。"天亮时，刘海亮下定了决心。

　　母亲听说刘海亮要借钱买布料做衣服到即墨路去卖，头摇得像拨浪鼓一样。父亲也说，那是投机倒把，是犯法。

　　"别人可以我为什么就不行？"刘海亮不信邪。母亲拗不过他，给了他五十块钱。媳妇很快做出了十件衬衣。刘海亮忐忑不安地抱着衬衣来到即墨路上，碰到人便问："要衬衣吗？""多少钱？""十二块。""太贵了。""那你要多少钱？""十一块五？""好，十一块五就十一块五。"不到一上午，刘海亮就拿着一百多块钱回家了。媳妇高兴地搂着他一个劲儿地亲。

　　旗开得胜，刘海亮和媳妇开始注意观察人们的喜好。他们发现有一款衣领很时髦，但本地生产的很少，大都从南方进货。这是商机。媳妇仿照着买来的衣领，很快做出了一批"本土"衣领。不到两块钱的成本可以卖到三块、三块五，刘海亮自己都觉得发财了！

但是，有一天刘海亮被"逮住"了，他被带到市场管理所主任的面前。主任看了他一眼，然后说起了他在格尔木的遭遇，听得刘海亮直发愣。主任说："我早就盯着你了，只是没下手而已。这次也不是真抓你，只是告诉你，要遵纪守法，按规定交纳管理费。不要偷偷摸摸了，也没必要了。国家有了政策，鼓励个人为社会做贡献。"

从那以后，刘海亮成了即墨路第一批合法经营者，有了固定的摊点，有了正规的营业执照。他搬出了大院，在即墨路附近租了住房，然后又跟人合伙开了一家服装加工厂，生意做得红红火火。

三年后，在青海的战友大规模返城，许多人顶替父母进了工厂，也有的依靠政府安排了工作，但论收入、论物质条件，谁也无法跟刘海亮比。那年他的银行存款已经是五位数，什么都不用干光吃利息也可以活得很滋润。

"因祸得福。"几乎所有认识他的人都给了这样的评价。但刘海亮心里清楚，这话只说对了一小半。所谓的"福"，是运气好，赶上了好时候。如果没有改革开放，没有好政策，自己的下场就跟身上的伤疤一样，永远是痛。

2018年盛夏的一个夜晚，我在青岛奥帆基地打电话给仍在中国海洋大学工作的哥哥。他毕业后留校，又考取了研究生、博士生，现在是博士生导师。就在前几天，他从微信转发给我一篇姜红写的博文，博文回忆了她当年拉小提琴的往事，读来让人感慨万分。我让哥哥打听一下她母亲的情况和她的去处。哥哥告诉我，谭大姨今年已经95岁高寿，依然健在，姜红大学毕业后当了一段时间大学老师，后来随丈夫调到省外贸工作，如今生活在德国汉堡，闲暇时她还在拉小提琴。刘海亮好久没见了，但就在昨天听到了他的消息。早已腰缠万贯的他依旧没忘记格尔木，没忘记自己的战友。这些年青海知青经常组织团聚活动，刘海亮不但是积极参加者，还经常给那些生活困难的战友捐赠钱物。

挂断电话，我放眼望去，美丽大气的奥帆基地尽收眼底。海面那迎风而去的帆船，海边那一幢幢现代化的建筑，斑斓迷人，让这座年轻又现代的城市充满了魅力。青岛遇上了好运。2008年奥运会让世界认识了这座城市，2018年的上合组织峰会更让其大放异彩。其实青岛只是我们国家发展的一个缩影，许多这样的城市正在蓬勃兴起。

改变意味着进步、成长、兴盛。城市发展是如此，人生经历也一样。很多时候不单纯在于自身的实力大小，关键要有好运。我时常在想，好运从哪里来？如果当初没有"春天的故事"，没有一个个禁区的突破，没有一次次的改革与探索，人们身边会有那么多的好运相约而来吗？会有今天无数人的唏嘘、感慨和激动吗？

远逝的大院亲情

大院是二十世纪六七十年代前出生的平民们永久的记忆。

大院，是集体生活的代名词。尽管每家每户有着各自独立生活的空间，但许多东西是公用的，比如水龙头、厕所、楼梯，以及晾晒衣服的架子、绳索，都属于"集体所有"，甚至连那些有意无意暴露的隐私，也常常被邻居们了如指掌，成为公共话题。

大院的邻居是一家人。凡是住在大院的人都会按年龄论辈分，不管是否有血缘关系，也不管是否沾亲带故，更不在乎是来自何方，只要住进了大院，成为其中的一员，就会自觉不自觉地按着沿袭下来的传统论资排辈，这是约定俗成的规矩，改不了，也没人想着去改。

大院里的邻居来自四面八方，却有着浓重的乡味。听母亲说，邻居们大都是新中国成立前就聚在了一起。当时马路对面是一片工厂，有英国人和日本人经营的卷烟厂，有大大小小民族资本家创办的制针厂、火柴厂、石棉厂、制线厂、橡胶厂等等。改革开放后，那些工厂搬迁的搬迁，倒闭的倒闭，拍卖的拍卖，都消失了。大院经过改造，虽然变成了大楼，但依然矗立在那里，像是历史的见证。

大院很像北京的四合院，方形的门框，木质的大门。进门后，对面和两侧是一间间住房。与四合院不同的是房子分上下两层。楼上一色的松

木地板，窗子很大，家家采光都不错。这在当时，应该算是比较好的住宅了。正因为有了大院，从二十世纪三十年代中期开始，一批批邻居成了大院的主人。几十年过去了，虽然有的人家繁衍了一代又一代，但绝大多数人家还住在这里。日久生情，邻居们渐渐成了亲戚。走进大院，那些亲切的称呼传来，如同生活在一个大家庭里，亲情浓浓，温暖如春。后面搬来的新邻居，很快就被同化，入乡随俗了。

大院的邻居们大都是平民百姓，工人家庭居多，但这些工人并不是人们常挂在嘴边的那种所谓"无产阶级"。虽然他们大多就在附近的工厂做工，但大家在新中国成立前不是干过小买卖就是在洋行跑过腿，或者跟人合伙开过小店铺什么的。新中国成立后，小买卖做不下去了，洋人跑了，公私合营了，没了更好的去处，就进工厂做工。所以很长一段时间，大院邻居的话题都跟工厂有关。

"文化大革命"前，大院里非常平静，邻居间客客气气，相敬如宾，还没记得谁家跟谁家红过脸。当年文化生活贫乏，晚上吃罢饭，许多人家闲着无事便串门子拉呱。别的地方分性别，老少凑堆，聊着聊着就会对某个人或某件事说三道四，第二天传出去准会起矛盾。我们大院怪了，从未发生过这种事。邻居们凑一起拉呱，拉得很和谐。男女不分，老少无别，文化高的跟文化低的也能谈到一起。当然大院里不可能不发生让人看不惯的事，有了，大家也会议论，但议来议去，最后一定会推举某个德高望重的邻居去找当事人谈话。这些德高望重的邻居出面协调，成功率不能说百分之百，但非常高。

后来，大院的平静被打破了。当时街道上成立了"造反司令部"，其实院里没有几个退休闲散人员，但街道造反司令部为了扩大势力，硬要我们大院也成立个大队。没有办法，凡是没有工作或退休在家的都成了应征的对象。当然不是每个人都可以参加造反的，"地富反坏右、军政警宪特"，这些被列为革命对象的"黑五类"家庭成员，是万万不可进入造反队伍的。万幸大院里没有这样的人家，但又没有那种纯正的"红五类"。"司令部"的阶级立场划得很清楚，把权力牢牢掌握在无产阶级手里的意识也非常明确。于是，那些自以为最根正苗红的造反头头们宣布了一项决定：派两名政治上过硬的造反派进驻我们大院。

大院里没有闲置的房屋，造反派要来进驻，就意味着要赶走两户人家。消息传来后人心慌乱。邻居们都担心厄运会落在自己的头上。特别是那几户自认为背景有些问题的人家，更是惶惶不可终日。因为就在我们隔壁大院里，有好几户家庭出身是富农和资本家的人家被造反派抄了家，然后又被遣返回老家了。大院的人家虽然不是明显的"黑五类"，但很多都曾跟着洋人跑前跑后，或者做过自己的小买卖，造反派要是给扣个不好听的帽子，还真没人敢说个不字。

"司令部"的人终于进了大院。"司令"是个有病长休在家的工人，据说根红苗正。

那一天晚上，大院出奇地静。邻居们没像往常那样凑在一起悄悄交流各自听到的消息，不到八点，大院里竟灭了一大半灯。

第二天一大早，大院的木大门没有像往常那样准时打开。为了安全，院里的大门由邻居们轮流值班负责锁和开。轮到谁家，晚上十点半锁上，早上五点半打开。如果哪家人家有事要跟值班的邻居打招呼，免得回来晚了进不了门。昨天晚上是老刘爷爷值班。当时老刘爷爷其实也就六十多岁，但在我们这些孩子眼里就非常老了。新中国成立前，他是一家工厂的董事，鼻子长得有些偏大，梳一个后背头，头发花白。这样子恰好跟当年"最大的走资派"有些相像，所以背后里不少人叫他走资派。

实际上，老刘爷爷没有任何权力，在厂里只是挂个名而已。唯一有些不同于他人的是工资比一般人高点儿。老刘爷爷没有儿女，跟没有工作的老伴生活在一起。老刘爷爷的房子不大，但很有特点，那间做厨房的房间虽然在楼上，竟然是水泥磨砂地面，家里还有独立的上下水，这在全院是唯一的。老刘爷爷办事很认真也很仔细，过去轮到他值班，老两口不睡也要等着锁门，早上怕误了开门，还专门拨上闹钟叫醒。今天老刘爷爷是怎么了？起早的邻居去叫老刘爷爷的门，喊了半天才见老刘爷爷颤抖着站在门前，手里哆嗦着拿着钥匙说："你们不是要去揭发我吧？我没做什么坏事，我老家没有一个亲人了，我们不想回去啊！"老刘爷爷说着，竟然号啕大哭起来。邻居们都愣了。

晚上大家都在议论老刘爷爷的事，有人说他可怜，有人说他心虚，也有人说是"司令"早就看中了老刘爷爷的房子，以前托人换没成，现在想借机报复。

第二天，造反派如期进了大院。这次还带来了"文攻武卫"，"司令"更威风了。他指着老刘爷爷家说："这个老家伙看模样就不是个好东西。"几个年轻力壮的"文攻武卫"一脚踢开老刘爷爷家的门，把老刘爷爷像拎小鸡似的揪了出来。邻居们一阵骚动，"司令"说："怎么着，真要帮忙啊？告诉你们，昨天晚上你们开的黑会我全知道。""司令"的话让全院的人都愣住了，谁也没想到在邻居们中间竟出了"犹大"！

老刘爷爷算是幸运的，遣返的车都开到大院门口了，他却突然又被赶来的厂造反派押走了。原来，厂里批斗老厂长需要老刘爷爷去揭发，老刘爷爷"因祸得福"，躲过了遣返这一劫。后来，随着形势的发展，遣返风被刹住了，老刘爷爷仍住回了大院里。

大院恢复了以往的平静，但人们却不再像以前那样无拘无束地说话聊天、走家串门了。谁家有个事，也没人主动上前询问需不需要帮忙了，而是装作没看见一样。邻居们见了面能不说话尽量不说，实在过不去了，点点头算完事。大院的门也不再轮流值班，整天四敞大开，似乎没人再去顾及什么安全了。大院的邻居一下子形同陌路了，过去的融洽气氛化为乌有。

"文化大革命"结束后，邻居们一直想揭开当初充当"犹大"那人的面纱，但唯一的知情人——"司令"早病死了，此事永远变成了谜。

老刘爷爷去世时，大院里的人帮着张罗后事，几乎所有人家都参与了。能看得出来，邻居们都有重新找回那已变得陌生的亲情的意愿。不分彼此，不分你我，大家无声胜有声地忙活着，一直把老刘爷爷送走。从火化场回来的路上，大家都沉默无语，显得很沉重。谁都不喜欢这个气氛，但谁也不肯出面挑头打破这个闷局。分手了，互道一声再见，大家各自进了各自的小屋。日后如旧。看来有些失去的东西要找回来并不容易，失去了就是失去了。

后来，大院里陆续有人搬出，有人搬进。新来的不了解大院的习俗，跟大院的人也没有什么感情。大院里曾留下的亲情称呼逐渐消失了，换上了"先生""太太""同志""同学"。十多年前，大院作为棚户区被改造，邻居们从此分道扬镳，几乎不再见面，即便是偶然相见，也仅是客套两句而已，那些曾经的温馨旧事只能当作回忆被大家提起了。

我所见过的作家"大咖"

意外获奖

三十年前一个中午，吃罢午饭酝酿小憩时，偶然看到《人民文学》举办首届"茅台文学奖"和"银杉文学奖"征文的消息。手头正好有篇符合要求的小文，于是投寄过去。

一点儿没抱希望，只不过是试试而已。在《人民文学》这样高端的刊物获奖，我压根儿就没想过。但那年头，凭关系、看名气的市场远没开拓得像今天这样轰轰烈烈。于是大约两个多月后，一纸通知到手，获"茅台文学奖"并被邀请去贵州茅台酒厂和遵义卷烟厂参加颁奖活动。

本来担心单位不准假，毕竟跟工作八竿子打不着的事，不予理睬于公于理都说得过去。不想领导宽容又大度，大笔一挥：准行。

于是，第一次出远门到贵州，第一次见识国酒生产地，也是第一次见到了如此之多的当代作家"大咖"们。

这个奖获得太值了，简直就是天上掉馅饼！

副部级的陆文夫

我从北京转车去贵阳，当时列车条件拿今天的眼光看，可以说是惨不忍睹，车厢里的设施都还处于原始阶段。七月气候炎热，几乎不见风，车厢里只有为数不多的圆形摆头电扇。车运行时电扇开着，到站一停，电扇自动关闭，据说是没动力了。

我乘坐的是硬卧。当时也傻，就没敢买软卧，其实真买了茅台酒厂是给报销的。这次活动，茅台酒厂很大方，报销时先问出来几天了，然后照天数给补贴。像我这样直接乘车来的，路上最多也就两三天。一位山东的获奖作者，先是出差到了厦门，然后从厦门办完了事又转道来到茅台酒厂，前前后后一共十一天。会计问他出来几天了，他如实回答，结果一下子给了他十一天的出差补贴。这惹得一些人后悔：早知道多报几天糊弄几块钱补贴花花多好？不过那时人实在，不会耍刁。

列车一路还算顺当，尽管几乎站站停，但总的时间控制得还好，到达湖南怀化时，只晚点不到一个小时，这对一列普快来说已经相当不容易了。

不过不久便出事了。列车在一个名叫"新晃"的站停住了。这个站很小，计划中不经停，但停下后居然很长时间没见车动弹。车厢里闷热得让人无法忍受。开始时列车员安慰大家说，只是临时停车。满车厢的人坐在里面拼命地扇扇子，擦汗。过了一阵子，还没见车开，旅客沉不住气了，责问列车员。列车员也说不出个子丑寅卯。后来，车厢门打开了，列车员嘱咐一定不要走远，列车随时可能启动。结果这一等就是一天多。

原来，前方隧道一列拉煤的车出轨把铁路破坏了，这且不说，当时车上正扒着两个偷煤的孩子，两个孩子不幸死亡，这事大了，全线停运。

得信后，几乎所有的旅客都下车在站台上找风凉地熬时间。车上如同蒸笼，待在上面不中暑也要热出病来。

正在席地而坐时，我看到几个人一起说笑着走出了车站。当时我还纳闷，这些人胆子也真大，行李也不拿竟敢离开，就不怕列车突然开走？

第二天离开车不到一个小时，这伙人又回来了，依然是说说笑笑。这回我看得明白，为首的是位干瘦的戴眼镜的五十来岁男人，瘦长的身子略有些驼背，手上夹着一支烟，不停地吞吐，袅袅烟雾环绕在他那张白皙的脸庞上，有些下陷的腮帮衬托着前腮骨显得尤为突出。

他不时地咳两声，声音不大，但看得出气管好像有些不利索。

没人认得他是谁，也无人去关注。当他扶着把手走上软卧车厢时，恰好我正往硬卧车厢走去，听到车下送行的人在喊他："陆主席一路平安。"

我到达贵阳后的第二天，一早吃饭时又看到了他，我这才知道，他就是大名鼎鼎的陆文夫。那天他跟我同一列车，同样在新晃站度过了难忘的刻骨铭心的 24 小时，只不过他被得知消息的县政协接走，在车站旁边的县政府招待所吃了宴请，睡了一觉，比我们幸福而已。

陆文夫彼时已是中国作协副主席，作品《献身》《小贩世家》《围墙》《井》先后获全国优秀短篇小说奖和优秀中篇小说奖。小说《美食家》更是享誉中外。见到他时，那些先期到来的文学"大咖"们，表情大不一样，他们热情地打招呼，热烈握手，然后是恭敬地坐在一旁陪伴。

许多人私下在议论当时苏州市委分配给他别墅楼的事，既羡慕又敬佩。我听见不止一个人在问："他是副部长级吗？"

据说，苏州市委在决定要分配给他别墅时，有人提出："他凭什么享受这种待遇？"于是苏州市委请示中央有关部门，得到的答复是中国作协副主席相当于副部长级。

陆文夫身上看不出什么级别，分配住房时，何士光一口一个"文夫"地叫着，然后他自己拉着行李去找房间。

他烟吸得很凶，几乎没间断过，走到哪里手上都夹着一支烟。大热天有些人穿着大裤衩和 T 恤衫，但他一直穿着白衬衣、长裤，一看便是绅士风度。

陆文夫对钱并不那么在乎。记得颁奖仪式结束，拿到奖金的人大都找地方装好，那毕竟是十元一张的票子，整整一百张，这在当时算是大钱了。唯独陆文夫，拿到奖金后往裤子后面的口袋一插，鼓鼓囊囊地露出小半截，也不怕丢了或者被人顺去。

我无缘与陆文夫单独待在一起，人家毕竟是大人物，围在身边的人太多。但我从旁边观察，他是个很随和的人，跟他说话似乎很放松，并不像有些作家严肃有余，还要处处小心翼翼，生怕惹人家不愉快。

到茅台酒厂当天厂里接风，陆文夫被安排在主桌，这期间其他桌的人去敬酒，我发现他喝得极为痛快，人家一碰杯他就喝干，然后抱拳表示感谢。《美食家》里写的那些菜肴，我想或许也是他平时喜欢的，更可能是他的下酒好菜。否则，怎么会写得那么出神入化呢？

诙谐幽默的乔迈

到遵义烟厂参加首届"银杉文学奖"的颁奖仪式，周克芹、崔道怡获得荣誉奖，乔迈、陈慧英、肖建国、孙其海等十一名作者获优秀奖。

颁奖仪式很简单，但再简单也要有人讲话。获奖作者代表是乔迈，算起来那年他五十岁刚出头。他个子挺高，腰板直直的，戴一副宽边眼镜，说话声音很洪亮也很有穿透力。他的口才不错，也很幽默。他获奖的作品是报告文学《岩石的风格》，当时是发表在《人民日报》上的。这篇稿子我没看过，但肯定与烟有关系。因为征文启事中有硬性规定，就是参评作品必须与烟有联系。遵义烟厂赞助，当然人家要考虑宣传自己的产品。

乔迈说了很多，具体我记不清了，毕竟是三十多年前的事了，但发言期间掌声笑声不断我记得很清楚，这掌声笑声主要源自他的诙谐、幽默和调侃。我记得他上来就引用毛主席的话，而且模仿毛主席的湖南腔调，大概意思是不会吸烟的人就不会革命，云云，引得台下众人笑得前仰后合。

当时台下就有人议论：毛主席当年说过这样的话吗？想想真傻，活跃气氛的事居然当真了。后来陆续知道，毛主席关于吸烟的话没曾听说过，但关于辣椒革命论的轶事则确实有过。早在 1934 年的瑞金时期，军事顾问李德最不习惯吃的一道菜就是油炸辣椒，这引来了毛泽东的讥讽，说："真正革命者的粮食就是红辣椒，谁不能吃红辣椒，谁就不能战斗。"1949年初在西柏坡，毛泽东宴请苏联特使米高扬，也对他不敢吃辣椒大加嘲笑，再次提出了辣椒革命论，说是越爱吃辣椒的就越革命，不爱吃辣椒的革命性就不强，并强逼米高扬尝了一口辣椒。看着米高扬辣得直流眼泪的模样，毛泽东不由得开怀大笑。1962 年毛泽东再次对吃辣椒做"肯定"："吃辣椒是要有决心的。要不怕辣，不怕苦。辣椒是个好东西，大凡革命者都爱吃它。我们湖南家家都种辣椒，人人都吃它，人人都革命。"

乔迈显然"挪用"了毛主席的话，把吃辣椒变成了吸香烟。这一改，并没刻意曲解原话的意思，反而变得活灵活现，让许多人信以为真。因为毛主席本身也是嗜烟如命，一天不吸都难以忍受，他长征时用树叶代替烟丝的事广为流传。

从这件小事可以看出，当年乔迈的知识面显然比较宽，运用得也十分灵活，恰到好处。这是智慧，更是功底。

乔迈是著名作家，发表作品已有十多年，是吉林省作协副主席，专业作家。他的作品有报告文学集《三门李轶闻》《爱之外》《森林大火灾》《青铜少女》，长篇报告文学《乱世影劫》《风从八方来》《百年梦现》，散文随笔集《冬之梦》《岁月物语》，电影文学剧本《不该发生的故事》等。曾获中国作协第二、三届优秀报告文学奖，《当代》文学奖，吉林省第一、二、三、四届"长白山"文艺奖，《人民文学》创刊 45 周年优秀作品奖等各种大奖，《不该发生的故事》拍摄成片后获得过金鸡奖、百花奖、文化部优秀影片奖、长影小百花奖、优秀编剧奖。他还是中国作家协会第八届全国委员会推举的 130 位名誉职务人选之一。

分别之后没再见过乔迈，也没曾听说过他的消息。毕竟不在一个行当，相互距离也有几千公里，但他的大名我一直记在心上。前几天为写这篇文章在网络上搜寻了一番，看到他的旧照，立马想起了他当年的风采，一阵感慨涌上心头：还想再听他模仿毛主席的话音，不知嗓音还亮否？

"名门"谌容

获奖作者中有两位女性，其中一位在当年可以用"如日中天"来形容，她就是谌容。小说《人到中年》让她的大名不胫而走，稍微爱好文学的人或者只要喜欢看小说的人，都知道她的大名。

见她第一面时，一位部队作家悄声对我说："看，那是谌容。这个人很厉害，别看她是位女性。"

为什么厉害，怎么厉害？这位老兄当时没具体说，估计也说不出来。后面的日子我常跟他在一起，时常说起谌容，方知他所说的厉害，多是指谌容在文学创作方面有自己的见解，不为别人左右，特别是在参加一些评奖做评委时，敢于坚持自己的意见。

见谌容的第一面就感觉到这不是一般人的面孔，深沉、严肃，似乎又透着一种刚毅和自信。记得有人给茅台酒厂厂长介绍她时，先说"这是作家谌容"，然后又说"《人民日报》范副总的爱人"。谌容的丈夫范荣康当时任《人民日报》副总编辑。听到此话，谌容的表情先是微微一笑，然后嘴角一瞥，嘴里嘟囔道："范副总，范副总……"想想也是，范副总的名气哪比得上谌容啊！

谌容的女儿梁欢当时应该还在北京大学上学。白胖胖的脸蛋很像谌容。那时她还算是个小孩，尽管二十岁了，不离母亲一步。只要谌容出现，身旁必有她的身影。她当时肯定已发表作品，有些作家跟她拉呱，她不时地会蹦出一句："我知道某某人，在他那儿发表过散文。"让人听了羡慕不已。当然，没人想到后来她成了英达的妻子，也没人预知她会成为《我爱我家》的主创成员之一。那时许多人都感觉，她就是一个幸福的孩子，依偎在名气冲天的母亲身边，无忧无虑。

谌容的话不多，起码当着众人时话不多。更多的时候她在听，烟一支接一支地抽。听说她的酒量也不错，这倒没印证。只是后来疯传，那天茅台酒厂接风，主桌喝得"人仰马翻"，最后有一位被抬着送回了房间。谌容是在主桌，相信即便能喝也不会过分，毕竟身边有梁欢全程陪着。

后来才知道，谌容的孩子都是名人：梁左，著名编剧、相声作家；小儿子梁天，著名喜剧演员，给观众带来无数欢笑。然而就是这样一个幸福的家庭，竟然在短短的一个月内两个成员相继离去，先是丈夫，后是大儿子。接连的打击让谌容也在公众视野中消失。

2001 年之后，谌容似乎没有新作出现，我的脑海里定格的还是她在三十年前的音容笑貌。

"小白杨"梁上泉

到达贵阳后获知获奖名单，发现在我的名字后面的是梁上泉。他获奖的作品是两首诗歌：《鸭溪酒乡行》和《酒城的月亮》，这让我惶惶不安。

梁上泉是何人啊？名扬四海的歌曲《小白杨》的词作者。这次居然有幸与其同时获奖，激动和兴奋的心情可想而知。

我悄声问《人民文学》编辑部的同志："怎么会把梁上泉的作品放在最末啊？"那位同志回答说："诗歌体量小一些，所以自然排在了后面。"

这只是一种排列需要而已，我自己心里很清楚，一点儿也不影响梁上泉在我心中的地位和影响。所以上台领奖时，我故意走在后面，以示对诗人的尊敬。结果梁上泉很谦和，反而回头在看我，那眼神显然是在问："怎么落伍了？"

梁上泉那年该是五十又七了，拿当时的眼光，年龄有些偏大了。印象中他的脸盘圆大，过早谢顶，鬓角两边还有些稀发，但已是白色。只要外出活动，他手里总是握着一个玻璃杯，几乎从不撒手。走到方便的地方便灌满水，然后重新握在手里。

他不怎么跟别人交流，自始至终跟归侨作家陈慧英"成双结对"。陈慧英也是获奖作者，不知他们以前就熟悉，还是来后相见说话投缘，反正只要出现在众人面前，他们必定站在一起。巧合的是，两个人手里都握着玻璃杯子，这成为参加活动的一道靓景。别人很少拿杯子，因为接待方在车上准备了好多矿泉水，可以随时喝。后来有人开玩笑问他总端个杯子何故？他说喜欢喝热水。陈慧英大概也是如此。

七月的贵州非常热，我看到梁上泉宽大的额头上时常挂着汗珠，但他似乎并不在意。后来才听说，当初写《小白杨》时，军人出身的梁上泉曾到新疆和内蒙古多次体验生活，那里气候干旱炎热，再热的天气他都领教过了。所以，眼下贵州的夏天对他来说，只不过是小菜一碟。

梁上泉看上去很随和，尽管跟人交流不多，但他说话非常客气，有长者的风范，但更多的是一种谦和素养。整个活动期间，我们同乘一辆车，丝毫没有感觉到他是一位成绩斐然的大诗人，更没让人感到有哪怕一丝的傲慢，就像一位邻家大叔坐在中间，只不过说的是重庆话而已。

说实话的周克芹

周克芹在为数不多的获奖作者中，无疑是熠熠生辉的。他的著名小说《许茂和他的女儿们》不仅荣获了首届茅盾文学奖，还被拍成了电影。那个年代作品被拍成电影可不是件小事，要知道，当年进电影院的观众数量不亚于今天的网民。所以，周克芹算是响当当的大作家。

看到获奖名单上有周克芹的名字，我甚是高兴。因为来前刚读过他的散文《山月不知山里事》，为其优美淡雅的笔调所倾倒。现在能见到本人了，大有追星族见到偶像时的激动和自豪的感觉。

　　我对周克芹的形象全然不知，甚至连照片也没见过。到达后吃第一顿饭时，大家彼此并不熟悉，七八个人凑一桌便吃。怀着对那些"大咖"们的崇敬，我一边吃，一边不时地问坐在身旁的湖南作家肖建国："那是谁？那又是谁？"肖建国跟我同住一屋，但已是知名作家，自然对"大咖"们了解得更多。我问的那些人他基本都能说上名字。

　　我发现邻桌有个人正专心埋头吃饭，身边还有一位女孩。"这也是作家？"我悄悄问。肖建国仔细看了一会儿说："哦，那是周克芹呀！"

　　"周克芹？"我愣住了。

　　想象中的周克芹可绝不是这个样子。那张瘦长的脸上刻满了皱纹，一看便是饱经风霜，承受过无数的磨难。站起来时，他的背竟还有些驼，尽管很轻微，可与周围同龄的作家相比，就越发显得突出。我的脑海里一下子把许茂的形象跟他联系了起来……

　　在我看来，周克芹应该是沉默寡语的人，每到一处参观，别人都兴致勃勃地品头论足，他却习惯性地卡着腰，吸着烟，眯着眼一言不发，那神情好像沉浸在深深的思索中。

　　其实他很好接触，而且显得比别人更体贴关心人。颁奖活动赞助单位虽然花了大价钱，但有些细节处理得并不太好。因为要联系返程的车票，我到处找工作人员的住所，却找不到。无奈，只好求助于这次活动的牵线人何士光。碰巧他不在，屋里坐着的是周克芹。他操着浓重的四川腔招呼我："有啥事情，进来坐坐再说嘛。我是士光的老朋友咯，找他的事，我也该帮忙嘛。"我把来因说明，他立刻起身领我到楼下工作人员房间，未果，又领我到门口，详细介绍其他工作人员的住处。看到他如此认真，我不由得想起他笔下那些质朴、可亲的人物形象。周克芹不就是他们的影子吗？

　　在大学读当代文学时，我就知道了周克芹的成长道路。他被冠以"农民作家"的称号可以说是名副其实。他生长在农村，工作在农村，笔下的人物也离不开农村。可能是长期环境的熏染，他身上总有一股子农村的气息，连他的儿女也受到影响。颁奖活动正值暑假，有几个"大咖"带着自己的孩子顺便来开开眼界，周克芹也带来了女儿——一个皮肤长得黝黑，并不太漂亮却十分文静的姑娘。她穿得普普通通，普通到混在大马路上的人流里绝不会找得到。在遵义烟厂，厂方赠送给参会人员一些包装盒上印有当地名胜古迹图案的火柴，可能工作人员因为她是个孩子便没给她。看得出她很喜欢那些小巧的玩意儿，两只眼睛一动不动地盯着我手里的火柴。我无意中发现了，忙说："送你吧。"她犹豫了一会，赶紧摇摇头。这时周克芹走来，把他的那一份火柴递给小女儿。女儿笑了，有些羞涩却很甜。周克芹也笑着对我们说："乡下孩子没见过世面，莫见笑咯。"

作为首届茅盾文学奖的获奖者，周克芹的名气、地位在中国当代文坛上可想而知。然而他处处显得那么谦虚。每逢介绍到他，请他讲话，他都歉意地笑笑，摆摆手谢绝了。在公开的场合下，我只听他讲过一次话，还是那样短暂。颁奖时，《人民文学》的领导介绍他是《许茂和他的女儿们》的作者时，全场立刻响起了热烈的掌声。看来，人们对许茂和他的女儿们太熟悉了，"我获奖不好意思咯，因为我是评委嘛……"这是周克芹的开场白。这次征文获得荣誉奖的作家，几乎都是声名显赫的著名作家，同时也是评委。这实际上也很正常，活动的赞助方要的就是这种效果。然而，周克芹首先想到的是应该回避，不应该站在领奖台上。他说这番话时，我不由得朝在场的那些"大咖"们多看了一眼，他们都在静静地听着，脸上的表情显得有些凝重，似乎在思考着什么。

周克芹是严肃的，但也不乏幽默感。颁奖活动结束，每个获奖者可以说满载而归：收获了不少纪念品，又买了不少土特产。大家大包小包地站在车前等候离去。周克芹吸着烟、眯着眼自言自语地说："这可真是胜利大逃亡啊！"当时美国影片《胜利大逃亡》风靡一时，周克芹借用于此，话不多，却恰如其分地描述了当时的情景。直到今天，想起他，我还记得他说这话时的神态。

那次与他分别时，我曾邀请他来青岛。他点点头说："要的，要的，那可是个好地方呀。"之后两年他来了没有我不知道，但我希望他来。然而他永远来不了了——二十八年前的那一天，突然看到一条让我不愿再看第二眼的消息：著名作家周克芹逝世……

53岁，对一个作家来说，是多么好的年华，然而他走了。留下了用血和汗写成的作品，留下了几十个千姿百态的文学形象，留下了人们的无限思念，也留下了我对他短暂却抹不去的深刻印象……

沉稳寡言的李国文和从维熙

颁奖活动对我而言，最兴奋的是见到了许多此前只闻其名未谋其面的作家"大咖"，其中来自北京的李国文和从维熙令我印象颇深。所谓"深"，其实就一点：沉稳而寡言。

高大魁梧的李国文和矮胖柔弱的从维熙在形体上有着鲜明的差别，但这两位文坛宿将在众人面前显示的气场却是相同的：让人敬佩。

当时这两位的作品誉满文坛不说，还屡屡获奖。李国文的长篇小说《冬天里的春天》摘取了首届茅盾文学奖；《月食》和《危楼纪事》分别获得1980年和1984年全国优秀短篇小说奖。从维熙的中篇小说《大墙下的红玉兰》《远去的白帆》《风泪眼》获全国第一、二、四届优秀中篇小说奖；电影《第十个弹孔》获文化部全国第一届优秀电影奖。

一起生活了几天，我几乎没听到他们二位说几句话，更多的时候，我看到的是李国文用一块小手绢不断地擦汗，从维熙手指上永远夹着烟。当时他们的年龄应该算是比较大的了，李国文58岁，从维熙55岁，但他们沉稳的神态似乎要比实际年龄更老成。我一直在猜想，这会不会跟他们在风华正茂之时被打成"右派"，发配到偏僻山区和艰苦地区劳动改造有关呢？

当然无人回答我，但在他们的作品里也许会找到答案。

有个细节让我迄今难忘。那天参观茅台酒生产工艺，在一个酒糟前，陪同人员说有兴趣的可以尝一下还没有勾兑的茅台酒。据说，此时生产出来的酒，酒精度很高，味道也有些特殊，一般人喝不来。好多人望而却步，李国文却走上前去，用一个小酒提子舀了一点，然后慢慢地送到嘴前品尝，咂味，最后一饮而尽。

"好喝吗？"许多人问。

"辣，香，好！"李国文惜字如金，只吐出三个字。就这三个字，让那些徘徊者纷纷走上前去试喝。

"老酒仙"都下结论了，岂有不争前恐后，跃跃欲试之理？

据说，李国文的酒量不一般，想想也是，不然怎么会写出那么多脍炙人口的佳作？

李国文今年已 91 岁高龄了，据说还在写。真乃老骥伏枥，志在千里，让人敬佩。

拿自己不当外人的崔道怡

还有个"大咖"也要说两句，那就是崔道怡。知道其大名还是在济南上学时，那年崔道怡去济南公干，接待他的恰好是我的文学指导老师，他跟我说起过崔道怡这个名字。

看到有人这样刻画崔道怡："高高的个子，瘦骨临风，曲高和寡，神韵中真有些外交家乔冠华的风采。但是整个感觉是乔冠华是发散的，而崔道怡是收敛的。只是两个人同样有风采。崔道怡的骨子里透出博大的沧桑感，仿佛是属于这个时代的。"

我忍不住为这段刻画点赞！真是把崔道怡写到骨子里了。

崔道怡是名编，1988 年曾获全国文学期刊优秀编辑奖，1996 年曾被评为全国百佳出版工作者，享受政府特殊津贴。他被誉为"天下第一编辑"，是文坛上的"伯乐"。前些日子还看到报道，《人民文学》邀请他给现任的编辑们传经送宝。八十多岁的人了，依然被高看，这本身就不易。

现实生活中的崔道怡该是个随和的人。这么说，是因为有一个片段让我想起来就忍俊不禁，也同时感受到他的实在。那天从茅台酒厂往遵义赶路，炎热的夏天，大家自是口干舌燥。本来车上是准备了矿泉水的，但跑的路太长，水又准备得不多，后阶段就告急了。坐在车上，尽管开着空调，但大家还是渴望能喝上几口水解渴，如果能有冰镇水之类的就更好了。

车在乌江边一家饭店门口停住了，要在这里午餐。我们乘坐的车最先到达，下车后两位同为山东的作者招呼我，我们要了几瓶冰镇啤酒解渴。刚喝了没几口，后面的车到了，呼啦啦下来许多人，大家走进饭店便各自找地方坐下休息。这时，一位黑瘦的男人突然跑到我们桌前，也没招呼，拿过一个杯子，然后抓起一瓶啤酒，嘴里一面说着对不起，一面将杯子倒满咕嘟咕嘟喝起来。两杯啤酒下肚，大概舒服了，他连声说着"谢谢，对不起。渴坏了"，然后摆着手退后，走了。

当时我们并不知道他是何人，但知道他是同路人。

"这老哥也太实在了，不拿自己当外人。"同桌的一位望着远去的背影开着玩笑说。

旁边桌上的人听了也笑了，接着有人告诉我们，那个人叫崔道怡。

呵呵，原来还有点儿老顽童的意思。只可惜，后面的行程我们无缘再热闹一番了。

更多的作家"大咖"们

那次活动可以说是我迄今为止近距离接触作家"大咖"们最多的一次，虽然没有更多机会跟他们交流互动，但仅是在一旁看看就足够让人心动了。

何士光，贵州作家。他的《乡场上》《种苞谷的老人》和《远行》三篇短篇小说曾获全国优秀短篇小说奖。他曾担任过贵州省作家协会主席，当年活动的主要牵线人就是他。迄今，《人民文学》的"茅台杯文学奖"跟那次活动有没有联系不得而知，但说那是基础或者是尝试，应该不为过吧？从这点说，何士光功不可没。当然当时最忙活的人也是何士光，就连分配住房这样的具体事务他也要亲力亲为，只是有时他那难以听懂的方言让人有些无奈。

周明，时任《人民文学》常务副主编，是活动主办方的最高领导。据说时任主编的刘心武原本要来参加活动，但不巧正好赶上忙着搬家，就放弃了。这让我们这些文学爱好者痛失一次与"大咖"相见的机会，实在有些遗憾。

我一直觉得周明不像是位作家，更像一位领导。他干练的动作、清晰的语言，加上清瘦但得体的身材，与影视作品里的领导形象重叠了。然而他在五十年代中期便开始发表作品，还主编了大量报告文学、散文集，获得过全国图书金钥匙奖和中国报告文学事业终身贡献奖。最近我还时常从媒体上看到关于他参加一些活动的报道。算起来他有八十好几了，但记忆中他还是充满朝气的模样。

在贵州举行活动，自然见到了当地的作家"大咖"，有两个人给我印象较深。一位是李宽定，戴着眼镜，显得很文静。当时他的《良家妇女》被拍成了电影，所以一说电影的名字，大家顿时对他肃然起敬。再一位是李发模，一位诗人，其叙事诗《呼声》在《诗刊》发表，经中央人民广播电台播放后，在全国引起巨大轰动，曾获 1979—1980 年全国第一届优秀新诗奖，被苏联著名诗人叶甫图申科誉为"中国新诗的一块里程碑"。但见到其人后，却怎么也无法将其与诗人的浪漫联系在一起。如果说他是来自乡村的干部，倒是十分相像。

李宽定和李发模只在众人面前亮了亮相，之后跟那些"大咖"们去私下活动了，我们这些无名小卒无缘再见。我猜想，他们不会闲着，那么多的作家"大咖"来了，对他们来说也是难得的机会，他们也需要进一步增进感情。

最后说一下我的同屋肖建国。

跟肖建国同屋是缘分。如果路上不发生列车出轨延误到达，或许就跟别人同屋了。阴差阳错，我与他同吃同住了一个星期。

之前听说过肖建国的大名，也读过他的作品，但真正了解他的创作成就还是之后。这位担任过湖南文艺出版社社长、《芙蓉》杂志主编、广东花城出版社社长、《花城》杂志主编、湖南省作家协会副主席、广东省作家协会理事的湖南汉子，从 1972 年就开始发表作品，曾获首届庄重文学奖、首届湖南省优秀文学艺术作品奖、《青春》小说奖、《人民文学》优秀作品奖、湖南省青年文学奖等几十个奖项。

肖建国比我年长，但为人却很随和，他当时已经有些名气了，获奖的作品《缺支警报器》发表于《人民文学》，可见其实力。

分别后我没再与肖建国联系，包括那些难得相见的作家"大咖"们，这实在是遗憾，想起来一直后悔不已。当时写作仅是爱好，所以也没更多的精力和热情去关注文学，自然也就忽视了那些再也寻找不来的"人脉关系"。最近萌发了追溯回忆的念头，我开始在网上查询相关"大咖"们的信息。我发现，随着时间的流逝，真是物是人非了。毛泽东"三十八年过去，弹指一挥间"说得大气从容，然而现实是许多人在这一挥间，改变了许多，甚至付出了生命。但也有始终不变的，那就是作品。不管是有争议还是无争议，留给这个世界的都是一个作家对生活的真情表白，这就足够了。对一位作家来说，还有什么能比得上自己珍爱的作品呢？

文化的"性"

性，一直是传统意识中忌口的词，只可意会不可言传。说到性开放，人们马上会想到西方发达国家。事实也是，发达国家在性方面的认知和开放程度确实比我们要大。

纽约曼哈顿第五大道27街口处的一间不大的门头总是人头攒动，原来这里就是名扬全球的"纽约性博物馆"。

把这样一处博物馆放在人流如织的繁华城市的中心地段，也就美国人能想得出做得出。

看名头，许多人会以为里面充满了色情，这也是门外经常涌动着犹豫不决、徘徊不定的人流的重要原因。其实进门就是一间商店，普普通通的三十多平方米的空间，与一般商店并无太大差异。不同的是所有的商品都与性有关系。画册、图书、张贴画、玩偶、日用品，再加上各式包装的安全套，有一种让人脸红腮热的幻觉意味。只要有兴趣，人人都可以进去参观，甚至可以随意翻看。但是如果要看展览，就要花18块美金购票了。

售票处设在地下一层，略显幽暗的灯光给人一种神秘感。购票者无年龄限制，垂暮的老人、充满朝气的青年男女都可以购票参观。展室在商店之上，是两层面积大约四五千平方米的楼房。图片占据了相当大的部分，据说都是征集而来的，主题当然都是性的元素。画面大小不一，大的有十几尺，小的也就两三寸，看起来都费眼。赤裸裸的画面向人们展示了纽约淫荡好色的过去，泛滥的黄色及恋物欲行业、男女同性恋者的历史。实物大都来自学者和藏有档案材料的富人商店捐赠，据说会不定期更换。我们去参观时，见的实物并不多，且大多有类似普教之用的意思，换个地方或许难以猜测出是何种用途。展览有一部分是"艾滋时代"，专门讲艾滋病的来龙去脉和危害，提醒和告诫人们如何注意性安全，宣教的意味更浓。

没有任何低级黄色之感，更没有所谓的生理刺激，许多人感到18美元不太值，等于上了一堂性知识普及课。

实际上，创建博物馆的金西教授就是当时世界性权威专家，之后的历任馆长都是学者，这就决定了博物馆必定有深厚的文化背景、文化气氛，以及较高的学术水平。展室旁边有一个独特的咖啡屋，里面有许多图书供人免费阅读，当然也可以购买。图书全是与性有关的，医学、科普、文学、画册，应有尽有。想了解和研究性的人，在此必定有所斩获。即便不是专门研究者，也可从中感悟良多。顶层展室还有一个奇特的帐篷，情侣双双牵手而入，投影灯会显出不同的色彩，感情越深，红色会越浓。许多老夫妻刚走进去深红色就出现了，旁边的工作人员会欢快地叫道："爱得好深啊！"看似游戏，但潜意识里在传达一个信号：珍惜爱情，珍爱生命。博物馆最大的亮点是那尊希拉里的半身雕塑。希拉里是美国前总统夫人，又曾是总统竞选人。但主演过《本能》的斯通却强烈表示，克林顿夫人因太过性感而不适合竞选总统。雕塑家丹尼尔·爱德华兹为了斯通的这句话，大胆塑造了身着低胸睡衣，目光睿智深邃，正若有所思地眺望远方的希拉里半身雕像，成为博物馆的"镇馆之作"。这让博物馆无形中增添了更浓厚的时代气息，也体现出美国人对性认识的多元化、主观性。

博物馆于2001年建立，2004年就举办了"性与金莲"展览。一看名字就知道，这个展览与中国古代性文化有关。从这个意义上说，该馆是世界性的。

　　看过展览重新置身喧闹的街市，看着那些穿戴随意却不失端庄的美国人，回想着展览中的一些细节，突然觉得，美国在性方面应该还是有些保守的，并不像人们想象的那样开放无度。从博物馆的展示就可以看出，他们注重的更多的是文化、理念和知识，其大胆程度据说远不如汉堡、哥本哈根、巴黎、阿姆斯特丹、东京等地的同类展馆。

　　实际上，人们好多所谓的印象，除了道听途说，还有神秘意识在作怪，等到真的亲眼看见了或者调整个角度去审视，没准会有大的改变。大多国民在性方面孤陋寡闻，知识欠缺是一方面，更多的恐怕还是犹抱琵琶半遮面的虚伪观念，这反而误导了自己。

千古大观琅琊台

战马奔驰，旌旗猎猎，公元前219年，一队声势浩大的"黑色大军"伴着黄土尘埃，一路奔向东海。"皇上，到了"。随着一声禀报，龙辇上走下一位高大威猛的男人。他蹙眉按剑，挺胸昂头，一双威严有神的眼睛，四下环视了一番。突然脸上露出一闪而过的笑容，然后大步向前，在山崖前停住，一只大手指向远方。此景被定格于当下的青岛西海岸新区大珠山山脉的一座平台上。

这位不凡之君乃秦朝第一位皇帝嬴政，而那座平台乃千古名胜琅琊台。

山不在高，有仙则灵。琅琊台的"仙"，不同于崂山出没玄虚的妖魔鬼怪，而是实实在在的人——帝王将相，达官显贵，名士墨客。秦始皇十年间三次亲临，一生中五次巡游，竟有三次涉足此地。春秋战国时期，琅琊曾是齐国的重要城邑，齐桓公、齐景公经常到此巡察、游玩，长达数月不归。在这之前，越王勾践灭了吴国，迁都琅琊，把政治中心就建立在琅琊台。周代初期，姜太公封了齐国的八神，其中四时的主祠便设在琅琊台。汉武帝在位期间曾三幸琅琊，偏爱程度与秦始皇不分伯仲。李白、白居易、李商隐、熊曜、苏轼、颜悦道、王无竟、丁耀亢、刘翼明、高凤翰、李澄中等文人学士，更是慕名而来，闻风而至，留下一篇篇脍炙人口的诗章，让琅琊台美名天下，弥久飘香。

琅琊台一名最早见于《山海经·海内东经》，"琅琊台在渤海间，琅琊之东"。琅琊台非高山峻岭，只有183米，因形状如台，故被冠以"琅琊台"。另有传说，琅琊台远看是一座山，近看却是两座山，紧紧依偎在一起。传说是一对夫妻变的。琅琊台很久以前是平原，住着两户人家，两家人同一天添了喜。儿子起名叫琅哥，女儿起名叫琊姑。后来，恶人要抓漂亮的琊姑，琅哥挺身而出。面对追兵，两人跳入大海。跳海处冒出一座两山紧紧连在一起的山峰，人们说这是琅哥和琊姑变的，后来这山就叫"琅琊台"。

琅琊台四周山峦起伏，绿树成荫。两千多年前中原称霸徙都于琅琊后，越王相中了这块风水宝地，在上面修造了一座观海台。在这个台上，越王曾以霸主身份号令诸侯，风光一时。然而当楚威王打败越王后，琅琊台就变成了一片废墟。两百年后，秦始皇巡幸此地看到残垣断壁，一片萧条，大为震怒，一声令下，徙民三万户到琅琊台处，重振琅琊台。现在人们看到的云梯、御道、斋堂、龙王殿、望越楼、炮台、行宫，无一不是当年繁盛之时的缩影。

琅琊台自然风光秀丽，是古时候人们观日出、看海市蜃楼的好去处。唐开元进士熊曜、清诸城文人李澄中在其诗文中都有所记载。据说，秦始皇第一次见到大海，就是在来琅琊台的路上。满眼的潮起潮落，浩瀚无边的"大水"，让秦始皇感到无比震撼，感慨万千。

琅琊台在经济和军事方面的地位非同一般。当年的"琅琊港"是春秋战国时期中国五大古港之首，为亚洲始祖港，是重要的海上交通要道，也是现在"一带一路"中的一部分。这条被誉为"北方海上丝绸之路"的海上通道，是连接中、日、朝三国的海上重要交通线，对加强东部沿海地区的控制，具有举足轻重的作用。秦始皇三次不辞劳苦巡察，绝非单纯为了示威于天下，安抚所谓民心，更不是为了一览琅琊之美景，其背后的动机还是在于巩固"天下"。

琅琊台名气大的另一个原因，源于徐福入海求仙药。

徐福的名字在司马迁的《史记·淮南衡山列传》中出现，先为"徐天"，又为"徐福"。经考证其为琅琊人，也就是琅琊台所在地的原居民。徐福是方士，祭拜鬼神、炼丹是其拿手好戏。秦始皇千里迢迢来到琅琊台，作为一方"法士"，必须做点儿什么以讨得皇上的欢喜。于是上书说海上有蓬莱、方丈、瀛洲三座神山，山上有长生不老之药。请求皇上派童男童女，入海寻求。这正中秦始皇下怀。皇帝整日苦思冥想的就是一辈子作威作福。有了长生药，岂不就可以梦想成真了？于是，徐福先后三次出海寻药，出发地均在琅琊台。每次出行，秦始皇都沐浴斋戒，充满期待，或者亲自相送，或者驻台目送。然而，十年相盼一尘梦，只落得个灰飞烟灭。徐福最后"东渡扶桑"，率千名随从竟一去不复返，倒是在中日两国间留下了众多传说和故事，成为历史、航海、民俗、宗教、考古等诸多学科研究的话题。这肯定是秦始皇做梦也没曾料到的结果，徐福无心插柳却柳成荫。

现在琅琊台西南侧有一座徐福殿，是专门为纪念徐福而建造的。据说，当年徐福主要在此活动。殿堂分前后两殿，甚是气派。这是徐福的"福气"，两千多年后人们还记着他并为他"评功摆好"，这可是实实在在的"纪念"，没有丝毫的"虚无"。

琅琊台最"灿烂"的文化遗产是刻石。秦始皇出巡，所到之处必立碑刻石，以宣扬他的一统大业。公元前219年，秦始皇筑就琅琊台后，在台顶立了刻石，公元前209年，秦二世巡至琅琊台，在其父所立刻石旁刻了诏书和大臣从者名。几经风霜，刻石已碎，后经学者多方寻找，将散碎碑石拼凑粘合复原，放进了博物馆，成为"国宝"。如今位于琅琊台顶西部的刻石是复制品，上面分别刻了秦始皇的《颂诗》和秦二世《诏书》两部分，共计447字。透过字里行间，人们可以欣赏到当年秦始皇统一文字后的"标文",更可以领略古人书法的功力。据传,碑文出自当时宰相李斯的手笔。

"咚咚锵锵""咚锵咚锵",气势磅礴,排山倒海,光如日月,声如响雷。这震撼响亮的鼓乐声来自山间,来自琅琊台之上。这是当地旅游部门举办的琅琊台"四时祈福节"的场景之一,北方胶东传统威风锣鼓、南方广东醒狮鼓之鼓乐,加上自创的"琅琊台四时节令鼓乐",把方圆几里都敲得"震耳欲聋"。声音顺着海面传去,越过东海,跨过大洋,奔向苍穹。

如今,琅琊台早已成为国家重点风景名胜区,千年大观散发出迷人的光彩,熠熠生辉。

一座活力之城

　　二十世纪三十年代初，做小生意的外公带着全家从乡下移居到青岛。多年后我问母亲，外公为什么要来青岛而不去更近的其他城市？母亲说，外公觉得青岛有活力、有机会。当年我家住的那条街上，有大大小小十几家工厂一字排开。虽然有的还处于简陋的手工操作水平，但在那个年代这已是别开生面了！

　　四十年代末，在县城教学的父亲毅然辞职来到青岛。母亲后来告诉我，追求自由进步的父亲看重的是青岛的生机和舞台。那年，青岛啤酒就有了胶片广告。这在简易、传统的"静态"广告时代，无疑是"石破天惊"。创意大胆浪漫、制作技术超前，不仅让国人大开眼界，甚至连外国人也惊叹不已。广告背后是城市的底蕴和潜力，正是这股清新时尚之风，吸引了无数"新潮"青年心仪青岛。

　　小时候，我很喜欢跟小伙伴到海边坐在石坝上看海上的大船，那些满载货物的各式船只，顺着前海缓缓驰向后海的大港码头。但那时的港口规模很小。15艘船舶，72万吨货物，这两个数字是70年前青岛港一年的吞吐量和作业量。现在呢？空闲之余我还是喜欢去海边看大船，如今的大船是真正意义上的"大"。万吨已不再稀罕，几十万吨习以为常。青岛港也早已跨入综合性国际亿吨大港行列，年吞吐量从两亿吨、三亿吨，一直攀升到五六亿吨。"二齿钩子""撑棍"这些当初的装卸工具，已成为历史的历史，全自动化的智慧装卸是现在港口的新"工具"。

那些年因为工作的关系我经常去青岛港，每次走进港区都能闻到一股新鲜的味道，似乎到处都弥漫着时代进步的气息。那些高大敦实的集装箱，那些"巨无霸"式的装卸机械，还有那些摆满了各式计算机的操作室，让人感觉充满了活力，蓄满了张力。

上中学的时候，老师带我们去"学工"。印象最深的是戴着白色工作帽，穿着白色工作服的纺织阿姨和姐姐。她们就像一道亮丽的风景线，给这座城市增添了绚丽的光彩。在轰响的台布机声中，那些美丽的女工不停地巡视着，聚精会神查看每一道织布，不放过哪怕一个小小的疵点。也就从那时起，我知道了纺织业有"上青天"这个称呼。那是当时中国工业经济地位和分量的标志。"上"是上海，"天"是天津，而那个"青"，就是青岛。能与两个直辖市比肩，该是多么自豪，多么牛气！

改革开放后，青岛的纺织业顺势而变，出口业务大幅增长。我有好几个同学从事外贸业务，做得风生水起，赚得盘满钵满。他们都承认，青岛的纺织基础厚实，技术上乘，产品过硬，拿到哪儿都受欢迎。

这话我相信，二十世纪青岛的冰箱、电视机、运动鞋、冰柜以及啤酒，风靡全国。那些年因公出差与同行接触，除了谈工作，很多人会提起青岛的产品。品牌之都的美誉给青岛带来无上荣光，也昭示着这座城市在不断发展。这些年，国内一些曾经辉煌的品牌销声匿迹了，但青岛的海尔、海信、青啤等依然风光不减，作为一名青岛人，怎能不为此而"沾沾自喜"啊！

二十世纪八十年代末，我去青岛东部拜访一位朋友。公交车跑了足足一个多小时，而且越跑越荒凉，最后竟满眼都是庄稼地。这让头一次来这里的我大为惊讶：这是青岛市吗？意想不到的是，十几年后我的家就安在了这片曾经让我极为"失望"的土地上。但那时许多人对能住在这个地段已经羡慕至极了。感谢九十年代那个春天，青岛的发展目标转向了东部。当时不少人心存疑虑：能行吗？繁华的商业街、金融机构，文化场所，甚至政府机关都在西边，还有，"红瓦绿树""碧海蓝天"也都集中在老城区啊！

实践最有说服力。数年后一个崭新的东部展现在人们面前。"凉地"成了"热土"，寸土寸金。昨日荒野的景象一去不复还，取而代之的是宽阔的现代化主干道——香港路，从老市区到崂山底下，长长的几十公里。路两旁一座座现代化高楼大厦拔地而起，各种商业、文化、娱乐场所遍布四周，充满了国际化大都市的景象。那年，我站在新建的办公大楼窗前，望着对面五四广场上硕大的雕塑"五月风"，思绪万千，感叹不已。我在想，假如当初一直死守在已无发展空间的老市区，青岛会有现在的模样、现在的发展、现在的格局吗？会有以后的五四广场、奥帆中心，以及第29届奥运会青岛奥帆赛、2018青岛上合峰会、2019青岛海军节吗？更不会有"办好一次会，搞活一座城"的机遇了。

一步妙棋，满盘皆活。眼光、境界、魄力、担当，缺一不可。青岛不乏这样优秀的操盘手，该出手时就出手，由此带来的是更加旺盛的活力。

我想起当年曾去采访海尔，那时海尔如日中天，产品供不应求。不料我听到最多的不是雄心勃勃的怎么扩大生产量，而是"如履薄冰"的"忧患"。当时我难以理解，也无法理解。但之后的事实让我不得不折服，一个企业只要拥有头脑清醒、高瞻远瞩的领导者，就一定会立于不败之地。从二十世纪为确保产品质量"砸冰箱"，到今天的互联网生态型平台企业，一个更强大的海尔正在焕发新的青春。这是企业的骄傲，也是青岛这座城市的自豪，因为这里始终培育和养育着一大批有理想有作为的优秀人才。

最近这些天，我连续接到信息，那些被我称为"晚辈"的人——来自机关事业单位，包括民营企业的年轻干部，要去深圳、上海"体悟实训"。换句话说，就是到这两个城市的企业、机关、事业单位去当一名学员。

去改革开放的前沿，去经济发展、改革创新的标杆和榜样城市开眼界，长知识，学办法，寻高招，这是"人往高处走"的一条最佳捷径。这让我想起二十世纪九十年代初，全市改革开放大会后，我便随市里第一支赴国外培训队伍到新加坡学习。短短的二十多天，虽然有些走马观花，但国外先进的管理模式和经验，给我们留下了深刻的印象。我相信，许多人会自觉不自觉地将这些借鉴融入以后的工作中。

人的开放是最大的开放，观念意识的改变是最好的改变。一座城市要发展要腾飞，最关键的是领头的"人"。现在上千名干部被选派出去，相对青岛整个干部队伍来说，寥寥无几。但他们带回来的新思维新观念新思路新办法，却远不能用数字来衡量。一定会被成倍地放大，从而影响成千上万的人。

我一直在关注这些"晚辈"们的动向，包括已经从深圳"毕业"而归的前三批"学员"。从他们身上可以洞观青岛现在的发展走势，可以看到希望，增强信心，更可以预测未来，展望美好的前景。因为他们是这个城市的中坚力量，是今天明天甚至将来确保这个城市青春永驻的不可缺失的生力军。

青岛的历史算起来只有"两甲"，与那些千年古城相比，还显年轻。但许多人喜欢的正是这种朝气，这种旺盛，并积极努力去营造一个"青春不衰"的良好环境。

年前见到了在四方机车车辆厂退休的老邻居，几句交谈方知，现在他的孙子"接班"也在造机车。不同的是，老邻居曾见证过新中国首台蒸汽机车试制成功。那是1952年8月1日，"八一"号蒸汽机车在人们的欢呼声中从四方机厂"隆隆"开出，从此中国有了自己的蒸汽机车。半个多世纪过去了，四方机厂几经改组，诞生了今天的南车四方机车车辆股份有限公司。人们熟知的"和谐号"就产自该公司。这是中国自己生产的"高铁"，令全世界刮目相看。老邻居的孙子如今在公司里搞技术研发。"那些技术目前只有少数几个发达国家才掌握，但我们已经掌握了，未来中国的高速列车一定会更棒！"老邻居信心满满地说。我知道这自信一定是来自孙子的影响。从青岛出发，奔驰于全国乃至世界各地的高铁一直是青岛人的骄傲，这是一个城市活力四射的象征，是老企业脱胎换骨，始终跟随时代发展进步，不断超越自我的典型范例。在青岛这样的企业数不胜数。他们曾经辉煌过，现在依旧辉煌，未来还要辉煌……

动力、底气何来？

青岛是一座青春之岛，是一个正在创业的城市，是城市中的独角兽；青岛是一个平台，一个汇聚天下创新创业者的平台；青岛是一个生态，是成全四海不畏风险的智者成长成功的热带雨林。

这是一位领导说的话，现在借用到这里最合适不过。

记得多年前大学毕业征求去向时，我毫不犹豫地写下了青岛。系领导问，就那么喜欢自己的家乡？我说是的，一座有活力的城市怎能让人不爱？

青岛，现代作家的福地

作家创作都有自己的习惯，这其中"地域"很重要。换句话说，在什么样的地方可以或者可能创作出优秀的作品，对作家们来说很重要。

哪里是自己创作的福地？

对福地的感受和认识因人而异，这大概跟人的境遇、心情和处境有关，但不管怎样有一点是共通的，那就是没有激情很难创作出满意的作品，也不会文思泉涌，更不会一发而不可收。

喜欢，是第一位的。如同情人相处，对上眼光才会激发感情。作家喜欢一个地方对灵感、思路、形式、手法都会产生奇妙的"升华"，从而让自己的创作锦上添花。

福地有多层含义，但平静、安全、舒心是不可缺少的因素。很难想象一个作家会在一个动荡不安、充满恐怖感或贫穷至极、食不果腹的环境中还有心去构思，去创作。二十世纪三十年代初期的青岛正处于一段相对安宁时期，军阀割据在此没留下太大的创伤，日本侵略的野心还没有公开暴露，当局甚至开始有计划地进行市政建设，对知识界特别是大学教授们还是十分重视的。从国立山东大学的教师宿舍建设就可以看出，在依山傍海、达官贵人的居住区给大学教师划出一席之地，可见当时社会和当局对"文人"的尊重。

或许正是这些原因，二十世纪三十年代，一批现代著名作家在青岛"大显身手"，留下一部部脍炙人口的佳作，为中国现代文学发展增添了浓重的一笔。

"蜜月期"成就了《生死场》

还记得萧红吗？这位被誉为"二十世纪30年代文学洛神"、鲁迅很喜欢的年轻女作家是一位传奇性人物。

1934年初夏，萧红偕同丈夫萧军乘日本轮船"大连丸"来到山东青岛，住进了观象路1号一座红瓦小楼里。

萧红夫妇从遥远的东北来青岛，是为了躲避日本人，不愿过"亡国奴"的生活。在日本人嚣张的气焰下生活，萧红觉得气都透不过来。来到青岛，这一切似乎都改变了。尽管他们没有钱，过着清贫艰苦的生活，但精神上愉快。

萧红在青岛有很多好朋友，舒群、张梅林，还有邻居白太太、国立山东大学的苏菲小姐等等。张梅林经常与萧红、萧军一起出游，他们在大学山、栈桥、中山公园、水族馆和海滨唱歌、散步、谈论文学，有时还去汇泉湾游泳。

在青岛期间，萧军到《青岛晨报》做副刊编辑，萧红为该报编辑《新女性周刊》，这实际是中共地下党组织主办的一家报纸，萧红夫妇在为党工作。编辑工作并不繁忙，萧红经常用一只带柄的平底锅烙葱花油饼，烧俄国式的大汤"苏泼"，这是她的拿手好菜。萧军喜欢，同在报馆工作的张梅林是单身汉，经常来萧红家搭伙吃饭，也很喜欢。

在青岛的日子，是萧红一生中仅有的一段宁静、安稳的时光，激起了她高涨的创作情绪，那凄婉而美丽的长篇处女作《生死场》，就是在此时创作的。书中的故事都发生在东北故乡，白山黑水里的一道道沟沟坎坎，一汪汪绿水清溪，麦场上那清新的麦香味，还有那熟悉、亲切的乡音，一直展现回荡在萧红的文学思绪中。然而，在东北期间她始终无法完成自己的夙愿，直到来到青岛，才投入到激情奔涌的创作之中。

1934年9月9日《生死场》完稿，与此同时，萧军的长篇《八月的乡村》也写完了。许多人说青岛时期是萧红和萧军的"精神蜜月期"，他们的物质生活虽然贫乏，但精神上却是丰富多彩的，创造力也最旺盛。他俩就像两只快乐的小鸟，在天空中自由自在地飞翔。《八月的乡村》和《生死场》的横空出世，恰恰验证了这种"蜜月"。

后来，在鲁迅的帮助下，《生死场》于1935年12月作为"奴隶丛书"之三，由上海容光书局出版。鲁迅亲自作序，胡风写了一篇"读后记"，从此萧红的名字为读者所熟知。如果九泉之下有灵，萧红一定会记得青岛那段美好的时光，更不会忘记大海边写下的那部作品。

青岛不是萧红的福地又是什么？

在诗的城市里呐喊

臧克家祖籍山东诸城，距离青岛很近，所以跟青岛有缘应该是情理之中。当年许多人到青岛做生意、当伙计、干苦力或者嫁到青岛。不过臧克家是来上学的，而且是大学。

1930年臧克家考入国立青岛大学，正式踏入这座在他眼里是"诗一样的城市"。

臧克家在这里遇到了在他人生和事业中起着关键作用的两个人。

闻一多，这位当年也就三十岁出头却已是教授头衔的诗人，在批阅考卷时发现了臧克家。当时臧克家的数学零分，作文只写了二十八个字：人生永远追逐着幻光，但谁把幻光看作幻光，谁便沉入无底的苦海。短短的三行诗作，打动了闻一多，他给了98分，这是最高分数。就因为这个最高分数，臧克家被破格录取。

闻一多不仅是臧克家的伯乐，还是他的恩师，也是诗友和第一读者。臧克家创作的诗作，首先送给闻一多。闻一多每次都认真阅读，并在精彩处用红笔注明、圈点。臧克家创作上的不断进步，与闻一多这个良师益友有很大的关系。可以想象，如果没有闻一多当初慧眼识珠和日后的培养，就很难有后来的"大家"臧克家，更不可能在诗坛上几经"风流"。

臧克家在青岛遇上的第二个"贵人"是王统照。王统照是中国新文学运动的奠基人之一，与周作人、郁达夫等人齐名，影响力极大。他早在二十年代就开始在青岛居住，也是诸城人，而且是臧克家夫人的族叔，这层关系更拉近了他们之间的感情。空闲时，臧克家经常与吴伯箫结伴到观海二路49号王统照的住所去请教。王统照学识渊博，待人热情，给臧克家的创作提出了很多建议，让臧克家受益匪浅。

在青岛求学期间，臧克家想出版一本诗集，但作为没有名气的青年诗人，出版社是不肯为他安排的。然而，在王统照等人的帮助下，1933年7月，臧克家的第一部诗集《烙印》出版。这是一本自印诗集，王统照为发行人，闻一多作序，卞之琳、李广田、邓广明在北平联系印刷出版事宜，由生活书店正式出版。王统照、闻一多等还自掏腰包做了赞助。

《烙印》的出版，产生了很大的影响，也引起了社会各界的关注。茅盾、老舍首先在同一期《文学》月刊上发表评介文章，接着时间不长，第二部诗集《罪恶的黑手》出版。这两部作品让臧克家从此踏入名家诗人的行列。朱自清后来说过，以臧克家为代表的诗歌出现后，中国才有了有血有肉的以农村为题材的诗歌。

臧克家在青岛创作的诗歌，大量都是反映劳苦民众的，被闻一多称作"最有意义的诗"。《老哥哥》《洋车夫》《难民》《渔翁》，从这些诗名中就可以看出，臧克家一直把"窒息、苦闷、悲愤难言"的生活现实，当作他创作的主题，尽管他在有海有山有清净的"桃花源"似的青岛这样一座

"安详"的城市里，却在诗中呐喊出"愤怒"的声音。

臧克家后来回忆道，我初期的诗创作多半产生于青岛。也正是这些创作，特别是早期出版的那两本诗集，奠定了臧克家在中国诗坛的地位。青岛不是臧克家的福地？不承认都难。

惬意中开启"莎翁"之译

一个人竟在六十多篇文章中提及青岛，实属难能可贵。谁对青岛如此情有独钟？

梁实秋。

二十世纪二十年代和三十年代，梁实秋两次被邀到国立青岛大学任教。

对这个"清洁和气候适宜"的城市，梁实秋很快就喜欢上了。教学之余，他携夫人到处游逛，去海水浴场，去中山公园，去水族馆，还去了路途比较远的崂山。

"到处都是红瓦的楼房点缀在葱茏的绿树中间，而且三面临海，形势天成。我们不禁感叹，中国的大好河山真是令人观赏不尽。"梁实秋由衷地感慨道。

梁实秋还喜欢青岛的"吃"。时令瓜果、啤酒、牛排、"西施舌"、牡蛎、蛤、蟹、鱼、水饺等都曾出现在他笔下，令他赞不绝口。

梁实秋对青岛人也赞赏有加。"我初到青岛看到人力车夫从不计较车资……青岛市面上绝少讨价还价的恶习。虽然小事一端，代表意义很大。无怪乎有人感叹，齐鲁本是圣人之邦，青岛焉能不绍其余绪？"

优良的环境，让梁实秋十分惬意，工作上自然也是心情愉快。

1930年，胡适雄心勃勃地制定了一个翻译莎士比亚全集的宏伟计划，并物色了五个人担任翻译，其中就有梁实秋。但后来因为各种原因，其他四个人都退出了，只剩下了梁实秋。这是一项艰巨复杂的工程，没有可查阅的资料，没有资金支撑，也没有稳定的工作环境。梁实秋虽有雄心，但工作迟迟没有开展。

山好、水好、人好、吃也好、住也好的青岛，让梁实秋突然觉得是开始干"大事"的时候了，于是在二十世纪三十年代初的某一天，梁实秋在他居住的鱼山路33号小楼里开始了《莎士比亚全集》的翻译工作。

这是历史性的突破，具有划时代的意义，从此莎翁走进了中国，走进了千千万万读者的视野。

从那时起，梁实秋用三十八年时间，完成了两千多万字的莎翁作品翻译，可谓中国翻译界的一座"丰碑"。而谁能想得到，这座丰碑的搭建居然是从青岛开始的。青岛是梁实秋名副其实的福地。

二十世纪三十年代，曾在青岛居住期间成绩斐然的作家还有很多，众所周知的老舍、沈从文、杨振声、闻一多、冯沅君、陆侃如、宋春舫、郁达夫、洪深、吴伯箫、孟超、赵少侯、王余杞、王亚平、杜宇、李同愈、刘西蒙等，都留下了在中国现代文学史上有足够分量的作品。他们能取得这样的成绩，离不开自身的功力和水平，但也不可忽视青岛这个当时享誉东南亚甚至全世界的开放浪漫的城市，给他们提供了激情和灵感。青岛是他们当之无愧的福地。

想起了李姥姥——冯雨桐

算起来，李姥姥如果还在世，应该一百多岁了。她是七十八岁那年走的，当时大院里许多人都去了殡仪馆跟她道别。殡仪馆的人说，还没看到一个老人走了，会有这么多邻居来送行的。头一回。

说起来李姥姥算是邻居，又不算。算，她住在跟我们大院同一条街；不算，她跟大院的人几乎不"犯事"：不用一个水龙头，不用同一个公厕，更不是天天低头不见抬头见。

但我们都把她当成邻居，而且是关系很亲密的邻居。不光我们大院，周围的其他三个大院也是如此。

李姥姥是我们居委会的主任。

我们居委会在办事处所属群众组织里，是最大的一个，有四百多户人家，将近三千居民。成分也最复杂，七十二行几乎行行都不缺。

李姥姥很早就是居委会主任，打我记事时就知道她是我们这条街上的"头儿"，因为母亲经常到她家拉呱，有时也领着我们兄弟几个一起去。李姥姥有个孙子跟我们一般大小，我们去了就跟他玩，不妨碍大人们的事。

李姥姥住在临街的一处平房里，三间小屋，中间是厨房和过道，右屋住着孙子，左屋李姥姥自己住。这是处老房子，新中国成立前就有了。沙石混合地面，浅黄色，上了地漆。每回到她家，给我印象特别深，也让我非常羡慕的是，她家的地面总是擦得一尘不染，透着明亮的光泽，以至于都不好意思践踏。每次母亲都嘱咐我们，脱了鞋赤着脚进去。但每次李姥姥都会"埋怨"母亲：孩子嘛，讲究那么多干什么？地脏了再擦就是了。

我想象不出李姥姥干活时该是什么样子？她长得瘦小，弱不禁风的身板，加上白皙的皮肤，很像书中描写的文弱淑女，但她却是童工出身，干了十几年的包装工作，最后把身体干垮了，只好回家"修养"。

但李姥姥很要强，什么事都不愿麻烦别人，能干就自己干。她正在上中学的孙子长得牛高马大，她却很少让他干活，除了从公用水龙头上拎水这样的重活她确实干不了，不得不依靠孙子，其他家务活几乎不让他沾边。她给孙子的任务就是好好学习。

李姥姥很看重学习，见到我们这些孩子，说不上几句话就问学习情况，然后就是千叮咛万嘱咐：毛主席都说了，好好学习天天向上。可不要学我，睁眼瞎。我一直纳闷，李姥姥为什么说自己是睁眼瞎？她应该识字呀！每次母亲给她东西看，她都戴上老花镜眯着眼看半天，然后说自己的意见。怎么会说是睁眼瞎呢？我问过母亲，母亲没正面回答，但说李姥姥确实很聪明，别看只上过识字班，文章过目几行就知道全篇在说什么。这么厉害呀？就这么厉害。母亲有些佩服地说。

果然，有一次我领教了。那天母亲领我去李姥姥家，恰好她孙子不在，我只好随母亲来到她的房间。李姥姥坐在炕上，那是用青砖垒起的土炕，几十年前许多进了城的乡下人依然对土炕情有独钟，许多人家，特别是老人不睡木板床，喜欢土炕。李姥姥的炕很干净，炕沿用半圆的竹筒压边，那竹筒天长日久磨得闪闪发亮，摸上去油光光的发滑。

母亲拿出一封信对李姥姥说，他三舅要办调动，想调回来。李姥姥接过信，戴上老花镜，举着信看了一会说，他三舅也不容易，读了大学，分到了外地。现在结了婚，却又与爱人分居。回来吧，不管怎么说，这里是根儿。有你这个姐姐在，就等于回了娘家。我有数了，等单位来外调时，我会把他三舅的情况和你们家的情况好好介绍给人家。李姥姥摸着我的头，看着母亲说。

回来的路上我问母亲，李姥姥怎么知道你要请她说好话？母亲说，她多聪明啊！那信估计她能看明白三分之一就不错了，但意思一下子就清楚了。

当时，街道居委会的权力不小，就业、参军、入团、入党这些"大事"，都要走居委会政审这道程序。某种意义上，李姥姥掌握着许多人的前途和命运。所以，邻居们有这方面的事，首先要跟李姥姥打招呼，生怕在居委会这关过不去。李姥姥心眼好，但凡找过她，或者即便不找，她总是尽量给人说好话。帮了人，李姥姥从来不对外说，更不要说炫耀了。当时内查外调属于保密范畴，不能对外传。但有些居委会主任沉不住气，私下卖个人情，听几句感激话，换得一脸得意。李姥姥从不干这种事，即便有人打听到她给说了好话，登门感谢，她也很少承认，说这是工作，用不着感谢，换上别人也会如此。

不过，李姥姥的"善良"是有分寸、有原则的。那年大院有个青年报名参军，体检关过了，单位政审也过了，但到了李姥姥这里"卡壳"了。这个青年曾偷过邻居的"年货"，而且不止一家。当时派出所要立案，李姥姥给"挡"下了，说居委会可以出面好好教育、管理，毕竟还是个孩子。派出所给了李姥姥面子，没再追究。李姥姥跟小青年父母和本人谈了好几次话，事情就此压下去了。小青年就业时单位来政审，李姥姥没说这一段。但这次要参军了，李姥姥交了底。

小青年暴跳如雷，跑到李姥姥家门口破口大骂。李姥姥并不畏惧，打开门对小青年说，你看你这个样，你自己说，当人民解放军合格吗？解放军是大熔炉不假，但不是什么材料都可以放进去的。你可以就业，但你不能去当兵。起码我就觉得不放心。

李姥姥看人很准，一语成谶，多年后这位小青年"旧病复发"，盗窃单位油票，被判了刑。

"文革"爆发后，许多居委会主任被批斗，实际名存实亡，但李姥姥却"岿然不动"，依旧在行使着"权力"。街道造反派也想让李姥姥靠边站，但一查她的身世，蔫了。李姥姥贫农出身，很早就跟随父亲进了城在烟厂当童工，还有，她的丈夫跟她一个厂，新中国成立前夕参加了护厂队，是骨干，新中国成立后当了厂工会主任。二十世纪六十年代初，因积劳成疾过世。她的三个儿子、一个闺女，要么是共产党员，要么是共青团员，在单位都是积极分子。三代"红色基因"的背景，造反派想下手都不敢。

那阵子街道上正常的工作停了，但李姥姥仍闲不住。居民大院里说不定什么时候就来了事。李姥姥不知道则罢，知道了肯定要出面"干预"。有一回，大院一户邻居被一帮造反派拉在大院门口批斗。那是一对老人，都有病，常年不出个门，平时买菜什么的都是邻居帮忙。这对老人被强迫站在一个长条木凳上，一会儿就支持不住了，老太太晕倒在地上。邻居们看了都觉得造反派有点儿太不人性，但又都不敢多言。于是，有人就跑去报告了李姥姥。李姥姥当时也有病，但还是颤颤巍巍地来了。

看到造反派正在往卡车上搬东西，李姥姥问，你们这是要做什么？造反派说要遣返老人回老家。李姥姥说，他们老家在哪里你们知道吗？这句话一下子把造反派问愣了。你看看我，我看看你，不知如何回答好。有一个造反派问，你是谁？李姥姥说我是居委会主任，我对他们家里的情况最了解。他们新中国成立前就跟着祖辈闯关东，现在祖籍没有任何亲人了。新中国成立后他们先随着大儿子去了太原，后来去了二儿子在徐州的家，十年前又跟着小儿子来到这里。你们说把他们遣返到哪儿去合适？他是地主。另一个造反派吼道。是地主不差，但他这个地主是怎么来的你们知道吗？是过继给别人当儿子，弄了个高成分。其实他家里并不富裕。你们想想，哪有人愿意把自己孩子过继给别人当儿子的，还不是因为家里有难处？李姥姥说完，造反派们面面相觑，显然，这些历史他们还是头一次听说。

这么着好不？我们街道也有造反组织，帮着你们监督。如果他们敢乱说乱动，就向你们报告。还有，大热天的你们跑几百里路把他们拉到原籍去，我想人家肯定不会收留。你们想想，无房无地无亲无友，冷不丁回来了，岂不是给人家贫下中农添麻烦？李姥姥看着有些不知所措的造反派说。

造反派一听正好下台阶，骂骂咧咧地开车走了。两个老人感激得一把鼻涕一把泪，还没来及向李姥姥道谢，李姥姥却倒下了。邻居一摸她的头，滚烫。

居委会主任管的都是婆婆妈妈的琐事，那些年，邻里之间闹个别扭，吵个嘴，骂个娘，是家常便饭，偶尔大打出手也不稀罕。所以，许多居委会主任，大多时间都走东家串西家，满世界跑来跑去，但李姥姥很少出门。一来她的身体不好，跑不动，二来她也不需要跑，在家里就能把事摆平。这是李姥姥独特的工作方法，也是她人格魅力的体现。别人学不来，也无法学。每次接到"报告"，李姥姥先了解事情的来龙去脉，然后会告诉"报告人"如何如何处理。如果还不奏效，李姥姥会让街道小组长通知某一方或者双方一起到她家，亲自劝导化解。奇怪的是，没有一个邻居接到通知会无动于衷、置之不理，几乎百分之百，哪怕满肚子"委屈""牢骚"，也颠颠地去，任李姥姥"数落来数落去"。我曾为此问过母亲，母亲说，一点儿不假。李姥姥在邻居们心目中的地位和权威是公认的，因为她总想着大家，为大家好，就冲这，有点儿良心的人都自觉维护她的威信。

当年大家的生活普遍都不太好，我们大院里平民百姓居多，有些人家工资常常花不到月底就没了，相互借钱是常有的事。李姥姥的收入很有限，居委会主任就拿点儿生活补贴，好在她有四个孩子，每月都寄钱给她。她这里有几个固定的"债主"，汇款单一来，就拿着李姥姥的户口本和图章去邮局取款，然后把图章和户口本还给李姥姥，钱留下，算是借走了。没有借条，也没有任何其他凭据。有时赶巧了，用钱的人家多了，李姥姥那里应付不了，她会找到某邻居，然后说，你借给某某人多少钱吧，就算我借的。听说是她借的，没人不答应。她出面了就等于做了"担保"。我记得母亲就借出去这种钱不下五六回，都是她喊着母亲的名字说，帮谁谁个忙吧，开个口也不容易。

李姥姥跟大孙子住在一起，她很喜欢这个从小就在身边的孙辈，但又不溺爱。每天雷打不动检查孙子的作业。孙子学习的科目很多，数学、语文、地理、历史，还有化学、物理，李姥姥样样都检查。其实谁都明白，李姥姥不可能看得懂，但她还是很认真很仔细地戴着老花镜，一行行，一字字，一个符号、一个标点都不放过。有一次，母亲笑着跟她说起这件事，劝她不必对孙子太"苛刻"。李姥姥说，我只要看看他写的字整不整齐，潦不潦草，是不是写满了作业本，大概就知道他认不认真，是不是在糊弄。"文革"期间，许多孩子去串联、造反，李姥姥坚决不让孙子去干这些事，每天照旧检查学习情况。即便不上课了，她还让孙子把以前学过的东西再从头来一遍。恢复高考第一年，我们那条街上出的第一个大学生，就是李姥姥的孙子。

七十二岁那年李姥姥再次坚决要求辞去居委会主任。街道办事处考虑到她年龄确实大了，身体一直不好，决定答应她的请求。但重新选举时，居民不约而同地又把她的名字写上了。

公布结果时，她坐在临时搭建的主席台上，脸色显得很苍白，有些有气无力。但听到众人响亮、经久不息的掌声，突然脸上出现了红润，嘴角微微颤抖着说，既然大伙信任我，那，我就给大伙儿再服务一阵子。

这一干，又是六年，直到永远闭上了眼睛。那天，邻居们从殡仪馆回来的路上都在说，李姥姥这辈子不容易，活到这个岁数，说大不大，说小不小，但有意义。记得不？周总理就是在这个年龄上走的。虽然不能这么比，但她毕竟也是咱居委会的"总理"啊！

冬日情调

　　冬天给人的印象就一个字：冷！

　　有多冷？因地而异。中国排名第一冷的是内蒙古自治区的根河市，历史记载最低温为零下 58 摄氏度。当然，这在极少的地方才会发生。大多数地方冷归冷，但并不影响正常生活。比如咱们青岛，冬日的平均温度大都在零摄氏度以上，有几天零下 6~7 摄氏度就比较冷了，如果超过零下 10 摄氏度就算是"极端天气"了。但在一些纬度低的城市，就没有这么"暖和"了。

　　前些年的一个冬天，我曾在加拿大的多伦多待过一些日子，领教了那里的寒冷。

　　多伦多冬季的温度大都在零下 7 摄氏度左右，中午有阳光时可以达到零摄氏度，但一俟太阳西下，便很快变成结冰的温度。

　　长风呼啸是多伦多冬天的常规"音乐"。特别是夜晚，寂静的大地会传来一阵阵有节奏的大风刮起的声音，间或还伴有"哨音"，像是在"呼风唤雪"，要把整个城市来个天翻地覆。白天能好些，轰鸣的汽车声，铿锵的汽锤声，以及不时入耳的警笛声，还有各种嘈杂声，压低、冲淡、稀释了风声，但听不到声音的风势依旧"凶猛"。那天去超市买东西，出门便碰上冽风，呛得不敢张嘴，脸上立时觉得一阵发热，接着像小刀割皮般难受。一段平时几分钟的路程，避风抱头，踉踉跄跄，硬是折腾了好一会儿才走完。

温度低、风势猛只是一方面，标配还有总是下不完的雪。我们这些年常常感慨，气候变化的缘故，雪越来越少了，盼着下雪，有场雪全民欢呼雀跃。在多伦多下雪是常态，而且特别多，哪天不下雪似乎就不是冬天一样。经常坐在屋里看着窗外平静如常，却不料转身的工夫，天色转阴，接着纷纷扬扬地飘下了雪花。再过一会儿，雪花变大变多，飘洒得更急更快，不长时间，地上便是薄薄的一层"白霜"，再过一段时间望去，窗外一片凌乱的雪片，有的真是"大如席"。此时此刻什么也看不清，只有遮天蔽日的白雪随风漫天飞舞。等天空重新放晴时，再看大地，被厚厚的一层洁白大雪遮住，整个世界似乎都改变了模样。

多伦多的雪厚，平均二三十厘米不足为奇。有一次，刚下完大雪出门，走在不宽的马路上，一脚踏下去，小腿肚子竟不见了。当时吓了一跳，后来发现这条马路背阴，正好又是风口，所以积雪特别多。

在多伦多堆雪人太容易了，因为有用不完的雪。拿把铁锹随便找个地方，用不了多少工夫，一个厚厚实实的雪人就堆好了。如果做游戏，打"雪仗"，更简单。有用不完的"弹药"，还有天然的"隐蔽"处。调皮好动的孩子趴在厚厚的雪地里，大半身子被白雪掩盖，如果再穿件浅色衣服，不仔细找，还真找不到。这让我想起，家乡有多少人期盼能看到这样壮观的雪景啊！遗憾的是，这二三十年了就没曾下过这种"过瘾"的大雪。一些人无奈之下，只好去东北圆自己的"雪梦"。

大雪过后是人们享受生活的大好时机。许多社区会在周边举办一些活动，比如滑雪、广场音乐会、捐助义卖等。大都是利用周六周日，在空地上支起帐篷，搭建舞台，人来人往，热闹非凡。企业还会免费提供食品，热狗或者牛奶。人们伴着难得的阳光，欣赏或参与各种活动，呼吸着雪后清新的空气，惬意而愉快。然而，这种时光毕竟有限，大量的时间被狂风和大雪占据。所以生活在这样的城市里，要有"耐性"和"毅力"，否则真的会"痛苦"。据说，许多移民不选择多伦多而选择温哥华，就是因为这里的气候。

不过，更多的人还是喜欢大雪，喜欢"北国风光，千里冰封，万里雪飘"的风景。大雪在这些人眼里，不单纯是一种气候现象，更有一种对生活的选择态度，蕴藏着对美好事物的向往和追求。

冬　雪

　　前些日子，岛城下了一场雪，千万市民欢呼雀跃，仿佛是遇到了大喜事似的无比兴奋。

　　许多人喜欢皑皑白雪。"北国风光，千里冰封，万里雪飘。"毛泽东笔下的雪景大气磅礴，令人震撼。的确，当纷纷扬扬的雪花从空中随风缓缓落下时，大地会呈现出无比耀眼的景象。如果遇到"燕山雪花大如席，片片吹落轩辕台"般的大雪，整个世界会像覆盖上一层厚厚的白色棉絮，壮观而妩媚。

　　小时候最盼着下雪，下大雪。晚上入睡时屋外还北风呼叫，一夜过后清晨睁开眼，忽然感到窗外明亮了许多。拉开窗帘，啊，一片雪白。大雪在夜里静悄悄地降临。

　　雪大的时候，厚厚的白雪会把门封住了，门一开，一堆白雪滚进屋里。自然是一片欢叫，接着蹦跳着跑出家门。大人们此时会说，赶快清扫清扫吧！于是拿上扫把、簸箕，家里有铁锹的此时更能派上用场。什么不拿也无妨，双手就是最好的工具。把雪堆在一起，由低到高，由少到多，然后做成雪人。胡萝卜当鼻子，煤球当眼睛，废弃的布条当围巾，再从家里拿个草帽戴头上。一个活灵活现的雪人诞生了。那年月，一场大雪过后，走在马路上，路过居民区，随处都会看到形状各异的雪人。那是一道难以忘怀的冬景。现在许多人说起来还眉飞色舞，回味无穷。

孩子们喜欢打雪仗。男孩打得猛烈一些，女孩显得有些温柔，但都抑制不住心头的激动。攥一把白雪在手里，稍微挤一挤握成团状，然后向"敌人"抛去。雪团在身上甚至脸上"开花"，换来的是一阵阵欢快的笑声。

这几十年，在北方一些城市，大雪很少见了，小雪都稀罕。许多人为此感到遗憾。一些喜欢雪的人，没办法只好远赴东北去过雪瘾。

雪的形成，是气候的原因。纬度高、生态保护得好的地方，大雪往往就漫天飞舞。哈尔滨、满洲里，这些寒风刺骨、到处是冰碴子的地方，一到冬季便成了爱雪者追逐的"圣地"。

大雪不仅晶莹、洁白、美丽，给人带来乐趣，还能净化空气。每当大雪过后，人们会觉得空气无比新鲜，呼吸起来有一种特别舒服的感觉。小时候，我家住的地方周围有许多工厂，那时没有环保意识，高大烟囱就竖立在居民区旁边，黑色的烟尘随风飘散，晾在屋外的浅色衣服都跟着遭殃。而大雪降临时，空中的烟灰就会被雪花裹着降落在地，减少了污染。所以，那时我们大院的人比其他人更期望下雪，恨不能一天一场才过瘾。

大雪降临后，扫雪的场面给许多人留下了挥之不去的记忆。特别是单位集体扫雪，那场景真可谓蔚为壮观。下雪次日，如果是工作日，到达单位后必定先找扫雪工具，然后直奔"现场"，不用组织，不用招呼，像是责无旁贷，又像是心照不宣，如果恰好碰上公休日，许多人还会专程跑到单位去清扫那些可能对行人、车辆造成麻烦的积雪。那些年月时常会看到，一队队来自不同单位，年龄参差不齐的扫雪大军，挥舞着扫帚、铲子，哈着热气，脸上泛着红晕，热火朝天地在各条繁忙的大街上忙碌着。那情景就像一场群众性劳动，让人看了既感慨不已又热血沸腾。许多人说，这就是集体精神的真实写照，被一场大雪演绎得淋漓尽致，刻骨铭心。

　　为什么有那么多的人喜欢、眷恋冬雪？仅仅是为了"忽如一夜春风来，千树万树梨花开"的美景吗？显然不是。大自然给人们带来的不仅是视觉的美、感官的享受，更多的还有来自精神上的无限想象和心灵上的慰藉。因为人与自然从来都是心有灵犀的。

冬至好时光

  冬至那天吃了饺子，尽管是冷冻的，但意思到了，心里感到满足。

  小时候知道冬至，就是因为这一天可以吃饺子。二十世纪六七十年代生活条件有限，每天巴望的就是嘴巴上能过过瘾，肚子里能解解馋。现在随着生活水平的提高，饺子已成了家常便饭。但许多人家，特别是在北方，冬至那天还是要吃饺子。这似乎已成为一种传统，饺子也成了这一天约定俗成的"食谱"。当然这里面也包含着许多寓意。现在有条件的人家把冬至整得跟过年似的，尽管不一定是公休日，但儿女们都会与老人聚到一起，好不热闹。对我而言，这天恰好是岳父的生日，只要不外出，必定要回岳父家庆生。连襟、姨子一大家子凑在一起，吃吃喝喝，说说笑笑，热闹无比。那天一般要吃两种面食，长寿面和饺子，算是都照顾到了。其实冬至另一层含义就是"团聚"，就像春节、中秋一样，中华民族最美好的一面，就是家和万事兴，团聚和谐美。

  这些年冬至热闹，应归功于网络。头好几天，微信里便有了关于冬至的各种信息，又是诗词又是散文的，还有音乐和朗诵。赶到冬至那天，整个刷屏，满眼全是传统文化。家家吃饺子。网络的力量确实强大，原本不想吃饺子的人家也不得不改变主意。因为微信群里你呼我应，让人看了心里不能不蠢蠢欲动，好像不随大流、不从众，就没融入中华民族大家庭似的。

中国的节气很多，但真正有点儿仪式感的除了清明就是冬至了。清明不必说，包含的寓意意味深长。所以备受重视，备受关注。冬至，望文生义，是寒冷的来临，也是北半球全年中白天最短黑夜最长的一天，照说这一天"黑暗"逞强，"光明"示弱，人们不应该如此"隆重"。但恰恰相反，这一天被尊为"冬至大似年"。古时候，这一天人们忙着"祭祖""祭天"，朝廷放假，君不听政，民间歇市，举国欢庆。这一天，阴之极致，阳气始生。大自然新的循环又开始了！"天时人事日相催，冬至阳生春又来。"杜甫的诗，展示出一幅大地回春的景象。

冬至的到来，其实是真正寒冷的开始，九九八十一天的"数九寒天"，就此拉开了帷幕。其中坊间所说的"三九四九冰上走"就在其中。尽管如此，人们还是张开双臂拥抱她的到来。

冬至是休息养生，积蓄能量的大好时机。古人曰："气始于冬至。"从养生学上解释，冬至过后，也是人体补充营养的开始。正所谓养精蓄锐，强身健体。尤其老人，"冬眠"会为延年益寿打下良好的基础。不仅是人类，就连动植物也是如此。大自然的"冬眠"，实际就是各种生命体的"自我调节"和"缓冲"。从气象学来说，过了冬至，白天会一天天长起来。尽管这个时间有些漫长，但"光明"在前，"温暖"在即，人们的心中充满了期待。冬至到来，也是"希望"的开始。从这一天人们可以"数九"，过一个"九"，意味着离冰雪融化的日子就近一天。当"立春"到来时，虽还有"大雪晴天"，但此时大地被雨雪浇灌浸透着，百草萌动，春木发枝，万物更生。久违的春和景明、百花齐放的日子又在悄然向人们走来，整个世界呈现出勃勃生机。此刻人们会感慨万分，心存感激：没有冬至的到来，哪有眼前这新气象、新生活，又怎么会有这美丽而壮观的景色？

冬至是节气，更是文化。人们钟情于此，目的只有一个，让生活更幸福，让世界更美好！

小年，浓浓的情怀在心头

中国的传统节日很多，年前年后就有冬至、元旦、腊八、小年、春节、元宵节等。

这其中，冬至、元旦、腊八都比较简单，一般吃个饺子，喝个腊八粥就算是庆祝了，赶到小年，情况就大不一样了，绝不仅仅是吃吃喝喝。

记得小时候，小年一到，家家户户忙年的节奏明显加快。集中忙碌的是打扫卫生。被子、褥子、床单、厚棉衣、大衣等一些平时不太清洗的衣物，都要拿出来洗的洗、浆的浆，拆的拆，缝的缝。那年月，没有洗衣机、烘干机之类的设备，全靠双手搓、拧、抖。也没有热水，烧一壶水要花一段时间不说，即便倒在洗衣盆里，一会儿也就凉了。关键还舍不得，那要废煤啊！公休日，大院里但凡能见到太阳的地方都拉上了绳子，到处晾晒着衣服被单什么的，不知道的以为是进了洗染作坊呢。

有的人家还要刷房子。今天回想起来也挺有趣，大冬天的凑什么热闹啊？当时刷墙都用白石灰，先用水泡开，搅匀，然后用刷子一点点地刷在墙面上。刷上后要开窗开门四下通风，否则干不了。那北风虽然呼呼吹得很来劲，但那是凉风，人冻得要命，墙面还不"上干"。但人们照旧赶在那个时候忙得不亦乐乎。为啥？日子好。小年通常被视为忙年的开始，有的地方称之为"迎春日"，是人们表达辞旧迎新、迎祥纳福美好愿望的

"良辰吉日"。在这个时候忙活,心理上似乎有种特殊的意味。所以,不少人家平日里不太大规模地清理卫生,此时却兴师动众,全家忙活,爬房上屋,翻箱倒柜,直折腾得腰酸背痛,满身疲惫,心里似乎才得以宽慰。即便有人不想动,也不得不动。因为周边的人都热火朝天,激情无限,自己静悄悄的,显得"落落难合",心中自然不安。于是,"从众"也好,"随大流"也罢,总之,哪家也闲不着。那阵势现在回想起来还让人"激情四溢",因为忙活中寄托着人们对新生活满满的期盼和向往。

家里干净,人更要干净。小年过后洗澡堂人满为患,理发店从一开门便开始排队,一直到晚上十点都关不上门。以前条件差,北方好多城市家里没有供暖,也没有热水器之类的,理发店、浴室也不像现在到处都是。到了小年,这些行业自然成了"香饽饽"。我的一位朋友曾是当地一家有名的理发店的理发师,专剪女发,价格不菲。平时大都是电视台的播音员,或一些"有脸面"的女"老板""阔太太"光临。赶到小年前后,一大批陌生面孔涌来,也不在乎价格高低了,只要能剪上就笑逐颜开。那些日子朋友累得一靠枕头就会睡过去,但睁开眼又精神抖擞地站在理发椅旁忙碌起来。看着那些热爱美丽的姑娘少妇、大妈奶奶,朋友觉得世界是那么美好。"爱美",实际也是传统习俗发酵的缘故。逢年过节注重形象,以崭新的面貌出现,这是迎新春的重要标志,蕴含着人们对新一年美好的期待和憧憬。

小年北方人还是流行吃饺子,这也是"保留食谱",起码有上千年历史了。南方人依旧以汤圆为主。"北咸南甜",这饮食习惯也很难改。不过小年北方人也有吃"甜"的习俗。北京、天津这些大城市不用说了,大栅栏、前门大街小吃街都给人留下难忘的印象。在山东鲁西地区小年兴吃年糕,用黄米面制作,加上糖、红枣之类,放在锅里蒸熟。黄澄澄的,松软筋道,很受欢迎。在我们青岛,过年也兴买些甜品。不过以前物资匮乏,这些属于"稀罕物",大都是年前才出现,平时很少能看到。记忆很深的是跟着大人去逛"下村庙"。那是一个古老的集市，有上百年历史了。商家大都是周边农村赶来的小商小贩。在那里能买到平时看不到的糖瓜之类的小食品和各种传统年货，像泥老虎、布娃娃等。现在回想，年前出现这些传统食品，实际也是习俗的传承。因为传说吃糖瓜、年糕、麻糖这些食品，是为了祈求"灶王爷"嘴甜些，"上天言好事，下界保平安"。这是人们朴素的祈盼、美好的愿望，也是一种和谐友好的情感表达。遗憾的是当时小，只知道吃了甜嘴，根本想不到这"吃"里面也有深邃的寓意。

现在条件都变好了，尽管进了小年许多人家还忙活，但形式和内容都有了极大的改变。然而，以前的那些刻骨铭心的光景依旧记忆犹新，回想起来是那么亲切、温馨。

小年，其实一点儿不小，因为它是分界线，是节点，是预演，充满了期待和激情。向前跨一步，春节就近一步，人心由此开始变得激动，同时又有些浮躁。人其实挺有意思，要过节了有什么可浮躁的？现在方方面面的条件如此之好，什么也不缺，什么也不愁。特别是刚刚过去的一年，疫情肆虐，令全球恐慌不已，唯独咱中国全民动员，众志成城，打造了一片令世人羡慕和惊叹的"净土"。人们健康幸福，生活有条不紊。这是多么不容易，多么了不起的奇迹啊！然而，道理都明白，事实都清楚，但还是"心潮难平"。实际说起来也不难理解，传统节日本来就是欢欢喜喜，红红火火，激情如涌，一下子还真淡定不了！

鱼香浓浓迎大年

过年过节，吃是很重要的内容，不仅要吃好，还要有讲头，有寓意。

在青岛即墨一带，素有过年过节吃白鳞鱼的习俗。特别是年夜饭，摆满各色菜肴的饭桌上如果缺少一道白鳞鱼，就很难称其为"丰盛"。

白鳞鱼是一种常见的海水鱼，身体扁扁，嘴巴尖尖，银白色，全身长满了厚密的鳞，片大而晶莹，鱼刺特别细还特别多。

青岛市区的居民大都知道白鳞鱼的称谓，却很少有人知道其学名是什么。如果不是为了写这篇文章查了一些资料，我也不会了解白鳞鱼的学名叫"鲥鱼"，而且还有其他的名称：曹白鱼、鲞鱼、鲓鱼等。即墨人最喜欢"鲞鱼"的叫法。因为古时候人们就认为，鲞鱼是海中最鲜的鱼，开胃，暖脏，补虚。而"鲞"字的谐音很顺耳，正如宋代诗人范成大的《吴郡志》中所言：美下着鱼，是为鲞字。到即墨说白鳞鱼可能有人要沉思一番才有所反应，但说鲞鱼，无人不知，无人不晓。当地有人把白鳞鱼写成"想鱼"，有的写成"祥鱼"，还有的写成"香鱼"。寓意不言自明。

最早的时候白鳞鱼是用来供奉的。即墨许多地方靠海，渔民出海要祈求龙王爷保佑，祭祀是不可缺失的。众所周知，有鳞的鱼才能摆上供桌。白鳞鱼，顾名思义。不但有鳞，而且又多又密，自然被首推。经过一代代的传承，约定俗成，其"地位"也在鱼类中凸显出来。

后来，白鳞鱼又成了饭桌上的名贵佳肴，而且逢年过节必有，并逐步演变成了习俗。何故何由，何年何时？迄今也查不到权威性的史料。然而重要的日子，特别是年三十的饭桌上，缺了白鳞鱼那可是最大的缺憾。记得小时候大院里有个邻居是即墨人，每到临近过年就到处打听什么地方能买到白鳞鱼，还特意跑去菜市场跟卖鱼的售货员套近乎，请托进了白鳞鱼给她预留出来。其实那年月很少能见到新鲜白鳞鱼，因为冰冻条件所限，渔民出海随身都会带上一大包粗盐，鱼打上船就用盐卤起来，等上了岸还要赶紧挂在绳子上晾干，以防止腐烂。所以，饭桌上见到的大都是咸白鳞鱼、干白鳞鱼。但即使这样，人们照旧乐此不疲地到处寻找。

白鳞鱼刺虽多，但吃起来非常香。当年文学大师梁实秋在青岛时曾买过一条白鳞鱼，品尝后评价：其味之腴美，从未曾有。足见其魅力之大。白鳞鱼一般的做法是清蒸，鲜的、干的、咸的都是如此。将鱼清洗干净后，在鱼身上切斜刀，或者干脆把整条鱼放入盘中。然后将姜切片，葱切段，铺在鱼的周围，再将鱼身上搽些盐，洒上料酒，淋上植物油，搁锅里猛火蒸。熟透的白鳞鱼不光肉香，鳞也很香。有人专门喜欢吃鳞。特别是腌制过的白鳞鱼，经过暴晒、变腐、抹盐、生姜隔层、黄酒浸泡，封坛发酵等一系列操作，会发出一股臭香味。就像榴梿、臭豆腐，闻上去不敢恭维，但吃起来停不下嘴。香港一些高档酒楼专门有这道美味，叫"香煎咸曹白鱼"，按两计价，不是随随便便想吃就可以吃得到的。厦门最有名的海鲜汤，不是海参鲍鱼龙虾做的汤，而是鲻鱼菜脯汤，主料就是白鳞鱼。这是普通市民都可享受的佳肴，食材简单，易于操作，味道却无比鲜美。把白鳞鱼去鳞两面煎至变色，放上姜丝、菜脯和小葱，注入开水慢火烹煮十几分钟，便是浓白似乳的"高汤"。美美地喝上一口，香气逼人，回味无穷。即墨人愿意称白鳞鱼为"香鱼"，或许就是因为其味道太特殊，太诱人了。过去日子紧的时候，一般人家很少去买白鳞鱼，特别是卤过的。一来价钱贵，二来吃起来格外下饭。你想，本来粮食就有限，再配上能下饭的鱼，岂不是自找难堪？

过年过节吃白鳞鱼，在即墨人眼里不光是一种象征，更是一种念想。许多即墨人说，看到白鳞鱼就会想到家乡，想到亲人。特别是那些年少就离家的人，一条白鳞鱼会勾起许多难以忘怀的往事，还有酸甜苦辣、悲欢离合的经历。我那个老邻居就是这样，她家乡已经没有其他直系亲人了，但她却依旧牵挂着那里的一草一木、一山一水，甚至每一个发小、玩伴。平时她串门跟邻居们拉呱，话题总是少不了家乡，少不了那些曾经朝夕相处的小姐妹。每次弄到了白鳞鱼她都会满脸笑容，拎着在大院里走上一圈，然后逢人就说，我有白鳞鱼了，跟在老家过年一样。那神色、那得意劲儿，就像中了大奖。更有意思的是，大年三十那条好不容易弄到的白鳞鱼虽然被端上了桌，而且放在很显要的位置，其他菜肴被风卷残云般地送进嘴里，唯独那条白鳞鱼一筷子也没动，完好无损地摆在那儿。原来正月里亲戚要来串门，留饭是必须的。拿什么来招待？白鳞鱼是最好的菜肴，不仅稀罕，更重要的是代表着浓浓的乡情。所以，年夜饭白鳞鱼上桌只是看看，过过眼瘾。饭罢收起来，等亲戚来时再次上桌。看到白鳞鱼，亲戚们会激动，会感慨，会泪水盈眶。此时，他们一定是把白鳞鱼当作了"想鱼"，感觉既珍贵又神圣。看到它，似乎就像看到了家乡、亲人，就可以圆了自己重回故土的梦想，心里充满了甜蜜和美好。

白鳞鱼被"高抬"的另一原因，是太少。听渔民说，白鳞鱼的习性比一般鱼难以捉摸，气温低时大都在深海里，渔网下去很难成群地捕捞，捕捞上来的多混在杂鱼里。一网有几条十几条，运气就不错了。以前菜市场里的鱼摊上，其他鱼都会按照时节定时出现，唯独白鳞鱼的踪影难见。偶尔有几条，很快就被买走。我认识一个朋友是即墨人，前些年移民去了新加坡。回来探家别的东西不吃不想，但总忘不了白鳞鱼。来菜市场几次没碰上，有一次偶尔在一堆鱼里发现了一条，马上兴奋地让人给拽了出来，也不问价钱，丢下两张百元大票就拎走了。这些年由于气候变化的原因，青岛近海很少能见到白鳞鱼，大都是南方捕捞运送过来的，属非"正宗"货，但依旧抢手。物以稀为贵，多年来阴差阳错也罢，无心插柳也罢，白鳞鱼在人们的传承和共识中逐渐成了鱼中的珍品。饭桌上没有它不成席，重要场合上缺了它显得不隆重。家里有闺女的即墨人更是对其高看一眼，不仅年夜饭不能缺，闺女出嫁也要捎上。最少四条，多则八条，否则，别人会说闲话，闺女更会有怨言。因为此时的白鳞鱼会变成"祥鱼"，寓意着吉祥、和祥、兆祥、福祥、众祥。哪个父母不期望自己的儿女瑞彩祥云、福禄祯祥？又有哪个长辈不期盼自己的骨肉和气致祥、百福呈祥？扁扁的白鳞鱼，此时变得"肥胖滚圆"，身价一下子升到了其他鱼的前头，令同类刮目相看，也令人趋之若鹜。

这些年日子蒸蒸日上，好吃的东西越来越多，想吃的东西到处都是。然而作为即墨人，过年饭桌上一定要上一道白鳞鱼的习俗依旧没变。前几天，我找人了解有关即墨人偏爱白鳞鱼的缘由，接电话的是个二十世纪七十年代出生的中年人，开口就说：过年不吃白鳞鱼那肯定不是我们即墨人。我打小就知道年夜饭最不能缺的就是白鳞鱼。白鳞鱼是我们即墨人饮食文化的代表物，是舌尖上最美好的享受，也是一种美好的寓意传承。确实如此，生活中接触过的即墨人，问起过年的食谱，几乎异口同声有白鳞鱼。不同的是现在想吃新鲜的就有新鲜的，想吃腌制的就买腌制的，要干晒的有干晒的。冰库里储存着保存完好的新鲜白鳞鱼，渔民自己晾晒和用传统办法卤的"臭香"味白鳞鱼，逢年过节更成为抢手货。就连周边一些地方的老百姓也被"熏陶"得愿意吃这一口。在即墨周边一些地方的饭店、酒楼里，都会看到白鳞鱼的食谱。有的人家过年留客人吃饭，也会特意上一条白鳞鱼以示重视。白鳞鱼成了地地道道的美味佳肴。

小年前去了趟菜市场，碰巧在鱼摊前看到有人在买白鳞鱼，既要新鲜的，又要干咸的，脚下放了一大堆。上前随口一问果然是即墨人。怎么买这么多，吃得了吗？新鲜的留着自己吃，干咸的寄给外地的亲戚。今年情况特殊不能回家过年，但白鳞鱼不能缺席。为什么？还用问吗？品着"香香"的味道，就会"想"起亲人。鱼虽然值不了几个钱，可是"吉祥"之物啊！没听说吗？国家将兴，必有祯祥！"祥"，这字多响亮啊！鲞鱼的寓意深厚着呢！

　　呵呵，都上升到如此高度了，说什么我也要买两条。

春节，充满美好

如果要举办一次最美好节日的评选，春节一定名列榜首。

春节，是中华民族古老而具有丰厚文化底蕴的节日，是华夏儿女普天同庆，最隆重、最有仪式感，也最有亲和力的传统"大典"。春节的内容和形式丰富多彩，却始终蕴含着两个字——美好。

美好是人类的最高追求和境界。春节是喜庆之日，而喜庆本身就充满了欢乐和幸福。这是美好最直接的诠释和体现，贯穿在春节的每一个细节中，让人无时无处不感受到浓浓的亲情与厚谊，和睦与挚爱，欢欣与甜美。

年夜饭是春节的重头戏，可以说是一年中最有意义的一顿饭。它不仅丰盛，更重要的是气氛温馨。因为坐在桌旁的每一个人都是最亲的人，他们有的平时就在身边，有的身处异地，还有的甚至远居海外，但大年三十这一天，一定会争取不缺席。哪怕是路途遥远，隔山隔水，历经千辛万苦；哪怕是坐着"摩的"、拖拉机，一路颠簸。但为了团聚，什么样的困难都可以克服，什么样的磨难都可以忍受。

一顿饭再好吃也有结束的时候，然而聚在一起的美好感觉却始终留在心里。多少年过去了，什么都可以忘记，年夜饭的点点滴滴却永远抹不掉。这是最幸福的记忆、最甜美的回眸，刻骨铭心，终生难忘。那一晚，无数人感受到了家的温暖、亲人的重要、团聚的喜悦、生活的甜蜜、世间的美好。

年夜饭是最温暖、最贴心、最舒适，也最"昂贵"、最值得珍惜和回味的一顿饭，无法用金钱、技艺来衡量和评价。它是用亲情和愉悦烹饪出来的特殊滋味的晚餐，留给人们的除了美好，还是美好。

因春节而诞生的春运，是中华大地上一年中最壮观的"迁徙"。成千上万的游子从四面八方涌来，又朝着不同方向涌去，只为了一个目标——家。

家，世界上还有什么比家更重要、更吸引人？家是每一个人的归宿和终点。无论走得多远，跑得多偏，甚至过去了多少年，家永远是心中的暖窝。因为那里有自己最挚爱的人、最感恩的人、最牵挂的人。

春节最能显现出家的重要性。那些天上飞，地上跑，乘高铁，坐大巴，自驾，搭伙忙着往家赶的男男女女、老老少少，富贵也好，贫穷也罢，哪一个都按捺不住心头的兴奋。往往人还在旅途中，脑海里就浮现出见到亲人那一刻的激动场面。这是最美丽的画面，感人而温馨，热烈而动人。这也是春节送给人们的最大礼物，里面蕴藏着满满的亲情，是人间最美好的一刻。

春运让整个国家，整个大地、天空、河流、山川为之沸腾。那"啪啪"的脚步声、"哗哗"的拉杆箱声，还有那欢快的"呵呵"欢笑声，以及飞机、火车、轮船、汽车的轰鸣声、喇叭声、鸣笛声，交织成一曲宏大而优美的迎春交响乐，响遍大江南北，感染着每一个听众。这是史上最欢快的奏鸣曲，声动梁尘，令人陶醉，久久环绕在人们的心头。那悦耳的每一节旋律、每一个音符似乎都在跳动着"美好""美好"！

春节是最洁净也是最亮丽的日子。每个人从里到外都是"新"的，"干净"的。新衣新帽新鞋，即便不是新的，也烫洗得干干净净，整整齐齐。屋里门外窗明几净，周边看不到一点儿灰尘。"千门万户曈曈日，总把新桃换旧符。"人们的"讲究"，让世界似乎都变了模样。无论走到哪里，看到谁，都呈现出一派新景象。

春节是最隆重的节日，人们自然要用最美好的形象来迎接。人利索，环境整洁，是对传统节日的尊重，也寄寓着对未来的憧憬。谁不期盼来年有个清新美丽的好年景，谁不喜欢未来的世界绚丽而新颖？人们用"俊秀"和"美观"，展示心中的向往和心愿，期待的就是来年的日子一天比一天美好。

春联是春节的"孪生姊妹"，看到春联，人们马上就会联想到春节。这些年贴春联、窗花的渐少，但并不意味着人们不再热衷，恰恰相反，许多人写得更勤，剪得更多。每年进了腊月门，各地的书法家们纷纷行动，走向农村、福利院、军营、学校，甚至在列车上，泼墨挥毫，为人们献上一幅幅"福"字。民间艺人们，一把剪刀在手，在人来人往的集市上展示功夫，一张张精美的彩纸顷刻间变为艺术品。

书法、绘画都是人们表达情感的重要形式。许多对未来的向往、内心的愿望，通过那些言简意赅的文字、那些栩栩如生的画面，恰如其分地表达出来。墨香中散发着淡淡的芬芳，豪锥下涌动着浓浓的情思，抒发了人们对幸福生活的追求，对事业、健康的祝愿，里面倾注了满满的美好。

春节期间，许多人家的门面上、玻璃窗上，甚至院墙、过道，都会贴上红红的春联、窗花等。那些寄予祝愿的"福"字和祈望来年风调雨顺、五谷丰登、万事如意的对联，以及手艺精湛、图案俏丽的剪纸，给春节增添了红红火火、热热闹闹的色彩。人们在这喜庆的氛围里，会倍感生活的滋润，更加体会到传统节日带来的幸福美好。

春节是人与人交流沟通的密集期，是一年中相互走动的高峰期，而这一切都集中融入到拜年之中。

从大年初一开始，人们就开始了密集的"互动"。晚辈要给长辈拜年，徒弟要给师傅行礼，学生要给老师问好。邻居之间也要登门祝福，尽管天天相见，但一夜之隔，似乎人人都被赋予了新的面貌，相互间变得格外客气、友好。即便昨日还有点儿小摩擦、不痛快，第二天见面，立马变得豁达开通起来，是最现实版的"相逢一笑泯恩仇"。

拜年的主题是祝愿、祝福，也是亲情、友情的延续和加固。一句问候、一次握手、一个拥抱，曾经淡漠的情谊很快升温，变得绵绵难舍。春节的魅力在此时展现得淋漓尽致。

人是感情动物，维系友谊甚至亲情，不能离开相互牵挂。一年中因为忙，因为种种缘故，可以杳无音讯，但春节不能缺失祝福。有了这两个简单的字，如同架起了一座桥梁，一头是情谊，一头是温暖。人在世上，最不能放下的是情感，无论是亲人还是朋友。身边围绕着无数的爱，才会觉得生活有滋有味。春节提供了硕大的舞台和浓郁的氛围，让人们从中体验和感受到世间的真善美。

春节，充满了美好。无论有什么风风雨雨、沟沟坎坎，人们也都会一如既往地呵护和珍爱这个传统大节。即便 2021 年疫情仍在肆虐，即便大多数人不得不留在工作地，无法与亲人团聚，但依旧阻挡不住人们对春节的热情和激动，更改变不了对未来生活的期望和向往，因为美好始终驻扎在人们的心里。

一缕温馨闹元宵

正月里就是喜庆热闹，浓浓年味还没散去，元宵节又到了。

元宵节即农历正月十五，又称上元节、元夕、灯节，既可算作春节的尾声，又是春节之后的第一个重要节日，所以格外受人重视，同样吸引着亿万华夏儿女。

享用美味佳肴，推杯换盏，一醉方休。中华民族的传统饮食文化，在元宵节的饭桌依旧显现得很鲜明。当然，主打食物总是在后面，就像过年要吃饺子，前面的佳肴都是铺垫。元宵节也是如此，顾名思义，元宵才是"主角"。

圆圆的，甜甜的，香香的，象征着团团圆圆的元宵是元宵节不可缺失也最受欢迎的美食，男男女女、老老少少都要煮上一些，吃上几个，以示美满之意。

以前平时很少能吃到元宵，特别是在北方，只有在元宵节时商店里才会有成品卖。现在超市里随时可见，不光有白色外皮的，绿色、茄色、橘黄色、红色、橙色，色彩斑斓。"内容"也丰富多样，除了传统的芝麻、花生、豆沙馅，还有枣泥、核桃仁、玫瑰、黄桂甚至猪肉、鸡肉、蛋黄馅。

不过，更多的人还是喜欢自己动手"滚"出来的传统元宵。制作和品尝过程，充满了乐趣和挑战，还带着一丝浪漫与情调，更有一种仪式和成就感。

买来糯米粉，然后准备馅儿。以前物资比较匮乏，没有太多的选择。花生米或芝麻炒熟，捣碎，把砂糖放油锅里熬化，再把碎花生米或芝麻放进去搅在一起，弄成糖稀状，再团成一个个小圆球，之后放进铺满了糯米粉的簸箕里滚动。当圆馅儿沾上了一层糯米粉后，蘸上少许水再滚，反反复复，直到滚成认为是元宵形状了，就算是大功告成。

看起来简单，其实是需要技巧的。首先，熬糖就是个技术活，糖熬稀了，捏不成个，熬厚了很快就结成了块，没法用。所以，一般人都不敢在熬糖上显能耐，要找经验丰富的"老手"来掌握火候。"滚"也不容易。开始不是滚不匀称，就是滚得不圆，工具如果使用不当，还会滚不动。要反复摸索、实践，才会找到窍门。

一个合格的元宵要经过十几道甚至几十道的加工程序才能展现在人们面前，这期间参与者会有许多感受，随着亲友们欢快的赞美声，会化作一种特殊的滋味留在心田，经久不散。

元宵节的另一项重要内容是赏花灯。"东风夜放花千树，更吹落，星如雨"。辛弃疾笔下的元宵节呈现出一派繁华热闹的景象。这让人更容易理解古人为什么也称元宵节为"灯节"的缘由了。

二十世纪九十年代城市里每逢元宵节都会举办大型灯会，广场、公园、体育馆张灯结彩，各种灯饰纷纷亮相。有的是传统灯，比如走马灯、骰子灯、圆灯、关刀灯、兔子灯等，表演者在人群中穿来穿去，热闹无比。还有民间故事，像三打白骨精、天女散花、猪八戒娶媳妇，演员站在高台上伴着各种灯光表演，并与台下观众互动，引来笑声一片。更有一些与时俱进的灯饰，像二十世纪九十年代拔地而起的现代化高楼大厦、互联网"高速公路"的应用，以及现代化的通信设备、模拟手机和数字手机等，都在灯会上以不同的形式出现。人们在观赏中，有意无意地了解了各项事业发展的进程。

灯会上最受欢迎和青睐的项目是猜灯谜。一个个灯笼悬挂在空中，透亮的彩灯上挂着一则则谜语。人们看着谜语猜谜底，猜对了，把谜语揭下来，还有奖品鼓励。灯谜有的很简单，稍微思索一下就能猜中，但多数有些难度。所以，每年观众最多的地方一定是"灯谜区"，这也反映了人们旺盛的求知欲和参与欲，更展示了人们对生活的热爱和对美好前景的向往。有些人是猜谜能手，懂得技巧。猜对了一个又一个，手里的奖品都无处搁，惹得那些抓耳挠腮久猜不中的人，又是嫉妒又是羡慕。

这些年，大型灯会很少举办了，但人们对闹元宵的快乐经历却念念不忘，一到元宵节就会旧话重提，怀旧中充满温馨和甜蜜。

温情依旧二月二

　　现在过"二月二"的人很少了，有的年轻人甚至不知道二月二是个什么日子，但老人们还会念叨：二月二，龙抬头，吃豆豆，去剃头。

　　二月二是农历二月的第二天。古时候，人们在这一天以华夏图腾——龙的形象做各种相关活动，来祈求平安和丰收。久而久之，这一天约定俗成，成为民间节日。二月二也被称为龙头节、春耕节、农事节、春龙节，是典型的中国民间传统节日。

　　二月二理发店生意兴隆，这一天"龙抬头"。按传统说法，龙抬头之日是大吉日，孩子在这天剃头是"剃喜头"，可以保佑身体健康，长大出人头地；大人这天理发是"剃龙头"，去旧迎新，会带来一年的好运。

　　二月二也是大地回春、万物更新的开始。俗语说，龙不抬头，天不下雨。雨水是大地返青、春耕播种不可缺少的条件。有了它，才会有白居易笔下春意盎然的景象："二月二日新雨晴，草芽菜甲一时生。轻衫细马春年少，十字津头一字行"。

　　对孩子来说，更是喜上眉梢，因为逢节必有美食。中华民族传统的饮食文化，在各种节日里异彩纷呈，显出一派斑斓的景象。所以，无论过什么节，孩子们都是满怀喜悦，翘首以待，轻易不会放过。当然，这是指过去，现在物质丰富，生活优越。吃，对孩子们来说已经没有那么大的吸引力，也没有那么大的诱惑力了，过节不过节对他们来说没什么太大的区别。这是时代发展进步的结果，是大好事。

"棋子"是二月二最流行的小食品。小拇指大小、薄薄的，两头是三角形，看上去有点像"鳞"状。老人们说这是"龙鳞"。吃了它，龙会顺利降雨，还能避免虫灾，来年五谷丰收。"棋子"是用面做的，大多是白面，放上糖、鸡蛋，和好后揉成圆状，再用擀面杖擀平。擀到大约半厘米厚薄，用刀先切成条状，再在此基础上切成有棱角的一小块一小块。稍微晾干，放热锅里烘、炒，等表皮有点儿硬时出锅，凉透后就可以吃了。"棋子"又香又甜，很受孩子们喜欢。许多孩子都把它们放在口袋里，一个一个地慢慢吃，有的还带到学校里下课休息时再来两个。当然，不是所有的孩子都有这样的口福。做"棋子"要有条件：一是要有充足的食料；二是要有人会做、有工夫做。二月二不是法定的休息日，如果赶不上星期天，上班族照旧要早出晚归，没时间也没精力去鼓捣。只有闲散在家的人，尤其是老人才有时间去忙活。况且以前白面实行计划供应，平时吃都很节约，很难舍得再去做"棋子"。再说白糖、鸡蛋在当时都是紧俏物品，更是轻易不能奢侈。然而，人们总会想出办法，白面不多，不少人家就改做地瓜面"棋子"，不放鸡蛋、糖，放糖精，只要甜就高兴得不得了。其实，地瓜面"棋子"更不好做。因为没有柔性，切块要很小心，不然就会"龇牙咧嘴"。炒出来也不像白面做的那样规则，但这一点儿也不妨碍孩子们喜欢，照样吃得津津有味，乐不可支。

与"棋子"一起吃的还有炒糖豆。二月二吃炒豆同样源于民间传说，同样寓意着祈求风调雨顺，五谷丰登。

炒糖豆的前身是炒黄豆，没太多的技巧，把黄豆洗干净放热锅里翻炒，直到爆开，嚼起来很香。但孩子们更喜欢甜味，大人便在豆里掺上熬好的糖稀，把豆裹在里面，这样炒出来的豆就成了糖豆。糖豆香甜皆有，自然受孩子们欢迎，跟"棋子"一起吃，是绝佳的搭配。当年一到二月二，孩子们的口袋里都装着"棋子"和糖豆，蹦蹦跳跳，高高兴兴地享受着节日带来的美味，心里充满了愉悦。

　　这些年，虽然没有多少人再刻意去炒"棋子"、做糖豆了，但二月二前夕仍有人去超市买些现成的以示"回味"。人们对美好生活的祝愿和念想，依旧如昔，而且从未改变，只不过都藏在了心里而已。